U0576926

未来大陆

岱 平 著

海峡出版发行集团
海峡文艺出版社

图书在版编目(CIP)数据

未来大陆/岱平著. －福州:海峡文艺出版社,
2019.11
ISBN 978-7-5550-2060-8

Ⅰ.①未… Ⅱ.①岱… Ⅲ①科学幻想小说
－中国－当代 Ⅳ.①I247.5

中国版本图书馆 CIP 数据核字(2019)第 242547 号

未来大陆

岱 平 著

责任编辑	朱墨山	
编辑助理	张 萌	
出版发行	海峡文艺出版社	
经 销	福建新华发行(集团)有限责任公司	
社 址	福州市东水路 76 号 14 层	邮编 350001
发 行 部	0591－87536797	
印 刷	三河市嵩川印刷有限公司	邮编 065099
厂 址	三河市杨庄镇肖庄子村	
开 本	889 毫米×1194 毫米 1/32	
字 数	310 千字	
印 张	12	
版 次	2020 年 1 月第 1 次印刷	
印 次	2024 年 3 月第 2 次印刷	
书 号	ISBN 978-7-5550-2060-8	
定 价	58.00 元	

如发现印装质量问题,请寄承印厂调换

呦呦鹿鸣　食野之苹　我有嘉宾　鼓瑟吹笙

吹笙鼓簧　承筐是将　人之好我　示我周行

呦呦鹿鸣　食野之蒿　我有嘉宾　德音孔昭

视民不恌　君子是则是效

我有旨酒　嘉宾式燕以敖

呦呦鹿鸣　食野之芩　我有嘉宾　鼓瑟鼓琴

鼓瑟鼓琴　和乐且湛

我有旨酒　以燕乐嘉宾之心

曾经大海茫茫

恋恋悠悠故乡

我与千阳共赴

将来到旧时荒

这妖孽之花，将它消灭，你们就没有退路了

目 录

第一章　花的故乡

　　她出生在花的故乡，那是一个美妙的地方。

　　那里有开满花的田野，开满花的道路，开满花的河畔，开满花的庭院，以及开满花的山坡；倒也不都是花团锦簇的，稀稀疏疏的也有，像是大地的呼吸，张弛间长出了让人眷恋的故乡。

　　她的故乡有海的气息，不过那块陆地上哪儿都有海的气息；因为那是个岛，即使居民不承认，但它就是个岛。居民们叫他们世代生活的脚下的土地"那块陆地"，姑且这么称呼这吧，纵然它不比格陵兰岛大。

　　她的故乡在那块陆地的一端，开满了花。周围的人都和她一样，温柔而温暖。不过，那块陆地上各种各样的人都有，这凑成了陆地的繁华，以及繁华之中的瑕疵——这就不提了。在她的眼中，那块陆地没有瑕疵，是最完美的地方。

　　虽然只和格陵兰岛差不多大，但是这块土地也够居民们生存了，因而这块地方上的人活得很自在，大概是这种自在惯了他们，养成他们的无忧无虑、活泼浪漫以及肆无忌惮。而她，就是其中之一。

　　那块大陆的来历不明，究其历史，已经探索不得了，不过其上的人也不在乎，过去和未来与他们不相干，就是这样的天真——或说，不羁。

现在的她看着那块陆地上的某个城市的夜景，夜色随山岳蔓延，入侵无尽的海，山海的交界处有个港口，灯火通明间让她瞧见了忙碌。这让她想起了故乡的港口，那个港口不算繁忙，船只还没能驱逐海的气息，时有凉风吹过，吹过港口和故乡的人。她一直不知道那个港口的船都驶向哪里，那船坞里的船又准备驶向哪里，她所处的地方其实就是一个装作是"陆地"的岛，四周都是海，船还能开向哪里？

想到此，她的眼里出现了忧愁，她眼里的那块陆地有了隐忧，为此她的泪泛上，抑制不住。

"姑妈，你叫我？"恰好，她的侄女急匆匆推门进来，二十岁的人正是有活力的时候，就是做事毛糙了些。

她被这突如其来打扰，有些慌乱："啊，只是想问你，明天早上九点空吗？"

"空，一天都空。"

"你陪我去个地方。"尚未平静的她说话还带着哭腔。

"你哭了吗？"侄女不该这么问的，"因为今天晚上出现的那个人？"

她无暇顾及侄女的好奇心，敷衍着："很多事情。"

"何汜，又见面了。"门口又来了人，是个年老的男子。

"陈绀？"侄女何汜庆幸自己还记得这个人的名字，"你们要聊是吗？那我先出去了。"

何汜转身，她却不动。此刻的她不知道该怎么做，只是这样僵着。她知道他要来说服她，然而她这一次不打算听他的。

"听我说，安如，我此来……"陈绀的开门见山让她觉得突兀，不过彼此都知道彼此在想什么，这样的对话倒是节省时间。

"好玩吗？我之前所有的殚精竭虑，原来都是在陪你玩游戏。"

"因为我放心不下你。"陈绀靠近安如，和她一起看着这个城市的夜景，好不真实的美妙夜景。

霎时，安如哭了出来："你何必……"

陈绀看着她大哭，慌了，就说："或许那块陆地和鹿鸣街——事情还有转圜的余地……"

安如把自己藏进暗夜里，让泪水流入温柔的夜。

"我很开心，你做着你喜欢的事……"

"我答应过你……也答应过我自己……"

安如的话被自己的哭泣声打断，一旁的陈绀不知怎么去劝，只好陪着。

"你走吧。"安如赶他走。

他们本想好好聊聊，然而不知道要说些什么，就弄成了这个局面。

陈绀先走了，留安如一个人；她看着夜景，想起了很多事。

陈绀，她那走在薄冰上的一生，因为这个人有了通向光明的路途，也因为这个人有了更多的困顿和矛盾。

温柔的夜，百感交集，因为太明了的未来和太明了的抉择。

两人口中的"鹿鸣街"指在鹿鸣街六号的建筑，在一个叫"鹿鸣"的城市。确实存在"鹿鸣街"，那条路很长，但全被"鹿鸣街六号"抢了风头，这个路名也就成了六号建筑的代称。那里是个剧院，是陆地上的人最喜欢去的地方之一，他们都说那里有梦有未来，有那块陆地现在的气息，也有那块陆地向往的气质。

因为那个剧院的存在而存在着一个剧团，不过那个剧团没有名字，也就被地名"鹿鸣街六号"代替了。安如是其中的音乐剧演员，陈绀也是，不过他的情况更复杂些。鹿鸣街的剧院本是纯净的，因为被陆地上的人们寄托太多，是这块土地无所事事的人安逸之余、打发闲情的好去处；因为这块陆地太无所事事了，所以其上的人们往往依赖剧团构建一个个不存在的空间、不存在的情景，来体验不同的生活情状，人们很喜欢这样的观赏和体验。然而，时间久了，总有地方会积灰；鹿鸣街的剧院也随着年头的增长，有了琐事的累积——一些与它和那块陆地安宁气质格格不入的事情，是浮在时间上的灰尘。有人看到了，总想掸一掸灰尘，却容易因技巧不够熟练，惹得一身灰；这种工作再简单，到熟练都要有个过程。

当然不要把鹿鸣街六号想成普通的剧院和剧团，因为它在那块陆地上；那块陆地悠然无事、安逸平静，和其他地方太不一样了。

至于那个"花的故乡"，叫蒿野，因为最初发现它的人看到满目青蒿，就草率地给了它这个名字。蒿野是名副其实的花的故乡，那里长着那块陆地上最多品种的花，怎么古怪的都有，因而也生出一些为了寻花费尽心思的古怪故事。无论如何，那是个异常美丽的地方，至少在安如心里如此。那里有各类花，因而有很多养花的花匠，似乎养花是那里的人天然的事业，安如在家乡接触到的人都从事和花有关的职业。这听上去很美，但没有那么美的事，像安如，就得了一种因为花太多才有的病，"瘿花"。

"瘿花"很罕见，它所有的病人几乎都出生于蒿野，因为同名植物"瘿花"为发病原而得名。得病的人，也被称为"瘿花人"。人们总说得病的人是本不属于人间的花神，姹紫嫣红，千年万岁，来这里走一遭，很快就回去了——大概是用这样的传说宽慰罹患瘿花之人的心吧，即使病人们并不相信；这也是听闻过瘿花的人用来宽慰自己的，因为瘿花之症太可怕了。这病发病症状初期只是头疼，暂不会影响生命；但反反复复，一次次严重，从头部蔓延至全身，最后当他们的生命被折磨地无可折磨时，便痛苦死去。这病在那块陆地无药可医，很特殊，其病理不能确定，只是知道极少部分人接触瘿花便会发病。现在的研究只知道，瘿花本身是种罕见的基因病，人得病由瘿花诱发，主要攻击头部，也会出现其他问题，其余的一无所知。在人们长期努力下，得了这病的人，平均寿命逐代提高，尽管如此，如今也才努力到一个很小的数字。安如是这不幸的罕见之一，好在目前为止她人生的大部分时间里都没有这病的折磨。瘗花是很神秘的花，长得极为美丽，据说只能生长于蒿野，不明缘由。

安如在她的蒿野经历过很多事情，从出生到成年，都在那里。不过，都是很久以前的事了。现在的她，虽能记得所有细节，但记起来还有什么用，徒增伤感罢了。那块陆地原是不会伤感的，只是现在，在夜里，在满目光辉里，那块陆地上有一丝威慑灵魂的隐忧，让眷恋这个时空的人有些伤感。

温柔的夜，藏着不安，安如放了首歌，祈求心的安宁。

开在灯光下的蔷薇花，只会开出辉煌，直到心力枯竭，它守在这条路上，这条艰险的路上……

她听到这里，却换了首歌，还是这首歌好，慢慢叙曾经的故事：

小川畔的孤影倔强

鹿鸣街的欢歌咏叹

古老湖的一片冰心

缠绵蔷薇之道的芬芳

阳光中的芒，我牵手带你走过

朦胧的彩虹之上

蒿野渡口，你眺望的目光

陆地浮沉，未来何处

未来大陆

天旷月轻，我心何渡
我看见你在舞台
熙攘里的光芒
你回望时的笑颜，如花似蜜

歌声里，安如对着窗户发呆，玻璃的反射让她看到自己融入那块陆地的繁华里，然而也只有她自己。

刚刚那人来过吗？还是自己的梦，只是印在玻璃上的梦呢？

海边过来的风吹着
有艘船渐远
无声无息中，光华远影
我的太阳去往远方波澜
那个充满希望、温暖和安稳的地方

第二章　初恋

她还记得自己刚来鹿鸣的时候。

她考到鹿鸣的学校，来到那块陆地最大的城市，她并不是来此寻找新的人生，而是想在瘟花阴霾倾轧她的生命前，做些她能做的事——她不知道什么是她能做的，所以她来到鹿鸣，四下寻找着。

鹿鸣的鹿鸣街在鹿鸣的北面，有小川流过，小川畔的步道长满了杂草，阳光洒下，就更安宁了。就是那天，安如和她的朋友玲珑抄近路，走那条步道，赶着报到。

安如看到了校门："总算赶上了。"

"习惯就好，你就是喜欢在重要的时候迟到。"一路人不慌不忙走过狼狈的她们身边，还不忘说两句。

那个路人是安如的熟人，叫嘉平，和安如为考入鹿鸣的学校参加过同一个培训班，半年的时间足够让两人很熟悉。

嘉平见安如有话要说便道："再磨蹭就白费一路跑过来了。"嘉平有一副让人厌烦的较真脾气，不过随时不失的冷静本性，让她在关键时刻颇有用处。

鹿鸣学校的音乐剧班按老规矩，在那天安排了课程。这一天来上课的并不是老师，而是已经在剧团工作的毕业生，大概是为了给新生们一个憧憬的榜样：多年后，你们该成为这个样子。这样确实要比空无一物地兜售梦想要好，新生对"梦想"还没实感，不知道它到底有多重要，也不知道它该是什么样子的，于是这个音乐剧班的班主任请来了两位成功的舞台人，自作主张为新生们找来了"梦想"的真实模样——他以为的模样。

"王平？是王平吧。"玲珑一眼瞧见了一位靓丽的女子，那是很有名的歌手。准确地说，她是一位流行歌手，对于鹿鸣街来说是很重要的年轻人，她不是传统的音乐剧演员，反而给鹿鸣街注入一些活力。鹿鸣街对她工作的合约很宽容，可以有很多的外部活动，只要保证她在剧团的时间一年内能有四分之一。

和王平一起来的还有陈绀，就是那位之后将和安如牵绊一生的人。那时的安如当然无法预料她会和他有一生的羁绊，但是她想靠近他；就在教室里，她坐在后排看着讲台上的陈绀时，就有这样的想法了。这是传说中的一见钟情吧，还是安如的初恋，不过那时的安如还没意识到这是恋爱的心思。无疑，那时的陈绀对于安如这样的新生来说，是个优秀到闪光而遥不可及的人，安如那时没动过除了接近他以外的心思，她暗自想着，毕业后一定要进鹿鸣街，和陈绀一起工作。——不过，这不是什么了不起的梦想，鹿鸣音乐剧班的学生都以进入鹿鸣街为目标，安如只是其中之一。

王平和陈绀同新生们讲了什么，安如如今已经记不起细节了，多是些鼓励的话。她只记得这两人温柔友好，其实面对青春的希望，大部分人都会温柔以待吧。

鹿鸣那个地方很大，是那块陆地上最大的平原，上面的人也多，新来的安如和玲珑迫不及待地想逛逛这个逛不完的地方。

放学时，天色已经暗了下来，她们快步走出校门，初来乍到的新奇加快了她们的步伐。玲珑突然扯了扯安如的衣角，示意她停下来。安如奇怪地问："怎么了？我们要去觅食，很忙的。"

"是成笙。"玲珑指的是远处一辆车的主人，他正给王平打开车门，两个人有说有笑。

"那是谁？"安如不认识他。

"你什么都不知道，来鹿鸣干什么？"玲珑惊奇。

"因为分数够这里，就挑了个有趣的专业。"安如说得轻描淡写，姑且算她有天赋吧。她八卦起来，"那个叫成笙的和王平看上去很熟，听你的口气，他也是鹿鸣街的人？"

"两个人是鹿鸣街的同事。"玲珑还看着，"可能还是情侣——可能，我也是听说的。"

"八卦真多。"安如拽她，"但是比不过一顿晚饭。"

就这样，在一个云霓舒卷的傍晚，什么都不知道的安如在玲珑的好奇心的帮助下，逐个认识了将来对她的命运有很大影响的人。

安如更无法预料的是，自己从那时起，走的每一步路，都是那块陆地心跳的旋律。她在若干年后回忆起这些，能参与整个文明的命运，感激不已。

那个时候的两个女孩子，想不了这么远；让她们开始想远的还是后来的实习，在鹿鸣街六号短暂的生活。

第三章　早上好

　　鹿鸣街六号作为鹿鸣所有设有音乐专业的学校最理想的毕业生归属地，它深受崇拜，同时对那些学校也很友好，有固定交流学习的合作开放，轮到安如她们的也有一个月。在两年的培养后，这帮学生相比新生的小心翼翼越发油滑起来，但是对于鹿鸣街，他们回到了当初怯生生的样子，因为那是个全然不一样的地方。

　　安如和嘉平一起被分给成笙。说实话，这样的分配让安如有些失望；其实也轮不上她失望，因为这里的每一位对一帮学生来说都是值得学习的前辈，只是安如在见到陈绀、与他在过道上擦身而过时，还是会有些遗憾，还是想能成为他的徒弟，大概是初恋的心在作祟吧。

　　"早上好。"这种时候，她充其量只能这样说一句。说完后，她还在想，自己没说错话，现在是早上吧？她顺势抬头看了看窗外，树影婆娑，透着朝阳的力量，确实是早上的风景。其实那个时候才八点，是给这帮学生上课的时间——就是熟悉音乐剧的制作，主要但不局限于对音乐剧呈现方式的熟悉。

　　也正是这样的契机，安如觉得能够理所当然地称呼陈绀一声"老师"也不错，毕竟她那个时候的梦想还是两年前的那个：成为陈绀的同事。这样一来，离梦想进了不少。

　　一个音乐剧的学生，到了鹿鸣街实习，这么不务正业，她能学到什么呢？然而她毕业后还是进了鹿鸣街六号，这里面学校的培养占一半，还有一半是花的故乡在养育她的二十年里给的。花的故乡给了她天生的疾病，也给了她唱歌的天赋，以及一位歌唱家级别的老师。

　　那是她从小的朋友，叫乐心。安如和乐心能够相遇，是因为瘿花，她们俩同病相怜，罕见到一块儿去了。小时候的她们不懂事，对这种病无所畏惧，然而父母们很不安地在发病前就带她们去医院，在无药可救中期待能减轻日后的痛苦，做一些不知道有用没用的治疗——她们就是这样见面的。后来有一天，乐心在一次发病中失明了。至今医生们都不知道瘿花为什么会致人失明，即使乐心确实是因瘿花病引起视神经不可逆的损伤，但其中联系还未能详解。虽然医生给出的诊断是瘿花病毒入侵下不可逆的损伤，但是她的家人不愿放弃治疗。她的爷爷带她回蒿野的乡下，安心治疗。乐心的爷爷乐湛年轻时是蒿野有名的花匠，年过半百时，干出一番事业的他弃事业于不顾，躲在乡下，潜心培育新的植物品种。后来孙女出了事，他就把孙女接过来，带在自己身边，一边研究瘿花，一边试图帮乐心治病。瘿花罕见，也不知道乐湛研究进展如何；倒是安如在蒿野时，常去找乐心玩。乐心才是真正在音乐上有天赋的人，本就唱得好，在失明之后还增强了技能。其实，她除了与花为伴，也只剩下唱歌了。那样的十年里，安如每次去见乐心，乐心总会留她，教她唱歌；安如之后对音乐和音乐剧的兴趣，也是受乐心那时影响的。是朋友，更是启蒙老师，日子就这样，一直到安如去了鹿鸣。

　　乐心喜欢带安如去海边唱歌，她教安如唱歌的技巧也很特别，可能是乐心自己摸索出来的，和世上其他人的都不同。她们常去的海边，是一个古老而没落的港口"蒿野渡"，一山之隔就是繁华的新兴港口蒿野港。古老而空旷的蒿野渡少有人来，就是几艘破船一直停留在渡口边上，微风拂过粼粼之海，好似沧海桑田就在眼前。就在这样的环境下，安如成长着。

乐心现在还在花的故乡，在蒿野渡旁的乡下。

二十岁的安如在鹿鸣街过着一段平静的生活，鹿鸣街六号很忙碌，不过她们除外。她们规规矩矩地做着自己该做的事情，还没意识到去想忙不忙的问题。安如跟着成笙学习，晚上和室友玲珑聊天；玲珑的聊天里偶尔会提到陈绀，陈绀是带她的老师，不过安如那时还不太在意陈绀的一举一动，她以为见不到的在意也没有用——她当时还是这么以为的，因而日后和陈绀聊起那时的日常，她除了"早上好""老师好"之类平淡无奇的问候外，记不起来了。

陈绀倒是记得一件事情。有一天，玲珑抱着一只小猫，在剧院门口等安如。安如比她出门晚。

一群剧团的人围着，他们都被那只很小的猫吸引了，说着类似"哪里买的，好可爱"的话。不过猫虽然可爱，但它太小了，眼睛都还没睁开。有人上手去摸，被一旁的嘉平打了回去。

玲珑回道："是我路边捡来的，但不知道要怎么养它，太小了。"

"要喂牛奶吗？"

"牛奶能喝吗？这么小很难养活吧。"

从未养过猫的这群人边出主意边怀疑。

"你们不觉得这不是猫？"嘉平在一旁观察了很久，"它的爪子，它的部分毛色……"

"不是猫是什么？"

"也是，猫的爪子有这么锋利吗？"人群中有人附和。

"一看你就没养过猫，猫也是这样的爪子。"有经验者很笃定，看来平时没少被自家的猫抓。

"这可能是珍稀动物，先送到动物园去看看到底是什么生物。"一中年男子的声音，在一群年轻人中很不一样。

"如果我没看错的话，是猞猁。"陈绀在一旁，"周行，我们进去吧。"

陈绀和剧团主周行在差不多的时间来上班，刚好遇上有人捡到"猫"。

答案已有，大门口的骚动解除，玲珑一行人匆匆去动物园。陈绀这样一句简短的话，安如或许记不住了，但是那只猞猁她不得不记住，当初为了它可折腾了好几天。

"你在哪里捡到的？"兽医问。

"晨跑的时候，在后山步道边。"

兽医在检查它的身体，简单询问了细节，也没时间抬头看玲珑："应该是猞猁，就放在这儿吧。"

就这样结束了，出了动物园的玲珑有些失望，如果只是只猫，应该能养它吧；成了猞猁，说不定以后再也见不到了，动物园把它养大后，会放回山里吗？还是像这里所有的动物一样，好吃好喝，却只有一方天地。

"没事，我们去养一只猫。"安如看出了玲珑的失落，"这只猞猁在放回后山前，还会在动物园休养很长一段时间吧，你可以常来看。"

"等它长大了，还怎么认得出。"玲珑说。

"到时候找刚刚那兽医问一问。"

"我们连那个兽医的名字都不知道……"玲珑越说越失望。

"张敖，兽医，在南城动物医院工作，同时被这家动物园聘为指导，今天他刚好在动物园——他刚刚在检查猞猁时，我留意了铭牌，又查了一下资料。"嘉平一脸平静，这份平静在此时显得有些得意，也不知在得意什么，安如现在想来，也是那个年纪特有的"轻狂"吧。

那两位很吃惊，还是安如先缓了过来，"她其实一直这个德行。"

"我们可以去他上班的地方堵他，等我们下班之后。"瞧瞧嘉平的魄力。

自然，为了那只猞猁的前途，她们从鹿鸣街下班后赶往南城，去找那位兽医。不过，人经过的地方，车水马龙穿梭于屺岵层叠间，处处充满了巧合，她们也因为一只猞猁有了个奇妙的经历。

还没走出鹿鸣街呢，她们在一个路口看见了张敖。张敖高而瘦，大白天的，很容易看见。

"走。"嘉平很笃定，指挥两个同伴。原来张敖的活动范围也涉及鹿鸣街。

张敖穿过一条巷子，到了酒吧聚集的商业区，自然而然地进了一家酒吧。这一带的路有些老旧，积了些历史感，更显闹市之闹了。

"悠悠。"嘉平站在酒吧前，念了念它的名字。

在嘉平的提醒下，安如才察觉这个名字："很奇怪的名字，悠悠，这一带的酒吧名字就属这家的格格不入。"

"悠悠"确实不是鹿鸣这个地方习惯的起名方式。这个酒吧实在不一样，外冷内热，平淡无奇中充斥着烈酒的矛盾，像是有力量可以挣脱却不想挣脱，扭捏中给了这酒吧独特的气质——强烈矛盾的气质，不像这里人的一般作风。

这里人的一般作风，就"悠然"二字，乃至于渗透他们的心魂。比如时间观念，那块陆地的人不在乎时间，春夏秋冬一样地过；他们将所有的细腻心思放在享受时间安静流淌的每一处，春夏秋冬或是早晚今夕都一样被欣赏眷恋着，无差别，因而不会突出某一个季节、某一个时间段。

"您的悠悠。"服务员很客气地送上一杯澄澈透明的酒，给坐在吧台的张敖。

"我们也要悠悠。"女孩子们跟着，显然从没来过这家店，她们的目标也不是酒，无所谓"悠悠"是什么。

"你是张敖吗？""猞猁怎么样了？你们会养大它吗？养大之后会放回后山吗？"

女孩子们此刻的急切显得很不礼貌。对方不知所云，不过很快有了回应："我是他哥哥。"

这话，让三个女孩子意识到自己失礼，一时间不知道要说什么，对方好像不介意，可能习惯了这样的错认。"是双胞胎，所以经常有这样的情况。"他这样和服务生交谈着，笑了出来。

转而，他递给她们名片，叫张牧，是个酒厂的厂长，酒厂的地点叫"芒"。

"芒？"安如没听说过这个地方。

"芒在陆地的最北面，是个很小很偏僻的地方，但是那里的人能酿出很多好酒。"

安如那时还不怎么喝酒，没听说过那个小地方，但是对于那块陆地上爱喝酒的人来说，"芒"这个地方不陌生。

"芒那里的人在酿酒上很用心，不过——这是蒸馏酒吧。"嘉平喝了一口，"口感涩而烈，叫悠悠，很不合适。蒸馏酒也是芒那里的人的发明，听说只有十多年的历史。"嘉平知道很多，就算记忆有所偏差。

被那块陆地上的温和所养，那块陆地上的人性本温和，从不想着做过分的事，包括烈酒。不过这样的思想在悄然转变，蒸馏酒在十年前出现于芒之后，迅速传播开来，喜欢的人很喜欢；就好像那块陆地的变化，渐渐在活跃中也有了特别活跃的因子，不知为何。芒是传统的制酒之地，发明了很多酒，蒸馏酒作为一大种类，是芒近十年最大的成果。

"它虽然涩，但入口后有一股清香沁入，因而叫悠悠——是吧，张牧？这酒吧还是专门为悠悠而开的。"有个中年男子看他们聊得热闹，凑了过来。

"王大生，我这儿有新酒。"张牧看到生意来了。

王大生是酒吧老板，看起来两个人的关系很好。

"我们这样的人，在这无忧山水中，心醉亲手酿的酒，逍遥自在……"酒喝着喝着，酒吧老板倒先醉起来了。

一旁，三个人呆呆地捧着酒杯，不知道做什么，来找兽医却遇到了长得一模一样的酒厂老板，这次是嘉平的定位失误。

"这是我弟弟的电话，你们去找他吧。"不知道是不是感受到了三个姑娘的尴尬，张牧写了张敖的电话。

她们后来找了张敖，也知道了那只猞猁的处境。五年后，那只曾因身体虚弱被妈妈放弃的小猞猁被放回后山，听说它过得很好。五年后啊，那个时候安如的命运也面临着巨变。

第四章　命运

鹿鸣街的日子一直很平静，安如从学校毕业后如愿进入这里。其实毕业前她早在鹿鸣街的剧团，在成笙的推荐下留了下来，一边饰演一些小角色，一边学习。她来鹿鸣街的时间不多，不过她爱来；话说回来，没有人不爱来鹿鸣街。这样的日子其实不忙，尤其是当她有机会在后台看见陈绀的身影时，安心的感觉冲淡了所有。她对陈绀的感情，这所谓的初恋，如果到此为止，到共处一室便能安心的程度为止，倒也不会给后来的安如太多折磨；但是，哪有这么多如果呢？当初的一见钟情，更像是后来的伏笔。

毕业后，玲珑和嘉平也来了鹿鸣街六号，能聚在一起她们很开心，可以在竞争中有取暖的一隅，继续她们在长久相处中生出的友谊。

鹿鸣街的初秋留着夏天的火热，直到傍晚才有凉意将不安的热停歇。安如正式进鹿鸣街的第一年的第一天，剧团主周行趁着太阳未落的美意，给全体员工开了会，欢迎新来的同事。欢迎会放在傍晚很奇怪，傍晚的寓意怎么都被它所处的尴尬境地拖累，暗暗长夜藏着的是不清不楚不安不实，不如有活力的早上；鹿鸣街的习惯，也把重要的事放在早上。不过周行不在意这些，何况他忙，才回来。

　　入秋的第一天是鹿鸣街按惯例的迎新的日子，每年都会有新的人员加入，他们为剧团注入了活力，后浪推前浪，给鹿鸣街和那块陆地带来新的气息。每年从鹿鸣街走出的也很多，他们投身于新的事业，给各个领域以鹿鸣街特殊的气息，那种在云淡风轻掩护下的干净而执着的气息。鹿鸣街对于那块陆地的人很重要，是他们漫长岁月里的调剂；从中出来的人也很重要，鹿鸣街训练他们的不止于舞台技能，还有处事与处世的态度，因而鹿鸣街于那块陆地是特殊的地方，是那块陆地的一个代表。

　　这次来了十个新人，演员以外还有编剧和道具师。然而令人感到意外的是，周行在欢迎新同事的会上还很突然地宣布了一部新剧《阳光下的芒》的主角人选：陈绀和安如。

　　周行宣布后，台下哗然，就安如那年纪和资历——安如还是迎新的对象之一，他们都以为是开玩笑，然而看周行那张脸就知道他是认真的。在鹿鸣街剧团的历史上不是没出过年轻的主演，他们都颇有天赋且已有不少经验，早早承担大任，日后也都在鹿鸣街的发展史上扮演着重要角色；安如在那时受重托，显然也是当时的鹿鸣街希望她也能同前辈一样。然而，出于各种原因，鹿鸣街的同事们对这个决定很不能理解，包括安如自己。安如下意识去找陈绀，他坐得离她很远，作为有能力的剧团主力，陈绀在鹿鸣街的地位如同他本人的特质，放于众人中熠熠生辉。他来到鹿鸣街有十年了。

　　隔着众人，安如看向陈绀，自然得不到陈绀的回应。陈绀在鹿鸣街很出色，是安如一直以来敬重的榜样，接下来有机会如此接近，她变得诚惶诚恐。她该做些什么，真的能跟上陈绀吗？如果拖了陈绀的后腿，如果陈绀并不满意她的演出……她已然无暇顾及倾慕的心，有的只有惶恐和无措。她只想安静地做陈绀的同事的心此刻被自己无法控制的安排所裹挟，迫不得已到了一个新的位置，她天生的安静与默默无闻从此要和她告别。她在成为名演员的事情上没有什么野心，对鹿鸣街也没什么占有欲，这样突如其来的任命让她不知所措；她进鹿鸣街唯一的目的只是能和陈绀共事，如今意外地超额完成任务，迷惘的她还不知道这个决定对她的未来有什么影响。这仓促而至的机遇，直到若干年后的现在，还是让安如感激，自那以后，她开始了全然不一样的人生。

那晚，周行和剧作家孔昭召集《阳光下的芒》的主创人员开会，不到十个人坐在小板凳上聊天。鹿鸣街喜欢这样的平易近人，用来商议剧目的落实，这样的场景并不少见，在鹿鸣街常出现于剧目将启动而未启动时。安如第一次参加这样的活动，只是坐在一旁安静地听着，当做一次普通的会议。大概是还没从被推为女主角的震惊消息中缓过来，她显得茫然，认真记着在座的每一个人的每一句话，却没能察觉出这之中的微妙；当然，这不能怪她，资历尚浅，知道得少，她还不知道怎么去留意其中的特别之处。

这样并不少见的情景，因为多了两个人而奇怪，一个是孔昭，一个是王平。孔昭这次以剧作家的身份参与《阳光下的芒》的制作，他确实是位剧作家，不过不属于鹿鸣街六号。那块陆地的剧作家都以进鹿鸣街或是被鹿鸣街购买版权为荣幸，因为鹿鸣街的地位和能力；而鹿鸣街的人都以参与制作孔昭的剧为荣幸，因为孔昭的能力。孔昭的作品很少，近十年就只有《阳光下的芒》。据作者本人自述，《阳光下的芒》是为一群人而写，写的是一群人的梦想和梦想中的困顿；他对结局手下留情，是给他们的祝愿。孔昭提供了《阳光下的芒》的文字，给这部作品作曲的是王平。王平虽是很有能力的歌手，但也是第一次给音乐剧作曲，和孔昭的合作成果还不知如何。

王平也是个厉害角色，本是很受欢迎的年轻歌手，后被周行挖来鹿鸣街，成为音乐剧演员。总有传言说，几年前周行刚成为剧团负责人时尚不能服众，靠几位团内成员和两部剧目的出色发挥，才得以完全掌握这个重要剧团的重要位置；这之中，就有从外面来的王平的功劳。王平一开始来鹿鸣街，有周行的提携，也有最初的搭档成笙的帮助。他们俩只合作了一部剧，就是王平来鹿鸣街的第一部，从此以后再无合作，然而两个人的关系很好，好到有许多流言蜚语；所谓流言蜚语，当然是虚虚实实的，只是成、王的虚虚实实间，有很多真的情愫。两人不说，却也和外人默认，安如始终闹不清这两人在顾虑些什么，抑或玩弄些什么，她本对别人的情感没有丝毫的兴致，只是成和王的关系在不久的日后酝酿到牵涉她，牵涉她身边亲近的人，乃至整个鹿鸣街六号的危机，让她不得不关注，不得不回头仔细搜寻关于成和王的记忆，来思索危机产生的缘由。

这次鹿鸣街请到孔昭，而且他能答应参与剧的创作，加之王平的参与，《阳光下的芒》很不简单。不过，那时的安如还处在茫然中，无疑，这种茫然也是某种程度上的幸福，茫然掩盖了她的视线，阻遏了随视线深入的思维，她未能探知当晚聚会背后的复杂，只在日后排练和演出的深入中，感受到成为陈绀的女主角的幸福。

这么重要的《阳光下的芒》，让一位初出茅庐的新人担任主角，不知道鹿鸣街是怎么想的。不过，周行似乎一开始就将《阳光下的芒》置于实验性的剧目里，只是内容重要而非性质重要，它的演出没有放在重要的时候，演出时间也不长，这些都给了安如以机会——新的剧目、新的形式恰好遇上新的人。与其说周行看中安如给予机会，不如说让新人碰碰运气，而这个新人恰好是安如罢了。

究其原因，为什么这么恰好是安如？为什么安如这么恰好第一次主演便能和陈绀合作？当然是因为陈绀的推荐——这次机会是剧团主周行给的巧合，却也不能完全算巧合。

鹿鸣的秋，飘着潇洒而清凉的风，风吹树影飘摇，萌动着女儿的心思；她的心思被自己小心翼翼地藏起来，去靠近她的男主角，去靠近他的心。

在《阳光下的芒》开始排练的若干天后，安如问过陈绀，为什么推荐一个刚入团、毫无主演经验的新人当主演。陈绀给了她心里的想法。

那时的安如怯生生地面对自己将要处的位置，还有眼前要和她一起努力完成剧目的陈绀。《阳光下的芒》是个温暖的剧，可安如那时候只有紧张；她紧张得手都在抖，每一次自己的双手搭在陈绀的手上，都会不由自主地发抖。陈绀明白这是紧张，他也没有办法，只是耐心地陪安如度过这段不知所措的时期。不过，他终究有好奇的时候，究竟是怎样的心理会促成如此的紧张？虽然他在《阳光下的芒》开始前没怎么接触过安如，但是他眼中的她还算是可造之才，不至于有如此脆弱的心理。

于是，在开始练习的几天后，两人对台词时，他主动对安如说："怎么了？"

陈绀突如其来不合气氛的话，让安如对着台词找了很久，发现并没有这句，她才抬头，茫然而无措得像迷路的小鹿，有些傻。安如现在回忆那个时候的自己，也觉得可笑，却不莫名其妙，因为她知道自己紧张的缘由，因为是主演，因为没经验，也因为眼前身侧是陈绀。

"我——"安如的脑子转得还算快，没有透露自己不想透露的原因，"你为什么要选我？"

其实，她只想安安静静和陈绀一起演戏。她知道陈绀在鹿鸣街所发挥的能力，所以她一开始想的只是当个陈绀剧里的小角色，在同一舞台上接受观众的掌声就够了。她一直是这样的想法，如此的"不求上进"在日后也给了她麻烦。纵然，现在的她还来不及想以后，来不及想"上进"，自己不拖鹿鸣街的后腿就不错了。

"你有能力。经验不足并不能掩盖你的能力，但你现在的紧张和畏首畏尾能。"陈绀真诚地看着她，劝导她。

能力？安如以为自己听错了。

"是我跟周行推荐你当'芒'的主演，因为你的能力。"陈绀见安如没有回应她，继续说，"你掌握很特殊的演绎歌曲的方式，音色也很特别，这在鹿鸣街的演员里很突出。我见到你的次数不多，开始留意你，是听到你唱'开在灯光辉煌下的蔷薇花'——那首歌叫《蔷薇渡》吧，是光芒万丈的女子在深夜的内心独白，你和其他三个伴唱扮演暗夜里的精灵，拉扯女子的灵魂。当时在舞台上，你的声音不突出，但是容易吸引听众的心，包括我。《蔷薇渡》的情绪很容易让人将它的落寞、无奈放大，但其实若想将它的全部魅力释放出来，还必须用歌声演绎它作为主人灵魂的声音，它要表达的主角意志的落寞并不多，是出于得意和无人理解的落寞之间的落差，是光芒万丈的疲惫和疲惫中的主动坚守。看似被动和疲惫的歌词，听似落寞的曲调，要传达的连带之后的剧情走向却都是坚守，这是作曲人的出其不意的心思。你很细腻地处理了这首歌，让我感受到了其中的层次，感受到那灵魂的挣扎，和那挣扎中的不懈与不羁。我当时在认真思考，你是怎么做到的，让一首歌变得如此有魅力；后来的一段时间，我留意你的表演，发现你有特殊的演绎技巧，你的声音明亮却总带有像是大海的苍茫，很难得，即使发挥得不够稳定，但我相信这只是时间问题。你在《蔷薇渡》的演绎，给了我做出现在这个'芒'的女主角人选的决定以支持。我问了成笙的意见，关于那个角落里的伴唱演员——他当时是带你的老师吧。'芒'的人选决定后，成笙还特意找我说，安如就交给你了——他也相信你的能力，相信你可以成为鹿鸣街的未来之一，成为鹿鸣街的一个时代。"

"就因为一首歌？"

"还有成笙对我这个决定的支持。当然，现在就让你承担起一部剧，风险很大，这个风险出在你的潜在能力上，出在你那特殊的演绎上；观众能否认可，'芒'完成得如何，这些都是风险。不过，做任何事都有风险，关键在于你抗风险的能力，我会全力帮你。当初，周行告诉我孔昭写了新剧本给鹿鸣街，还要我主演，他让我挑一个饰演女主角的演员，他规定在入团六年内的年轻演员中挑选。我就问他，实习期算不算，他顺口说，算。这可是他说的，我就说了你的名字。他一开始还想不起来'安如'是谁，周行作为剧团主可难有机会接触到实习生和新人。他说他不阻止我的决定，但是我要承担所有后果。周行给我的责任我认了，不过我相信你，相信你的能力和你的潜力，还有你身上关于那块陆地的气质，和鹿鸣街十分契合的那份气质。"

陈绀慢慢地说，说了一大堆，直到他看到眼前的安如的神色放松下来，他才停下。

安如听到陈绀的评价，第一时间想到的是乐心；因为乐心，让她的声音像是风扶苍茫之海而来，细腻而宽阔，澄澈而大气。——当然，那时初演音乐剧的安如还没办法把自己歌声的优势完全释放到剧里，不过已有让人倾心的不俗表现。

"你也不用有太大的压力。女主角固然重要，但是在'芒'这样一部描述追求梦想、坚持创业的音乐剧里，主角团里的六个人都很重要，你的重要性被分散了。"

安如笑了，即使只是轻轻地："创业？"

"草创一个全新的世界，打开一个新的纪元，可不是神圣的创业吗？"陈绀递出手，"你也在创业。"

可不是吗？安如也在创业，从《阳光下的芒》里的女主"菲"开始自己的事业，一个灿烂的重担。

安如将手轻放在陈绀的双手上，遇到合唱的部分，这种温暖结局的剧总喜欢落于俗套的牵手，人们也喜欢看。即使只是很礼貌的双手握双手，却合着歌词，有深情款款之感，孔昭想在剧中表达的温暖也渗透在某一个这样的小细节里。

《阳光下的芒》，这部剧从剧名到剧情、从歌唱到表演，属于安如的部分无不显露温暖，好似预示着安如的命运。希望如此。

不管安如以后的人生之路如何，瘿花会如何打击她的性命，安如在鹿鸣街有很长的一段时间过得温暖，这得益于她的争气，得益于陈绀和成笙的帮助，得意于朋友们和观众们的支持。

不过，那时的安如只注意到陈绀握紧了她的手，似乎在示意"别紧张，我在"；安如从那时起，确实少了些紧张，能够全心地投入角色中了。只是再把手搭在陈绀的手上时，她感受到的更多是暖意，和"阳光下的芒"一样的暖意，这部剧和陈绀都在鼓励她，一颗冉冉上升的舞台新星。

未来，未来是什么

带着阳光的味道，

勾走我的魂；

曾经，曾经是什么

带着破瓦的古老，

埋着我的骸。

破瓦间缠着荆棘

赤脚踩着，心的煎熬

没有曾经和未来

都只是现在，手握的分毫

阳光下的芒草

我藏在它如阳光般的温暖里；

抛于苍茫的我心之锚，

将我留在芒野里。

风吹阳光下的芒草之野

悠悠，带来时间的歌谣。

"没有曾经和未来

都只是现在，手握的分毫"

风吹阳光下的芒草之野

悠悠，带来时间的歌谣。

"这歌不是王平写的，主题曲居然不是王平写的？"走出紧张的安如，竟开始有心力关注作曲、作词，虽说是本职和本能，但对她来说进步不少。

安如看到的名字是"王大生"，她记得这个名字，是两年前在找猞猁下落的时候，在一家酒吧遇到的。他好像还是酒吧老板——那家酒吧叫什么来着？

"悠悠。"陈绀见安如在思考，便说了酒的名字。他以为安如会知道这近些年流行起来的酒的名字。

安如也确实知道，不过不是因为惯于喝酒的缘故。

"悠悠的老板？"安如想起来了，听到"悠悠"就反应过来了，那家店叫悠悠。果然是那个王大生，平时和店名一样悠闲的他，居然有谱写词曲的本事。

"看不出来吧，酒吧老板还有这一手。"陈绀好像也很惊奇。

"怎么找到他来写主题曲？"安如聊上了。

她已经能和陈绀聊上天了。好几天过去了，这很不容易。陈绀也这么认为，他意识到以后要多和安如聊聊，她才能放下心来演出。

"我也不清楚。"

除了《阳光下的芒》作曲人的身份，王平其实也在剧中演出，她饰演一个复杂的女子，叫芳。芳起初同一行人寻求未来的出路，却在复杂的经历后变得阴暗，她的阴暗促使她杀了人，当她的刀落在对方身上的那一刹那，她犹豫了。对方问她，你怎么停了；她说，我听到了未来的声音。她在那一刹那，随着一束微弱的光，听到了未来的声音，她就在那声音里收起了刀，收起了颓废和阴暗，明白了未来的含义和未来的出路。在寻找未来的路上困苦不已的人，已经开始怀疑自己的人，在刀起刀落之间明白了，怎么样才能找到未来。阴暗被驱散，而她的良知被唤醒。她找来了所有人，包括她曾想下手杀害的人，说明自己对未来存在于何处的判断，就带着沾了点人血的刀留在原地。她说，我犯了错，我愿用下半生赎罪，好在人没有事，不然我用命也赎不起；你们走吧，未来在等着你们。王平的部分到此结束，剧的第一幕也结束了。

《阳光下的芒》的故事开始于一次误入。有三男三女在深山老林徒步，原只是一次普通的登山之旅，他们却迷了路。他们找了很久，找到一个小村庄，见到人烟，原以为万事大吉，疲累的他们放下了内心的戒备。在村子落脚的当晚，他们被异动吵醒，屋外火光漫天，才发现这是个食人部落。费劲心力伪装后的他们仓皇逃脱，途中误入沼泽，其中一个叫"花"的女子再也没有上来。由新人童遥饰演的花，是全剧六人团的第一智囊，却不幸第一个离开；当时正黑夜，五人绞尽脑汁拉她出沼泽，她却越陷越深，似乎已是回天乏术。她只剩下头部露出沼泽时，众人都哭了，只有她异常冷静，清晰地对岸上疲惫不堪的他们说：我才发现，也只有我所处的这沼泽中央抬头看才能发现，原来我们不是迷路，是到了新的时空；我不知道我们还回不回得去，但无论如何，我们都要找到未来，找到活下去的办法——想要活下去，也要找到足够的时间能容得下我们活。

她声嘶力竭，交代她在沼泽中看到的秘密，却还是没入沼泽。五人眼睁睁看着好友的死，好久才缓过来。在同伴以生命为代价的提醒下，他们明白了自己的处境，然而因为同伴的离去和处境的迷惘，剩下的五个人有了嫌隙。有人是对未来不信任，这样的人不久坠崖而亡，他叫大山，由一个叫元昉的年轻演员饰演。有人是对同伴不信任，疑神疑鬼，这样的人不久困苦于愧疚，留于一片苍茫之地，也就是王平饰演的芳。有人是心有余而力不足，倒在荆棘路上，抱憾而亡，这是由成笙饰演的大川。最后的两个人，"大海"和"菲"经过同伴倒下的荆棘路，见到一片荒野。这样的荒野，他们经历过，只是眼前的这一片长满了芒草——阳光下的芒，温暖，迎风拂动，好似带来靡靡之音。

仅剩的两个人中，大海也累了，而菲一直是个乐观又简单的人，当大海回过头看远去的荆棘，伤感同伴的一个个离去而未来依旧无望时，菲对他说，为什么不把这里当未来呢？未来一直在我们手中，我们或许回不去，但一定有未来。多简单的道理，囿于寻找原本的世界时空的他们迷路在复杂的表象里，实际上，只要愿意，在这个未知的时空依然能够创造出未来。相较于菲的乐观和单纯，大海勉强接受了她的说法，在阳光下的芒草中开始建造未来。

安如在其中饰演的菲，是故事里活到最后的人之一，她带着已经消逝的同行人"活下去"的信念，和另一个活着的人在这片只有芒草的荒野里，开始了未来。

这部剧看得很辛苦，六人经历食人部落、沼泽、深谷、山崖、荆棘和荒野，还经历了心的折磨，最后似乎是被命运、事情一开始的那个"误入"屈服，但与其说是屈服，不如说是新生。他们摆脱桎梏，知道第一个死去的同伴口中的未来究竟是什么意思，知道了当初遇到的沼泽里的情状昭示的"命运"是什么意思。全剧充满了寓言，尤其是第一个同伴死去的部分，然而他们到最后，付出生命的代价才醒悟所谓的"未来"。大海无疑是绝对的主角，让观众代入他所经历的一切；他在最后，在芒草地听菲那番似乎简单的话，才醒悟"未来"何意、"未来"何处。而菲，则是个幸运的人，在复杂的生存困境里，因她对"未来"

和"命运"理解上的纯粹，意外地走到最后，她的阳光，给了这部剧以温暖。

山川海，花芳菲，也是拓荒者想见的悠然未来。孔昭的剧向来都有含义，不知道这次，他在剧里埋着多少伏笔。

且不说孔昭将自己多少目的注入《阳光下的芒》里，但说他笔下存在那样一个女主菲有怎样的目的。菲和安如还真有些相像。成长于花的故乡的安如，也有着纯粹的心思，虽然对鹿鸣街没有野心的她从菲开始，正一步步走入鹿鸣街的核心圈，但是她时至今日，都依然纯粹地、纯粹地只为一人留在鹿鸣街，守候着这里的未来；准确地说，现在的安如除了为某人留在鹿鸣街，还想着能用歌声守候那块陆地。那块陆地上的人依赖鹿鸣，这片文明最开始建立的城市；也依赖鹿鸣街六号，这个多姿多彩的地方，有鹿鸣历史的缩影。

而那时的安如，正战战兢兢准备《阳光下的芒》。在知道王大生写了剧的同名主题曲之后，安如立刻去了趟悠悠。

那天，安如练习到很晚，赶到酒吧已近深夜。玲珑和嘉平也要来。再黑的夜，在城市的深处都不乏与之负隅顽抗的力量，鹿鸣街的转角再转角后，便可以瞧见那片灯红酒绿，悠悠就藏在里面。安如上一次来悠悠还是两年前，也是第一次，如今她再来这里，还是带着额外的目的，这次不是兽医，而是老板。她也不知道王大生是不是在悠悠，据嘉平的考察，王大生不常在悠悠，多在陆地北方的芒学习酿酒技艺。或许爱酒的人，单纯爱和酒待在一起。嘉平这两年，别的事没心思，倒是将鹿鸣这个地方和其上的人摸了个透彻。估计，鹿鸣街这几年招的新人里，就安如和嘉平这么不务正业又没什么上进心了，一个对剧团不是十分了解，全靠旁人提醒，坚持下去只是为了能和一人称为同事的想法；一个对剧团太了解，却更喜欢了解所有事情，美其名曰要穷尽真相，忘了自己是以"演员"身份加入鹿鸣街。

安如进了悠悠，便看到兽医张敖——这是兽医还是酒厂老板？这两人太像了，根本区分不出，要说唯一能够区分的，也就是张牧略微成熟些，而张敖有股无忧无虑的悠闲自在在内里；但这样的区别很是微妙，全凭经验和感觉。既然是双胞胎，出生时间应该差不了多少，就是这短暂的时间差，年长些的承担得多一些，这也是被叫一声"哥哥"的责任吧。安如看到不知是张敖还是张牧的那人和王大生相谈甚欢，坐在靠后的位置，面前有两杯酒。可能是张氏兄弟生长得高大英俊，很容易认出来，倒是那位王大生……

"安如，这儿。"玲珑的一声喊，让很多人看向门口的安如，包括张某和王大生。

玲珑和嘉平先到了悠悠。她们三个虽然住在一起，为了方便租住在鹿鸣街的东头，但是安如因为《阳光下的芒》的排练，最近都和另外两位分开。

"怎么这么迟？"

"那是哥哥还是弟弟？"她们一天没见，问题都撞在一起了。

"最近只能在晚上十点后和早上八点前见到你，'芒'的任务很重吧？"嘉平这口气，看来室友们也很难得有时间和她认真交谈了。

"突如其来……"安如叹了口气，没打算再提最近的忙碌和压力，见眼前有杯酒，便一口喝了。她知道是"悠悠"，虽然两年了才和它重逢，但是这股满溢的气息她不会不记得。那块陆地上的人在"悠悠"出现前从不喝蒸馏酒，现在"悠悠"流行起来，带着人们认可了蒸馏酒的口感，但是碍于技术，这类酒也只出产于芒，产量不高，少有地方能喝到；悠悠就是最早贩卖"悠悠"的地方，自然很受欢迎，成了口碑之店。

"厉害啊，你不是不怎么喝酒的吗？居然一口气……什么感觉？"

玲珑看得目瞪口呆，十年同学的她还不知道安如有这技能。

"没什么感觉。"安如不明白玲珑缘何吃惊，不过说完这话就后悔了，悠悠的后劲也是悠悠而来，却迟迟不走。安如皱了皱眉。

"你一饮而尽也是能耐。"嘉平夸她。

"别提能耐，又让我想起没日没夜在准备的'芒'，连梦里都是'芒'和芒草。"她缓了缓，"不过，这次来悠悠依旧是因为《阳光下的芒》——这部剧的同名主题曲出自王大生，词曲都是。你说，他写的歌里有他怎样的想法，和这悠悠酒一样吗？"

"王大生在人们的口中，确实是个有才气的人，但更多是夸张、执着之印象，和《阳光下的芒》的温暖很不一样，没想到他还有这一手。"嘉平开始讲述她调查里的悠悠老板王大生。嘉平和玲珑同所有普通的鹿鸣街新人一样，只能饰演一些辅助类的角色。孔昭亲自负责《阳光下的芒》，里里外外前所未有地仔细负责，但就是没给小演员定下具体角色，只让他们固定时间上些课；即使留给《阳光下的芒》的准备时间不算多了，孔昭依旧随心所欲，鹿鸣街也由着他。虽然不知道孔昭作何打算，但嘉平和玲珑因祸得福，课业不多，让她们得以空闲段日子，这才有时间深夜陪着安如，在酒吧里耗。

安如听了嘉平的一番话，又仔细观察起王大生。她坐的位置偏，只能看到王大生的侧面，他不如张某高，人很精神，发型总是不羁；至于如何不羁，据嘉平说，每一天有每一天的不一样。看样子，是个很有个性的人。

"安如，我想看《阳光下的芒》全部剧本。"嘉平开口，安如不假思索地答应了。不过，她说："虽然一般不会再改，但这始终不是最终剧本……"

嘉平就不是对当演员有兴趣的主："我大概率只是没有台词的背景板之一，只是我对王大生写作《阳光下的芒》的原因很有兴趣。"

"你是发现了什么？"

嘉平压低了声音，像是躲着远处的王大生，但其实悠悠这样的环境，他不会听到，"那倒没有，只是在来鹿鸣的四年，发现了很多事，也疑惑着一些事的发生和发展——你权当我对王大生这个人感兴趣吧。他和孔昭似乎不是很熟，他也不是有名的作曲家，能写大剧作家的剧目的主题曲，是谁给他牵的线？周行？还是其中有什么复杂的原因。"

"也不一定复杂，说不定只是王大生赞助了该剧。"安如一向不喜欢多想，自然觉得嘉平的多想毫无意义。嘉平仔细看了歌词，确实有"悠悠"二字，虽然隐蔽了些。

"这剧有赞助吗？"被嘉平这么一问，主角面露难色。安如留意得太少了。她的一尘不染和不谙世事是因心离世间太远，这份纯粹是不得不纯粹，让她拥有和众人都不同的卓然气质的同时，还让她迟钝而脆弱。这一切都拜瘿花所赐，瘿花束缚着她，让她不能多想，这于她未必是好事。

玲珑听晕了："原因再复杂，和我们有关系吗？"

"没关系，但是你要注意和成笙保持距离。"嘉平似乎知道所有的人物关系。

"成笙？玲珑和成笙有交集吗？"安如一脸的不知情。

"目前没有，但是她跃跃欲试，和当初的你一样。亏你还是成笙的学生，这两年没觉得玲珑和你讨论了太多的成笙了吗？你现在成为陈绀剧中的女友，当初进鹿鸣街的目标超额完成，有下一步吗？"嘉平八卦起来。

"先别说我，你的意思是？"安如凑近玲珑，开始怀疑起自己迟钝的反应，"成笙有王平啊。"

"我知道，我不是也没想怎样。"

嘉平解释道："成笙人品不差，也是个资深又出色的音乐剧演员，是你们事业上值得依赖的导师……"

"但是——"玲珑帮他加了个"但是"，她知道嘉平又要开始宣读她的调查报告了。

"但是，成笙和王平的感情很奇怪，就算有一日成笙和王平分开，我也不希望你在情感上接触成笙，据我观察，他不是个能妥善处理感情的人。"

"但是，我也不想和成笙怎么样，没想过介入，只是想和他在一个舞台上……"玲珑这想法和安如的如出一辙。区别就是，安如在她的小心思暴露于全团之前，已经是陈绀的女主角，所有的心思被融在台词、歌声和演技里，她的克制让一切看起来都很平静；而玲珑，没有安如的幸运，也没有她处事的小心翼翼，或许是她本就对音乐剧的事业有所期许，对成笙也有敬仰，久而久之，调和成了无可救药。

"再克制，只要你依然期待你和他的眼神交汇，纵容只是舞台上的一瞬，你还是会受到伤害。"嘉平郑重地提醒她。不过，玲珑尚未能理解嘉平所警告的危机，这危机倒不是破坏感情之类滥俗又低俗的剧情，玲珑不会走向这一步，但是事情的发展远远超出了三个年轻人的预料。如果玲珑能听嘉平的话，一早就避开和成笙的接触；又如果嘉平能再深入调查些，调查出成笙和王平的感情是怎样的奇怪，或许事情不会到无法挽回的棘手地步。

"实话说，我来鹿鸣街本只有一个目的，研究孔昭。孔昭是个厉害人物，厉害到有一群人成立了一个叫'孔昭研究会'的组织，专门研究他的作品和人，我是其中一员。我不是被他的作品吸引，而是觉得他曲折潇洒的人生经历中藏着一个巨大的秘密，所以在年纪还小的时候就加入了这个研究会，直到现在。他和鹿鸣街渊源颇深，研究会也因此对鹿鸣街六号有颇多调查，所以我一直想进入鹿鸣街，伺机找寻线索，没想到一来就遇到了他。你们可能会觉得最近的我找线索找得疯狂，但请务必理解，这是我的心结。"嘉平有些醉了，说了一直想说却没机会说的实话，"所以，不管我的结论有多荒唐，我又是怎么得出这些结论的，和孔昭有关的人的消息，你们可千万要听进去；即使我未必能和你们讲清楚，毕竟很多都是那个研究会和我几年来的调查所得，非三言两语所能言明。"

"把几年的时间都用在研究一个人身上？"玲珑觉得可惜。

"孔昭值得。我想知道鹿鸣的故事，想找打开故事盒子的钥匙，鹿鸣街六号无疑是最关键的，但是目标太大、难度太高，孔昭这样的就很合适。"

那晚，悠悠的酒，将她们灌醉了，悠悠地。

她们本不是来喝酒的，却还是情不自禁，被酒灌醉了。

安如依然不知道坐在王大生对面的是张牧还是张敖，酒厂厂长和酒吧老板谈生意这很正常，和酒吧老板相熟的人来店里找老板聊天也很正常。

嘉平依然不知道孔昭在《阳光下的芒》中埋下的心思，也不知道王大生在曲中放着的心意，只是她在猜，主题曲和剧本契合之处，将是秘密的它内核最容易理解的部分，因为剧歌曲的词经过另一个人的分析，又经过剧作家本人的同意。只是，嘉平反复研究，只觉王大生的《阳光下的芒》和孔昭的剧完全契合，没有多余意思，难以捉摸。

玲珑陪着两个人，喝着自己的闷酒，她喝不惯悠悠，权当迷醉的药。她明明没有想把成笙如何，为什么嘉平就要那样分析。

没有曾经和未来，
都只是现在，手握的分毫。

王大生的词，浅浅地，浅浅地，还是会被醉了的她们念叨。这是她们正式进入鹿鸣街接触的第一部音乐剧的主题曲，一生都将记得的曲子；她们却没想到，这还是对她们命运的忠告。就是不知这层意思，是孔昭的原意，还是王大生自作主张埋下的。

初秋的深夜，她们徒步回鹿鸣街的住处，悠悠醉了她们，也灌醉了那块陆地。那块陆地开始躁动，开始一点点破坏曾经之人亲手建立的秩序，那块陆地正一步步靠近它注定的危机，这不是悠悠酒导致的，但是悠悠的出现预示着这个危机将难以掩盖，终有一日会暴露于恐慌中。那时，那块陆地和其上之人，还有时间，还有时间享受一贯在享受的安逸。

不过，那都是很久之后的事情了。那晚的安如，沉浸在悠悠里，感激着命运，感激命运让她和陈绀相逢。

那时的安如正在属于她的命运交错点上拼命努力，主观上只是不愿拖后腿，却被命运裹挟着、压迫着前进。等《阳光下的芒》公演完后，她的人生将面临着一个灿烂又略显疲惫的新局面。

不过，这个疲惫也是深夜的一念，有鹿鸣街和陈绀的支持，音乐剧演员安如怎么会倦怠呢？

第五章　古老湖

又过了几日，关于《阳光下的芒》的所有安排都出来了，嘉平如愿以偿获得背景板的生死出现，而玲珑也有了两句台词，还是和成笙的两句对白。准备演剧的日子，过得充实。安如没有多余的心思处理演剧以外的事，她一贯的迟钝和做事的仔细小心，让她避免了很多杂事，但也让她疏忽了引向日后变故的线索。瘗花人经不起世事的折磨，她只能感受天朗气清，久而久之，眼里也就只有天朗气清了。

就在公演前三天，他们到了集体出游的时候。金秋时节，郊游是鹿鸣街六号的固定安排，没有演出的成员会有一周到一月的时间用来交流感情，那次他们就去了陆地西南部的山区；而《阳光下的芒》的演职人员因为公演日期将至，只能去鹿鸣附近的地方。能选的地方很少，他们最后定了古老湖。鹿鸣街的郊游惯例雷打不动，就算是排到了演出期间，他们也会停下至少一天。没有人知道定下这个规矩是为了什么，死板而无趣，但是他们就这么遵循下来了，作为一个团体，总归会有一些陈年旧例用来维系它，无论规矩时至今日还有没有具体意义。

古老湖在鹿鸣的东面，和鹿鸣隔了一个山头，一般认为是个潟湖。当然，强调"一般"，是因为它的身世其实很复杂，复杂到影响了很多事情，这都是后话了。古老湖的东面是一条长长的堤坝，围着潟湖的平静。古老湖的南面和鹿鸣城区相交的延伸处，是鹿鸣最大的港口，但鹿鸣和港口的繁华不曾影响古老湖分毫，它依然这么宁静、有气质，像是冷艳的美人，又像孤傲的诗人，诗情画意都落入它的安宁里。它还十分漂亮，像是沧海里的眼睛，明珠般如天上的星辰落入山海相融处。古老湖或许是鲛人的泪珠，才有这摄人心魂的魅力。它虽然是个潟湖，但是盐度不高，又有周围山水的滋养，其中风物已经和陆上的接近。至于它的名字——古老湖的得名已不可考了，只是现在的人会说之所以叫这个名字，因为它很古老，它是那块陆地有人类以来发现的第一个湖，还酝酿着那块陆地几乎所有古老的传说。

　　古老湖中央有一玉阶——玉石堆砌的台阶，正常水位时，露出水面有六阶，最上层是个平台，其上空着，不知以前是不是有什么建筑或雕像，只是时间久了，被风带走了。玉阶如今是个景点。古老湖南岸有渡口，可以坐船到玉阶附近，那里造了个小渡口，就在玉阶的延伸处，从那里上去，要涉水走上玉阶。玉阶埋于水下的部分，现在的人是不知道景象到底如何了；那块陆地的人很有默契，都不想探究，但是一定是很庞大的建筑，说不定还有建筑群。

　　古老湖幽谧的美，让它成为那块陆地上受人尊敬的地方，人们总觉得晚上来古老湖的玉阶说话，能听到宇宙的回音——那是和宇宙心灵相通的时候。很多年前，古老湖被保护起来，来这里上玉阶需要提前预约。那块陆地是个理想的世外桃源，其上的人们自娱自乐，悠闲地过日子，其中的风物也如云上梦境、称心如意。

　　安如在玉阶上，尤为安静，她于胸前双手紧握，很认真地向头上空明的宇宙祈祷着，旁人看在眼里，都明白她在祈祷些什么，无非是公演顺利之类的话。她感觉有人盯着她，赶忙回头，却撞见陈绀的眼神。陈绀对她笑了笑，只是浅笑，她却害羞了，低下头，躲了过去。两人只隔了几步之遥，当她再抬头找陈绀，他还是在几步之外，和成笙交谈。安如看着和人聊天的陈绀，看着他的侧脸轮廓，看着他好似画里人的容颜，还有他那被舞台雕琢过的优雅的举止，以及活跃的心带给本人的灵动和光芒。陈绀来剧团有十余年了，十几年的舞台人经历让他有了些改不掉的举止言行乃至思维，陈绀做什么都吸引着安如，使她尤为上心，她觉得陈绀身上的光芒，有很大的一部分是来自于舞台气质。安如能这么想，其实也意味着她喜欢舞台；甚至包括会喜欢上陈绀，很大一部分是自己对舞台的天然喜好使然，可惜的是，她很久之后才明白这一点。

　　安如就这样痴痴地看着，也不知收敛，还好夜色玄黑，海雾渐弥，没人看到她的痴傻和迷恋。她看陈绀的眼神，往后几年，也一如那时，充满痴迷着的爱慕，然而因为全都可以推脱为角色和舞台需要，安如没有在这一点上收敛。或许，她再小心翼翼，也不知如何收拾那样的眼神。不得不说，她一直把这份爱恋藏得很好，小心翼翼地，因为她觉得自己离他很远，纵然命运使然，已是他剧里的女主角。直到被湖面上的风冻醒，一个激灵，提醒她看看周围，看看古老湖的夜晚。多少人喜欢这里的夜，清冷而澄明，玉阶如星辰点缀湖泊，湖泊如琥珀依山傍海。古老湖是那块陆地的珍宝，而玉阶是它的瑰丽语言，白昼温暖而玉阶温润，夜晚冷肃而玉阶沁凉，喜其喜，哀其哀。不知当初是谁建造了玉阶，能有这样的神来之笔。

　　空旷的玉阶此时站了几十人，仍显空旷。人声填不满它的清冷，让人好奇，它的孤傲曾打算留给谁？

　　安如也觉得玉阶上应还有建筑，不然太空旷了。费力在潟湖中央建造玉阶，其用意只是为了给人以消遣吗？——好像这也说得过去，这正是那块陆地上的人的惯常思维。那块陆地上的日子很悠闲，时间迟滞，无所事事的人们就要到处找事做；早就说过，鹿鸣街六号和它的剧目正因如此而变得重要，古老湖中的玉阶因这个理由而存在，似乎也很合理。——至少安如这样说服自己，不要细究这里的成因。她走出人群，在玉阶的一角，看地上发亮的铭牌，那里有简短的玉阶的故事。

"这里所述的玉阶的来历并不完整。"安如听到一个极富魅力的声音，甚至还带着些少年气，她抬头，突然就脸红了。她看到了陈绀，就在她身侧，她不知道为什么要脸红，好在夜色正暗，应该看不出来。应该吧？那个时候的安如还是个与陈绀眼神接触便会脸红的青涩的姑娘，带着初恋才有的味道；毕竟说上话也才一个月，安如本人又"傻白甜"。

陈绀站在她旁边，跟她讲玉阶的故事。

玉阶建造于那块陆地有人之时，时间过去太久了，关于玉阶建造的历史很多已经不得而知，但是它的存在还流传着一个故事。

传说，在那块陆地刚有人的时候，古老湖曾是一块平坦富饶的土地，最早的人就住在这里。那个时候还没有文明，只是陆陆续续有人在其上生活。那时的古老湖宜居，人们在其上种一些粮食，摘一些果子，再捕鱼、打猎，便能过得很滋润。那时的日子很平静，和现在一样。直到有一天，有个喜爱花的女子在古老湖种起某种花；那女子爱花，也善于种花，但是那一次，她种了一种像妖精一般会摄人心魄的花。那花很美，开着娇艳的红色，那是种特别蛊惑人心的红色。接触过那种花的鲜艳花瓣的人，先是头痛欲裂，后延及全身，并渐渐丧失心智，最后被病痛折磨致死，这个过程仓促而痛苦万分。那时的人不知道发病的具体原因，只知道是那种花害的；但是很多人明知后果，也曾眼睁睁看着身边的人半年、一年内发病并被折磨致死，仍会情不自禁地去碰它的花瓣，因而它被认为有"蛊惑人心"的力量。

事态严重，人们组织起来，要消灭那种花。那植物虽只有一日功夫开花，但是繁殖得很快，而且除了它娇艳至极的花惹人注目外，整个植株如普通植物一般，极不起眼，难以认出。它开花不分季节，只要在古老湖生长三个月，便能开花。因而这花神神秘秘，时不时冒出来，时不时有人被花所伤，人们即使有心灭花，却做不到。几年过去了，人们急疯了，这时他们才想起一直沉默着的种花之人。是她引来的妖孽之花，也应该由她将噩梦了结。

确实，当时只有她能分辨出那花和普通植物，灭花的工作她来做最合适。

然而，她拒绝了，人们原以为是她心软，她本就爱花如命，自己种下的花自己下不去手。于是很多人轮流劝说她，但是她都拒绝了。人们骂她冷血无情，她没有回复一声。直到古老湖的所有人来到她的花田，找她对峙，指责她的、好言相劝的都有。这次对着这么多人，她终于开口回应了，"这'妖孽之花'很重要，将它消灭，你们就没有退路了。"

她义正词严，只是话的内容显得荒谬。人们以为她疯了，对她放了狠话："你如果自己不去找出这些花，铲除干净，我们就放火烧了它们。"

她说："你们找不到它的，除非它开花；然而它一旦开花，你们也不敢碰吧？"那妖孽之花的存在特性就是她那时对峙的底气。

"我们放火烧了这里。"人们口中的这里指的是整个古老湖平原。

"我们已经找到了迁移的落脚点，等烧了这里，就全部搬走。"人们又说。显然，这一次正面谈判，人们是做了十足的准备才来的，他们对妖孽之花已经忍无可忍。如果她能同意自己动手消灭那花，那就再好不过，还能留下古老湖；如果她不同意，那就放火烧了古老湖平原。

她害怕了，她不知道他们会做得这么绝。

"不然，你要我们怎么办，眼睁睁看着同伴一个个痛苦地死去吗？"

"既然你们选择搬走，为什么不放过这里和这花。相信我，这花只能活在这里，你们只要不回来这里，就不会受到伤害；它对你们还有用，它在将来就是你们的命。"她很激动，然而这样的激动，在当时的人们眼里只能是神经病。

"我们不能冒这个险，它带来的疾病无药可医，留它在陆地上，我们面对的就只能是死亡，何谈将来。"还算理智的人这样说。

"我不走，我要留在这里，陪着这些花。"那女子很倔强，"但是，你们记住，如果将来走投无路，那也是你们自掘坟墓。"

这场谈判未果，人们走了。那女子一个人留在花田，虽然态度强硬，但是显然很伤感，她舍不得古老湖和她培育的花。那块陆地的人从来善良而不决绝，这次是被巨大而迅猛的性命之忧逼急了，但是对养花的女子还是心存善良，即使她在他们眼里已是疯子。他们在等她点头同意离开古老湖，在谈判的最后，他们给了一个期限，三天。不过，最后通牒怎么可能吓唬住她？

最后的三天里，她整理了自己平时养花的心得，整理了各类花的种子和还在培育的植株，还整理了自己在花的用途上的构想，把这叠草稿交给了朋友，那位最后一刻还陪着她的人。

朋友劝她："我们走吧，再不走这里就要被烧完了。"

"你快走，把这些带出去就是在帮我了。"她指的是那些草稿，植株在那三天就搬出去了。

"为了那致命的花，值得吗？"

"不是为了那花，而是为了人类。我本想研究它，能给人们留下退路，但是我没有时间了。我自然有罪，当时以为能将花控制在我的花田里，但没想到它繁殖得这么快；但是它只能生长在这里，这我可以肯定。所以，即使我坚信这花对我们的将来至关重要，我仍为当初的预料不及带来的致命伤害愧疚不已；我为这花而死，是应该的。而且，我知道，时间可以带走一切，包括我的故事；一把火烧了这里，多少年后，这个世界上就不会再流传我的故事，人们也会忘记这可怕的花。但是，如若这烧毁一切的火我无法阻止，而瓦解一切的时间我又无力抵抗，那我就只能用我最珍贵的东西来提醒人们，将来走投无路时回头看看，拨开历史，或许还有一条看上去不算路的路，能救他们于绝望。我最珍贵的，能献给后世的，唯有生命了。"

说到此，她看到朋友在哭，生死离别，此后再也不见，坚韧乃至强硬的她也伤感了。她擦了擦身旁朋友的眼泪，又握着她的手，像是临终的托付："不必为我伤心，人总有一死，我的死不是为了给人们自责的刑责以报复，而是为了他们以后能记住，这个残忍的烈火焚身背后是我的预言，关于那花的预言。说到那花，它还没有名字，我还来不及给它命名，它就被封为死亡之神了……不聊这些了，你一定要记住我今晚说的话。我希望我的死能让那块陆地上的人记住，曾有一人用生命祈祷他们未来顺遂。"朋友未必听懂了，但是她点点头，想让养花人安心。

她看向窗外："你看，火要烧过来了，你快从后门走，带上我的希望。"

朋友走了，而火光中，她死了。

那晚，古老湖上的人举族搬迁，朋友带着养花人交给她的东西也走了。那些人在前面走着，火在后面烧着，烧到半边天通红。就在此刻，天突然下雨了。暴雨如注，堵住了人们前行的路；坑坑洼洼间，落在地上的，除了天上的雨，还有人的泪。人们终于哭了，他们走了才发现，原本可以和养花人达成协议，反正已经决定抛弃古老湖平原上的居住地，大不了封成禁区、再也不来，她不必如此赴死。何况，那花疯狂，她也未必能阻止，又何必用性命要挟，让她阻止妖孽之花的繁衍。被死亡胁迫的人们在一场暴雨中清醒过来，他们觉得这场暴雨或许是上天的意思，他们不该逼死养花人；他们也没想到，养花人为了那花竟如此决绝。那个时候那块陆地上的人很少，且全部住在古老湖平原，彼此间有很深的情谊，包括和那位养花人。暴雨中，看着远处的烈火，在后山山腰上的他们心疼难忍。往西南走，就是新家鹿鸣，往东北走——走不过去了，大火交融大水，没有此消彼长之意，反而愈演愈烈，烧灼人们的心。

养花人的目的达到了，她惨烈的死让那时的人们记住了她，但是未必记住了她当时的预言。

那晚过去，火熄灭了，而暴雨依然在下。人们就在后山上，看着曾经的家园从火光冲天到淹成湖泊，直到雨停的那天，古老湖形成了，而他们终于有路可以走向鹿鸣平原。那时的人们接受了养花人的朋友帮养花人带出的遗物——一些花和一些养花的办法，他们用这些装点了新家，荒地鹿鸣变得和原来的家一样了，只是原来的家连废墟都没有，无处悼念，只剩一泓碧水，清澈澄明却扎透他们的心。在鹿鸣住得愈长久，他们的心愈煎熬，看着在花中安宁的新家，就想起养花人死前的决绝和无奈。他们决定做些什么事情。

于是他们重返古老湖，在尚浅的湖面上，找到了当年聚居区的唯一一块高地，在聚居区的中心，是个祭坛。他们加高了祭坛，还用了上好的玉料，这是他们能找到的当时最贵重的石材，即使养花人一定不屑于这些。于是有了现在的玉阶，不过现在的湖泊大很多、水位比那时高很多，玉阶露出水面的部分也不多了。玉阶占地面积很大，其下的部分如若按照这个传说，规模应该更大。玉阶上面也应该还有建筑，大概是为了纪念那位养花人；不过，具体是什么，祭坛或墓碑尚不可知，现在的我们也看不到了。

总之，这些工程结束后，人们把悲痛和罪恶感全部放置在玉阶上，然后在鹿鸣安心生活，定期回玉阶探望。随着人口的增加，还向外扩展，直至现在，那块陆地上到处有人迹。至于这个埋有最早定居地遗迹的古老湖，本没有名字，因为古老而被称作古老湖，现在成了旅游胜地。至于养花人和她的预言，没有多少人记得了，知道的人也都是因为这个古老湖平原传说顺带得知的。而为了纪念她而存在的建筑，年久失修，只剩下了玉阶，现在给人以散心。养花人其实不需要人纪念，而想让人记住那种妖艳又可怕的花或许有用。养花人死前的担忧是对的，时间能够带走一切，它从不手软。你看现在，人们在这里赏景，和朋友交谈，和宇宙交心，想来古老湖下如若真有古聚落遗迹和养花人的遗骸，她应该不孤独。

这只是一个传说，很多细节和现实对不上，譬如古老湖其实是个潟湖，而不是雨落成的淡水湖。但是传说之风一定也有些根据，我想或许有一些是真的。

这个传说的细节有很多版本，散落在那块陆地的各地，应该是口口相传导致的误差。我听到的其中一个版本很详细，说养花人的那个朋友叫白路，她继承了养花人的事业，那块陆地上很多花都是她培育的。你知道，那块陆地上的人很喜欢花，就好像他们喜欢鹿鸣街一样，或许是诞生之时就形成的喜好。而养花人没有名字，因为最初的人们害怕提起她，如害怕揭自己伤疤，在玉阶建成后，就再也没有人提过她的名字——至少是在公开场合没有过。据说，白路曾整理养花人关于花的手稿，并写了回忆她的文章，但是这些东西都被封存了，人们害怕提起的那段黑暗历史最终成为模糊的成说。逼死善良的人，他们良心有愧；存在他们无可抵抗的致命植物，他们不愿回忆，所以，养花人最后连个名字都没有。

时至今日，人们忘了养花人说过的话，只是这个传说还在市井间流传，当作恐怖故事。但是那恐怖之花，据说还在那块陆地上——可能是恐怖故事一贯的手法吧，结尾处好似一切了结，但总要加个故弄玄虚的"未完待续"，来增加恐怖气氛。那个"未完待续"的问题出在养花人最后的话上，她让白路带走她的希望——毋庸置疑她的希望是那些手稿，但除了手稿，会不会还有些什么，比如恐怖之花的种子之类。不过，她曾说过那花只能生活在古老湖，而古老湖的花早已全部烧死，应该不会再出现了。

那花在民间传说中有个特别的名字，"瘵花"，大概是人们的期望吧，希望它快点凋谢。

"瘵花？"安如闻之色变。

"怎么了？"陈绀第一次见有人听到这个花名紧张成这样，原来古老湖的古老传说如今还有威力。

"如果我说瘵花还存在呢？"安如的话引来其他人的注目，还是有不少人听过这个传说，无论是否详细。

陈绀对此不奇怪，只是好奇："在哪里，这花真的一碰就会死吗？"

"死那倒不会，不过那花罕见。"安如知道她家乡的瘵花不会一碰就死，就是有几个运气差的人会因此得上绝症；那花确实是红色的，但并不是所有人都会因它而死。

"那可能只是同名而已，传说中的瘵花只能生长在古老湖，而且一碰就会生必死之绝症。"陈绀的不以为意是在安慰她的紧张，"古老湖的传说我听很多人提起过，不过据说即使是离古老湖最近的鹿鸣的人，也未必听到过这个故事的全部。"

安如没有回应，只是抬头看向西南侧的后山山脉，那里是玲珑捡到猞猁的山，阻隔了古老湖和鹿鸣，也是传说里人们开始悔恨的地方。其实她什么也看不清，只能看个轮廓，远方太黑而玉阶明亮，影响了视线。

玉阶没有栏杆，他们俩就站在边缘，夜晚涨潮，下一台阶便是湖水。湖水充溢了冰晶的台阶，包围了玉阶如明镜如冰心。

"一片冰心在玉壶。"陈绀看着眼前的景，看着脚下漆黑寂静里的玉阶，想起了这句诗。

"什么？"安如没听清。

"虽然这句诗的含义不是如此，但是就字面意义，正好合这里的景。"陈绀解释道。他的神情很放松，大概是美景的作用。

安如奇怪地看着他，他感受到了，连忙说了句："水漫上来了，我们走里面去。"

安如安静地跟着他的步伐，倒也没问下去。但是她记住了那一刻，在澄明的世界里，在冰晶的玉阶上，陈绀说"一片冰心在玉壶"。

夜晚，古老湖水位渐涨，他们要趁着玉阶和小码头连接的吊桥还没被水淹没，赶快回去。此刻的古老湖有些萧瑟，湖水粼粼，小舟被风赶着走——风起了。

吊桥窄小，在风中颤颤巍巍，其上从来不缺落水的人，那晚也出了好几个落水者，安如当然是其中之一。

他们为了不落水，手拉手地过吊桥。安如的前面是王平，拉着她的左手，后面是嘉平，拉着她的右手；嘉平习惯安如的步伐，也知道她不怕水却怕吊桥，配合她的行走，而王平走得快些，就这样，她被绊倒了。

"等等——"安如还没喊完，一个趔趄。她连忙抓住吊桥侧面的绳索，另一只手被陈绀接住了。陈绀听到声音，在王平前面的他回头一把抓住了安如的手腕，就好像《阳光下的芒》里大海在荆棘路上抓住芳菲的手，走出艰难。这样一个画面，王平和嘉平站在一旁看着，心里各有所思。但也就这两位若有所思，本不是什么大事。安如起来后，陈绀一直拉着她往前走。

到了码头，陈绀放开手踏上船甲板，然后又伸出手对安如说："走了。"

安如坐在船上，吹着湖面过来的风，沁凉。她那时想的是陈绀的手很温暖，那是第一次剧情以外的牵手吧。还有那声"走了"，多么容易让人沉迷的声音。后来的事情证明，陈绀是个优秀的老师，如在码头的牵手一样，毫不犹豫地将她牵引向似锦的前途。至于其他的，那时的安如想得太简单了。

那块陆地风起飘摇的前夜，吹动着古老湖的波痕，吹动了很多人的心思。

入了秋的古老湖的夜晚有些冷，而安如依旧如沐春风。心情太好，以至于她忘了自己刚刚摔倒时脚被割破的小伤口，那伤口浸泡了湖水，应该有痛感，但是她顾不上。陈绀坐在她对面，即使没有看着她，她仍觉得这样的场景很美好。一个被初恋占据了全部的心和脑子的她，只剩下甜蜜和对未来的甜蜜期许。对别人来说，这或许耽误事，让人变得傻气；但是对她来说，或许是好的。她对鹿鸣街的追求来源于对陈绀的喜欢，这份喜欢的感觉若能一直保持，未尝不是好事；而且，她还有治不好的病，若未来注定凄苦，在不用被折磨的侥幸的现在，能被一份暖意长久包裹，也算是不幸的命运对她难得的眷顾。她是个容易知足的人，看着陈绀，她便可以忘记瘰花。

其实陈绀讲的古老湖和玉阶的传说，安如太在意了，然而她并不想记得"瘰花"这个词，这个词对她来说只意味着黑暗。在那之前，她从记事起从未见过瘰花，瘰花的存在还是听人说的；她得病是在还不记事的婴儿时期碰过瘰花，从此即使没见过，对此还是充满恐惧。那晚回到家里，她翻来覆去地想，如果传说是真的——有部分是真的也好，那么是不是有这样一种可能，养花人既然熟悉瘰花，也深信它能帮助人们，无论是如何帮助，说明她其实有办法解决瘰花带给人的病症。那个故事里，养花人说她没时间研究，是不是意味着她知道怎么做，只是没时间了。如果能找到那个白路整理的养花人的手稿，说不定就能找到治疗瘰花的方法。

她也就在无聊的夜晚如此想想，等白天起来，她就会劝自己，此瘰花非彼瘰花，古老的瘰花已死，而蒿野的瘰花无解。

她很清醒。

第六章　在你身旁

古老湖回来后的两天，《阳光下的芒》的演职人员各司其职。按惯例，临近演出的这两天，演员们并没有强制的排练安排。鹿鸣街的惯例很多，但像安如这样的，负责好舞台上自己的部分已然是饱和的工作量；陈绀就忙多了，他还要担起安如本应负责的部分。

安如那天迟到了，很重要的一天，她却迟到了。慌慌张张的，头发还有些乱，忙着赶到排练场，还好那里人不多，更多的人在舞台。安如和陈绀约了在这里，却没找到他，这让她安心不少，至少不会被当场抓到迟到。

"怎么这么晚，嘉平没叫你吗？"安如才要放下手里的东西，玲珑过来了。三个人虽然住在一起，但是玲珑早就先来了，她出门前嘱咐过半睡半醒的嘉平，让她叫安如起床。半睡半醒的人怎么可以放心托付呢？尤其是嘉平这样，和安如一个德行，对时间并不上心的人。

"你还提她呢？"安如倒也没埋怨嘉平的意思，相处好几年了，彼此性情都一清二楚，"大概是你出门后她又睡回去了，我发现迟了后，赶紧拉她起床，她迷迷糊糊地，说没什么事，不去了。"

"确实是她。"玲珑听到这样的回答，苦笑。嘉平一如既往的云淡风轻，她来鹿鸣街或许真的只是为考察鹿鸣发展史。嘉平在入团的第一个半年，过着幸福的日子，背景板是她最喜欢的位置，在这个位置上，她可以观察鹿鸣街六号和鹿鸣，不引人注意，又没有那么多事情。日后的嘉平，就算忙碌起来，也留着这份云淡风轻。倒是事情的发展不遂人愿，三人的日子很快就要面临波澜。

"陈绀找过你。"突然，玲珑这样向安如提起陈绀，吓得安如弄掉了笔。

"你怎么这么怕他？"

"毕竟是老师一样的人，毕竟第一次迟到。"安如捡起地上的笔。

玲珑也蹲下，凑近她，说："毕竟想在他面前漂漂亮亮的。"

安如脸红了，试图用恶狠狠的眼神吓退玲珑肆无忌惮的调侃之心，然而她怎么学得来恶狠狠呢，何况她今天状态不对。

她一起身，发现陈绀出现在她面前。她慌了，一旁的玲珑倒很沉着，明白要迅速走开。

"我……我早上睡过头了。"安如吞吞吐吐，最后低着头、闭着眼睛才把话说完。即使陈绀很严厉，但与其说她怕陈绀，不如说她怕给陈绀留下任何不好的印象。

陈绀没有指责她，倒是察觉异样："今天精神不好？"

安如摇了摇头，不过这只能让她的头更晕。

"不要太紧张。"陈绀以为她只是紧张，"走，我们去学习制作道具。"

"这也要学？那……"

"了解舞台上的其他部分，这也是鹿鸣街的规矩。"陈绀走在前面，跟她解释，"鹿鸣街的主演需要学习很多东西，她需要十分了解、帮助舞台顺利运行，包括演员，也包括设施。你虽然没有主演的经历，也没有长时间的舞台经历，但是你也不至于不熟悉鹿鸣街六号的舞台。演出将近，我带你了解这个舞台，以后——'芒'过后，这些都需要你学会。"

"'芒'过后？"安如从未想过《阳光下的芒》结束之后的日子，这似乎是很久之后的事情，而且她以为出演女主角只是个偶然，因为周行要求培养一个年轻演员，之后的事情她不敢设想。

"你应该对自己有规划。"陈绀这样嘱咐。

安如理应对自己有个规划，但她没有规划，即使陈绀直截了当地吩咐。她怕未来。

"你今天声音不太对，昨晚的风吹感冒了？"陈绀还是发现了不妥，在她开口唱时出现了微妙的差异。

他们俩在单独的排练室，从道具部门回来，又穿过嘈杂的舞台，只有两个人的安静的环境让陈绀确认了她的异样。只是陈绀意识到这是个问题时有点晚了，他第一眼看到今天的安如时感受到了异样，其实就该重视。他还不知道，这是一场危机的开始；安如也还不知道，这场对她来说注定的危机酝酿、关联着一个巨大的秘密；不过，这暂时不会影响在鹿鸣的生活。

"没关系，我只是……"安如没把话说完，她意识到了，这是瘗花之症，可能是昨晚的冷风，也可能是脚上伤口的缘故。安如不是刻意想起可怕的病，只是昨晚才听到古老湖关于瘗花的故事，不得不想起。瘗花的发病机制不能明确，得病的人虽少，但状况因个体而异，安如无疑是其中幸运的一个，没有很严重的反应，只是当机体受其他疾病攻击时会激发瘗花的病症，让她的病更趋复杂。所以，即便只是吹风受冷，却危如累卵——她从小就这样。自幼被呵护，家人小心翼翼不让她生病；长大了，身体能适应更多的环境变化，不会动不动生病，生活得同所有正常人一样，这本是好事，却让人疏忽大意起来。这是安如第一次在离开蒿野后生病，她却不慌张，因为她有事要做，演出在即，陈绀又这么期待她，怎么可以在这个时候掉链子。

"我们继续。"陈绀虽这么说，还是主动减少了排练的强度。

那天下午，他只是和安如重复练习一段舞，还有主题曲。孔昭很满意主题曲，后来亲自改了剧本，让它多出现两次；孔昭不是倚老卖老的人，却很随心所欲，他这块陆地仅存的戏剧天才有恃才傲物的资格，因而他看得上从不公开写歌的酒吧老板的作品，看来是作品本身真的很合适。

安如走到隔壁的排练室，那里有玲珑。她难得比别人结束得早。

"背景板，你也在？玲珑呢？"安如看到嘉平在一旁坐着。

"在舞台上。我约她悠悠见，你也来吧。"嘉平态度很冷，"你一旁喝酒，我和她聊事情，正好。——不过，你今天是不是不能喝酒——我倒是很信任你的酒量，只是你今天状态不太好。"

安如刻意回避了，她觉得自己隐藏得很好，今天见到这么多人，也就陈绀和嘉平看出了她的不对劲。她很需要隐藏，她需要用别人对她的正常相待来安慰自己：没事的，瘟花不可怕。于是，她避开嘉平的怀疑，说，"很多人都在舞台上排练，你怎么不去？"

"这里不是也有很多人吗？又不是强制规定，本背景板刚刚请了假。"

"背景板也要敬业。"安如居然对嘉平严肃。

"你变了——"嘉平对着安如笑了，"只为遇见他的'傻白甜'居然有了事业心，当了主演的人果然不一样。"

安如打回了嘉平指着她的手，憋不住笑了，自己也没想到，潜移默化中自己已经十分自觉地对舞台和剧目负责，还包括促成演出完成的所有条件，比如"背景板"小演员。

那时的安如还未意识到即将上演的《阳光下的芒》对她而言是多么重要，即使是在整个人生中，也是不可多得的成就。孔昭的作品，陈绀的指导，让她在其中自由发挥，尽管青涩，但她这份初出茅庐的稚嫩意外地符合女主角的角色。那时的安如还在惶恐，惶恐于自己不足的能力和经验，坐在排练室的椅子上，和最好的朋友坐在一起，默默倚靠着，就这样获得安慰。

"走吧，傻坐着干吗？"嘉平提醒安如。不过她能感觉出安如的疲倦。嘉平不知道安如有瘿花病的事情，这件事安如没有告诉任何人，也就家人知道；她不希望被区别对待，她家人也不希望她从婴儿时期开始就过着特殊的生活；她注定艰难的未来就让它留在未来，她的现在还需要现在经营。何况，目前情况不棘手。

安如靠着嘉平的肩，看着排练的人，静静地。阳光从窗户透过，年轻的心顺着阳光溢出，到处飞翔。这里的人不多，公演前的几天，压抑着的人心开始了浮动，但表面上一切如旧。安如喜欢这样的秩序，好似时光如鹿鸣旁的小川水流绵长，好似时间会安排好一切。时间确实会安排好一切，风起云涌的一切。

这是孔昭的剧时隔十年再上舞台，鹿鸣上上下下都很忙碌，也就没有安排的两天能看到这样的和气。安如似乎要睡着了，嘉平就说："在你来之前，陈绀特意发来短信——"

"说了什么？"

"你肯醒了？"嘉平坏笑，"没什么，一些废话——他觉得你今天很累，让我照顾你。"

"我好得很。"安如起身，"走吧。"

悠悠在悠悠的小川旁，可能是灯红酒绿的掩映，也可能是流域的迁移，小川在这里的样貌和鹿鸣那边的发生了些变化，变得有脾气，激烈了些。

安如和嘉平坐在窗边，不知道什么时候开始，她们喜欢上悠悠，喜欢来悠悠。安如觉得今天的悠悠格外嘈杂，四下看了看，觉得不适应，又把头靠在嘉平身上。昏昏沉沉了一天，到了晚上，支撑她的只是麻醉自己的意念，让自己对"我没问题"的深信不疑。

在玲珑来之前，安如在悠悠一角，陆陆续续看到几位特别的人。先是陈绀，陈绀也看到她了，只是打了招呼，没有多余的话。他走向王大生，两个人攀谈起来。

"你有没有觉得这两个人气场很合？"安如这么说，倒不是嫉妒，纯粹这么认为。

嘉平差点没把酒喷出来。"气场合？"她瞪着眼睛，看着安如无辜的样子说："嫉妒？"

"嫉妒？"安如不知道"嫉妒"这两个字怎么写，瘗花不准她学这些复杂的。

"也是。"嘉平没有忘记安如是怎样的人，开始认真给她分析，"他们确实气场相合，本就觉得陈绀很随和，没想到还有人比他还要随和。据我调查，两个人关系很好，比陈绀和成笙的关系更好。约十年前一同从芒来到鹿鸣，陈绀是收到鹿鸣街的邀请，而王大生则是来推销他新发明的酒。'悠悠'是他和张牧的发明。"

嘉平这样的人，自小被别人奉为天才，精力旺盛，总乐此不疲于寻找真相，什么事情都会去了解，不眠不休地为正义和光明之事扫除障碍，包括在她认定的未来能够呼风唤雨的两位演员周围的障碍。

"成老师愿意做陈绀的配角，真不容易。"

"从学生时代就跟着的学生应该了解成笙，舞台上真挚，是个好演员，感情上真诚，是个好朋友，虽然有知名演员在舞台上千锤百炼后修炼到的傲气，但是他和陈绀是至交。年纪差不多的他俩的交情，从陈绀还在芒的时候就开始了。芒是个小地方，成笙最早也是找酒喝才去那里；芒聚集了很多才华横溢的酿酒人，还勇于实践，总有还没卖甚至卖不出去的新酒，吸引人去，陈绀和成笙就是因此认识。陈绀后来到鹿鸣，也是因为成笙的游说，还有当时的剧团主，周行之前的那位，叫什么来着——不用管，他入团不久就是周行接管鹿鸣……总之，这样看来成笙为鹿鸣街挖了不少人，还是对鹿鸣街至关重要的人。"

"说到年纪，陈绀这几年发生了什么变故吗？"安如问得很委婉。

嘉平听出了她的意思。"什么事都没有，不过确实老得快了些。其实成笙年纪比他大，我们刚来读书的时候，还可以明显看出这一点，四年过去的现在……"嘉平掌握的情报里，陈绀过得很好，安如也应该知道。

其实在成笙的牵线下，陈绀开始和鹿鸣街的合作，和王平差不多的时间，也和王平一样，他遇到了那时求变革的剧团，很快适应了鹿鸣，而且在鹿鸣站稳脚跟。成笙和陈绀现在是鹿鸣的主力，鹿鸣街虽然不只有音乐剧，但音乐剧现在凭着这两个人在鹿鸣街中占了上风。两个人风格不一样，陈绀随和，这种风格大概是本人性格在舞台上的延续，这受一些剧作家的喜欢，这样更配合他们的设想；成笙固执，只走自己想走的路，因而挑剔，经他经营的也都有好质量。

"嘉平，那人到底是张牧还是张敖？"安如看到门口徘徊的人，那人似乎在等人一起进来。

"哪个？"嘉平还没有看到，不过在她的视角里，她遇到了今晚的猎物。她走了上去，一把抓住玲珑。前一秒，玲珑和成笙走过来，和张氏打招呼。看来嘉平是没心思跟安如解释那人到底是张氏的哪一个，而安如每次来悠悠都会有的疑问，她在很久之后才知道答案。

嘉平把玲珑拉来了，没有一句话。安如趴在桌子上，正挣扎于撑不下去和一定要撑下去的矛盾里。玲珑看到安如，问："你没事吧？"

这句话，安如今天听腻了。可她不想听腻玲珑的话，于是打起精神回她："没事。"她直起腰，还喝了口悠悠，她觉得这样更像没事的样子。安如喝不醉，反而在悠悠的刺激下，清醒会儿，听到了这样的对话：

"你和成笙什么情况？这人不能碰，我没提醒过你吗？"嘉平似乎找到了证据，说话这么强硬。

"我没碰。"玲珑一脸委屈，"刚刚只是遇到了。他找王大生，我找你们，就遇到了。""昨晚呢？"

"昨晚不是一直跟你在一起吗？就是古老湖那一会儿，他只是给我披了件衣服。"

"披衣服"，安如好像听到了什么特别的，自己昨晚怎么没看到？但是她没插话，没力气了，她还要留着力气听她们讲话。

"怎么没有'成大''成二'给我披衣服？"

"我冷。"

"陈绀也冷。"听到嘉平这么说，安如抬起头。"他冷什么？"安如提醒她离题了。

"你不知道吧，陈绀是个怕冷的人。"嘉平按下安如的头，让她继续休息，似乎又在示意，这里没你什么事，转而对玲珑说，"有人都成为人家女主角快两个月了，却还一无所知，虽然说喜欢，但是好像每天就只会看着对方的脸，其他的一无所获，连学会的那么些音乐剧演员的能力和修养，也是在对方安排的高压下被迫完成。相比你那边的情况，同样的时间里，只说得上两句词的你可以让成笙给你披衣服，重大突破。"

"那只能说明成笙和陈绀两个人的性格、处事方式不一样。"玲珑辩解道。

"确实。"嘉平很认同这种说法，"我虽然喜欢收集情报——姑且这么说吧，但是也不是什么线索都值得我搜集。哪个男的和哪个女的在一起这种情报遍地都是，入不了我的眼，何况只是把自己的外套脱了给别人披上。我很早以前就提醒过你成笙的事，然而现在好像拦不住你了。你对他的喜爱太过炽热，我并不在意他是否克制，在意的是他本人可能比我们见到的要复杂得多，你的深陷其中会让你深受其害。"

嘉平对玲珑补充说："成笙人很好，但是他有秘密。"

"哪方面？"

"他和周行，他和陈绀，他和王平……所有都奇怪。"嘉平不知从何解释，她留意到太多东西。

倒是玲珑一一回忆："他于现在的鹿鸣街十分重要，不单纯是演员，由于当年在周行进入鹿鸣街之初，他提供了很多帮助；小到剧目选择，大到鹿鸣街的规划，很多都是周行和他共同决定的。就是那段时间，他陆陆续续培养了很多鹿鸣街当时的未来之星、现在的中流砥柱，因而除了作为演员的能力、经验外，他还有一帮人支持着他在鹿鸣街的地位。不过，他对鹿鸣街没有什么野心，至今只是位资深元老。因为当年对周行的帮助，换取现在成笙在鹿鸣街的极大自由，像他这样的人更注重在艺术上的追求，而不是占领鹿鸣街和名利的高地。他和陈绀一直是朋友，从陈绀还在芒的时候，到现在成为鹿鸣街的台柱之一，细水长流的感情。至于他和王平，我总觉得很复杂，或许是他们分分合合的缘故，时间久了愈趋复杂。王平是周行自作主张邀请加入鹿鸣街的，最开始是成笙带着王平，年纪相仿、兴趣相投的两人很自然就在一起了。至于在一起的过程，我听剧团的前辈说起，是在一次次演出中积累的情感，细水长流的日久生情。那个时候的王平听说很勤奋，明明是周行请她来帮忙，鹿鸣街又给了很宽松的合约，但是王平很努力；王平现在这个潇洒模样是三年后出现的，据说也是她和成笙感情微妙变化的节点。自此后，王平出现在剧团的时间变少了，自己的事情多了，而鹿鸣街的剧里她的身影少了。事情到底怎么样，外人怎么会清楚，只是知道这两人至今没有结婚，也知道这两人一直还有感情。直到这一个多月，我和成笙有了一些直接的接触，亲见成笙如何处理自己和王平的关系，即使是细节，我也能察觉出他们……"

"很微妙。"嘉平清楚玲珑注意到了，她接着话头说下去，"微妙在于，他们之间现在的感情不像情侣，更像家人。据周围人的反映，他们多年前确实是如胶似漆的情侣，而来自时间的挑战可不容易糊弄，两个人到了现在——至少我觉得是兄妹之情，但是周围的人都说情感间微妙的变化在于时间太久了，纵然分分合合，这么多年相处下来，时间也将一切冲淡成家人的感情。他们按自己见到的常情分析成笙王平的感情，并且觉得很有道理；确实，如果没有证据支撑其他的可能性，这种普遍现象也该适用于他们俩。那块陆地的悠闲和时间的漫长，让其中的人们对万事万物看得很开，包括人与人之间的感情。然而，我去调查了，成笙王平之间的十年有余或许不适用于时间对人和人感情的一般规律。故事还要从头说起……"

在嘈杂的酒吧，嘉平悠悠地说起成笙和王平，她想把故事说得生动些，让玲珑听进去，在安全警报解除前，不能靠近成笙。她那晚的所有话，都是为了劝玲珑把喜欢成笙的心收起来，成笙是好人，但是她不能过度接触他。

嘉平说，王平是个有天赋的歌手，音乐剧对她来说是增益了自己的技能，让她在将歌发挥得淋漓尽致中学会把心讲述得透彻，但是本质上是个歌手，还是个游历歌手，因而周行当初请她也是下了很大的决心，要改变鹿鸣街。而王平和鹿鸣街的合约很自由，鹿鸣街的纵容让她这些年顺风顺水。从她进入鹿鸣街的十年轨迹来看，前三年确实十分踏实地完成鹿鸣街给她的各种任务，勤劳而主动。这一点，我想全部归结于她对成笙的爱并不现实，周行和她当初达成的不成文协议里应该也有对她义务的诸多规定，不然鹿鸣街请她来就为了给她自由，这没有意义；但成笙在其中的作用确实很大，她爱上成笙，因而乐意和他一起出现在鹿鸣街的舞台，这样的动力到底有多大，我想安如很有感触。

王平入团的第四年，她只有两个月的时间用于鹿鸣街，这个数据来自鹿鸣街官方记录，并且得到她家人的确认，应该没有疑问。而此后的每一年，直到有记录的去年，她在鹿鸣街的时间不多不少都是三个月；今年，如果她在《阳光下的芒》的演出中全勤，按照鹿鸣街的安排，是三个半月。转折点在六年前的年末，我在已经退休的前辈那里听说了他们猜测的缘由。

那一年的消失，经历过的人都说是因为王平和成笙的矛盾。感情受挫，王平出走，纵然她最后回来，他们俩的感情还是无可挽回地走向波折和不安，这种不稳定一直存在到现在。矛盾是什么，没有人知道。但是王平回来后，前辈们都看好这两个人，他们觉得反而是这次暂时的困窘，让两人的感情更好，自此之后，无论这两人是否结婚，他们都默认成、王一直在一起。这种默认持续到现在，已然成为鹿鸣街的周行时代的一个认定，无可置疑的认定，新进的鹿鸣街人、来看鹿鸣街演出的观众也都这么认定。鹿鸣街被周行接管以来，在舞台上是陈绀成笙王平等一群人撑起的一个时代，这个时代至今都没有结束，而这些人当中只有成笙王平一对，他们俩也就顺理成章地承担观众从剧中延续到剧外的情绪，剧里是情侣，剧外他们也希望如此；剧里是分离，剧外他们希望现实弥补戏剧化；他们俩最早的情愫被太多人祝福，祝福着祝福着就成了自然。人们喜欢这样的自然而然，这份建立在他们俩自然而然上的顺理成章；人们也将他们现在的相处视为自然而然，是十年感情的水到渠成，如此随性，若即若离，但很依赖彼此。——这一点，我也深信不疑，但是万千条水流都可以汇成同一股，他们俩的感情是其中的哪一条——我和前辈们有不一样的意见。这个意见，涉及我现在赶在新剧开始前阻止你的原因。我劝你对成笙慎重，不是出于公序良俗，因为你远远没到这一步，而且以我对你几年来的了解，你也没那心思做到这一步；也不是阻拦你对成笙的爱，爱的方式有很多。但是你对成笙的爱依然会对你造成困扰，即使你只是单纯喜欢成笙，不求回报；即使成笙自己也有分寸，但你要收敛自己对成笙的爱，藏起来，只让自己知道，不然会出问题。

《阳光下的芒》在鹿鸣街的演出安排结束后，还会有巡演，还会有在鹿鸣街的重演，剧团难得拿到孔昭的剧，不会轻易放过；现在出来的安排，《阳光下的芒》的演出断断续续排到了一年后，参与成员可能会变，但主演的几位会一直演下去，而你——在下一个秋天到来前，在鹿鸣没有批量新人进来的这一年里，你的角色再怎么变动，《阳光下的芒》都保证你摆脱不了与成笙同台的命运。相处时间愈久，爱愈难掩饰。我要提醒你，在《阳光下的芒》集中演出的这一年里，你对成笙的喜欢被越多人知道，你就越危险。

孔昭本人有多厉害，我想你有所耳闻。你不是安如，她傻，你不一样；你进入鹿鸣街的初心，是成为耀眼的鹿鸣街演员，不像她一开始浑浑噩噩。因为你的那份初心，你对鹿鸣街很了解；现在，也请你为了你的初心，先忍一年，平稳度过《阳光下的芒》的一年，一切再说。

孔昭的剧有很可怕的力量。孔昭早年的剧很有号召力，和鹿鸣街的合作几乎对所有人的胃口，因而奠定了他现在的地位。三十年前，他给鹿鸣街留下一个剧本，从此消失于人前，不明缘由；算上现在的《阳光下的芒》，算上一开始的剧，他在这漫长的三十年里，就写过四部剧。创作力减退，无论是出于什么原因，人人都能理解；但是没有出来活动的孔昭并非如此，他可怕的影响力却与日俱增。三十年来已经上演的三部剧，被经历过的剧团老人称之为"恶魔三部曲"。如今这个大名鼎鼎的名号很少人提及了，亲历的人很多都已老去，要么不在剧团。

孔昭亲自负责的上一部剧，是在十二年前，一如他以前的剧，那一部反响很好，但是它的安排让鹿鸣街陷入长达两年的混乱，换了三任剧团主，最后周行接手。后面的事情我之前说过，周行用了很高的代价，包括改革剧目，破天荒请了王平这类游历歌手，最后稳住了局面，他也得以管理鹿鸣街到现在。再十年前，他的上上部剧用一年半的时间培养了五个优秀演员，这五个演员为鹿鸣街带来了活力、声誉以及更为巩固的地位。他们的优秀让那个时候的人们意识到，原来他们长久以来爱鹿鸣街是因为演员，而不是鹿鸣街本身，这是鹿鸣街巨大的危机。鹿鸣街六号从人们定居鹿鸣以来就存在着，它陪着那块陆地上的人成长到现在，是人们心里的依赖，但是孔昭不知道用了什么办法，用一部剧塑造了那五个人，瓦解了这个长久以来滥觞于历史之初的依赖。在八年前，孔昭离开前留下的那部，它效果极好，各方面都是"恶魔三部曲"里的第一，除了收支不平衡；它陆陆续续巡演了三年，让鹿鸣街六号濒临破产，当时的剧团主不得不到处融资，用了六年才喘过气来。但是，它仍留下了对我们来说不知是好是坏的后遗症，就是鹿鸣街调整了演出结构，一直保持到现在。鹿鸣街六号自那块陆地有历史以来就存在，长久发展下来，音乐剧只是其中一个小部门，但是近三十年来，孔昭的音乐剧部部反响好，且对鹿鸣街杀伤力强，间接提高了音乐剧的影响，所谓"祸福相依"。他本人在这些过程中，从未露面，对比之下，《阳光下的芒》变得十分特殊。然而，我不知道的、也是我所忐忑的是，如今这部《阳光下的芒》会不会是恶魔系列的第四部。

至今没人能弄明白，孔昭是怎么做到的；如果能，鹿鸣街早就有办法制服孔昭剧的后遗症了。让我更想不通的是，纵然如此，鹿鸣街对孔昭依然趋之若鹜，不管不顾地追求他的剧。这也是孔昭的魅力吧，不然也不会有那个研究会。我只能说，孔昭有能力有天赋，但是"恶魔三部曲"有这么持久的影响，除了自身的效应，和"人为"努力脱不了干系；孔昭布了多少局在里面，鹿鸣街的效应又影响了多少在里面，我没办法测算，但我以为，这些因素都存在。

鹿鸣街是那块陆地上所有人的财产，也是我们的期待，它经久不衰，久而久之也成为我们心里的某个支柱；在如此重要的鹿鸣街，孔昭可以对它有这么大的影响力，呼风唤雨，那他的新作又会对鹿鸣街产生怎样的影响？而且还是他亲自监督的宝贝。这么多天，他每天都在，亲力亲为，之前的剧可没这么高的待遇。《阳光下的芒》不简单，你可不要在它公演期间搞事情，很危险。因为我猜不出孔昭在剧中埋下什么雷，所以我只能拦着你藏一些锋芒，小心为上。

至于我为什么不拦安如——她已经没救了，但好在她处事谨慎，乃至于畏首畏尾——现在确实改了很多，但遇事首先做的还是逃避，这样她或许不求上进，但一定不会去涉险境。另外，她是陈绀亲自挑选的，陈绀要对她的演员之路负责，这一点如同契约，我很安心。你就不一样了，有锋芒的演员很多，但是有锋芒又和重点人物有绯闻的……

成笙这个人是没什么问题，他很早就来鹿鸣了，在我们之前的学校学习，然后进了鹿鸣街——和我们的轨迹一样，不像王平那样空降，也不像陈绀那样被人发掘。但是，我查到他十五岁来鹿鸣前的生活，发现了问题所在：他出生于古老湖畔……

安如突然坐直了："古老湖？"自从听到古老湖瘿花传说，安如对"古老湖"很紧张。她原以为古老湖作为那块陆地上的人神圣起源的存在，已然被好好保护，不会有人居住。

"你趴着，听我慢慢讲。"嘉平又一次压下安如的头。

嘉平解释道，古老湖是保护区，我原也以为没有人居住，但成笙确实出生于古老湖畔。原来，古老湖和后山山脉交界处，有一处还算开阔的山谷，那里还有人住，那是个极为神秘的地方。人不多，但这个村子长久存在，就叫"古老湖畔"。

不知道你们有没有听过古老湖平原的传说，就是古老湖形成的传说。据说，古老湖由人的眼泪聚成，也是上天的眼泪。当时的古老湖人放火烧死最早的养花人，因为她私藏了一种妖孽之花，她临死之际，上天垂怜，人们悔恨，于是古老湖下了很久的雨；但天降之雨无法浇灭古老湖的火，人悔恨之泪无法洗清内心的负罪感，那水只能积少成多，淹没了最早的古老湖平原，成了现在的古老湖；而人们从古老湖搬出，落脚建造的第一个城市就是现在的鹿鸣，从此有了那块陆地上的文明历程；而人们为了走出失魂落魄，建立了鹿鸣街六号，那块陆地的文化产业正是从鹿鸣街六号开始——所有历史都串上了。古老湖起源的这个传说很古老，现在的人还清楚全部的不多，我也只知道到这些，还是千回百转中，从鹿鸣封存的档案里看到的这些。这个传说是否有真实的版本，当初的人为何放弃古老湖？答案或许已经没有人知晓了，但是古老湖平原消失后，还是有人留下来照看古老湖，或许如故事中所讲是赎罪，或如现在人们认为的那样，他们作为最后的土著在守护古老湖。总之，那群人就住在古老湖畔，是消失的古老湖平原最后的土著。

或许是责任重大，为了守护古老湖，为了传承那块陆地上的人的初心，古老湖畔上不多的人留守在那里，低调生活，现在的人也很少知道他们。古老湖畔是那块陆地上最古老的群落，其中有最古老的家族和最守旧的规矩。"高门大户"，可以这么理解。成笙就出生在这样的家族里，但是他曾是家族里最叛逆的一个——现在还依然叛逆着，不过态度缓和了很多。激起他叛逆的，是他母亲的去世。他母亲在他很小的时候就去世了，他对母亲的印象很深，但是不多，毕竟那时候还太小。大家族是不缺照顾的，但是他缺母亲的照顾；大家族不缺规矩和束缚，但是他缺母亲的照拂。这个变故让他从来都缺乏安全感，让他无力反抗却很想反抗大家族对他的所有安排，让他决定十几岁就出走鹿鸣，要离开大家族的束缚。他成功了。离开古老湖畔的日子，他过得格外的好。但是，由于从小的潜移默化，他自始至终都未能摆脱古老湖畔对他的无形束缚；他身上仍有最古老的家族教育出来的人的气质，严肃、严谨，气度非凡的举手投足间甚至有庄严感，像极了古老湖畔本身于那块陆地的地位，他无法逃避古老湖畔用这样的方式统治着他，纵然他本人是温柔而善解人意的。成笙小时候的经历让日后的他从不敢轻易交付感情，王平是走进他心扉的唯一一个，但是很可惜，王平没能给他安全感，因而他和王平的感情经过十年也未能再进一步。

王平本是游历歌手，至今仍是。游历歌手有很多，他们会在那块陆地游历，不同于传统歌手，他们将歌带给各地，并将各地的歌声互相传递。他们是过度自由的，他们的所有成就都来自这份游历，遗憾的是，他们作为游历歌手身上的所有弊病，也都来自这份游历。游历歌手是那块陆地的特产，批量存在，是那块陆地无忧无虑的人才能搞出来的名堂。那块陆地的人喜欢歌，一如他们喜欢所有积极向上的事情，因为他们拥有很闲的极为漫长的时间，所以普遍都能写歌，即使水平参差不齐。其中有能力者，就会四处游历，来传播和创作歌声，这是游历歌手的起源。作为游历歌手的王平身上也带着不羁，这是受缚于大家族的成笙向往而缺乏的，也大概是王平吸引他的、能走进他内心的原因。他们十年来分分合合，王平的不羁一定是原因之一，但没那么简单。

发生在成笙周围的诸事表明，成笙本人都未必知道自己缺乏安全感，那种母亲才能给的安全感。我甚至在想，成笙那样带着庄严感的人，古老湖那晚居然能给你披衣服，如若这是某种预兆——他喜欢你的预兆，那可大事不好。成笙受困于小时候的凄苦，在感情上很难被攻掠，王平用了十年还无限期无果，你可不要一时兴起，被那披衣服的温暖所动，决定也投资十年。且不论王平现在和成笙还是有感情的，仅考虑你自己，你对成笙的爱可以用其他任何方式实现，但不要轻易走王平的老路。

　　成笙在进入鹿鸣街后，与孔昭有两次正面冲突，两次都和孔昭的剧目有关。追溯到三十年前，孔昭突然减产，不知道做什么去了，那时就有传言，他是为了写一部旷世奇作而隐居，然而三十年间出来的作品，人们都觉得这离旷世奇作还有距离，以孔昭当时的能力便可以做到，不需要隐世多年。创造鹿鸣街辉煌的孔昭很神秘，和这样的人物搅和在一起的人，我太好奇了；这世上总有一群对一切都好奇而且不得真相誓不罢休的人，我就是。但是，对于这次的《阳光下的芒》是不是孔昭准备的旷世奇作，没人知道，研究会里争论不一。且不论孔昭到底有没有这样一部准备了三十年的作品，或许孔翁只是累了，不想写这么多；就《阳光下的芒》而言，升级打怪的内容，酒吧老板的主题曲，游历歌手的作曲——这些都不是独属于孔昭的巨作的信号。不过，《阳光下的芒》尚未公演，剧的具体内容还没对外公开，我也不能和研究会的人讨论什么；他们可都是厉害角色，因为孔昭长期没有作品，他们只能从旧作挖起，修炼至今，对孔昭作品的一字一句都十分熟悉，他遣词造句习惯的变迁，他心态的变化等等，都整理出了具体时间表。

　　而成笙和孔昭的两次对峙，在研究会内部十分有名，不管他们当初是怎么打听到的。第一次，是五年前，那时周行好不容易让孔昭答应拿出剧本，但是成笙在关键时刻邀请孔昭去古老湖，整整三天的古老湖之约让孔昭改变想法，终止了和鹿鸣街的合作。这三天里，成笙对孔昭说了些什么，给他看了些什么，没有人知道，但是能让已然做出决定的孔昭反悔的东西，一定不简单。第二次是一年半以前，那时孔昭主动提出，被成笙当着剧团管理层的面拒绝，他拒绝的理由是剧不成熟。孔昭的剧不成熟？怎么可能。然而，出乎意料的是，孔昭同意等成熟之后再来。成熟的时候来了，就是现在。那时，只有少数几个人看过当时的剧本，我打听到具体内容，就是《阳光下的芒》，依然是和王平的合作，和现在的差别不大。现在想来，当时孔昭能同意，周行也同意，那么成笙说的"剧不成熟"或许不只是剧本不成熟，还有剧团不成熟——他们会不会伺机而动，而这个"机"就是现在。现在的时机是培养新演员，那么培养新演员干什么呢？

"新老交替，改革剧团？"玲珑回答道。

"那么，在过去的三十年间，孔昭的剧有意无意间都大力'帮助'过剧团改革，它是怎么做到的呢？"嘉平诱导她进入自己的思维里。

"人？"

"所以十年后归来，孔昭这次打算用哪个人呢？"

"六位主演，有新人有旧人，刚刚好。"玲珑果然进入了嘉平的逻辑。

嘉平补充道："六位之中，陈绀是绝对的主演，但对孔昭影响最大的不是他，是成笙。不知道促成《阳光下的芒》的背后，成笙的态度依然是反对，只不过这次是孔昭和周平没同意，还是五年的时间安抚了他？总之，他和孔昭的关系复杂，而你靠近他更复杂，何况他身边有个王平。"

她还说，孔昭《阳光下的芒》的演出是危险期，有什么后果，没人知道；我只知道，我不觉得"恶魔三部曲"只是一系列巧合，纵然我不清楚孔昭到底干了什么，成效这么好，精确打击的同时又铺下长久影响，我也不清楚孔昭准备让《阳光下的芒》有怎样的效果，但是他不简单，《阳光下的芒》也不简单。面对迫近的风雨，微小如草芥的我们不卷入最好。你只是成笙部分的一个配角，勉强说得上话，还有歌词，但是入团第一年的配角，遇上孔昭的剧能躲则躲是前辈们流传下来的生存之道。你在舞台上发挥实力，没有人会拦你。但是你在台下，将自己对成笙的感情暴露，在动荡的《阳光下的芒》演出期间无疑是愚蠢的，我不知道会不会有人利用你的这份感情搞事情，但是可能性很大。

周行说他要给剧团培养一批未来的希望，《阳光下的芒》的六位主演除去三位已然成熟的，剩下三位都是周行的目标。周行的目标会不是孔昭的目标？无论周行和孔昭是否对鹿鸣街的未来达成一致，周行推新人之举都意味着他想利用孔昭的剧改变鹿鸣街，无论孔昭这次是否还想将剧做成使鹿鸣天翻地覆的恶魔。

《阳光下的芒》不简单。"风险敞口"，切勿轻举妄动；剧里的事情剧里解决，切勿牵扯私生活。

玲珑很认真地听完了："所以你的意思是，从历史推知《阳光下的芒》很危险，从王平的经历推知成笙在感情付出上的问题。你用推论和我论证，在高风险时期，我将自己对成笙的喜欢暴露于大家面前，就相当于我亲手将舞台上的事情和演员私生活连通。本来'芒'的风险只针对鹿鸣街，但是经我的感情一掺和，将'芒'的两大主演和一个新人小演员的私事搅浑，也意味着将'芒'的风险导向我的私人领域。届时我很危险，说不定鹿鸣街也很危险，所以无论如何我都不能这么做。"

安如在一旁听着，以她现在昏昏沉沉的脑子，觉得玲珑的总结竟比嘉平的长篇大论要容易明白：主线清晰，目的明确，结果清楚。看来玲珑听进去了。

玲珑想了想，说："我明白了，为了鹿鸣街可能面临的风险，我克制。"其实披衣服可以不算什么，即使成笙平时不轻易这么做。但是嘉平的警告，她听进去了。

嘉平还说："如果这次'芒'有前三部同样的威力，无论是孔昭操纵，还是'芒'本就能带来的影响，成笙都很危险。大浪淘沙，新旧相替，阳光下的芒丛随风拂动，我们颤颤巍巍；就算前途光明，路都不会好走，既然命运让我们同行，可不要走散了啊。"

嘉平的话，居然有些伤感，明明《阳光下的芒》的开始对她们三位来说都是个再好不过的开头：一位想站在陈绀身边同台演出，一位想和成笙有进一步的交流，一位想调查孔昭和整个鹿鸣，各自都完成预期。

嘉平的警告让安如大吃一惊，她不知道孔昭对鹿鸣街有这么大的影响，他明明是个和蔼而善良的老头。那天状态不佳的安如没有细想嘉平的话，她无条件信任嘉平的风险评估、无条件照做，但是如果那个时候能细想，或许她能对之后发生的事情更有承受能力。

纵然嘉平的分析建立在并不牢靠的多手推论上，玲珑和安如一样，选择信任。嘉平可以做出很多正确的推论，但是无法阻止事情的到来。披衣服这样看似暧昧却未必暧昧的事情，那晚可不止她看到了。

然而，嘉平还是没预料到孔昭的视野究竟到了何处。她把孔昭的境界局限了，孔昭在过去三十年的努力，可不只是为了鹿鸣街，不只是为了自己的艺术创作。

没有曾经和未来，都只是现在，手握的分毫。风吹阳光下的芒草之野，悠悠，带来时间的歌谣……

嘉平若要研究孔昭在《阳光下的芒》上下的功夫，需要好好研读剧本；那三人若要理解未来而将来的命运，更需要看看外面的世界，体会孔昭藏在剧里的深意。孔昭既然能认同王大生写的歌，自然也认同他的歌里传达的对《阳光下的芒》的主题的理解。

后来的事情发展得太快，怨不得嘉平和玲珑。而风平浪静的演出前的那晚，就让她们好好喘息。"山雨欲来风满楼"，那时尚可喘息的她们该去哪里找遮风避雨的巢窠。希望嘉平的话在若干天后能帮助玲珑和安如，即使嘉平自己也只是推测，就好像风雨中淋湿的鸟宝宝，蜷缩在巢窠里，纵然瑟瑟发抖，也有彼此可以互相依偎。

玲珑开始给嘉平灌酒。玲珑没有说话，悠悠四溢间，却好像说了很多话。

光影炫迷，声波轻缓，安如感觉悠悠似乎安静了很多，或许是身旁两人的气氛，让她如此感觉。

安如趴在桌子一角，脸向着她们，时而看看，后又闭目养神。看着时，看到的是觥筹交错；闭目时，想着的是自己从未想过的一些事情。成笙的古老湖畔背景、王平的游历歌手身份、陈绀和成笙的渊源，这些她一无所知，也不想探知，他们都是鹿鸣街的优秀演员，知道这些就足够了。但是，嘉平讲的孔昭和鹿鸣街的故事，让她改变了这样的想法；自己不想与世上任何事有瓜葛，做好自己便罢，这种单纯的想法在平静的蒿野尚还可行，但在鹿鸣绝无可能。"傻白甜"的安如终究要面对复杂的事情，而当她对此有所觉悟时，发现自己正处在风暴中心。她不曾想过鹿鸣街为什么在那块陆地有如此高的地位，那天听嘉平所说，似乎是因它从有鹿鸣以来就存在，人们对它有了依赖。重要的鹿鸣街的女主角，她要怎么做才好。

嘉平和玲珑一直没有说话，喝着酒，终于有了似醉非醉的样子。玲珑一直觉得自己没做什么，嘉平也知道她没做什么，只是人的爱总会不自觉流露，像是不经意的眼神、提及时的言语、说上话时的喜悦，还有练习时忍不住的夸奖……这些，她劝她藏起来。嘉平觉得安如能做到的，玲珑也能；但是她不知道的是，安如隐藏自己和自己内心的本事少有人及——因为瘟花之症，让家人从安如很小的时候便教导她这些，他们只求她安稳度日。安稳度日也是得瘟花之症的人千百年来总结的对应之法，无法应对时的对应之法。

孔昭的《阳光下的芒》到底有多大能耐，而孔昭是不是被妖魔化了？安如总觉得孔昭人很好，在《阳光下的芒》准备中的帮助——当然，对待作品展露出的人品只是一部分，安如知道嘉平的意思。只是她以为那块陆地是安宁而平和的，纵然有风雨，但是风雨无阻的是人们欣然的态度，没有什么是能用来烦恼的。说实话，嘉平是她遇到的第一个烦恼。但是她不得不因听嘉平的话，不得不因听嘉平的话而担心玲珑，毕竟听上去这么合理。

其实，孔昭的剧纵然部部不太平，但鹿鸣街依然期待他的新作。因为孔昭的剧掀起的轩然大波，也使鹿鸣街的一步步成长。而这一次，《阳光下的芒》带给他们的，如以前一样，他们要用很长时间想明白其中的用意。

迷迷糊糊中，安如看到有人过来。其实是嘉平主动过去的，她和成笙、陈绀打招呼，却看到了孔昭，他们那边好像散了，正往门口走。这个中老年人，与人和善，肥胖让他的脸更为和蔼；精神奕奕，对生活一如对作品的饱满感情，让人难以想象他的作品有如利刃可以刺入鹿鸣街的筋骨，而本人可以只手翻云覆雨。

"早就看到你们了。"居然是孔昭先打的招呼。

嘉平还没回他，陈绀先说："年轻人的热闹我们可凑不上。"

"陈绀，你没那么老。"成笙很自然地把手搭在陈绀肩上，这样说。成笙有些醉意，这些人里就他醉了。自带严肃的古老湖畔人有自然亲和的一面，嘉平平时很少接触这帮人，光顾着打听鹿鸣和鹿鸣街的秘密去了，如今这么靠近习惯戴着舞台面具的人摘下面具的样子，竟很能理解玲珑情不自禁地深陷。

孔昭对着墙边角落的安如说："我的女主角，你可别倒下，鹿鸣没准备人替你。"安如正趴在桌子上，一手枕着头，一手挽着玲珑的胳膊，依偎在友谊里。她看起来恹恹的，倒没什么大问题。

"她没事。"陈绀对孔昭说，然后对嘉平说，"不早了。你们快回去吧。"

确实不早了，将近夜半。这半夜，三个年轻人用半夜了解了自己的处境，自己所处的鹿鸣街六号的处境；而最里面的几个男子用这半夜商量了什么，怕除了他们自己没有人知道了。然而，后来的事情证明，在悠悠的那半个夜晚十分重要，不是那几位鹿鸣街支柱的谈话内容重要，而是对守在门口一角的三个年轻人重要，这是命运给了年轻的她们一个看清前路、拨云见日的机会；她们年轻，没有多少阅历帮助她们认清现状和境遇，只能依赖不一定依赖得住的自己的能力。

悠悠里，"悠悠"的酒香迷醉，醉了多少人的意识，让他们忽视了背后的背后；当回味上涌，恍然大悟，却未必能站得住脚跟，也未必能坚定自己的心智。

不过，话说回来，这里的人本质里的悠悠，或许能帮助他们在恍然大悟时，安然度过手足无措的时期。

迷迷糊糊中，安如看着陈绀和成笙一起离开悠悠，王大生送他们出门。

其实除了她认得出的这些人，还有一个生面孔。即使安如昏昏沉沉的，但是她无意间留意到了这个生面孔。那人和成笙一起走了。

那人嘉平也注意到了，嘉平嘀咕道："这人怎么会在这里，什么时候来的……"明明这三人坐的地方，视线自然而然注视门口，出入间都没见到过那人。

安如听到嘉平的疑惑了，不过，在她眼里，没有什么事是嘉平不知道的，不需要担心。

这夜，鹿鸣的天气很好，星辰闪烁，天空如古老湖水，澄明几净，似乎能映照人心。这夜，也让安如恍惚，瘗花席卷而来的迹象，不安的人事，朋友间的长谈，还有嘉平调查的鹿鸣街背后的不寻常，在"悠悠"的酒香里，让人恍惚。这夜，后来的安如再看，不亚于古老湖的故事给她的震撼，自此之后，在突如其来的变故中，她更加依赖曾经言中变故的嘉平，更加依赖能在自己虚弱不堪时让自己依偎的玲珑。

第二天一早，一切如常，如鹿鸣街旁的小川，平静安宁。

安如恢复了，昨晚从保险箱拿出来的药让她恢复了。那些是安如从家里带来的药。安全起见，每次休假回鹿鸣前，安如都会准备好控制瘿花的药，即使来鹿鸣的四年，去古老湖前她还从未犯病。让她庆幸的是，配方四年没换了，昨晚吃的药比以前的剂量都小，看来病情没有恶化——她坚持了四年。可能是古老湖受了凉，感冒诱发了瘿花，但是程度不重，她侥幸安然度过了。即将迎来作为鹿鸣街主演的第一个舞台，她没空想其他的事情。

而时间很快到了演出的第一天，安如很早就来到鹿鸣街。阳光甚好，她在鹿鸣街六号的门口，深呼吸，手握拳，才走进剧团。她鼓足勇气，进入《阳光下的芒》的世界，那里是她成长的地方，也是能让她终于够得着"辉煌"的云梯。

在化妆室门口，她遇到了陈绀。陈绀先跟她打了招呼，内容和两年前第一次和安如打招呼的内容一样，毫无新意。不过，陈绀的毫无新意在安如面前怎么会是毫无新意呢？安如将此理解为他的温暖。且不论这样的结论究竟如何产生，如此感受确实让安如度过紧张又难挨的第一次公演。万事开头难，陈绀的处处指导和保护确实给了她最大的力量。

比如安如上台前，他们俩在后台遇到，第一场的内容是回忆，安如在快结束时才登场，但陈绀已经下来了。陈绀对她说："后面都靠你了。"安如心里一暖，又觉受人重视。虽然类似的话，陈绀为了她安心，也为了她能自信，在排练时说过很多次，但是那次在后台的照面，让安如感受到了陈绀工作上的陪伴。明明后面几十场他们都会在一起，就是这分开的第一场的后台，让她感怀很久。多年后，她都还记得这一幕，记得自己沉溺在陈绀的眼神里。明明是糊了一层粉的脸，不如陈绀平时清秀帅气；刚下舞台的狼狈，也不如陈绀平时气定神闲；在后台的嘈杂里低语，不如和陈绀平时交谈轻松自然，也不知安如怎么就喜欢这么一句，和说这么一句陈绀的神情。大概是场合重要，而陈绀确实用心托付。

安如登台了。但是多年后的她忘了自己那时在做些什么，灯光打下一头汗的她又在想些什么，就算她看着当日当时录的视频，依然不觉得那是自己。多年后的她再看录像，看当年青涩的自己，只是声音没变，只是看陈绀的眼神没变。她发现台上的自己在和陈绀说话时特别放松——应该是吧，她看着那时的自己，从第二场里陈绀全剧对她说的一句话开始，她便没了紧张的感觉。

"我让你动心了吗？"就是陈绀的这句台词，让安如放松下来；即使这句词在剧中，只是大海调侃的话。从这句话开始，她能感受到陈绀和她同台，即使隔着人隔着道具，还隔着灯光和人物心境，但是她能切实感受到。无论她动机如何，目的达到了，这样的心态帮她很顺利地完成了演出。

《阳光下的芒》里的女主角菲纯粹靠出场时间占据主角位置，若说她对情节的推动，也就是故事最后，朋友们走的走、散的散，一直默默陪着大海的纯真的她，对未来的质朴的理解，对时空的随遇而安，让大海明白自己真正要做什么，明白所谓未来、所谓命运，不过就是现在。

不得不佩服陈绀看人的眼光，安如很适合这个角色；胜在年轻不经事，胜在纯粹不复杂，安如虽然没有多少演出经验，但意外地能将"菲"演绎得出色，再加之她对陈绀的爱，刚好也是剧中大海和菲之间自始至终的感情。但是，陈绀没想到的是，他当初给剧组的选择，让自己得到了一个"菲"。多年后的安如听到陈绀说，自己是他生命里的宝贝。如菲对大海人生的影响一般，安如也给了陈绀的人生以明确的方向，是他既定的前路上新出现的一处光明，一处他乐于奔赴的心向往之处。这是接下《阳光下的芒》、给周行推荐女主角时的陈绀始料未及的，但是陈绀是聪明人，他很快就明白安如对他的意义；自他觉得"我让你动心了吗"的台词有些别扭，这词有了别的意味后，他便明白了安如于他的意义，这比安如以为的彼此相爱的时间要早些。

> 未来，未来是什么
> 带着阳光的味道，
> 勾走我的魂……

同名主题曲的一字一句，都有超出《阳光下的芒》的别的意味。

这需要台上之人慢慢体会。

《阳光下的芒》的巧妙在于，让参与演绎的每一个人都在自己的人生里演绎其中的角色——至少是人生的某一段时间里。这是巧合，很有意思的巧合。

首演在阳光下的芒丛里结束。剧终时，只剩下陈绀的大海和安如的菲相互倚靠着，坐在芒草丛中，主题曲的余音绕梁，吹着海风，听着海风吹拂高高的芒草发出的窸窸窣窣，看着阳光下的芒草丛涌动的样子。幕布落下，掌声响起，而安如依然沉浸在阳光下的芒丛的温暖里，沉溺、无可自拔而不愿自拔。

"安如，走了。"陈绀起身，又伸出手。这个伸手安如应该很熟悉，这声"走了"，她也应该很熟悉；不能不熟悉，当初就是被这小细节触动，让自己受了瘗花的攻击。不过，她不难受。怎么会难受？有陈绀和陈绀的笑容在！

剧结束，在安如收拾好后，陈绀请她吃饭。她这才发现陈绀一直在等她。莫名感动吧，她是个容易感动的人，而《阳光下的芒》首演那天她感动了无数次。无数次的感动，不只因为陈绀；是陈绀带她走到灿烂的舞台中央，在那里，她感受到观众的肯定和这份肯定带来的满足。脚下的舞台厚重而珍贵，每一声都很沉，但是她喜欢；从剧上演的第一天起，她对陈绀的爱慢慢也分给了这个舞台，一扫之前的颤颤巍巍和紧张。之前和陈绀排练，手都会抖的她在第一天登台后就自信起来，转变之快，与其说是努力后带来的进步，不如说是她本就适合成为舞台上的人。

其实她命运中的一切，都不是命运的安排，而是她的选择。她从学会唱歌的那天起，就很适合鹿鸣街，因为这份气场的契合，让她在选择未来时会毫不考虑地选择鹿鸣的学校，让她不自觉地被作为舞台人的陈绀吸引。一切，是命运，是她自己主导下的命运；不能单纯归结为乐心、陈绀、鹿鸣街，纵然一个教会她唱歌，一个带她站在舞台中央，一个让她万众瞩目。

> 没有曾经和未来，
> 都只是现在，手握的分毫。
> 风吹阳光下的芒草之野，
> 悠悠，带来时间的歌谣……

是安如和陈绀合唱的主题曲，自那天后的一年内，他们还要陆陆续续唱上无数次。不知道他们是在哪次，唱出了更深、也更贴合真实人生的意味。

那天，安如和陈绀并排走出鹿鸣街。夕阳朗照，没有消沉，没有黯淡，带着如古老湖碧波般纹路的天空，晕着黄昏的安恬，她喜欢站在陈绀身旁的感觉，安心而有力量，似乎有勇气面对一切，无论是来自舞台的压力，还是来自未来人生的压力。

因而，她也忘不了，不久前站在陈绀身边，和他一起谢幕时的场景。她忘不了站在陈绀身旁看到的景色，舞台、舞台上的同事、舞台前的观众，还有侧视时舞台旁的同事，当然还有身旁的陈绀的侧颜，这些构成了她日后很长一段时间里的全部，她欣然接受的全部。这样的陈绀身旁的景色，她很珍惜；这样的珍惜，她也将之带到了生活中。

这样的想法她一直带着，那天从谢幕到走出鹿鸣街，再到和陈绀吃饭，她一直带着。从灿烂的舞台，到夕阳下的鹿鸣街，再到星夜里的餐厅，她一直带着这样的想法珍惜在陈绀身旁的每一刻。瘗花带给她的小心翼翼和格外感恩，让她对人对事都是这样的态度；虽然有些过于小心，但有这个年纪本身的活力和纯粹的活泼，让她的个性被很多人格外喜欢，接触愈久愈发喜欢。陈绀也是如此。

那时候，他还是单纯地好奇眼前的这个人，自己选的女主角，个性居然和剧中女主一模一样。看着她认真吃饭的样子，又想起先前准备《阳光下的芒》时的点点滴滴，陈绀觉得她很有意思。但他转而又意识到，这样的人或许有能力成为著名演员，却未必能撑起整个鹿鸣。

安如在舞台上的模样，被陈绀一次次不经意间想起，每当他见到平时的安如做一些事情的时候。或许只是一两个相似的重音，他就能想起安如初上舞台的自如。《阳光下的芒》适合她，她适合鹿鸣的舞台。

陈绀没想到安如在舞台上能如此耀眼。他之前一直觉得安如歌虽好，在舞台上却不容易集中精神，他怕她出错，怕她不能诠释这个角色，但是第一天的舞台，安如完成得很好。他有一种徒弟成长了的喜悦感和满足感，然而安如尚未出师，陈绀也未必意识到安如为什么会在台上分心。

其实，安如越是在正式舞台上，越容易分心；那些全神贯注的场合里，作为陈绀的女主角，她很容易陷入陈绀的情绪里，然而陈绀的时而深情时而潇洒，只是剧里的要求，安如却在光影交错的恍惚间，愿意认作是真情。这让安如分心，她知道不该如此，却难以抑制。她的沉迷让她意外地适合《阳光下的芒》的角色，然而不是次次这么幸运；那时的她还没想那么多，但陈绀已经替她考虑之后了。不得不说，陈绀是个好老师，为安如付出了很多。

　　陈绀和安如人生的交集，开始于两个月前的《阳光下的芒》的制作，是以陈绀当时对周行说的一句"她适合'菲'"开始的。是他把新人安如推到主演的位置上的，新人有不足而跟不上的地方，他自然而然要负责到底。这样的交集，安如和成笙要来得久得多。从两年前的实习开始，成笙就一直是安如在鹿鸣街的老师。两年过来，安如学会了表演技巧，她身上的些许鹿鸣街的气质，都在成笙的影响下；而陈绀那时只在安如的目之所及之边缘，在光影和现实的临界处，那样缥缈而虚幻。

　　而那天，在陈绀和安如共进晚餐的时候，安如的成老师也约了人在同一餐厅的另一处。在鹿鸣夜景的掩映下，玻璃杯碰撞的清脆，爽朗的笑声，停不下的交流，这些都十分和谐。只是没想到占据了一整层的餐厅，没有约好又各居两头的人能碰到一起。

　　"成老师好。"安如先看到成笙，脱口而出。接着她转而看到了玲珑。

　　命运啊，终究纠缠在一起了。

　　安如怔住了，不知道要说些什么。玲珑冲她微笑，她僵硬地回了一个。她还没反应过来，吃顿饭而已，若没有前因后果的脚注，这件事根本算不上事，她只是记得嘉平说过的话。

　　倒是陈绀跟他们打了招呼，三人都没有察觉安如此刻的尴尬又不只尴尬的复杂心境。四个人一起下楼，一起走在如星辰般的鹿鸣夜景里，一起走小路，听小川淌过鹿鸣的细腻处，直到她们两个到家。一路上，安如很安静，不过大家都习惯了安如的安静；成笙和陈绀有说有笑，玲珑和安如走在一起，陪她安静；走在前面的两个男子时不时会回望后面的人，不知道是不是怕她们丢了。

温柔的夜，漫长的路，安如很想就这样走下去，没有其他任何事情可以打扰。

夜因黑暗而令人恐惧，安如却喜欢这份黑暗，因为玄黑而纯粹，如古老湖的澄明一般，纯粹到可以听到宇宙和人心的声音。安如就这样，跟着陈绀的脚步声，走回了家。

家门口，一幢老式联排别墅的铁门边，有个人站在低矮的台阶上，侧倚着门框，背后后山石块砌的墙将寒意渗入她的背脊，她就这么看着安静的鹿鸣街夜晚，还有街上来来往往的人。鹿鸣街一带在鹿鸣的范围内不算热闹，就是几条街之隔的酒吧地带和西边街尽头的学校有嘈杂的人气，嘉平就在这样的安静里，听小川流过的隐约的声音，思考倚靠后山的城市鹿鸣隐约的秘密。还有，她在等她的朋友们。

嘉平双手交叠于胸前，就这样站着，许久也不换个姿势。她不累，思考这个世界的秘密的她是不会累的。她从演出结束后，走出鹿鸣街六号时，就是这副表情。

在路口分别后，安如和玲珑手拉手回了家。自然是在门口遇上了。

"嘉平，你在等我们？"玲珑的一声让嘉平从万千关乎鹿鸣的思绪里出来。

嘉平看见了她们，玲珑依然活泼，安如依然安静，两个人依然手牵着手，和自己四年前初见她们时一样。她有那么一瞬，想起傍晚走出剧团时，在大门口看见并排走着的陈绀和安如，夕阳下的他们之间，有余晖氤氲下的温暖气氛。鹿鸣街的络绎不绝里，她正欣赏着，又看到成笙和玲珑，也这样并排走着，话比安如多一些，有说有笑，同样的余晖，还有同样的温暖。她在所有人之后，站在原地，欣赏了很久，除了欣赏络绎不绝的人，还有熙熙攘攘的人事和人情。直到她抬头，瞥见对面房屋铁窗枢被夕阳烫得通红，才想起下班很久了，自己该离开了。

"没带钥匙，等你们回来。"嘉平也没想到这两人能一起回来，就随口掩饰。

其实她带了钥匙，其实她只想等玲珑，说一些关于成笙、关于成笙和王平的事情。不过，在她望到四人从小川边走来，又在路口分别时的场景，她打算什么都不说。她觉得，自己通过调查得到的有大事发生的端倪只是推论，还是个预设立场下的推论，孔昭未必是魔鬼，成笙未必有危险，就算推论成立，和成笙走得近的玲珑未必会有危险；退一万步，如若危机波及玲珑，她觉得作为朋友应该做的不是在发生前的很久之前，把玲珑扔进与世隔绝里，而是在万分之一陷入困境的局面中，保护她。嘉平意识到，玲珑什么都还没做，自己想阻止也无从阻止啊。

嘉平想通了，未来有自己可以决定的部分，也有自己无法决定之影响。嘉平习惯于从已有的调查预知未来的走向，她之前一直试图用此干预未来，那晚她才明白，这是妄想。嘉平抛下自己能力之外的妄想，迎上前去；她触到两位朋友的手的温暖，这才是自己可以握在手里的现在。

　　没有曾经和未来，
　　都只是现在，手握的分毫。
　　风吹阳光下的芒草之野，
　　悠悠，带来时间的歌谣……

嘉平的阅读理解还需要学以致用。

那晚，嘉平在家里煮了茶，她折腾了很久，直到茶香溢满整个二楼。她们租了鹿鸣街的别墅，就在剧团的另一面，西边路的尽头是跨过小川的桥，附近还有个学校，东边在过去就是剧团的产业。鹿鸣街六号的成员一般都不住这里，离上班的地方太近了，他们都觉得腻。也就这三个人纯粹喜欢靠近后山的鹿鸣街，才选择这里。房子有三层，最上面还有个露台，被嘉平改造成了粗糙的天文台，夜观星象是她无聊时的排遣。二楼是她们住的地方，充斥着杂乱和无聊。一楼和经常被人遗忘的地下室是她们练习的地方，安如很拼命，《阳光下的芒》的排练期间，她基本上都住那里。

那三人正在二楼的客厅，干着各自的事情，气氛有些微妙。安如在翻看剧本，她不敢懈怠。玲珑在喂狗，她养了只鹿鸣的土狗。在猞猁事件后，她没办法释怀猞猁的离开，即使她只和小猞猁相处了半天不到，但小猞猁躺在她臂弯里的情景让她想养一只宠物，刚好有邻居送刚出生的小狗，也就养了它，叫"千千"。而嘉平气定神闲，那闲情都要随沸水热气冒出来了。

嘉平煮的茶是从那块陆地唯一的离岛运过来的，那岛叫"屺岛"，是那块陆地上最好的茶叶产地，不过产量不高，很难弄到。正是嘉平煮起这么难得的茶，才让房间里的人觉得气氛微妙。

屺岛也在那块陆地的西北边，因不长草木而得名，它离陆地不算远，以海峡相隔，与它隔海相对的是一个叫岵山的地方。岵山再往西，走到陆地尽头，便是花的故乡蒿野。屺岛和岵山之间的海峡被称为"茶道"，就是屺岛产茶的缘故。屺岛和岵山的得名，一个是因为不长草木，一个是因为草木茂盛。屺岛基本不长草木，是一堆荒石，它只能生长某种特殊的茶树和芒草，但是很少，所以茶叶产量小。屺岛的茶可不只是物以稀为贵，它的味道独特，曾有人形容说，像是疲惫的旅人喝到甘泉，全身放松，然而又有一股回味，让旅人想起一路走来，有甘苦难以言明，感受到最后，旅人想起还有前途要赴，回望甘苦的过去反而是一种释然后的融入生命的认同。

"嘉平，我……"最后还是玲珑先沉不住气，先开了口。

嘉平把她的话挡回去了："不需要跟我解释，没有什么是需要向我解释的。一切顺其自然。"她也没做什么，成笙的命运如何，她的命运会被成笙影响多少，嘉平不想预估了。

嘉平将茶递给玲珑，玲珑回了一个微笑。

嘉平转手，再将屺岛的茶递给安如，在安如的手碰到她手的一刹那，她说："今天的观众席，你注意了吗？"

安如一脸迷茫。

"就知道。"嘉平就知道她脑子里只有陈绀，"第三排正中，有几个重要的人，从左至右，周行、孔昭、晏芩。"

"晏芩？"

"就是晏子。"

这么说，安如就知道了。晏芩，世人尊称晏子，是那块陆地最有名的科学家，没有之一。人们晏子晏子的称呼惯了，安如一时还没反应过来晏芩是谁。晏芩从不出席公开活动，也鲜有人见过他的模样，但是有关他的传说那块陆地上的每个人都知道。据说他从事的科学活动关系那块陆地的安危，所以地位才这么高。晏子一生为科学贡献，但也有闲情逸致的时候。鹿鸣街演出了三十年、至今仍时不时被翻出来的音乐剧《祈祷》就出自晏子之手。四十年前到三十年前的鹿鸣街，是它近百年来的鼎盛时期，此后至今，都未曾被超越，因为那时的它拥有频繁出作品的孔昭和晏子的《祈祷》。

"前天晚上，我在悠悠跟你们讲成笙和鹿鸣街的那晚，和成笙在一起的人里就有晏芩。但我不知道他因什么来找他们。"

安如想起来了："那个瘦瘦的老头？头发银白，但是人看上去不是很老——和孔昭差不多岁数吧。我还以为晏芩是个年迈的老人……"

"小道消息，晏芩和孔昭同岁。两位都是鹿鸣人，很小的时候是邻居，不过没几年，之后没有交集——至少没有资料显示这两个人有交集。晏芩写过唯一一部剧本，就是《祈祷》，初衷是为纪念自己的初恋，刚好被鹿鸣街看中。他这样的，和孔昭这种专业剧作家不一样。"嘉平补充道，"晏芩公开消息很少，经过确认的都是些他做的科学研究，至于私人方面，没有一个真实可靠的。所以我说的关于他的私下的一切，都是存疑的小道消息。"

安如拼命回忆着，在台上的自己的视线是不是曾经瞥见这位大名鼎鼎的科学家。晏芩明显被那块陆地的人神化，安如也在内，他们就喜欢这样试图去理解宇宙的科学家。很遗憾，聚光灯下，安如的脑子被陈绀的模样充斥，没有台下的人。安如说："'芒'开始前一个小时，我们都很忙，周行和孔昭来看过，孔昭还特地跟我聊了一会儿，他还给了我怎么在舞台上集中精神的方法。他说，那是前几十年，每一次演出前，总有演员跟他聊天，缓解紧张，他从那时积累下演员们在舞台上为了更好演出琢磨出来的各类秘方……其他人，没见过了。'芒'结束之后，我们才下舞台，也见到了周行和孔昭，没有晏子。"

"晏芩不轻易出现在大众面前。"嘉平正是知道此，才好奇《阳光下的芒》怎么这么大魅力。

不是说晏芩不会来看剧，也不是说晏芩除了研究就不会参加任何活动；只是和周行、孔昭一起出席，就相当于半公开。谁能有这样的面子？作为鹿鸣街的剧团主，历来都不放过《祈祷》，要再演出，和原作者的接触一定必要，只是周行和晏芩应该没有深交；若想有深交，晏芩和鹿鸣街的交往不会这么少，他和鹿鸣街历任剧团主都没有在《祈祷》之外的交情，包括周行在内。而那个孔昭，作为嘉平一直以来的研究对象，她对孔昭生平再了解不过，他的传记里也没有"晏芩"二字。嘉平越来越好奇晏芩出现的目的了。

玲珑一边抱起千千，一边说："晏子来看剧，很大的面子呢。"

"是啊。"安如沉浸在没能见到晏子的遗憾里。她其实近距离见过晏子，就在那晚的悠悠，她迷迷糊糊的时候遇到的第四人。

听到安如和玲珑的声音，嘉平想起之前安如对她说，你的眼里不要只有谜团，哪来那么多谜团，看不清罢了。——是啊，哪有那么多谜团，不想也罢。嘉平这才发现，一起相处了四年的人，冷的时候相互倚靠，高兴的时候勾肩搭背，这样的感情让她听到她们的声音便能安静下来，原来的自己是个不知真相誓不罢休的人，逐渐逐渐也学会妥协和放过了。这样的自己轻松了很多，或许自己就该醺然于鹿鸣街的舞台，同合约上写的那样，做一个鹿鸣街的演员。

嘉平转着自己手里的茶杯，想着，或许是这屺岛的茶的神奇作用吧，让她对谜团缴械投降，不再多想。

时间过得很快，忙碌中，安如作为女主角的一个月一晃而过，《阳光下的芒》在鹿鸣街六号的演出到了尾声。

目前来看，《阳光下的芒》反响很好，主演出色，新人亮眼，主创诚意，加之孔昭前几部剧的"恶魔"头衔暂时还没扣到《阳光下的芒》的头上，而孔昭在其中加之的思想让人不由深思，它虽未必是旷世之作，却是部值得流传的有存在意义的剧。这就够了，即使鹿鸣街不乏这样的剧，对于安如这样新演员，第一次主演就遇到这样的剧，她该感激涕零；成笙、陈绀、周行、孔昭还有一直以来陪着她的朋友们，她都该感谢。

最后一天，安如收到了比往常更多的花，作为肯定。她在其中一个花篮里，看到一张卡片："恭喜，《阳光下的芒》的女主角"。落款是孔昭。瞬时，她的眼泪落了下来，落在花瓣上，和花本来的露水融在一起。

"安如，最后一天了，加油。"安如听得出来，陈绀的声音再熟悉不过了。

最后一天，被塞了两场。这样的强度，安如可以接受，只是这最后一天，她怕要在眼泪里度过了。

《阳光下的芒》在鹿鸣街的最后一天，安如心里更多的是感动，颤颤巍巍的鹿鸣街女主角的日子在这一天将要告一段落；纵然幕布还没拉开，站在幕布后的她，在最后一场面前，已然成熟了很多；她心里的不安已经被溢满的感动驱逐，她突然间不知道要感谢谁。她四顾，看着突然安静的舞台，和台上不多的演员，应该感谢鹿鸣街吧，给了她从不敢想的经历。四下里，她目之所及，出现了陈绀的背影，是俊朗，还是可靠，她竟不知道这样的背影里有多少种气质，让她沉溺的气质。其实这个舞台上，有很多人都会看着陈绀的背影发呆，想沉溺在他的眼眸里的人不在少数，不过安如不在意，因为她本来也不求得到什么，连期待陈绀用温柔的眼神看着她的愿望也没有。很快，她的眼神还是触到了陈绀的眼神，她立刻回避。反正本就不是一起出场，不奇怪。

陈绀的背影在光亮里渐消，顶上的光刺着安如的眼睛。她明白，最该感谢的还是台前的他。

安如上场了。《阳光下的芒》这部剧，男女主角大海和菲，在剧开始时就已经是情侣，全剧没有他们俩拖拉的情感的发展。不过，可能是有真心付诸，安如将孔昭没有写到的部分做了很好的处理，不需要台词，便与大海之间营造了很好的气氛，还是观众们都能感受和接受的气氛，虽然浅，但是不淡也不碍事。安如因而得了个演技细腻的名声，对于初出茅庐的她而言，这样的口碑帮了她一大把。总之，孔昭、剧团还有观众们都满意这样一位新人的表现。安如知道，《阳光下的芒》的成功，她最应该感谢谁：是他，一步步缓解她的不适应，慢慢带着她跟上节奏，一点点教会她鹿鸣街和音乐剧的规矩。她如此想的时候，双手正被陈绀牵着，两个人四目相视，感受彼此的温暖：是手的温暖，也是眼里的温暖。

安如看到了，陈绀眼眸里她的样子。

此时的舞台正"风花雪月"，两人牵着手，走向剧的最后，阳光下的芒丛里。

未来，未来是什么，带着阳光的味道，勾走我的魂……

安如不敢设想未来，不过如果可能，她想一直陪在他的身边，静静看着就好。阳光下，吹着风，看着芒草丛的浮动，如心之跃动，感受时间流逝里的美好——菲真的是为她量身打造的角色，无论是菲的性格，还是菲于大海的感情——所谓命运，安如心想，也不过如此。

台上，掌声响起而幕布滑落，安如的脸廓被泪描画。

下了舞台，还有忙碌和芜杂要处理。

"安如，眼睛怎么肿了？明明表现得很好。"成笙遇到她，这样问她，却也是鼓励她。

成笙对安如从来都是夸，没有指责过。他本是严格的人，别人都说这么对安如很是难得；但安如知道，他的心很柔软。可能随着年纪增长，成笙本质里的这份柔软多了起来，等到安如遇到他的时候，就只剩柔软了。

"还有一场，你要坚持。"陈绀说完，把成笙拉走了。这两位虽然不至于形影不离，但其实也差不多了，尤其是有合作剧目的时候。

陈绀就是这样，对安如的态度一直是鼓励；他觉得安如能做得更好，言下之意现在的还不够好。不过，陈绀不必这么鼓励她，她能在你身边便是最好的鼓舞。安如就靠着这个，才挨过作为《阳光下的芒》的女主角的巨大压力，走到这最后一场。

"我给你化妆吧。"还是玲珑贴心，比起两位前辈的，玲珑的话是现在的安如最想听到的，总不能哭花了妆在舞台上赖着不走吧。

玲珑的化妆技术甚至胜于化妆师，她当年为了进鹿鸣街，什么都学，包括媲美于整形效果的化妆。鹿鸣街是玲珑的心之所属，成笙与之相比起来，只是当中的美丽风景罢了——就算是最美的风景，那也只是风景，玲珑对此拎得清。在"拎得清"这一点上，安如比不上玲珑，陈绀似乎是她存在于鹿鸣街六号的一切理由；虽然陈绀本人可靠，但是这个过于脆弱的理由怕难以抵抗风险。

这么重要的最后一场，又是孔昭的剧，又是剧团推新人的重要安排，没出点事情怎么对得起《阳光下的芒》的地位和影响力呢？

故事正进行到众人在一个缓坡上头休息。那坡很矮，突兀地出现在一片荒原上，更显苍茫，如海中孤岛，放眼望去只有无穷无尽的恐惧，加之天色灰暗，让人心慌。故事到此，只剩下四人：大海和菲，一个望远研究渺茫的出路，一个在荒草中挑着些摘，似乎是草药；而大川和芳，正在一边交谈。

大川对芳说："你这些天很累吧……"

听到这句话，安如心里一惊，很奇怪，大川的词应该是"你这些天有些奇怪"，她的成老师可不是轻易改台词的人。安如慌了，即使这部分成笙和她没有对话，她还是出戏了，不是将注意力集中于舞台，而是花心思琢磨起那句话来。

"我……"芳站在大川背后，一只手抚过大川的背，又盘在他脖子上，如是说。芳的词是对的，王平此刻表情里的妩媚也是对的，看来王平没受成笙的影响——其实受影响了，安如的角度正看得清楚，涉及后面的剧情，芳此刻的眼神除了妩媚，还应该有一丝凶狠。王平平时演得很好，她的眼睛里的凶狠能让人害怕，却是一闪而过的，很符合芳此刻的心境。然而，这个时候，王平没有这个情绪，她的眼神是柔和的，甚至还有些哀伤。

是泪光啊——安如以为自己看错了，以为是王平手上的刀反射舞台侧面的光的缘故，看到的是反光。此刻，扭曲的芳正要杀大川，刀起刀落，刀尖刚好落在大川的脖子上，但没有下手，芳听到了未来的声音，她在最后一刻醒悟了，保住了自己的良心和人性。

不，安如看到了鲜血。鲜血正从大川的颈部喷涌而出——那不是大川，那是成笙。

"救他啊——"安如喊了出来。她不知道就一个演员的素养，这种应急情况怎么处理，但是她第一反应喊了出来。这一摊血和安如的声音惊吓了所有人，幕布急忙落下，《阳光下的芒》在鹿鸣街的终章永远无法结束。

是王平杀了他？王平怎么会杀他？

安如愣住了。等她反应过来，幕布已然落下，但还能听到慌乱的观众席那边的声音，还有本在远处的陈绀，正抱着成笙，用随身的白布捂着成笙的伤口，然而已经没用了。白布染红了，成笙的面色苍白，已无人息。王平在一旁，手里还握着刀，手还颤抖着，血从刀上滴落；因为她手的抖动，血滴落在地板上，血迹也显得慌乱。

一群人赶到舞台，而安如还坐在离成笙很近的地方，自那一场开始，她就一直在那个位置。

她不知道该怎么办，只能让眼泪模糊实现。她也知道自己是个没用的人，关键时刻只有眼泪。那可是她的成老师，带着她学会鹿鸣街的规矩、观察鹿鸣街美好风景的成老师。

她的成老师没有留下一句话，就死了。触目惊心。

其实，成笙是留下了话的，那句被他改过的台词："你这些天很累吧……"

安如当时还没意识到，但是有人意识到了。是嘉平。嘉平正站在舞台边缘，作为背景板，这一场没有她，但是以嘉平数年如一日研究孔昭的素养，她早就背下《阳光下的芒》的每一句台词，还记下集体排练时孔昭对每一位演员的修正；她很熟悉这段对话，她知道成笙不是乱改台词的人。

嘉平本想向前了解现场，但是她走不开。嘉平一手抓着玲珑的手，一手搂着她的肩；此刻的玲珑哭得正凶，比在场所有人都悲恸。嘉平前不久才下定决心，如果有万分之一，保护好玲珑，不让她陷入困境，此刻也不敢离开。她之前的判断都是正确的，但她也没想到会是如此血腥而悲惨的冲击，她陪着玲珑，不希望事情更混乱。

嘉平也想不通，王平为什么杀他。女友杀男友，作曲杀主演，著名歌手杀著名演员——无论如何，看上去听上去，都应该是感情纠纷。想到此，嘉平抓紧玲珑，她很不安，怕玲珑受到伤害。之前玲珑和成笙有多少句台词以外的交流，之后就有多少闲言碎语将玲珑扯进这次杀人事件。舆论会怎么讲？"十年女友深恶男友背叛，竟是这样一个新人搅浑水……"

嘉平不敢想下去玲珑接下来的处境。披衣服、约会吃饭这种事，不是她一个人知道；之前也是有些许流言，嘉平才在公演开始前，在悠悠特意提醒玲珑，还把事情说得严重。

嘉平也是没想到，会这么严重。她心里清楚，玲珑没做什么，王平不应该为这件事情杀成笙。那么，王平有什么动机杀害相处十年的人？是这十年里，成笙做了什么让王平忍无可忍的事情，以致积怨，还是另外的缘由触怒了王平。

警察和医生很快就来了，现场的秩序总算恢复，但不安仍充斥着鹿鸣街。

安如被陈绀带走了。在离开舞台前，陈绀看到安如还坐在地上，就用没有沾上血的手臂揽了她。

《阳光下的芒》的鹿鸣场永远不会结束了，即使这一场的配乐早已戛然而止。王平饰演的剧中人听到的未来的声音，匕首将落未落的刹那，阳光透过云层照耀荒原，那时从苍穹传来的声音正是主题曲《阳光下的芒》。然而在它从云层之上传来、又穿梭于荒野荒草窸窸窣窣之间的旋律还在铺陈之时，鲜血染红了阳光照临的荒原……未来是什么，是残血的荒原里摇晃的荒草，窸窸窣窣间，提醒着，现在未来，不过抬头低头。

第七章　动心

安如和陈绀作为在场的目击证人，配合警方调查，随后又去了趟警局。

事情很明了，王平杀了成笙。除了证人证物，鹿鸣街六号还有全景立体录像可以证明。它原本是为了让观众体验某一角色，让他们有舞台感受而准备，它在剧场演出录完后，再到安装特殊设备的房间，观众可以代入其中角色。这次，为观众准备的它为鹿鸣街杀人事件留下了关键而无法辩驳的证据，精确到每个在场人士一分一秒的细节。鹿鸣街六号的事业从来不局限于舞台艺术，它自那块陆地的人从第一个聚落古老湖平原搬出、定居于鹿鸣开始便存在，它几乎伴随着那块陆地上的人们整个历史，人们的娱乐消遣自它而起；鹿鸣街为了更好的舞台表演，用成千上万年的时间研究，影像还原技术只是它的研究的冰山一角。鹿鸣街六号是那块陆地很多事物的起源，包括一些科技；音乐剧固然是它很重要的部分，而舞台表演也是鹿鸣街自始至终的本业，但是用这些当它的标签，没有人会同意。

就鹿鸣街杀人事件，王平没有辩驳，她认了。只是，她不肯说原因，死活不说。

那个夜晚，鹿鸣街有些狼狈，凄凉，还有不安、慌张。

警察局出来后，陈绀送安如回家。两个人的心都很沉重，又疲累，一路上一言不发。到了家门口，安如开车门，陈绀突然说话了："不要想太多，好好休息。鹿鸣街还有任务要给你，过几天就公布了。这个任务，还是我和成笙帮你定的，是部新剧。"

陈绀没有跟她多说关于成笙案的一个字，包括对王平的评价。但是，安如的不安、成笙的死对她的冲击，他不是没有看在眼里，所以最后来了这么一句。他实在不知道要说些什么，对身旁的安如又不够了解，不知道遇到这样的事情，她会怎么样；过几天就要公开他们俩的新剧安排，安如还不知道，他还不知道安如能不能在几天内就走出阴霾。《阳光下的芒》是周行好不容易等到的孔昭剧，他为此在此后的一年里将音乐剧塞满了鹿鸣街，就为了抓住该剧带来的机遇。

其实，安如也不知道自己在几天后能恢复到什么程度，她从未遇到过这样的事情。从出事到现在，她脑子一片空白，是陈绀带她起身离开舞台，又是陈绀带她出警局回家，其中她自己没做任何判断，她不知道怎么判断。

直到一阵冷风吹过街边，她的腿感受到寒意，她才看着车远去的方向，意识到陈绀送她回来了，而成笙的事情处理完，这一天也将尽了。

朝着陈绀的车开走的方向，安如望到的也只有恍惚。远处的灯光恍了她的眼，她只好躲进漆黑的夜里。

夜对安如来说，一直是温柔的，温柔如白昼，但是比白昼多了份安然，少了份热情。安如在进入鹿鸣街之前的人生，一直是安然的，如她的故乡一样安然，因而活得"傻白甜"。然而，脚下眼前的夜让她感到寒意，走在屋前石板上，啪嗒啪嗒——像是雨落下的声音，让她想起进入鹿鸣街的过往，成笙、王平还有无尽的压力。本想着今天下午场在鹿鸣街的结束，《阳光下的芒》告一段落，自己可以松一口气，却发生这样的变故，目击自己的老师被自己尊敬的歌手杀害，她却做不了任何事情。想到这里，安如的脚步快了起来，她要快点回家、回家，躲进朋友们的温暖里，不再想这些。

"回来了。"嘉平早就等在门口，递上一杯热茶，"怎么样？"

估计是在窗口看到的，嘉平很准时地等她。安如急忙忙喝了口茶，烫到嘴又不说。这还是屺岛茶，屺岛的陈茶，存放前做了加工，剔除了部分茶叶，又用不同的方法煮了两遍，选了上层的茶，递给安如之前，又烫了一次。这样的屺岛茶清而不腻，去了它藏在里面的苦，只剩下治愈的轻松感；口感倒是没原茶好，但是这种时候怎么喝得下苦茶呢？又是让人感受到旅途漂泊的茶。不需要屺岛茶喝到最后的沉淀之中重获新生的感觉，在此之前，路途的艰辛就已经让很多人倒下。

安如上了楼，便看到玲珑蜷缩在沙发一角，呆滞而无神思。

嘉平在安如身后，顺手把家里的灯光调亮了。她有话要说。

"警察那边怎么样？"嘉平开门见山，她一直这样。

"王平，是王平。"

"王平为什么杀她？"

安如不知道，她知道就不会让这样的事情发生了。不过，王平的脑回路什么时候变得这么曲折，很多人都想不通。安如也在想，平日自己尊敬的人瞬时崩塌，成为恶徒，不知道以后听到她的歌会有怎样的感慨，随她清亮的声音，脑海里冒出的是她的清高倩影，还是舞台染血的地板和当时惊慌的场面。

"虽然王平杀他是无可辩驳的事实，但是我觉得另有疑点——关于她不肯说的动机。"嘉平的声音低了下来，幽幽地，透着阴凉。

萧瑟深秋夜，门窗紧闭的屋里，嘉平说起了王平杀害成笙的那个舞台。嘉平说，她在警方离开鹿鸣街前，偷偷看过凶器。王平显然换了道具，用自己的匕首替换道具假刀，并且仿得一模一样，这一点毫无疑问。那是把短匕首，匕首的样式很常见，常见的没有提及的价值；但是匕首的材料有问题。回想这一段的内容，王平饰演的芳让刀尖落在成笙的脖子上，但是没有下手，她的灵魂在瞬时逃离了黑暗；但是，成笙的脖子被横向划开，割破动脉。从录像来看，王平在傍晚的舞台上握刀下手的方式，和剧情设计一样，理论上不会这么严重。"于是，我偷偷观察了那匕首，又问过调查人员，才判断那可能是把特殊材料制成的匕首。"嘉平转而说，"这就又涉及古老湖平原传说了。古老湖是上天垂怜，是养花人的泪。此事的起因，是一种可怕的花，叫瘗花。"

"瘗花？"一旁的玲珑终于说话了，"这名字好奇怪。"

嘉平看她其实在听，安心不少。世上哀伤的事很多，为哀伤而陷入哀伤之境，那一定不是前者的原意。

她接着说："这花很厉害，花开之时杀人于无形之中，但是它花开时间不长。养花人种它的原因不知，但那人看历史记录，也不是个心狠手辣之人，应该还有别的原因。总之，当时，古老湖平原上的瘗花害死了很多人，人们为了消灭这种花，还搭上了养花人的性命。但是传说，那花并没有消失，那场大火和随后连绵的雨并没有彻底消灭瘗花，而使它成为那块陆地的幽冥；有关它的传说散布于陆地四处，连同一首关于它的歌谣，飘散着，飘散着，直至千万年后的如今。"

"歌谣？"安如疑惑。因为童年的伙伴乐心，安如熟知那块陆地的歌谣，但是从来没听过关于瘗花的。瘗花到底有多少秘密，她原以为病情让她比其他人更了解瘗花，看来不是；但是知道瘗花传说的人大都不知道，这花还真实存在，而且人受它的折磨。

"我听到过它的旋律，但是没有歌词。曲子质朴又神秘，是'古老湖畔'那个古老村子的传世之作，要用陶埙吹奏，从不外传。我也是机缘巧合，在一次调查孔昭的活动中，来到古老湖畔，刚好遇到他们的祭典，有幸听到过。一直有人认为孔昭和古老湖畔有关，只要是古怪神秘而解不开的谜团，人们总觉得会和古老湖畔牵扯，因为它太古老了。就算鹿鸣已然没有过去一丝一毫的模样，古老湖畔还固执地试图留在古老的过去。在古老湖平原被火焚烧、又被大雨淹没之后，人们举族搬迁至鹿鸣，开始类似于如今的生活，仅有一小群人留在古老湖畔，守望已成遗迹的历史之初。这个村子很古老，留着很多历史之初的秘密，即使残损、模糊，却也是历史之初的遗留——我们最早的模样。因而，那里的歌谣也不容小觑。那首没有歌词的歌谣唱的是瘿花这件事，还是当时一起去的同伴告诉我的。古老湖畔神秘，外人不能轻易进去，也鲜有人闲着去那里，那位同伴想尽办法去过几次，打听过消息。听他的心得，那古老湖畔的存在，就是当初那批人心有所愧的赎罪。"嘉平看家里的两位听众对瘿花很感兴趣，却不想深入提及，这只是一个关联罢了。

她转而说："不管它是否真实存在，它的传说深深影响了那块陆地的我们，所有可怕的事物都可以冠以它的名字，包括锋利的刀。那块陆地的我们不喜欢比较，那样很累；也不喜欢打打杀杀，那样更累。因而，我们使用刀剑的情况不多，现在只有一些爱好者还喜欢琢磨这些；爱好者的世界总有特殊的审美角度，他们将那块陆地古今存在的所有刀刃归纳、分类、分级，其中最厉害的一级被称为利刃，这一级目前只有一种刀——瘿花匕首。这种匕首占据着所有刀剑爱好者的心，因为它绝美的样子和极其厉害的效果。瘿花匕首厉害的关键在于它的刃，被爱好者们称之为瘿花刃，其技术未知，但是使用时能产生明显的冲击波，顺着刀刃进入刀口，破坏力强而精确有效，更关键的是这让力量较小或未受过训练的人轻松切中要害；瘿花刃弥补了不同的人在使用匕首时自身的不足，似乎只需要人的意志加轻易的动作，便可以达到摧毁目标的效果，它的存在可谓匕首界无敌。它的这种特质，也是王平能在舞台上随手杀害一个大活人的支持。

"王平杀成笙的匕首和道具外表一模一样，严格上来说不能算是瘰花匕首，但它的主体确实是瘰花刃。瘰花匕首存世极少，都出自古老湖畔，据说原料产自古老湖底部，又有古老湖畔的特殊技艺，内部还极可能有特殊机关——因为它很少，没有古老湖畔以外的人真正拥有过它，也就没有人能研究这种匕首。传说中的瘰花匕首，如冰晶莹轻薄，被刺伤之人感受不到痛苦，只有冰冷寒意，又因不明来源的冲击波，伤口不容易愈合，迅速失血。王平的匕首虽然长相普通，但是成笙的伤口很奇怪，符合瘰花匕首的特征——这样看来，如传闻中的一样，瘰花匕首攻击能力的关键在于瘰花利刃。不过，这把匕首是不是伪装过的瘰花刃，还需要最后的鉴定。你们说，王平从哪儿弄来的古老湖畔不外传的稀世珍宝？"

"古老湖畔人成笙？"

"我不知道成笙是不是有这个资格拥有瘰花匕首，它数量少且很少露面，除了传闻，我对它一无所知，因而更好奇王平怎么会有这么神秘的东西。"嘉平转而说，"但是王平似乎也只能从自己多年的恋人手里拿到这把匕首，那么……"

"那么她就是用两人间恋情的信物刺杀了对方，终结了这段感情……"玲珑总结道。就是不知道她自己是否意识到，如果是这样，别人会怎么想；自己的生活当然不用管别人怎样想，只是当肆虐的流言让自己背上一条人命和一段十年的情，这段时间的艰难不知道她一个人如何承受。

对于成笙的死，嘉平和玲珑关注点不同，嘉平说："重点不在于她如何终结成笙，不在于她如何辜负成笙，不在于他们俩的感情有多遗憾，而在于她为何终结成笙。瘰花匕首难得在于它难制作，原料稀少，工艺秘不外传，精细而珍贵，王平杀成笙的那把匕首显然是将瘰花刃隐藏在普通匕首的外貌下，若不是成笙的伤口特殊，加上这把刀的手感特殊，我也不会联想到这就是神秘的瘿花刃——这样的加工，从没接触过匕首的鹿鸣人王平做不到，那么她找谁加工的？花了多长时间？从剧团跟孔昭谈妥《阳光下的芒》的演出到现在不过三个多月，而道具出来的时间——我查了一下，剧里芳的随身匕首是专门给《阳光下的芒》的设计。鹿鸣的道具师画出其上的装饰图纸是在公演开始前的二十天，王平拿到那把匕首是公演前十天——也就是说王平最多只有五十天的时间加工……"

安如越想越不对劲："且不说五十天够不够加工，她怎么找到能加工瘿花匕首的工匠，不是说这是古老湖畔秘而不宜的奇技吗？"

"或者她不需要自己去找，是有人给她……"嘉平给她们另外的角度。

玲珑本来半躺着，突然起身："这说明了什么？"

"说明，王平今天傍晚的举动大概有人指使，此人还和古老湖畔有很深的牵连。"嘉平分析，"那把瘿花匕首未必是成笙给王平的，我前面说过，成笙不一定能得到瘿花匕首。至于为什么一定要用瘿花匕首，无论始作俑者是否有感情色彩掺杂在事件策划过程中，瘿花匕首性能优良，是杀人的很好选择。在舞台上未必方便动手，如果成笙预感不妙，很容易从王平手里逃脱，但使用瘿花匕首就能解决这个问题——当然，这是一种猜测，也可能幕后主使就是王平自己，她自己将和古老湖畔的接触藏得很深，我查不到。"

"所以，这事有蹊跷？"安如和嘉平确认。

"可惜古老湖畔不会让瘿花匕首流落在外，既然已经暴露，他们会在警察拿去检测前要回瘿花匕首——还是我告诉他们，匕首可能有问题，请他们去查的。不过，查不查，王平都是凶手。"

嘉平自己也在想，她之前一直在猜测这一次孔昭的剧会给剧团带来什么，找蛛丝马迹预测未来，绞尽脑汁也没想到会是这么血腥的开头——开端如此残忍，之后又将发生什么？她确实料到，在鹿鸣街十几年的成笙将是剧团改革的一个重点，无论是他跟不上鹿鸣的发展而退出，还是他加入周行主导剧团未来的发展，她都设想过，却没想是这样一个结局。孔昭剧的可怕正一步步显现，过去三十年的一部部剧加现在的《阳光下的芒》，它们的影响未必全是孔昭的布局，但是它们确实改变了鹿鸣街太多。

　　三个人就这样坐着，各自思考，直到嘉平催她们去睡觉。

　　"你呢？"

　　"夜观星象。"嘉平头也没回，留下声音，去了顶楼。

　　她对天文的兴趣自小就有，那时喜欢看星星，拍下星辰排列的模样；如今，她这样的兴趣变成了习惯，只是现在她知道怎么研究它们，知道该怎么样看它们才能看到真正的样子。

　　群星闪烁，那会是另一个世界吗？

　　这么基本的问题，她居然开始怀疑。

　　成笙的死、王平的动机到底有没有问题，不一定；千万年来，鹿鸣街还是第一次碰到这样的事情，它也有些手足无措。三十年来的孔昭剧算是坐实了"恶魔"的名头，名副其实。嘉平不知道这件事冒出的异样该如何调查，旁人议论最多的便是成笙王平感情恶化招致悲剧。他们当然会提及玲珑，但是玲珑也是最近几个月的事，两人十年的感情有波折，何时积重难返旁人也未可知，这一点嘉平心里清楚。无论王平说不说动机，或随意给个动机，如果落在感情上，外人便很难判断。瘗花匕首出现在舞台固然诡异，但是它的资料太少，无从查起；古老湖畔不会轻易对外人透露古老湖尘封的远古的秘密，绝对不会，因为它的存在就是为了守望古老湖底诞生的历史之初。

说起来，就算是那块陆地的历史里，也鲜见此类事件，那块陆地向来安宁而无争，却有这样的不安在那个夜晚飘荡在鹿鸣，人人都在意外、惊恐中议论。嘉平无从调查。

然而，那一刻，微风吹起凉意，星辰大海，波澜不惊，她的心不只为此愁思。她望着群星，闪烁着光华，手里拿着个千年前的星盘，老古董了。她在思考些事情，或许是她永远思考不出来的秘密。

不过，那晚嘉平到底想了什么，她在多年后和安如提起过。那是个不安宁而难熬的夜，目睹成笙死亡的所有人都记得。

鹿鸣街杀人事件带来的不安，渗入鹿鸣的角角落落。嘉平坐在楼顶吹风等日出时，安如和玲珑也一直没睡，坐到天亮。安如打开房间里的保险柜，吃了治瘰花的药；白天亲历变故，惊恐和悲伤、疑惑和不安冲击着她的思绪和精神，到了夜深的此刻，她有些头痛，怕自己熬不过长夜，先吃了药。来鹿鸣前，医生嘱咐她，因为瘰花无法痊愈，引起的并发症无法探知且因个体而异，预防是最需要做的。对于安如来说，所有不舒服，无论是吹风受凉，还是磕碰，即使离瘰花的症状还很远，她都要小心翼翼；因而她的保险柜里塞满了药，都是瘰花和各种病症搭配的药物。从小熟悉这些，她也习惯了，只是她怕吓到别人——瘰花是那块陆地的幽冥，不知道便罢了，知道轻重厉害的都不会主动提起；瘰花病更少有人知道，得病的人都想躲到一个地方等死，也不愿别人知道，多一个人为此愁苦。所以，安如不能理解当初种下这花的那位长眠于古老湖底的养花人。

安如每次听到"瘰花"，心里都会一惊，那是不可触碰的伤疤，即使她过得同所有同龄人一样，甚至鹿鸣街和陈绀带给她更多的精彩和光芒，但是她的心里留了条裂痕，不愿提及。然而，这段时间听到了太多次"瘰花"。自从秋天进了鹿鸣街，当起主演，纷纷扰扰多了不少，甩都甩不开，即使陈绀在身边，也抵挡不了那些芜杂繁复给她的伤害。有得有失，一切都是她自己的决定；蒿野固然适合养病，然而鹿鸣给了她生命里的宝贝，还是两个，一个是自己的歌声，一个是自己的心声。

安如吃完药，把保险柜锁上，又倒了两杯热茶，才去玲珑的房间陪她。安如可学不来嘉平复杂又未必有用的煮茶技巧，就简单地用开水泡了茶叶，口感确实没有嘉平煮得好，权当一份陪伴。

玲珑，她看着身旁这位陪自己很久的朋友，靠在她的肩上。千千睡着了，白绒绒的一大团，埋在玲珑的怀里。安如的视线正巧遇见玲珑的侧颜，柔和的线条，不曾雕琢，如芙蓉去水。她的内心正遭受煎熬，安如认真地想，如果换成是陈绀永远地离开，她也会心如死灰吧——还好，玲珑还有鹿鸣街演员这个梦想，成笙是重要的，但不是绝对重要的……想到这里，安如松了口气，她找到相信玲珑能坚持下去的理由。

之前在悠悠，嘉平差点没把成笙的家谱念一遍，就为了提醒玲珑保持距离，因为她觉得成笙这人和他的身份会在剧团的特殊时期带来危险，但是谁都没想到事情发生得如此之快又如此决绝，玲珑还没有什么距离需要保持。这对玲珑来说不知是好是坏，正面而言，玲珑和他直接接触只有几个月，心花还未绽放便骤然凋零，虽有单方面的感情却不深，不至于太过伤心；负面，则是她在鹿鸣街的难以预估的处境，如此突然，让人措手不及。

安如心想，肩头靠着的人可不至于像自己这般脆弱。

安如的想法是对的，这个世上难有比安如还要脆弱的人。瘰花确实给了安如身心的脆弱，加之从小的溺养娇惯，她在生命脆弱易逝意识的统治下，如履薄冰般走过二十余年，又因注定悲苦而心无所念，自己所要经历的是必然要经历的，无从反抗，无从选择——她一直抱着这样的想法，在那块陆地安静度日，如烈日下的脆弱的薄冰飘在茫茫大海，脆弱至极，以致只能假装一切安然。直到，直到她来到鹿鸣，遇到这里的人。多年后的安如再回忆起此刻，鹿鸣街生涯刚开始的风波，她会感谢陈绀，是这个人带她学会了勇敢，勇敢面对人生，纵然她生命里的凄苦从她不记事时接触瘿花便已定调，但是她并非只能等待最后的命运；而身边的朋友，尤其是这幢房子里的人，如细水长流，让她能安然走过脚下这艰难的一步步。

"安如。"玲珑突然坐直了，喊了安如的名字，"你说，王平为什么要杀成笙。"

暗夜，靠着窗外路灯的光，安如看到玲珑脸上的泪珠，还有一滴窝在眼眶，将哭未哭的哀愁，显得人更可怜。今夜太冷，这泪滴落下来，就更刺骨了，安如说："开灯吧，亮一些。"

"王平没有理由，要杀早杀了——是因为我吗？"玲珑开始自责，"早知道就听嘉平的话，连眼神都不要接触，王平就不会对成笙下手了。"

"说什么傻话。"安如安慰她，但自己也不能确定玲珑是否是这次事件的导火索，毕竟她不了解王平的想法，她也不敢猜测。

两个人依偎着，试图挨过寒冷和寒冷里对未知的恐惧。

嘉平很早就下来了，一直挨着门框，看着里面的两个人。那两人太迟钝了，这样都没发现。"玲珑，我问你，如果没有这次的事情，你希望和成笙最后是什么关系？"

玲珑看着嘉平走过来，却不知道怎么回答这个问题。

嘉平提醒她："当时，安如的想法是就这样……"

"她说，她没想过未来，期待未来始终奢望，如果硬是要想，大概是想未来也能和现在一样——这也是一种奢望，事情不可能静止，就好像时间不可能有情。她想当个小演员，和陈绀一起演戏，一直一直。"玲珑看着身旁的安如，"于是，我接着说，我也想这样，也想有一个期待，能有我想一直默默陪伴的人；当时已经有目标了，就是成笙，但我明白他的存在只是合我的期待，我的目标只有鹿鸣街的演员这一个。聊到这个，还是一次在悠悠喝酒——几个月前，我们刚进鹿鸣街的时候。"

玲珑都记得，然而成笙不是那么容易忘记的。她和安如不一样。

"是啊，安如是傻，你不一样。陈绀如果死了，安如一定要死要活，她觉得自己的命运是从遇到陈绀开始，然而你是在你的命运里遇到了成笙。说句明白的，成笙从你的世界里消失了，你继续在自己的路途上前行；陈绀如果消失在安如的世界里，那她的世界就不存在了。那么，你应该相信有目标的自己。"嘉平确实一直想改变安如那样懦弱的想法，但是她一直明白安如这人很难改变，也只有朋友间能这样说话，"至于，王平杀成笙的动机，她自己不说，我们就不要瞎猜了。两个人的感情哪有这么容易讲清的，你觉得自己出现在成笙的世界里是件大事，成笙和王平未必这样想。何况，孔昭和'芒'在鹿鸣街出现，对鹿鸣街来说是关键时期，王平做的事未必拘泥于私人感情——我不负责任地猜测罢了。"

三个女子，面对鹿鸣街发生着的可怕变故，无从下手，只能自保——或许她们连自保都做不到。嘉平注意到了这一点，她在案发现场注意到几个可怕的细节，惶惶不安。

嘉平本在楼顶上吹风看星星，要等日出，却在天还没亮便下来，因为要找人商量。

天发亮，玲珑才睡下。嘉平把安如拉了出来，对她说："昨天舞台上，在王平动手前，你觉得有什么异样吗？"

"没有。"安如确实没注意到，或说她没意识到。

"成笙说错了一句台词。"嘉平提醒她。

"再怎么不会说错的人，偶尔一两句不是问题吧？"

"'很累'和'有些奇怪'差这么多，不应该说错吧，而且，成笙和王平的神情都不对。"

"成笙很平静，这也是角色要求。王平的话……"

"你是在暗示我，成笙其实知道王平要杀他，而他束手就擒？"安如不敢相信。

"一个可能。虽然不知道这两个人之间发生了什么，但是就表现来看，很可能是这样。成笙改台词，是要跟她确认，'很累吧'，是因为她要策划杀自己，但是两个人十年了，也不是说杀就杀，王平本不是丧心病狂的人。王平应该也是听到那句话，才意识到成笙知道自己要取他性命，从那之后，一直到成笙死亡后，王平的表情很奇怪，手一直在抖，要不是瘗花刃性能卓越，她还不一定能这么干脆了结成笙。瘗花匕首，不能反悔。"嘉平给自己的说法一个退路，"当然，这只是我的一个猜测，没有依据，我会查，无论王平说不说自己的动机，我都会查到底。这件事不简单。"

"你的脑子怎么长的？"安如凑近看她。

"我知道，你要跟我说，少想点，不要钻牛角尖把自己绕进去了，这样日子会轻松很多——你以前也说过几次这样的话。但是，其他事情都可以很简单，孔昭和鹿鸣街一结合，就不会单纯。"嘉平不愧是研究孔昭多年的人。

"你的意思是，孔昭是背后的……"安如没说出来，她的印象里，孔昭是个有艺术造诣的好人，各种意义上的好人。

"我可没说。以前鹿鸣街发生那么多事情，都由孔昭的'恶魔作品'触发，但孔昭一人很难策划出长远的影响。现在仔细想想，那些事情，其实都是剧团找机会改革，孔昭的剧很合适罢了。但是，这次可是恶性事件，鹿鸣街这么多年从来没发生过。"

"王平在我的印象里，一直是个真正的歌者，她的灵魂和她的歌一样，和她的眼眸一样，自在而清澈。"安如记得。

　　然而，杀人案就是发生了。

　　"不止成笙和王平之间，那天她被警察带走时，从我们身边经过，一言难尽地看了看玲珑。"嘉平补充道，"一言难尽又意味深长，我很不安。"

　　"矛头指向玲珑？"安如不相信，"不应该啊。"

　　"玲珑和成笙虽然才接触两个月，但是成笙对她的感情不同常人，甚至不同于王平。"

　　"很温柔，还和对学生的温柔不一样。"安如也发现了，"这我察觉了。但是仅停留在温柔上，不至于杀人吧？"

　　"确实，王平和成笙在十年里多次分分合合，双方都有原因，一个尚且渺小的玲珑不至于王平这样。"嘉平已经认定，鹿鸣街杀人事件的动机一定不会太愚蠢，王平堵上后半生的行为，一定有更深层的可怕原因。然而，她还需要很长时间去探究这个动机。

　　阴云密布的鹿鸣街还要继续它的使命，其中的人还要继续自己的生涯。《阳光下的芒》暂时结束了，原定计划在此之后，他们有个假期；不过因为成笙，剧团要忙上一阵子。安如是《阳光下的芒》的主角之一，剧团还给了她一些活动；周行要将《阳光下的芒》的主角培养成为未来鹿鸣街的主力，这一点毫无疑问，因而安如在《阳光下的芒》陆续上演的近一年里，都将忙碌。

　　《阳光下的芒》结束的第一天，安如照常上班，剧团一刻不停的安排很刻意，似是要掩盖杀人事件发生后的措手不及。嘉平把安如送到鹿鸣街六号，她本想回去陪玲珑，不过接到了一条消息。

　　"王平昨天用的确实是瘗花刃，古老湖畔人今天来取回那把刀。瘗花刃不外借、外传，但是他们向警察说明了，这是瘗花刃，不过因为经过改造，尚不知出处；瘗花匕首数量不多，代代相传，如果查到出处，和案件有关的话会来告知——差不多这个意思吧，警察通知我的，昨天我在告诉他们这可能是瘗花匕首时请他们回复。"嘉平对安如说。

"这意味着什么？事情不简单？"

"至少王平本人不简单。瘗花匕首代代相传，王平不是古老湖畔人，很难拿到。"嘉平很谨慎。

一旁的陈绀听到了："这么特殊的兵器？"

"兵器？"

"不是说只有古老湖畔才能生产这种刀吗？因为杀伤力太强，总觉得瘗花匕首不应该用在人或动物的身上，它可以有更大的用途。"陈绀也知道这种匕首。

"是啊，也不知道王平为什么会有。"嘉平和陈绀聊起来。

"瘗花匕首之所以是件宝贝，除了它的无敌利刃，还因为与之相配的结构、外表；外表看似最不重要，但对于厉害的瘗花匕首，匕首的每一处设计都是在帮它提升战斗力，那样的外在设计也是如此。"陈绀提起瘗花匕首头头是道。"你怎么知道？"

"成笙带我在古老湖畔的展览馆里见过。就算隔着玻璃，绝世名品也透着高傲寒冷的气息，如尖锐冰峰穿破陆地一般，冷冽矗立在空气里，这就是世界第一的利刃，不怒自威。古老湖畔很难得能去，那里出现的所有事物都给我很深的印象，成笙成长之地很不简单。"

"我也是朋友带我去过一次，那里塞满了古老的旧东西，固执地保留历史之初，虽然陈旧又繁复，但是也算用心良苦。很多东西，若不是靠古老湖畔人，我们都要忘记了。成笙大概是古老湖畔里叛逆的一位吧。"

"据说早年是，但我认识他的时候，直至现在，已经不叛逆了。他一直对自己有要求，而且是作为古老湖畔人的要求。"

嘉平很认真地把陈绀这句话记心里。嘉平确实不知道成笙的这一面，调查不到的一面，看来也是成笙埋得很深的；她一直以为成笙身上自带的威严或严肃，是因自小生活在古老湖畔而摆脱不掉那里的气质，原来不是摆脱不掉，而是珍视而不愿摆脱。

"成笙有瘗花匕首吗？"嘉平继续问陈绀。

"我不知道。至少我没见到过，不过王平既然用瘗花匕首杀人——成笙应该有吧，不然王平怎么拿到？古老湖畔很看重这个东西，不可能外借。"

所有人都这么想，因为瘗花匕首太特殊了。

嘉平见问不出来什么，便和安如告别。安如还要忙上一整天。

这忙碌而不得喘息的一天，先是下一部剧的安排。本来剧团也没这么急，《阳光下的芒》的结尾让所有人都慌了神，正好原作者晏苓有空，就给下一批出演《祈祷》的人上课。

《祈祷》是经久不衰的音乐剧，鹿鸣街过去几十年来热衷于将它上演一遍又一遍，这一点，孔昭的恶魔剧就不及了。晏苓只有《祈祷》这一部剧，不过一部就够了。鹿鸣街偏爱它，除了它受欢迎以外，还因为它对于鹿鸣街有个传承；至于传承了什么，安如直到演完它才明白。

安如这次的任务是完成《祈祷》的巡演，和《阳光下的芒》的安排不一样，《祈祷》的很集中，五个地方十六场。这样成熟的名片，原本周行打算让《阳光下的芒》里的三位年轻主演当主角，再让成笙选几个演出过《祈祷》的老演员；名单都已经定下，但是成笙不在了，陈绀主动接下，好巧不巧地安如又和陈绀成为剧里的情侣。陈绀主动请缨，有没有安如的因素不知道，但是因为成笙是肯定的：这次《祈祷》的安排在《阳光下的芒》之前就有了构想，毕竟是鹿鸣街时常要翻出来的剧目，什么时候会再演，在鹿鸣待久了的人算算都能清楚，当时成笙就对陈绀说："你来客串，想去哪个城市？替我演几场。"原来，《祈祷》

这部剧对演员的要求很高，不知道是不是晏芩的有意为之，他第一个剧本就展示出老手的练达，谙熟舞台剧的操作，让剧团没有懒可以偷，鹿鸣街则刚好用这部剧训练演员；而成笙和陈绀是难得的适合主角的人选，因为以晏芩自己为原型的男主角倾注了自己很多偏好，晏芩又是个典型的那块陆地上的人，悠闲又致散漫，和成笙、陈绀很像。其实很多人说过，陈绀和成笙内在很像，即使只有部分，诸如爱好、偏向之类，这些也是他们投缘的原因之一吧。

《祈祷》由晏芩年轻时的经历改编，那是他的初恋，美好的年纪和美好的事物，最后的走向也改变了他的一生。安如之前从未看过《祈祷》，拿到剧本，女主角的结局让她心惊；或许是自己的病，让她在这方面太过敏感，只要看到漫长而莫名痛苦死去的，都觉得和自己同病相怜，开始设想自己的以后，心里慌了起来。她合上剧本，看了看旁边；陈绀还在，放心了。

以后怎么样不要紧，至少现在还可以安然。她总这样劝自己。

《祈祷》发生在屺岛，取了谐音。故事温暖却伤感，节奏很慢，剧情散于歌曲中，主要描述了屺岛安宁而琐碎的生活。那块陆地的人浸泡在安宁而琐碎的生活里，年复一年、日复一日，享受其中的悠闲，甚至乐此不疲于这样的庸庸碌碌，《祈祷》就是他们生活的模样。

主角光是位失意不得志的科学家，因受不了城市繁忙，跑到屺岛。光本来是想在寸草不生的地方，守着永远没有进度的科研项目，度过郁郁不得志的余生。没想到，屺岛虽然寸草不生，但是它长茶树。他也是第一次听说屺岛茶，这种名贵的茶暂时麻痹了他灰蒙消沉的心，他在本职工作的启发下，在岛内唯一一条小川边钓起了鱼。光的本职是潟湖生物研究，如今没有潟湖，但是还可以研究河川里的生物。本就是位科学家，怎么舍得自己的心远离科学事业，只是一时失意，他用垂钓和屺岛茶，消遣度日。

这样的日子过了有一段时间，他一直生活在小川旁的村子里，那是屺岛上唯一的居民群落；不要对屺岛的要求太高，那里是寸草不生的地方，能有人住就不错了，要不是能产好茶，多数人也看不上这地方。直到一天深夜，夜澄明而星辰闪烁，光坐在小川畔的一块大石上，漫无目的地钓着鱼。屺岛没有多少灯火，只能点亮一点漆黑的夜；光只是为了钓鱼而钓鱼，他不在乎结果，也就无所谓看不看得见。

"这样能钓到鱼吗？这灯送给你吧。"就是这一次搭讪，让光的人生有了光亮，他也开始活得像自己的名字一样。

原来，是一位漂亮女子提着灯过来，是专程来送给他的；灯不算亮，但是夜晚用来照亮脚边的路刚好。光不知道这位女子那时是不是就已经喜欢上他，他不想知道，他只需要知道自己的心就足够了。那晚，他们聊了一会儿，光便把她送回家。

光知道她叫伊依，是屺岛人，和这里所有人家一样，她家里也有茶园，以种植和贩卖屺岛茶为生；而她本人还在鹿鸣的学校读书，这段时间是假期。

长路漫漫，灯光煌煌，两颗年轻的心越走越近，依偎在初恋的甜蜜里。

假期过去，伊依回鹿鸣上学，而光也跟着回来了。在伊依的鼓励下，光有了面对挫折的勇气，他带着团队在古老湖研究其中生物，在坚持中迎来了事业上的光芒。但是他高兴不起来，因为他听说伊依生病了。准确地说，伊依一直有病，但家里人没有告诉她，因为那是无可挽救的先天缺陷；伊依知道自己的病情，没有告诉光，自己一个人回了屺岛。然而，这么大的事情光怎么会没有察觉，光的潟湖生物研究刚有起色，他却抛下它，赶到屺岛。

"你怎么来了？"

"我的研究有了初步成果,下一阶段研究河流里的生物。"

两个人相视一笑,心知肚明。

"陪我种棵树吧。"伊依这样说。重逢第一天,伊依在光以前常钓鱼的大石块旁的平地上,种下一棵枇杷树。屺岛寸草不生,但是这树侥幸活了下来。

就这样,屺岛平静而琐碎芜杂的日子开始了。伊依的病其实不能算病,她不曾经受病痛,但是生命的存在会越来越弱,在当年年底,会随隆冬冰封,彻底消散。人们都说,得这种怪病的人其实是鱼,来到人间一遭,终要回去。得这种先天疾病的人,有个大概的寿命,伊依在正常范围内——一个很可怕的"正常范围"。

波澜不惊的是生活,白驹过隙的是时间;坐在石上钓鱼,看着河川里的鱼跃轻灵,一壶茶一方清香,一片心一个安放,彼此依偎在初恋的哀愁里。寒风吹起,枯叶一地,茶的清香不在,反而泛起苦涩,光和伊依的缘分将尽。

"我要走了。"

"那我要去哪里……没有你的天地太苍白,日出日落,我也只能等一个白昼,何不陪你?"

"河山大好,你还要陪它到时间尽头、洪荒之流。"

光抱着伊依,让她躺在自己的怀里。伊依却坐起来,让他看向身后。

"这棵树,你还要照顾。"

故事的主线虽是如此,但是结构散漫,又充满传说的色彩。开头由光的回忆引入,光每年四季都会来屺岛看和伊依的曾经。伊依没有墓,她的遗愿按照这病的"鱼传说"处理自己的后事,将骨灰撒向家前的河川,让它带自己到海里——鱼的孩子总要回水里。所以,光每年来看的,是伊依的家人还有她当年种下的树。树已亭亭如盖,而伊人……

他只能祈祷时间，不要让他忘记初恋；他只能祈祷岛上的风，不要
吹走他脑海里伊人的模样和声音。

《祈祷》的同名主题曲被特别印在首页：

天空澄明，如你的眼眸
星辰耀眼，如你的光芒
我看着你的脸庞
如星光照耀，我的头颅高昂
风起云涌，风落星垂
我祈祷你的心房
依然如沐春光

河川有鱼，如你的轻灵
鱼跃悠游，如你的彷徨
我站在你的身旁
如清流潺潺，我的心绽放
风起云涌，风落水止
我祈祷你的心房
依然氤氲芬芳

路上伊人，你要远走
长路漫漫，我的荣光
我目送你的前路
如烟雨蒙蒙，我的灵魂怅惘
风起云涌，风落忧解
我祈祷你的心房

依然温暖安详

长路有大风起

我没能种下一路繁花陪伴

祈祷她一如既往

长夜有大风起

我在她手植的枇杷树旁

祈祷她一路安康

时间啊，带走我的一竿风月

留住她的倩影和荣光

就算是我的一枕南柯

风啊，吹走我的一瓣心香

留住如盖亭亭，旧时煌煌

就算是我的痴心妄想

时间啊，带走我的一竿风月

留住她的倩影和荣光

就算是我的一枕南柯

风啊，吹走我的一瓣心香

留住亭亭如盖，旧时煌煌

就算是我的痴心妄想

风起云涌，风落星垂

我祈祷她不再伤怀

晏芩花了大半天的时间，跟在座的演职人员讲了《祈祷》的注意事项。《祈祷》重演过很多次，演职人员换了一波又一波，而晏芩也不是次次都来。

对于晏芩的郑重，鹿鸣街受宠若惊；受人崇拜的大科学家大驾光临，所到之处，无不充斥崇拜的目光，这之中就有安如的。安如之前还懊悔，从嘉平那里听说，晏芩来了《阳光下的芒》的首演，她却没见着；之前在酒吧遇到，那么近的距离，自己却迷迷糊糊，也没有好好看看这位难得出来的大科学家。没过多久，安如的愿望就实现了。

其实，《阳光下的芒》在鹿鸣街六号的最后一场，晏芩也在，只是那一场出了可怕的意外，既定的一切戛然而止。

"你改过剧本了？"陈绀问他。

"是，不然我也不会来跟你们聊创作。"晏芩坦然，"这剧你们很有经验了，不需要我。只是，我想这是你最后一次——至少三年内最后一次演《祈祷》，就改了一些部分，更适合你。"

这么看来，陈绀和晏芩的关系也不错。陈绀的交友圈一直是个谜，他和很多人都很好，酒厂厂长、酒吧老板、著名科学家、兽医、同为演员的竞争对手、顶头上司和老板、剧作家等等；能让竞争对手成筌带去秘密的家乡参观，能让著名科学家为他改作品，能让桀骜的剧作家托付主演，陈绀身上散发着秘密。不过，在安如眼里，他依然是那个拥有无比魅力的演员陈绀。

不知安如的运气算不算好，第一部主演的作品，人物性格和她相似；目前遇到的这一部，人物命运和她相似；类似的遭遇，类似的心境，让演技不及歌技出色的她省了不少力，还帮助她一跃成名。人需要挫折以成长，而安如过得似乎平顺了些。不过，"成长"这类事情，只要陈绀在她身边，她便会努力去实现；要跟上陈绀啊，不然怎么当好他剧里的女主角。

相比《阳光下的芒》有六位主演，这次的《祈祷》，只有光和伊依两位主角，光用回忆的视角思念和伊依的一点一滴，光是主线人物，而伊依是灵魂；对安如来说，完成它，便是在演员之路上更进一步。

晏芩对剧本有所修改，但变动不大，影响最大的一处是主题曲最后加了三句"风起云涌，风落星垂，我祈祷她不再伤怀"。很久以后，安如才明白这句话的真正含义，才了解晏芩在这个版本的《祈祷》里倾注了怎样的心思。安如当时还傻乎乎地问："死了的人会忧愁吗？"

陈绀回答她："她还是以鱼的方式活着——《祈祷》充满传奇色彩，也是晏子对初恋的追忆；现实残缺，总希望舞台上能有某种意义的实现补偿。"

陈绀说起晏芩的初恋。那是几十年前的事情了，和《祈祷》的剧情有很多相似的地方。那位女子是蒿野人，因病去世；和晏芩相遇时，是位刚毕业的摄影师，晏芩本人也是初出茅庐的学者。当时，研究一无所获的晏芩到屺岛散心，他在那里钓鱼时邂逅了那位女子，邂逅了初恋。是一见钟情吧，这个晏芩不曾透露细节；总之，两个人在一起了。初恋会在那里，是因为她爱喝茶。后来一次，在屺岛去往岵山的船上发生了意外，初恋落水，虽然救了起来，但是一病不起。在她最后的日子里，两个人一直住在屺岛上，钓鱼喝茶，度过一个个平凡的日子；他们不奢求时间能慢些，只求彼此能纯粹地过完这段日子。

晏芩送走初恋后，就回到鹿鸣；他的研究有了起色，然而他选择隐居避世。在写完《祈祷》之后，晏芩专心研究，很少露面。现在的晏芩，拥有完整的科研团队，涉及各方面的研究，他自己则在钻研宇宙。

至于那位初恋的名字，晏芩不曾提起；那是他最美好的回忆，就让他留在心里吧。而剧中人"伊依"，指的是"伊人"，纯粹"这个人"的意思，初恋重要到不需要名字代号来标注。

离《祈祷》上演还有一段时间，安如没有其他演出。陈绀看上去很悠闲，明明他应该很忙才是。成笙走后，暂时还没有人能顶上来，他那部分工作只能陈绀和周行分担。下半年，原本成笙和王平有一起授课的工作，就好像安如当初刚入学时，王平和陈绀一起来给新生上课；这项工作陈绀接了下来，他还挑了搭档，是安如。任期只有两个月，填补王平不在的空缺，两月之后早已安排了人，不需要安如再费心；可安如还是很不安，她觉得自己没资格。

"你是'芒'的主角，自信一点。"

"我能讲点什么？"安如自己都迷糊。

陈绀带她来王平的办公室，在鹿鸣街六号的四楼尽头，那个位置近处能看尽鹿鸣街上车来车往，远处能望见鹿鸣南部最为繁华的地方，避开了寂静小川的潺潺流水，只留下眼里、心里的热闹。他拿起王平桌上的一叠纸，给安如。

"讲义？没想到王平为这课准备这么多。"安如翻看着，有图有文字，很是仔细。

"成笙给她准备的。王平随性惯了，才不会准备这些。这是接下来九节课的内容，有大纲有注解，关键部分还有详细解释，包括针对学生们可能会问的问题的回答，都是成笙给她准备的，不过看来她还没看过。这厚厚一册子，崭新，没有一丝翻动过的样子。"陈绀解释道，"这其中的一段内容，还是我给成笙的参考。没想到，现在轮到我替他上完课……"

"成老师很适合当老师，细心、认真、循循善诱，又不乏严格，是个好老师。"安如陷入了伤感里，觉得手里的册子沉重了些；成老师明天下葬，要葬在古老湖畔，他回到了他的故乡，只是他深爱的鹿鸣的一切他带不走。

不止带不走，他在鹿鸣结识的亲爱的人还亲手断送了他的命。

明天，鹿鸣街歇业；安如和陈绀，还有鹿鸣街的很多人都会去送他。

陈绀看她抱着册子发呆的样子，夕阳余晖正落在她的侧脸，渲染她此刻的沉郁。"想起你的成老师了？"

随着陈绀的声音，安如抬起头，却不知要说些什么。她觉得昨天的一切不应该发生，王平是个随性的人，随性到平时都不会记仇；成笙谨慎而细心，还保有古老湖畔特有的保守，也不会随意和人结仇，怎么这两人就相杀了呢？

陈绀似乎知道安如在想些什么，其实也是整个鹿鸣街百思不得其解的事："我们想不通，是因为我们知道的还太少；王平不愿说，是因为她不能说，又或不敢说，不然面对有十年感情之人之死，还是自己亲手杀害的，不会无动于衷。"

回到正事上，陈绀说："今晚就有一节课，有点赶，是去你的学校。成笙的材料准备得很齐全，你先看看。你不要慌——我会负责主要部分，但需要你配合。"

安如点头。她也不知道该怎么上课，但只要陈绀在身边，她便无所畏惧。

这忙碌而不得喘息的一天，第二个任务便是上课。长久以来，鹿鸣街会安排一些著名演员给人们上课，有面向学生的，也有面向观众甚至是普通路人的。这是鹿鸣街六号的又一个习惯，目的在于让感兴趣的人们更了解鹿鸣街。在课的内容上，演员们会随对象的不同而特别安排，对普通人更多是教唱歌、跳舞之类，还会和他们聊一些舞台上下的小故事，那些光鲜背后的不为人知，那些细节里的或狼狈或坚持；对学生会更专业，一般也会和他们的老师联系，定下具体内容。鹿鸣街很看重这个副业中的副业，很早就会安排好，往往分多组进行。

不过，这次是在安如的学校，音乐剧班每届人都不多，一有什么风吹草动，不需要过一晚，所有人便都能知道，何况一个鹿鸣街主演。安如毕业才几个月,学校还没忘记她,她回到亲切的旧时地,等着她的是亲切的人,还有亲切的问题。

"安老师,当鹿鸣街主角的感觉怎么样?"一开始还是这样的问题。

安如听到"安老师"三个字很开心,当不当得起另说。她很认真地跟他们分享演出《阳光下的芒》的经历,包括鹿鸣街六号的一些习惯,最后还有嘱咐和叮咛。

不过,学生们也按捺不住自己的心,成笙和王平是不能提了,但是他们看到了一股新势力;课快结束时,他们和两位老师聊了起来,尤其是安如。

"安老师,陈老师对你说'我让你动心了吗',你什么感觉——剧里剧外。"这位学生的状语后置用得娴熟。这个问句狡猾的人可以有很多种答法,来引导人们去判断;但是安如慌了,她回忆当时的场景,她确实动心了,几年前就动心了;只是话从陈绀嘴里说出,让她的心怦怦然,打散了舞台上本该集中的她的思绪;这是她一直以来在表演上的缺陷,却也是她不愿改正的弱点,直到几年后的现在才改了,表演也更游刃有余。她的歌不断进步,而她的演技则总有弱点,那一处柔弱暴露的是她的心,欲盖弥彰的心。

所以这个问题,安如回答不了。自然而然,安如低下了头,又红了脸;她又意识到自己面对着一群学生,好像低头不语也不是回事,正不知所措。陈绀马上说:"没有剧外。"

陈绀的反应很快,似乎可以掩盖安如那一瞬慌张的心理;然而,这恰好说明,陈绀看出来了,安如的心思。

作为鹿鸣街音乐剧的中坚力量之一,陈绀的演技炉火纯青,当初在锻炼演技时没少观察各类人在各种情况下的反应,对人之心思之揣摩也颇有心得,理应不会这么晚才看出安如的心思;何况从《阳光下的芒》

的准备到公演结束，两人一直在一起为之努力，朝夕相处，感受安如真实心意的时间更长了。

其实，这份小心思安如不想让陈绀知道，瞒不瞒得住再说。因为她知道这段感情不会有结局，就算有，也如《祈祷》的哀伤一般，何必让别人陪着自己痛苦呢？安如明白，无敌而可怕的瘥花病症决定了她的结局，也决定着她奔赴结局的路上处事的态度，她不想自己的心打扰任何人。

不过，她低估了陈绀，高估了自己。

学生们发现安如的弱点，开始锲而不舍。"那安老师，你在剧外会喜欢陈老师吗？"这种问题就太直接了，没有艺术感，却很受欢迎。

直截了当的问题，让安如不知所措。她正拿着话筒"啊——"而不知从何说起时，陈绀说了："我也期待答案。"

陈绀又顺着"情感"，转移了话题："接下来，在鹿鸣街，我要和这个孩子一起走下去，舞台上的默契很重要。这份默契，自然来自彼此台上台下的信任，才得以交付舞台。

舞台不是一个人所能成就的，演员们的配合、互相依赖而不过于依赖都是充满魅力的舞台所必需的；台下的练习磨合、台上的释放展现，这些都需要基于信任的配合。"陈绀委婉地将学生们好奇的两人之间的感情，归结为同一舞台之演员之必须交托之信任，规避了工作以外的部分。

安如不知如何回答，是因她不能违背自己的心说谎，又不能直说。倒是陈绀的答案，给了她一分感激和一分安定。

安如看向陈绀，红扑扑的脸上有了疑虑，似乎看到一个不一样的陈绀；那话是意味着她可以走进陈绀的心，还是只是因为陈绀这种问题听多了，很有经验———定是后者吧，安如当时这样想。

也是，在舞台上混了十年有余的人精，在一群演技超群的美人中间成长，又长久面对一群喜爱而追随他的观众，只要不是太傻，都能拥有一套顺利应付的法子。

安如盯着他看了很久，几个月的近距离相处让她感受到陈绀是真诚的人，无论是对同事、身边的人，还是对作品、角色，抑或观众和追随者，正是这份真诚，让他能有今天的光芒，也让他的这份光芒不会褪色。真诚之人是不会乱说话的吧？真诚之人的话无论是对谁说，都是真诚而接近内心的吧。从那晚起，安如开始尝试着猜陈绀的心思，她对未来开始有了想象——只是萌芽而已，日后的所有时间里，这个萌芽一直都处于萌芽状态。

"我们走。"陈绀喊安如一起回去。没有这句，安如还沉浸在初恋之花萌芽的气氛里。

那晚的学生，只有是有心留意的，都能看出安如的心思吧。好在安如有一个演员的身份，天然存在借口，让安如害羞的心可以藏在其中；日后只要有人讨论起安如对陈绀的心思，总有一个声音碎碎念，鹿鸣街主角安如演技果真好。

成笙死了，还是王平杀害的。鹿鸣街曾经的童话破灭，人们在寻找下一个童话。陈绀安如是很符合他们心思的一对，一位是年轻纯粹的新人演员，一位是极具魅力的成熟演员，两位之间还有所谓的命运安排几次合作，台上台下一同出入，多么符合他们的想象。

那块陆地上的人都是爱凑热闹的，因为他们很悠闲；时间漫漫，思绪缥缈，用以维系心和这个时空的，也就是爱热闹的心思了。他们的慵懒和爱热闹，其实是一朵并蒂莲。

那晚的课，陈绀主讲；作为鹿鸣街台柱的魅力，也吸引了学生们的大部分目光。而一旁的安如，则满足了学生们所有身处鹿鸣街的设想，所以当晚所有无关紧要的问题都是问向安如的，包括个人情感的边角料。这让从没有经验的安如难以招架，何况她本就低调。

后面的两个月里，每周两节课，陈绀带安如去适应鹿鸣街演员的又一个必修课——教学，这是鹿鸣街名演员的必修课；命运推着安如往前，快速走上名演员的道路。而安如背后的，当时的她以为是命运，其实是陈绀；那时的陈绀好奇，这个年轻演员她能走多远？

在回家的路上，陈绀没有和安如提起，面对问题为什么不直截了当断绝人们的想象原因。安如也没有问，更不敢解释自己面对那些问题为什么那么紧张，她怕暴露了自己的真实心思。那晚，两人对彼此间的关系都不问不说，很有意思的反应。

倒是陈绀问她："和你关系很好的那位玲珑，怎么样？"

"成老师的死让她很伤心，但是我相信她能走出来。"

"王平至今不说杀死陈绀的原因，但是有一个细节……"陈绀停顿，他在想要怎么和安如说。

"她被警察带走前，看了一眼玲珑——深深地看了一眼，意犹未尽。"安如帮他说了。

陈绀惊讶于她的理解，明明那个时候她在舞台上不知所措，面对血流成河，人都走光了，她还愣在那里。陈绀那时还不知道，安如身边有一位不务正业的演员擅长观察。

"你不会觉得王平是因为玲珑杀了成老师吧？"安如着急了，"玲珑和成老师可没有什么，何况王平因一个玲珑就杀人，难道她要把和成老师吃过饭的人都杀了吗？"

"这不是重点，重点在于王平那一眼就将人们的视线转移到玲珑身上。她一天不说杀人理由，玲珑就一天摆脱不了人们对此的猜疑。而且，"陈绀打算直说，"我不知道你朋友对成笙的心思，但是你的成老师似乎很认真地喜欢她。即使真正地相处只有'芒'排练以来的两个月，中途大家去了次古老湖，那次郊游让成笙打开了心扉，他确认自己喜欢玲珑。第二天，他跟我说了，因为他不知道接下去该怎么办，是要和王平分手，坦然面对自己的心，还是离开玲珑，毕竟玲珑会遇到更好的。"

"遇到更好的？"

"他自己这么觉得，至于为什么会如此沮丧……"陈绀自己也在琢磨，"大概是古老湖畔人特有的气质，那群人一直在探寻于古老中重生，自然而然带着对万物的悲悯和悲悯中对自己的漠视、淡然；这种特质让他们变得很伟大，在某种意义上，可以不求回报地奉献，可以不顾一切地付出；就是对自己无限度地忽略这一点，让他觉得自己不能让所爱的人幸福。他有自己的使命，作为古老湖畔之人之使命，这个他无法放弃；放弃使命，就是放弃他的心和灵魂。玲珑若喜欢他，那也是喜欢这个带着使命的人，而不是空无一物的行尸走肉。"

"所以，他为了玲珑的幸福，可以忍着心痛躲避她；那王平他就可以残忍伤害，十年的感情扔垃圾桶了？"安如知道陈绀想跟她说的重点不在于此。很多人有"非黑即白"或"不止黑白"的行事和处世原则，而安如的世界则是只有白，不是没有黑，而是她把黑排除在外，排除在时空之外——这种想法虽然奇怪，但是在安逸悠闲的那块陆地上有不少人都这样。安如因为瘿花，她家人守护她的心和生命一尘不染，呵护得无微不至，让这样的想法在她的心里深深扎根，不存在动摇的可能。

"因为他和王平……一句两句说不清。总之，两人曾经相爱过，但是散了，又在一起是因为两人达成共识，当做彼此的亲人——这个共识，王平和成笙分别跟我提过，都在三年前，都是在演完《祈祷》之后。那一版本的《祈祷》里，我演一个卖茶叶的老头子，美滋滋地围观他们两个在剧中的爱情。"陈绀将过去的点滴都拾起了，"至于他们俩为什么这么做，可能有多年相处的情分在，更是习惯……至于有没有其他什么，他们没说，我也不清楚。所以，今天鹿鸣街的一些针对玲珑和成笙之死的流言，我知道是错的，王平没理由因为这个杀人，因为无关紧要。但是，知道内情的人太少，阻止不了蜂拥而至的猜忌，这种流言从王平的那个眼神开始就断不了了。就算知道他们之间所有的事情，成笙也对我知无不言，但是我仍没办法猜到王平杀人的动机；一定不是感情，也不是鹿鸣街……她为什么最后要那样看一眼玲珑？"

"你说，成老师会不会对自己的死——对王平杀他，有所预感？"安如想起嘉平说过的话。

"怎么这么说？"风吹树动，夜黑月明，月光和路灯辉映，陈绀在这样的朦朦胧胧里似乎看到了真相的模样，他热切想找到的真相。

"作为成老师在鹿鸣倾心托付的人，你是不是有所察觉？"安如也会试探陈绀了，有长进。

陈绀犹豫着要不要说，毕竟只是他的感觉："我说过，你的成老师生长在古老湖畔，那里的人有自己的使命，那是和那块陆地历史之初的一个约定——当这里的人迷失时，帮他们找回当初；至于是找回当初的什么，没有人知道，我觉得是初心吧——我自己的猜测。成笙的使命感很重，他的灵魂生于这份使命感里，为了他的使命，我相信他什么都愿意做。"

"王平可不是他的崇高使命。"

"但是，如果——我是说如果，他突然明白他的使命……"

陈绀话还没说完，安如便说："都是我们的猜测，没证据的何必认真。成老师和王平的关系很奇怪，不过再奇怪都是他们自己的事情。"

陈绀看她想得这么开，反而豁然开朗了，不知道为什么；因为成笙的死可能有隐情，他有些忧虑——他也注意到了成笙说错了台词，《阳光下的芒》上演一个月来，那还是成笙第一个失误。"总之，你要注意保护玲珑，成笙、王平的问题，不应该牵连无关的他人。"

到了鹿鸣街的住处，这次没人在门口等安如。月明星稀，安如看着陈绀的背影走远，这一次安如没有沉浸在他的背影里，而是喊住了他，不过声音有点大，不知道楼上的嘉平会不会听到。

"陈绀，你能再跟我讲讲古老湖瘝花的事吗？"安如掩饰着自己对瘝花的紧张，"我很好奇。明天不是要陪成老师的骨灰回古老湖畔吗？我就想起了你跟我说的那个古老湖平原传说。"

"那只是传说，有很多版本，甚至有人说瘝花还存于这个世上。"不知道陈绀是不是察觉了安如对瘝花的敏感，"成笙下葬的地方，是古老湖畔的家族墓地，在古老湖畔通往鹿鸣老路盘桓于山脊处的一块小平地上，那里是传说中最初的人们从古老湖移居鹿鸣时因暴雨停下来的地方，能将古老湖和鹿鸣一览无余。墓地就在这附近。从那儿往下走，经过一个缓坡，就到了古老湖畔的博物馆，那里还留着古老湖平原时期的一些遗存；明天到了那里，你可以去看看，或许能更靠近那个故去的时代。"

安如听他这么说，又觉得无奈，因为瘝花在古时候更可怕；现在她能这么安然地生活，已经是医生们尽力而上天垂怜了。

果然，第二天的古老湖畔之行，没有听到关于瘝花的一点消息，更无从谈治疗了；多少代人努力把可怕的瘝花抹去，那是个魔鬼。

安如不失望，她已经能当陈绀剧中的女主角，没有什么好再奢求的了。

第八章　蔷薇之道

　　寒冬将近时的新年，人们折腾着热闹，鹿鸣街也很热闹。然而安如不在鹿鸣，《祈祷》的巡演进展顺利，她正好游览那块陆地。

　　那一年的冬天鹿鸣街过得很慌张，成笙之死的影响总算淡去，原本准备在《阳光下的芒》之后的推进的事宜还要继续，直至新年，周行亲自准备了连续几天的演出。成笙的离去也让陈绀不得不独自支撑鹿鸣街的音乐剧，而他那几个月忙着物色人选替他，因为他在成笙走后才真正感受到成笙这十多年多对鹿鸣街的重要，所谓润物细无声吧，他不觉得自己能成为下一个成笙。安如则忙碌于鹿鸣街诸多杂事中，忙着融入鹿鸣街的生活，主演的头衔并不能帮她免去新人的学习任务，反而加了很多作为主演要做的事情，而且还是没有陈绀在场的单独任务。只有在剧里能让她松一口气，所以她一直期待着《祈祷》。

　　《祈祷》让安如名声大噪。若说《阳光下的芒》让安如初露头角，让人们打消了对这个年轻演员能力的疑虑；《祈祷》则绽放了她的光芒，让她收获了一批忠实观众，这帮人从此追随安如，一刻不落。《祈祷》能完成得这么好，只有陈绀和瘗花两个理由，别无其他。女主角伊依的命运让安如体验了一把自己的未来，她的结局只会比这个更惨，瘗花之症走到最后，没有能逃过痛苦欲绝的侥幸存在。评论家评论安如在《祈祷》中细腻的演技、丰富的情感，乃至于每一场都有不同的出彩之处，且情绪处理不同，不落俗套，不程式化，每一场都释放出专属于她的不同魅力，没有暴露技巧的痕迹，没有多场演出后的疲惫和干涩；尤其是伊依的结局部分，感人至深，女主角的生命走向终点，但安如的光芒释放到极致。

其实，安如演技提升还不是在那么早的这个时候，那时也不算是为《祈祷》呕心沥血、绞尽脑汁，她只是设身处地，想象自己要怎样的结局，并在一次次演出中实践，情感真实又灼热，和自己将要经历的人生多么相似，怎么会演不好？怎么会不出彩？台上的每一次落泪，都是她对自己人生结局的感慨；走向终点时，剧中女主角有那块陆地、家人、男主角的陪伴，还有传说"鱼之女儿"这一死后的归宿，她在对比自己的结局，陈绀不知如何，自己也没有海阔鱼跃的归宿，有的只是剧痛和剧痛后的死寂。睹物伤怀，念一次伊依的台词，便让她清醒一次。命运无奈，她只认现在；无奈花要凋零，还好她身旁有人期待，以遣伤怀。

"我祈祷你不再伤怀。"

这句话是伊依生前听到的最后一句话。安如饰演的伊依躺在陈绀怀里，在时常钓鱼的那块巨石上，临着江川，背后还有一株亲自种下的小树，就这样，随着风，她的气息渐弱；在生命即将被风带走之际，陈绀饰演的光说了刚刚那句话。安如的脸上淌着泪，泪在舞台灯光下特别明显。剧中人在死后变成了鱼，潇洒自在去了，而送别她的歌光一直唱着，每次来看她都唱起这首歌。这歌在悠悠的曲调里，是有情之人送别深爱之人时的心里，是有情之人怀着深爱之人还在世上的期待唱的曲子，温暖而不凄婉。在安如听来也是如此，因为是陈绀抱着她时在她耳边唱的。明明扩音器的乐音应该很吵，观众陆陆续续抽泣的声音也很伤感，但安如还是能沉浸在陈绀的温柔里，听出这歌的温暖。

未来大陆

天空澄明，如你的眼眸
星辰耀眼，如你的光芒
我看着你的脸庞
如星光照耀，我的头颅高昂
风起云涌，风落星垂
我祈祷你的心房
依然如沐春光

河川有鱼，如你的轻灵
鱼跃悠游，如你的彷徨
我站在你的身旁
如清流潺潺，我的心绽放
风起云涌，风落水止
我祈祷你的心房
依然氤氲芬芳

路上伊人，你要远走
长路漫漫，我的荣光
我目送你的前路
如烟雨蒙蒙，我的灵魂怅惘
风起云涌，风落忧解
我祈祷你的心房
依然温暖安详

长路有大风起

我没能种下一路繁花陪伴

祈祷她一如既往

长夜有大风起

我在她手植的枇杷树旁

祈祷她一路安康

时间啊，带走我的一竿风月

留住她的倩影和荣光

就算是我的一枕南柯

风啊，吹走我的一瓣心香

留住如盖亭亭，旧时煌煌

就算是我的痴心妄想

时间啊，带走我的一竿风月

留住她的倩影和荣光

就算是我的一枕南柯

风啊，吹走我的一瓣心香

留住亭亭如盖，旧时煌煌

就算是我的痴心妄想

风起云涌，风落星垂

我祈祷她不再伤怀

　　安如偶尔也会想，晏子特意将这首歌加上最后三句有什么用意？不过，还没来得及得出结论，她便又沉溺在陈绀的歌声里。

　　《祈祷》有很多让安如在意的地方，就因为女主角在人世的结局和瘫花之症必然的结果相似；但是她不敢直问晏子，怕再揭伤疤，很快晏子离开了，继续在安静的地方做研究，而她再也没机会问有关晏子初恋的事情了。

安如甚至在猜，晏子的初恋很可能和自己得同样的病，就因为陈绀说她是蒿野人。但她不敢深想。每到这种独面瘰花而心生恐惧之时，她都会听陈绀的歌，这能给她从小被瘰花恫吓的心以宽慰。这颗心被瘰花恐吓的，以至于只是想想"瘰花"两字，便会害怕。

《祈祷》巡演的最后一站是蒿野，那块陆地上花的故乡。

"安如，回家了。"

"嗯。"安如没有多余的话，她沉浸在回家的欣喜里。她有假期就回来，但是这一次不一样。

"不愧是花的故乡啊。"

安如听着别人对故乡的赞美。冬天的蒿野，草比花多，枯枝比新叶多，但就是这样的风物，就是这样零星却依然鲜妍的花，让人感受到冷冬里生出的暖意，绵绵不绝。偶有风吹，野草低俯，花如繁星闪烁，列车飞快过去，那繁花就好像穿过手里的流沙，翩跹飞舞于时光之中，流连忘返；时光如白驹过隙，而花的故乡藏着时光里的所有美好，一点一滴，摄人心魂。

"你看那花很奇特，特别大。"一晃而过的风景，想捕捉却捕捉不到，正是这样才让人流连。

安如知道他们在讨论的每一种花，却没有开口和他们一一解释。来到蒿野，最有意思的不是研究花，而是研究人在花中的奇妙心境。现在还不是蒿野花最多的时候，正是这样的留白，让人有心去体味花的故乡里真正的风情。

安如乐意一辈子待在蒿野的小世界里，不出去：一年到头都有花开，纵然有四季，却比其他地方都来得不明显，纵然有风雨，却比其他地方都来得柔软。蒿野就是这样一个舍不得离去的地方。

"那是什么花。"是陈绀的声音。这声音让安如清醒了，纵然离开了舍不得离去的地方，但她随之找到了她舍不得离去的人。

两人没有坐在一起，安如还是随陈绀的声音寻找让他惊讶的花。

三四朵血红色的花出现在前方的路边，被野草遮掩，却消磨不了它们的鲜艳，那是勾人的美丽；多重花瓣，大而娇妍，它们的美似乎有种魔力，让人见了就着迷，按捺不住追寻它们的心。安如熟悉这种花，虽然她没有见过几次，但是这花就是梦魇，见一次便无法忘怀。

这种充满魔力的花，除了瘪花，还能是什么呢？安如没有妖魔化它，她想古老湖平原传说也没有丑化瘪花，它就是妖怪一般的存在。安如在婴儿时期接触这花，然后得了瘪花之症；但是她的记忆里没有瘪花的模样，直到乐心回到爷爷乐湛家。

乐湛是花农，为了治孙女的病，花费很长时间在蒿野的田间地头找到罕见的瘪花，移栽培育，希望从源头找到治疗的方法，安如才得以隔着玻璃房见到神秘又可怕的瘪花。

陈绀好眼力，不过他那时还不知道这就是瘪花。安如也是第一次在乐湛花房以外的地方见到过鲜活的瘪花，就那么一瞬，回到家乡的喜悦已经被瘪花的恐惧占据。

"安如，你在想什么？"玲珑轻声问她，好似怕打扰她的沉思。

"没什么。"安如抬头，一脸笑容掩饰心里的不安。

"这是最后一站了。"

"嗯，只有两场，《祈祷》就结束了。"安如没有听出玲珑的画外音，"说起来，我们运气真好，刚来鹿鸣就接连演出了孔昭和晏子的剧，这才半年左右，已经完成了鹿鸣街人多年的心愿。"

听到这里，玲珑抱紧了安如的胳膊，靠着她的肩，好似因为旅途疲倦要睡去。

其实她们可以很快到蒿野的中心，只是鹿鸣街来的一行人都很想坐观光的列车，这样可以看见一路繁花。鹿鸣街六号的很多人没来过蒿野，因为那里太偏，再悠闲都未必有闲心去那里；《祈祷》这次能安排在蒿野，是因为他们之前去了故事的发生地屺岛，就顺带安排了在西边的花之故乡的行程。这样的演出安排看似很随意，但执行起来更随意；陈绀将近些年鹿鸣街演出没有到过的地方整理出来，让《祈祷》的演职人员挑想去的地方，挑出呼声最高的几个，再权衡地域和路线，拿出最后的方案给周行过目，就这样不考虑其他任何因素地定了巡演的城市。这样看来，《祈祷》能被鹿鸣街人发挥得淋漓尽致，也有热情高涨的因素在里面；也不得不说，陈绀是个难得如此随和的人，不知道这样是好是坏，只是如此性格确实适合那块陆地。

到的第一天，大家都在休整。安如还有工作，蒿野当地的电视台要来采访，作为《祈祷》的女主角回到家乡，当地人都很好奇鹿鸣街的新星在舞台之外会有怎么样的面目。

"你不用陪我来，家人呢？"安如让玲珑回去，她身边还有嘉平，而难得在工作时间回蒿野，玲珑也该先去见见家人。

"他们会来看《祈祷》，不用操心我。"玲珑想多陪安如一会儿。

安如很放心地接受了采访，地点在蒿野最大的花园，其实蒿野只有这一个花园。花的故乡不需要花园，遍地是花，蒿野人也不喜欢将花禁锢于某处，他们偏爱花最原始的模样，一如偏爱自己身上的悠然气质。说起来，蒿野人纯粹又有些自恋，从他们对待花的态度上便可看出一二。

"安如，作为鹿鸣街的女主角，感觉怎么样？"又是此类问题，看来大家都很感兴趣。

"那作为陈绀女主角的感觉呢？"比起上次遇到类似问题，一个多月后的安如已经能够镇静回答了，只是脑子里想的还是舞台上那个帅气的陈绀，还有台下那个温柔随和的陈绀，不知道她的心思是不是已经无法控制地浮现在脸上，被观众们察觉。

还好主持人有分寸，没有把话题引到"作为陈绀的女主角——说的不只是剧里"之类，不然以安如不成熟的演技，可是很容易戳破她装镇静的假面具。

"按照往常规律，鹿鸣街的主演发展到最后都会自己制作剧目，你会往这方面考虑吗？会在剧里添加故乡蒿野的元素吗？"主持人给了安如一个很好的规划，她自己想都不敢想的一个规划。鹿鸣街多年的主演们确实都能独立创作，剧团也常帮助他们这么做；当然能在鹿鸣街这种地方当常年的主演，本就是难得的人才，创作难不倒他们。所以这个问题，与其说安如很谦逊地回答，不如说她很诚实地面对了自己；面对家乡和人们如此高的期待，她怎么好意思说，其实自己进鹿鸣街，能坚持到现在，能在鹿鸣街女主角的巨大压力下依然踌躇满志，只因为追随陈绀，所以未来什么的她从没规划过。

接着，话题自然而然从鹿鸣街的生活转到家乡蒿野，安如动情地讲起了小时候跟一个朋友学唱歌的经历。"在一个衰落的港口，我跟她学唱歌；现在能在鹿鸣街发挥所长，也是因为那个时候。"这倒是实话，安如的演技尚且跟不上她的歌，但她唱歌是剧团里的翘楚，且越来越好，掩盖了她在演戏上的一些缺陷；虽不能完全掩盖，观众看久了也能看出她的不足，但是歌好已然帮她在鹿鸣街和观众心中立足，已然有了一代演员的基础。

安如很想她，纵然每次回蒿野都会去找她。

后来他们还聊了《祈祷》，不过安如心思不在了，提起陈绀和乐心两个于她而言十分重要的人，之后无论说了些其他什么，她都会走神到这俩身上。

采访很快结束了，他们又拍了照。天朗气清，安宁的花的故乡，没有一丝阴霾，花在盛开，风在摇曳，人的笑颜如花灿烂；有如花之景，美人是景中物，天地间的风物最美也不过如此。埋头于工作中的安如，从曲谱和剧本中挣脱，抬头一见，满世界泛着花开的清香，激荡故土的风云，突然间意气风发，她还是第一次有这样的感觉，青春驱散疑虑，开始如蒿野的鲜花一般欣欣向荣。

> 时间啊，带走我的一竿风月
> 留住她的倩影和荣光
> 就算是我的一枕南柯
> 风啊，吹走我的一瓣心香
> 留住亭亭如盖，旧时煌煌
> 就算是我的痴心妄想
> 风起云涌，风落星垂
> 我祈祷她不再伤怀

那晚，她在舞台上，在陈绀怀里听他温柔地唱完这首歌。眼睛闭着，只有恣意妄为地想象，想象自己在花的故乡的山坡上，目之所及，漫山遍野的鲜妍，以及随鲜妍之花满溢的暖意。角色需要，安如在《祈祷》的最后没有任何负担，随生命的渐渐消逝，她的情绪愈发偏向云淡风轻；安如枕着陈绀的手臂，能清楚感受他的气息，那一刻，她仿佛觉得这段歌词实现了一般，瘞花和鹿鸣街的琐事化作一触即灭的泡沫，只有纯粹的心是真实的。从安如所处的角度，舞台看起来很不安宁，不如观众席的角度来得绚丽，但是她很享受这梦幻般的一刻。

台下的掌声响起，灯光暗下，她的梦还要继续。

鹿鸣街这次在蒿野选的剧场不大，但位置很好，出门百米便是海堤，再沿着堤

岸走走便能看见繁华的港口。蒿野离那块陆地的核心区域很远，之

中万水千山相隔，对于人们来说，很多时候去蒿野海路比陆路更方便，蒿野港就承担了这样的角色。另外，屺岛的茶叶也从这里运出，或者通过岵山走陆路。来往间，温柔的花的故乡有了人的热闹气息。

那个剧场能听到海浪的声音，夜晚的浪席卷而退，轰鸣中带着磅礴的气势，就算是退去，也不能忘了气魄。而安如忙碌于热情的观众间，没顾得上细听海浪声的美妙；短暂的和他们接触的时间，虽然是在杂乱的忙碌中度过的，但她很开心。不知道台上的灯光热，还是观众们的心热，大冬天她还是热得汗流浃背。等收拾完了，她再出去，看到不远处的海堤，再外就是各类灯光间勉强能看见的波澜，那海已经安静了，缓缓的，暖暖的，试图将自己的暴虐隐藏，留下温柔的魅影。不过，海对安如来说是温柔的，因为海的律动，海蕴含着整个自然界的气息而表露出的律动曾影响了她的歌声，那是曾经的她用来吐露心声的方法，那是现在的她赖以披荆斩棘的利刃。

出了剧院，她望向灯火通明的港口，其实那里的隔壁，一座小山头之隔，便是蒿野渡，那个没落的古港口。蒿野渡有安如年幼时的回忆，纵然此地看不到它，安如还是要无谓的眺望，以解相思，以解对以往纯粹无华年岁的相思。

"安如，你在看什么？"陈绀看她站在台阶上呆呆的样子。

"没什么，像是个故人在那里。"她这么回答也对，虽然是在想念过去，那里的过去也确实有个故人。

"安如。"有双手搭了安如的肩，那人的声音再清甜，也让安如背后一凉。

安如转头，还在想是谁的恶作剧。

"这样都怕，你可辜负了你们俩的情谊。"玲珑把乐心推到。原来她来了，安如以为她不会来，也没人告诉说她会来。

"偷袭犯规。"安如虽然这么说，却一把抱住了乐心。安如哭了，在忧伤的剧里没有哭，这会儿却哭了。

"哭什么，半年前你才来看过我。"乐心抹了抹安如脸上的泪，滚烫的热泪顺着掌纹渗入她的心。可能是因为多年的看不见，乐心身上带着与众不同的淡然气质，加上她隽秀的美，是个亮眼的人。

"身体好吗？谁和你一起来的？人呢？"安如抓着乐心的手臂，"不会是一个人来的吧？一个人来的？家里居然放心让你来？"安如话很多，变得有些吵闹。

"所以今天晚上住你那儿。"

那个时候的安如，多年的朋友们、钦慕的人、乐意做的事都在身边随手可及处，日子过得很是惬意。

听着波澜喧嚣，一行人经过热闹的街市、孤寂的山路，徒步到了安如家。一路上，商量着第二天的安排。《祈祷》这次落脚于蒿野，似乎就是为了玩，整个鹿鸣街六号的两个蒿野人都在，不怕没有导游。安如和玲珑争论了很久，终于定了蒿野最精致的一块花田，那里不是最大的种植园，也不是天然的花场，却有最全的品种。拜访花的故乡，当然要看看花的千姿百态，说不定里面还有花妖花精花神仙可以邂逅。

那是乐湛的花田，是他养出的千奇百怪的花的圈养地；他本人也不喜欢用一块地囚禁美丽的花，但是他必须要研究他们。那里不是乐湛花田的全部，只是他早年间作为花匠的成果，拿来给游人欣赏。他真正的研究地在蒿野渡的附近，平平无奇又隐蔽的山林里，很少人支持乐湛的研究事业，多是要共同面对瘗花的人在帮忙，安如家里就是。

夜晚的安宁腐蚀了人所有的野心，只剩下平静。他们明天还有一场，不过都忘了。真是来玩的。

也可能，花的故乡的安逸让他们沉醉，鹿鸣街的一众人乐意束手就擒，就此讲述历久弥新的故事。花的故乡就是有这样的魅力，而蒿野的孩子安如，也在亲历一个刻骨铭心的故事，那是在那块陆地风雨飘摇中开出的花，默默讲述毅然决然的含义。那是毅然决然的爱，有人称之为忠诚，有人称之为赤子之心，但安如觉得，无所谓如何定义，无所谓如何称呼，她都已经酝酿着那样的爱，用她微薄又缥缈的性命，那微薄又缥缈于妖艳瘩花上的性命。

漫长的夜里漫长的山路，清冷的风里依然混着淡淡花香，安如的家就在面向大海的某处，山路边有个入口。那里是一片住宅区，鹿鸣街的人租了一幢。那里远离喧嚣，却不孤独，与港口相望，却触不到繁华和繁华之中难免的风雨。那里是花的故乡诸多开满花的山头中的一座，倚着沉稳的小山，一边是属于人的繁华，一边是属于花的悠闲，绵延而去，又交织羁绊。

那一晚，山色沉郁，鹿鸣街的人枕卧在沁心的花气里，有些人是第一次触及这样的清丽，或许比所有美好的剧都要来得美好，一种可以触及的美好。

而安如得到了比花还要甜美的东西，花蜜，是陈绀拜访她家送给父母的礼物。蒿野人也有花蜜，准确地说是花蜜提取物，直接从花中提取再加工，味甘甜，却不浓郁，和蒿野乃至那块陆地上的人的普遍气质一样，清新而不涩，清甜而不腻。陈绀带来的花蜜他们都没吃过，应该是蜂蜜，那块陆地上很少见，养蜂采蜜不符他们的做派。

"很甜，特别的甜味，花蜜的新做法吗？"安如的家人们都很好奇这个味道，新鲜的事物有杂着不安宁的新鲜感，在平静的心波里激起涟漪，颇能回味。

安如也在尝。"是芒的密藏吗？"安如对陈绀说。

陈绀点了点头。

"芒这个地方，总有很多新鲜事物啊。"很沧桑的声音，却很有力，安如抬头看了一眼，是乐湛。老爷子也来了，这位蒿野最著名的花匠之一，安如看到便知道他此行的目的，乐心的安全以外别无其他。

"爷爷？你不是说你有事来不了……"乐心当然能听出爷爷的声音，只是她也不知道他来了。

"本来是来不了，可听说你一个人来，没人陪你，我放心不下就过来了。"其实，乐心要的就是一个人来，她只是想来见安如。

第二天一早，安如带他们走了一条小路。

幽静的小路旁开着花，如繁星闪烁，花的故乡与花缠绵的情谊渐渐显出了。

花开花落，花香识人，不一样的人，目光停留在不同的花上，鹿鸣街人姣好的面容和精致的气质似乎和这些花特别投缘。蒿野，真是悠闲的去处。

"都是蔷薇？"

"这里叫蔷薇之道，从远处蔓延而来，进入蒿野最繁华的地方，在一泓清池前戛然而止。边上开满了各类蔷薇，也有只属于蒿野的特殊品种，因为是温度不高的冬天，花开得少，春天来时花团锦簇——每个时节都有不一样的风采。蔷薇之道是天然的，这里本是满山的蔷薇，人们修路至此，不忍打扰，用石子铺了小路；后来这里的路几经修缮，成了蒿野城中难得的风景。"安如望了望山坡，"不知道是什么缘故，人越多的地方，蔷薇开得越好，现在山上的蔷薇反而少了，不知道春来时是怎样的风物。"

"以前，还在蒿野生活的时候，你常走这条路，前面小路分岔，拐进去就是学校了。"玲珑回忆起以前来。安如朝她说的方向看，好像看到了曾经年少，明明到路口还有些距离。

安如有好几年没看过蒿野的春了，她不遗憾，因为蒿野的美随时节而各异，哪个时候都是她的心头之爱；不过还是会想念，想念春暖花开，更是想念春暖花开时的闲逸。那块陆地的人果然都是好悠闲的，是土地上的风物养成了他们的喜好。在蒿野的几天，不管有多少工作，鹿鸣街的人过得像是郊游一般，但其实如此平静美好的日子里，暗流涌动。

那天的《祈祷》进行得不能再顺利了，就是开场前有些忙乱。这最后一场来了很多熟人看剧，他们还很不安分地先去找了演员们。是周行把他们带来的，瞬时后台多了份躁动，本以为蒿野的偏远能避开这种热络的场面。因为习惯了蒿野和瘗花要求的安宁，安如很长一段时间不能适应自己作为知名演员所要面对的"热闹"，然而鹿鸣街让她顺从了眼前的热闹。

从瘗花要求的保护中挣脱，安如开始适应外面的生活——理应从刚来鹿鸣读书时就要适应，然而她真正接纳还是这次回蒿野。她在那一刻才意识到，自己接纳了外面的生活，她那颗喜欢陈绀而不顾一切陪伴的心有了不一样的觉醒，对陈绀的喜欢是她脱离瘗花在心理上的桎梏的第一步，当陈绀选她为女主角，又一次次教导、鼓励她，将她培养成一位出色的演员，在看到家乡风物，她纯粹的心在纯粹之上，有了不一样的思考和感触，让她从内心接受自己将要面对的属于她的舞台的光芒，和光芒背后的风起云涌。然而这也只是她走出瘗花阴霾的第一步，此后，如何在风起云涌中保持波澜不惊，一如年少的她在家人和家乡保有的那般波澜不惊，将是她最大的考验。

那时的安如还没想过这些，但陈绀确实带她走出了瘗花的阴影。这件事，两位当事人都是无意识的，安如只为了能和陈绀同台演出，陈绀也不知道瘗花之症，人生的际遇走到此，也算值得。

那天台上的细节有些什么，慕名而来的人们和安如聊了些什么，她记不得了，总归是中规中矩的。对那天的回忆，安如只有伤感。在夕阳西斜的静默里，乐湛的花田散着冬日别致的暖意，而安如的心颤抖着，她不知道要如何应对。

其实安如该有所准备，早在《阳光下的芒》公演前，嘉平花了一晚上解释自己的调查，安如还说她想多了。再往后，成笙被王平杀死那天，王平被警察带走前看玲珑的眼神，嘉平刻意提醒她们眼神里"浓墨重彩"的意味，嘉平是出于多年钻研人之行为的敏锐，而安如还是觉得她想太多。更往后，玲珑虽然也在准备要上演的剧目，流言蜚语也随时间推移而渐渐淡去，但安如没想到，用生命和血液成就的流言是不会轻易消散的，亲眼看到血淌在舞台光芒里的人们不会忘记那样的场面，和他们对恐怖场景背后的肆意猜测。

玲珑终究没能逃过良心的谴责，嘉平当时的猜测是正确的，然而她也没能保护好玲珑——即使她当初这么对自己起誓。玲珑确实没做过什么，但她也确实觉得自己对成笙和王平的矛盾该负责任。重要的并不是实质发生过什么，而是人们认为发生了什么，何况王平给了很好的诱导——这是玲珑在成笙死后的几个月里的觉悟，而她心甘情愿领受这份追责，因为她也沉浸在成笙的离去里，真心觉得没有她就没有这出悲剧。玲珑选择《祈祷》作为自己鹿鸣街演员生涯的终点，是因为《祈祷》在蒿野落幕。

回家了。

《祈祷》结束后，玲珑告诉了安如她的决定。她给安如卸装，然后又帮安如梳头，对着镜子里的安如说："《祈祷》结束，我也该回家了。送你到此，送你衣锦还乡，送你站在幕布前接受家乡的赞誉，我的鹿鸣街生涯也满足了。"

"你在说什么？"安如听不懂，不过她从她的话里听到了不安。

"离开鹿鸣街，回到蒿野。以后蒿野的花就是我的事业。"

安如不知要说什么，她怕是自己听错了，抓着玲珑放在她肩上的手，颤抖着。

好久，说了句："那我也……"

"你还有你的事业，就算不在意，那还有陈绀。"玲珑安抚她，她很清楚安如的脾气，即使她并不清楚安如脾气秉性里的胆小是来自瘗花的打击，而且难以更改，但她清楚安如胆小却不懦弱，这一点安如自己那时还不知道，"还有嘉平陪你，我打算退出的决定和她说过了，这是我的深思熟虑；但我没有告诉你，直到《祈祷》结束的现在，这也是我的深思熟虑。"

安如明白她的好意，多少年的朋友，太熟悉彼此了，彼此间恐怕就瘗花一个秘密。安如自然知道玲珑没做什么，因而也不能理解她为什么轻易放手自己深爱的事业，毕竟这些年来亲见她为鹿鸣街而做的努力。但是她本人都放手了，自己再抓着不放有什么意义，朋友能如意就好——安如想通这一点，还是在乐湛的花田里和陈绀的一番交谈后。

在乐湛的花田，在一个面海的缓坡上，如花的演员们寻找着和自己相像的花颜。这些花乐湛舍不得卖，不知道那天是怎么了，乐湛居然同意他们挑一些喜欢的回去。

而还有很多人，坐在山坡上，享受山海相安无事中的安宁祥和。

"她们俩笑起来很像——应该说，你们蒿野人长得都有点像，笑起来都有梨涡，水灵的眼睛也特别大。"陈绀对安如这样说。他目之所及，就是乐心和玲珑。这两人正在交谈，玲珑扶着乐心在花田里漫步，花过小腿，簇拥在她们身旁。

"玲珑的笑迷住你了吗？"安如开玩笑，"可惜，她说她要退出。"

"她跟我说过，鹿鸣街也同意了，但我没问原因——因为成笙？"

"成老师的死对她的打击很大，出事后王平那个眼神的杀伤力更大。流言蜚语至今，她说她累了。"

"很有上进心的演员，怎么说放弃就放弃了？"

"心累了，便很难再面对了吧。"安如无奈，"我也想找办法劝。"她的无奈里更多是惋惜，明明最想成为一个优秀演员的是玲珑，却被一个惨案牵连，自己这样运气好捡了便宜的，则顺风顺水混到今日。

"让她在蒿野好好想想，想明白未来怎么走了，她会回来的。年轻不经事，明白自己要什么的时候，还会走出故土。"陈绀这话更像是劝安如放宽心。

"希望她那个时候还能顺利回来。"

"鹿鸣可不只收刚毕业的新人。说不定，到时候她能不能顺利回来，还要靠你。"

陈绀似乎明白安如此刻在想些什么，"你不是单纯靠运气走到现在，之前有成笙，现在有我，之后会是你自己成一方天地。"

安如确实该释然，她无法决定别人的路，那是霸道和无礼，带着令人厌恶的强人所难。

安如很感激他能这么说，将彼此关系界定为师傅对徒弟的提携，至少意味着不会轻易分离；至于陈绀怎么定位安如于他生命里的含义的，安如不在乎，她怕的是分离，而这话让她觉得除了瘗花没有什么能将他俩分开了。安如也是对瘗花怕之入骨，以至于她觉得除了瘗花，没有什么不可战胜。这样的她，应该说单纯，还是说可怜？

至少她还有眼前时刻可以把握。那刻眼前的花田，芬芳如在暖春的傍晚，安如痴如醉，不愿醒来。

安如想换个话题，于是四下观望，便看到了童遥和元昉。"他们是一对吗？"她看他们靠得很近，可之前明明没有察觉。安如没察觉的事情多了去了，她大概是最游离于鹿鸣街的鹿鸣街女主角。就是这样的"傻白甜"一不小心成了鹿鸣街的主角，又一不小心成了耀眼的明星，而本人又迷糊、不习惯这样的过于灿烂，人生际遇耐人寻味。

"他们是表兄妹。"陈绀有些佩服安如的迟钝，如此忽略身边，日后可无法承担起鹿鸣街顶梁柱的责任。

陈绀对她有很高的期望，一如鹿鸣街对孔昭剧中所有主角的期待般。陈绀该意识到，自己对她器重的一开始，一面之缘后的推荐，不止于基于鹿鸣街未来的理性考量，还包括一些微妙的感觉，还在发酵中的感觉。

"真正的恋情还在远处，你看得远一些。今天来了些额外的人。"陈绀提醒她。安如找起了"额外的人"，必然有显眼的周行，还有王大生，还有张……安如还是分不清那是张敫还是张牧，都用"张氏"代替。

"是贺宥。"陈绀说了，"他在花房那里，今天特意和周行一起来蒿野。来花的故乡的人，都是来赴花期之约，让自己沉醉在花繁锦簇里，他也是。"

"那个很有名的年轻的编舞老师？有所耳闻，没想到……本人还真年轻。"安如思忖许久，也就迸出"年轻"二字。她确实不了解。

"他这几年很少给我们编舞，若不是为了找童遥，这次不会来。他一直在给舞剧编舞，因为和成笙有矛盾，拒绝和音乐剧部门合作。"

"还能和成老师有矛盾？"安如好奇，她眼里的成笙很完美，除了和王平剪不断理还乱的关系。

"多年前他们的关系很好，因为太好了，反而合作时有了争论，后来又发展至不可愈合的矛盾——说是不可愈合，我倒觉得像两个小孩子赌气。现在，成笙……他应该会来指导我们，提前认识一下？"

安如没吭声，反而笑着盯着陈绀。陈绀对这个表情心照不宣，当初安如面对陌生又看似严肃的自己，还会紧张得不知所措时，就常有这样的神情，来表达自己的迟疑和保留意见。这神情不同于在瘗花面前的胆怯，而有一份将自己的本心袒露于陈绀的羞涩，是自己能力不够的羞怯，也是怕感情张扬的青涩，不知道陈绀是否品出其中关乎自己的情感的端倪，不过随着安如越来越适应主角的生活，这样的表情少了起来。

安如坐在山坡上良久，吹着海风，听着海风带来的悠扬歌声。她看着花海绵延至大海，思忖着曾经和曾经之间，曾经和未来之间，这一想就是好几天了。

《祈祷》结束后，有一个休假，她成天和乐心、玲珑腻在一起，在乐湛花田空置多年的房子里，享受故乡的安宁。她多年后回忆这几天侥幸所得的安宁日子，还有人用来挖空心思。

"姑妈，玲珑姐姐要来和我们一起养花，乐湛爷爷答应了。"小孩子中规中矩地表达很是招人喜欢。这个叫安如姑妈的，便是何汜，和安如的年纪差其实不大。

何汜小时候喜欢腻着安如，后来安如去了鹿鸣，再回来，何汜也长大了些，情感从腻歪变成了默默相守，性子开始有些像安如了。

"这是陈绀送给你的？"

"是条项链，我把它戴手上了。他回去前说这是下部剧的道具，他买来的，让我好好保管。"

"道具是指会拿回去的那种？"何汜天真地问，这样的天真一如她姑妈安如。

"当然是送的。"玲珑说，"不过不知道他送项链的动机，是不是有那么一丝别的成分？"玲珑开起安如的玩笑来，看来卸下鹿鸣街的过去，远离了流言，她轻松不少。

"鹿鸣街常有的事，不只是陈绀……就说陈绀以前，也送过很多'道具'给当时的女主角。"虽说如此，安如还是紧握那块琥珀，似乎要将它融入温暖的手心。

那毅然决然的爱啊，她愿将心魂浸入这爱中，如琥珀里的生物，纵然成了遗骸，也要死在这份爱里、这个梦里。但是请务必让这梦悄无声息，一如终将悄无声息的结局。

第九章　月华流照

　　春天很快就到了，小川畔也开起了蔷薇，从鹿鸣街六号的后窗望去，一片连一片，在风中翻跹。它们是人们种在这里的，和蒿野的蔷薇不太一样，不过安如还是在此找到了故乡模样的慰藉。安如让玲珑寄了些蔷薇花苗，她就种在院子里。离家之后，才知道自己有多依赖曾经不经意的小习惯。

　　安如抱着一小株红蔷薇，放在休息室旁。这个休息室被安如和她的新剧霸占了，从她带着红蔷薇搬来这里开始。

　　"玫瑰。"陈绀说，"你来送道具了？"

　　"开在彩虹之上的玫瑰，是他的灵魂，我的心。"安如脱口而出的台词，还带着鹿鸣街舞台剧的强调，也是她的心意。她把它摆在窗台上，能望得到小川和后山的那个窗台。

　　这花是玲珑给她的，她就当玲珑还在鹿鸣街，在她排练的时候看着她，提醒她。安如原以为自己在鹿鸣街的唯一目的和支撑是陈绀，但当玲珑离开之后，她每每和鹿鸣街六号独处，都会想起在蒿野的玲珑来，反复几次后才明白，陈绀不是唯一，留在鹿鸣街还有"演绎"这样的目的。学生时代起，她就在教安如念台词，教到安如成了鹿鸣街的女主角，还是"仍需努力"的水准。刚刚对陈绀说的那句算是超水平发挥，因为还带着对友谊的思念。

安排给安如的新剧叫《彩虹之上》，三十多年前曾演出过一次，不过原作者燕效创作这部剧本是为喜欢的女演员量身定做的，所以即使是成熟而富有魅力的作品，此后也一直没有再演过。这次给安如，大概是作者燕效看剧时，从安如身上看到了"曾经沧海"的依稀相似；安如就不该忽略台下坐着观众们，他们或试图穿梭于后台的忙碌里，或试图走入舞台之人的人生里。

虽然重演是燕效的要求，但年事已高的燕效本人没有在这一版的制作中露面。鹿鸣街这次给安如一个完整的创作团队，让她负责整个制作流程，从舞台布景到这次的《彩虹之上》以舞台以外的形式传播，都让她主导。这个"舞台以外的形式"，除了很常规的影像记录，还有它的原景重现，这不同于以往的虚拟实景，这次是纯粹的实景。鹿鸣街本就是那块陆地无聊闲逸生活中颇有意思的梦，它也一直在追求带给人们与平常生活不一样的感受，这次的尝试是这种追求的"得寸进尺"。安如从没注意过，其实从那时起——应该还要再早一些，那块陆地上事事都开始冲破固有的界限；桎梏之外是什么，就好如"那块陆地"的岛之外是什么，茫茫大海上除了飘着这个岛还有些什么——那块陆地上的人们从未想过，但一些微妙的变动正悄然开拓他们的思维，往一个深不可测的方向发展。

《彩虹之上》的实景和鹿鸣街诸多的剧放在一起，人们在其中经历剧中人物的经历，安如只需要监督属于这部剧的进度和质量，因为和前辈们一起负责，有他们的指导，她倒是不担心自己难以胜任。从另外意义上的，这是鹿鸣街的一次探索，再有经验的人在这个项目面前都是新手，安如的负担相对少一些。

然而，她还是很忙。《彩虹之上》的公演留给她三个月的时间，对鹿鸣街已经演过的剧目来说，这样的时间很充裕，安如却依然过得战战兢兢而劳碌。与之相比，之前的《祈祷》巡演就好像旅游；《祈祷》带来的休假结束后，安如在鹿鸣街悠闲地学习、练习，这样的安稳日子过了两个月，她以为日子会一直安稳下去，但其实那两个月的平静是有预谋的安逸，为了《彩虹之上》。

这次的《彩虹之上》，与其说是安如与陈绀的合作，倒不如说是鹿鸣街给安如的一个机会，一个通往中坚力量的机会，这一点在《彩虹之上》准备前，周行跟安如谈过。以往的剧，陈绀都在眼前身旁，虽也忌惮于自己尚不足的能力和观众的挑剔，却因为陈绀带来的这份安心，能安然度过一场场演出，还能享受鹿鸣街的舞台。而这次，陈绀在剧中没活过第二场；安如的安心走了，剩下来的时间她都要独自面对。

她手里紧攥着舞台设计的稿纸，一切都有前例可循，一切都要求她中规中矩即可，但就算是这样，她仍无比忐忑。她面对空空荡荡的舞台，过去的半年多里，她有无数次机会端详空无一人的舞台和剧场，却没有仔细看过这里，每次来都匆匆忙忙，还伴着催促和紧张。她走过舞台上的每一处标记，可顾不得欣赏灯光打下的绚丽风景，她需要细心琢磨每一处设计的巧妙，看看还有没有缺失需改动之处。

"安如，你过来。"陈绀喊她。

"你忘了这里。"陈绀提醒她的地方，是舞台的中心，是她应该早就习惯的地方，不过陈绀还是发现了她的不自信。或许这是一种谦虚，陈绀也喜欢安如的谦虚，但是现在，无论是鹿鸣街还是安如自己，都需要她自信从而自如地站在舞台中央，运作自己的舞台。过去的半年多里，安如随着经验的增加，快速增强了自己的能力，陈绀看在眼里，不得不感叹年轻的力量，然而他也感觉到安如在束缚自己，出于未知的原因；原因到底是什么，他没追究过，认为是可以改变的个人性格，因而他耐心地引导安如，作为多部剧中的男主角，他牵着她的手、带她走到舞台中心。就在这一刻，就是他的不追究而顺其自然，让他错过了安如身上的秘密，一个同样关乎他自己前途命运的秘密，让他走了些弯路，陈绀自己也没想到，当初的"一见钟情"，选她做剧中的女主角，却也阴差阳错，选了位在自己生命中极为重要的人。

那个时候的他们，站在舞台中央，策划着绚丽舞台要留给观众的印象，没时间猜测这个舞台对他们最终的命运又怎样的特殊意义。因为疏忽和不在意，他们一次次错过时间留下的用于预示未来的细节，倒是因此得以沉溺于舞台上的灿烂光辉里，于时间匆忙中得以喘息。

很快，约定的时间到了，剧场里喧闹起来；空旷的地方将人声放大了，一举一动都显得特别夸张。那一天，安如需要和团队定下舞台的设计方案。鹿鸣街的舞台有很多机关，可以动的地方很多；为了让观众有更好的体验，鹿鸣街思忖了千百年，苦思冥想，总会有些成果的，而日积月累的成果是不是体现着由绞尽脑汁得来的艰涩和冗杂繁复，让设计者很头疼。安如这次好在有前车之鉴，她就是不更改一丝一毫也没问题。

安如请陈绀当顾问，即使陈绀这次并不打算插手安如的事务，他觉得这是一个被寄予厚望的人应该有的历练；就如同他当时带安如参观鹿鸣街六号的诸多辅助部门，他把安如在《彩虹之上》遇到的棘手的事当做参观了解之后的更进一步，必须存在的更进一步。那段时间，陈绀就像个听话的助理，安如也没意识到，自己已经可以独立做事了，陈绀的存在仅仅是让她安心，而这份安心或许她可以自给自足。这也怪不得安如没能意识到，她的安全感早被瘿花夺取，是陈绀的出现和他在鹿鸣街的帮助，让安如重获属于自己的价值，从而有了安心和自信，但在安如的思维里这份安心就是陈绀给的。

不过，自那以后，安如开始留意舞台中央，那里有明显的标记，是她该发光发热的标记，也是她接受荣光的站位。从那里能看到最多的观众，观众也最喜欢聚焦在那里，那里的光芒让安如恍惚，让她有一瞬以为自己终会留恋上那里；但其实她做不到，直到最后，她都只是留恋站在陈绀身旁接受观众的掌声，而不是孤独地站在这里。

陈绀给的安心让她有勇气处理一个负责人要负责任所必须承担的，她却依然惧怕孤独，前期准备时，陈绀还能陪在身边处理杂事，当《彩虹之上》的制作渐入佳境，只能由她独立完成的部分越来越多，她开始被孤独攻陷，暴露了焦躁不安。

《彩虹之上》的主角其实只有一个，叫"希望"。陈绀演的那个活不满两场的希望的男友，这位没有名字的出现，直接用"你"，希望没喊过一次他的名字。希望是博物馆员，男友是画家。故事的一开始，温暖包围着华灯，清风流过，含情脉脉，希望和男友约会，在街口分手后，她独自回了家，而她男友失踪，杳无音信。连日里希望做同一个噩梦，梦见自己在坟墓里，身边是棺椁，能清楚看到墓中白骨；而前方是墓中壁画，画上歌舞升平，画的是一个宴会。她一眼就看到了画中的一朵花，那朵花很突兀，独独是它染着鲜红的颜色。她伸手，正要去摸这朵花，梦就醒了。她原以为那花是开在不存在世界的彼岸花，直到她在家中花园里见到了那株玫瑰，是男友种下的玫瑰丛只开了这朵；那娇艳的红色，在她眼里近乎泣血。她才意识到，这或许是某种暗示，男友遭遇不测的暗示。她和那朵玫瑰对话，玫瑰低头不语。她没有放弃，和那朵花说了自己和男友的故事，直到长夜来临，阴冷的月光洒下，希望累了，正要进屋，却被一个声音喊住了步伐。

"我已经死了。"

"请你帮我找出凶手，找回我的尸体。"

希望不知道那声音哪里来的。"是你在说话吗？我的玫瑰。"

"我是因它而死，带着它，它能帮你找到真相！"

希望的反应很快，她没有质疑这些话的真实。"这朵玫瑰？你既然知道因它而死，那就直接告诉我真相。要我做任何事，我都乐意，但你要先告诉我真相。"

"你要自己找到真相。"

即使是奇怪的对话，希望还是带着对那个死去的人的爱，深信不疑。她把玫瑰栽种到花盆里，带去自己工作的地方，鹿鸣最大的博物馆。

那朵玫瑰果然带着她，一步步发现线索。先是她对着一件文物绘图时，玫瑰花瓣上还未干的水珠滴落，落在图上一点，那是一个奇怪的纹饰。接着是傍晚，她不知为何迷迷糊糊，快要趴下却猛然间惊醒，抬头，一道彩虹在窗外，光影隐约进了博物馆清冷的仓库，玫瑰挡住光的部分是一沓老地图。再接着，是她带着那盆花来到博物馆附近的河边，那时的她还一筹莫展，对着平静河水发呆。突然一辆自行车冲过来，来不及刹车，她躲避不及。人倒没事，就是摔破了花盆，花盆碎片还割断了玫瑰的茎。

"你没事吧。"肇事者扶她。

"没事。"希望呆呆地说，捧着她的玫瑰花。怎么办，玫瑰花终是要死了，可真相是什么……

希望看着肇事者，是博物馆的馆长。馆长送她回家，她心神不宁。

"花儿，怎么办，你撑不了多久了吧？"

"你带着它，它会帮你找到所有线索。"天外之音又一次出现。

"文物上的纹饰，老地图，河边……这些意味着什么？"

"你会明白的，带着它，你就可以和我对话。在它彻底凋零前，你要找到真相。"

截止时间是玫瑰花凋零前吗？

希望突然紧张起来，她抬头看天空，夜色深邃，她的揪心似乎波及苍穹，掀起层层波澜。天外来声走了，四下万籁俱寂，希望将这些天发生的事和警方的调查一一对比，想要穷尽一切。第二天，她将那朵玫瑰花放在口袋里，祈祷能有新发现。她请了假，去了趟男友的老家。

它在鹿鸣一个不起眼的角落里，和鹿鸣里的其他地方一样，祥和而波澜不惊。希望踏着石板路，鞋上还沾着露水，到了男友家。她从未来过，但她听男友提起过。那个宅子暂时空无一人，倒也不是废弃，而是它的实际拥有者几个月前去世了，他的后人都散布于那块陆地上的各处，很少回来，而且听说，那宅子主人生前想把它留给男友，男友觉得自己不是他的直接后人，没有接下这份遗产。没想到，几个月后，宅邸最名正言顺的主人也离世了。

"被诅咒的宅子啊。"希望站在大门口，这样感叹着，打量着这座老宅。

隔壁邻居看到陌生人迟疑，好心提醒道，"这家没人。"

"我有钥匙。"希望回答道。她确实有钥匙。

出事前一晚的约会，是个没完成的求婚仪式。男友准备的不是戒指，是把钥匙。

"心的钥匙？"希望这样问。

"我哪有那么俗。"男友得意地说，"这是开启宝藏的钥匙，一个留存在我故乡的巨大财富。"

"这不更俗？"希望撇撇嘴，她还没意识到这是求婚，她之后的话打断了男友还未开始的求婚，导致他最后也没将关键的话说出口，"这是你家那个宅邸的钥匙吧，一摸就知道，至少就有一百多年的历史。"

"我怎么能忘了你的职业。"

"是事业。"希望认真起来，"这样一把钥匙——我很好奇，你们家祖上是什么人？"希望手上转着金色钥匙，眼盯着男友。

对方没有回答，大概是想起自己家里理不清的疑难了。他只是说：

"你好好保管，总有一天你会知道的。"他说话的时候很真诚，眼神不曾闪烁，却还是把要求婚的话都吞了下去。

希望那个时候还不知道，男友这是将身家性命都交给了她。

她听到隔壁邻居说："原来是这家的主人，这房子……总之，你要小心啊。"

希望点了点头，她从邻居的欲言又止里感受到了气氛的诡异。她摸了摸唯一的口袋，你会陪着我的对吧？她这样想。

屋子里阴森而空旷，却也没什么特别诡异之处。确实是很早以前的建筑，也确实许久不曾住人，脚踏在木地板上，能时不时听到木板松动的"吱"声；积灰严重的堂前，还留下拜访者一个个脚印。

希望在这个空空荡荡的屋子里看到一个一袭白衣的鬼魅，她能认出来，这是少年时期的男友。

"你果真来陪我了。"

这个白影没有回答她，只是站在她的身边，跟着她到这宅子的每一个角落。鬼魅时而走在前面，时而驻足，时而和她跳舞，时而为她的歌和声。这个鬼魅在阳光下会淡去，更不会被其他人看到。希望不怕它，反而记下了它的一举一动，包括引导她哼的曲调，她都在暗自琢磨。她知道，这一定传达了真相的信息。良久，她走到最顶端的阁楼，鬼魅却没有跟上来。

迎面而来的是一个大活人："希望，你怎么在这里？"

"馆长？你来这里……"

"我听这里的老主人说，这宅子里有件特别的文物，是早期鹿鸣文化的一个标志。过两天就要开年会了，如果能找到它，对我们博物馆来说是重大突破。"馆长说的博物馆年会这一次要在他的博物馆开展，作为馆长，有这样的野心反而让希望安心。

然而，希望锁上宅邸大门之际，口袋里的玫瑰发烫，她感到一阵灼热，垂死的玫瑰提醒她；终于，她对身边死死盯着大门钥匙的老馆长起了疑心。

她回到深夜死寂的博物馆，核对连日来的线索，将老馆长对号入座，终于明白了杀人动机，但仅仅如此还不够。她失魂落魄，因为她意识到惩治凶手的路还很难走。

她踏进家里的院子，一眼就瞧见灌木丛里的玫瑰，没有玫瑰花了，唯一一朵在自己的口袋里，它不会再开花了。

她落了泪，泪和月光一样冷冽。

"不哭了。"有个空灵的声音。

"你出现了。"希望看见他站在那株玫瑰旁，月影朦胧，模糊他的模样。但希望还是认出来了，这是他前不久的样子。

希望控制不住自己的步伐，扑了上去，明知抓不住他的手，却还是试图抓住他，"我猜得对吗？"

对方没有回答，只是伸出手，邀请她跳舞。原来，他的手还可以被抓住。

希望碰到彻寒的冰块一般，似乎要冻麻了自己的手臂。

希望将左手搭在他臂膀上，右手紧握他的手。一场和魂魄的舞，冰冷间流淌着热泪，熟悉的在老房子里听到的旋律随着脚步的流动出现了，它变得温暖而柔和；希望想留住这样的时光，月华流照，抬头，他的明眸似乎还有光芒。

突然，他的眉头紧蹙。"怎么了？"希望停了下来。

他揽着她的腰，暗示继续，这样的时光只可能是最后一次。

"痛吗？"希望还是猜到了，"是伤？死因？"

"电击。"他回答了。

"你终于肯说了。那么……"希望不知道该怎么说，斟酌了好一会儿，"你在哪里？"

他没有说话，安静地，安静地看着她。

"河边？"希望知道博物馆后的那条河在警察的侦查范围内。

他没有回答她："玫瑰凋零，就是我离开的时候。今晚此刻，可能是最后一眼。"

"留不住了吗？"希望发现她握着的冰冷的手正在变得透明。他将要在她手中、眼里消失了。

"终究要离开的。"他说，"你要幸福。"

希望不可能听不进去。

不过，她确实找到了凶手，也找到了证据。几天后，年会开始前，在馆长的办公室，她当着警察们的面揭穿了他。

原来，纠纷和贪念均始于一个关于巨大宝藏的传说。玫瑰花暗示希望的那叠老地图，其实是剧中鹿鸣地质变迁的证据，所谓沧海桑田。其中一处，就现在老家老宅所在。玫瑰给的另一个线索，文物上的纹饰，那是古老的图腾，也是早期鹿鸣文化当中一个古老部落灭亡时留下的巨大财富的指引，解开它的谜团，也就解开了宝藏之谜。那图腾在旁人看来，可能觉得一头雾水，但希望很熟悉这个图案，老宅钥匙上也有这个图案。而这把钥匙的材料发明时间不长，至多一百五十年的历史。也就是说，至少在一百五十年前，当时的老宅主人发现了这个秘密，将秘密刻在钥匙上；又或者，这个图腾本就代代相传，只是在百年前被人刻在钥匙上以明示后代继承者——总之，继承老宅邸的人都知道古老部落传世宝藏的秘密，钥匙上的图腾指引着宝藏的方位，与一堆老地图核对，大概地址就出来了。

希望的男友是老宅的合法继承人，他虽想将老宅还给这家的直系后人，但老主人给他的房子钥匙还在他手上。当博物馆馆长研究透希望在博物馆里发现的这些细节，就明白该如何寻找宝藏，也就明白若要拥有财富，谁是该除去的人。

希望在男友的魂魄和她跳舞的当晚，就想明白了这件事情，但是证据是在找到他的尸体之后。第二天，希望就跑去找警察，又坐在河畔；上面有座桥，那是她平时上班必经之地，如今她坐在青青草畔，为了等一个未必可能的可能出现。她不想看到他的尸体，明明这些天还能听到他的声音，还能触碰到他……已然冰冷的灵魂；但是她又必须等到尸体，遗骸上留有控诉犯人的证据，必须存在的证据。

他的尸体果然在河里，就在希望等的地方，也是那天自行车事故、玫瑰折断的地点。那个自行车事故的肇事者，就是馆长。她想到这一点，拿出口袋里的玫瑰，玫瑰行将凋零，它的使命似乎完成了。

希望看着手心那朵颜色泛陈的玫瑰，其实它并未盛开，花蕊还有部分含在花瓣中；就这样娇艳的花，终究败了。要离开了吗？玫瑰凋零之际，就是他离开之时，是吗？

"你在哪里——"希望喊了出来。她不顾周围来往的、工作的人，喊得声嘶力竭。

"希望，不要再为我哭泣，我就要走了。"他果然出现了，是因为希望这样的撕心裂肺而心疼吗？

"下次我再这样喊你，也见不到你了，是吗？"

"你听着，我给你留下的钥匙，它可以开启宝藏之门。你拿着它开启老宅阁楼的门，进去就自然知道宝藏在哪里，它足够让你拥有整个博物馆。"

"我要博物馆干什么？"她抓着他的手，就好像抓着抓不到的空气一样。

"走了。终要走的，没办法保护你了，但愿那些宝藏能护佑你一辈子的顺遂。"

他说完就化为一缕烟，飘于江面上，追随波涛去了，没能让希望多说几句话。

希望手里的花瓣落下了，从折断根茎到逐渐枯萎，再到彻底的凋零，希望的心也跟着飘落了，还有她的意志，似乎在瓦解。

她收拾起残败的花瓣，放在他的尸体上。

然后，她去寻找那份招来罪恶的宝贝。老宅的阁楼很普通，就是藏着一条地道的入口。地道内空间很大，散着恐怖和阴森，还有些难闻的气味。就在希望快喘不过气时，她来到一空旷之地，脚下的石砖被腐蚀地分不清界限，其上堆着一堆古物，远看很像废墟。她想起老馆长毕生的野心，还有对这次年会说过的话。

在废墟中，她摸索着，找到了能够证实这些东西来历的文字，印证了她内心的疑惑。原来，这里就是早期鹿鸣文化的遗迹，他们和孕育着的文化被突如其来的大水淹没，但是古老的占卜之术提前告知了危险，他们举族搬迁，只是很多东西带不走，就只能埋在地宫里。

"我们等待有朝一日，还能寻回埋在故土里的曾经的心。"那个祭祀器皿上的铭文如此阐述他们当时的希冀，在绝望中、离别时生长出的希冀。

洪水如期而至，但希望还是在废墟中找到了这样的碑文：

清风拂过的艳阳天，潺潺而逝的长河滩，这里可能是我族的长眠之地，葬在这里的人都不愿离开这里，陪它到最后一刻。

我们都觉得灾难不会发生，因而选择留在这里，我们相信我们可以帮助它渡过难关。天崩地裂，我们也能让这里和这里的文明转危为安。

如果我们死了，如果我们的心愿没有达成，如果突如其来而措手不及，那以上就是我们的墓志铭。

字迹已变得模糊，文字也有残缺，希望目前能辨认的只有这些。她清理着这块碑，却无意中发现墓碑后的土地和周围的颜色不一样，她仔细翻了翻那块地，很轻松地就清理出一个向下的阶梯，看来地宫里还有一个密室，是墓志所指的墓地吗？

她选择直面。她走在曲折的阶梯上，似乎在走单线的迷宫。很久，久到将近虚脱，她也不知道哪来的坚强和勇气，就是这样一直走；她明白周围大概都埋着人的尸骨或是曾经聚落的遗迹，但她一人没办法做任何事情。直到她出现了幻觉，感觉钥匙发烫，而耳畔听到了熟悉的曲调——

"你来了吗？"

黑暗中没有人回答，但是有白影出现在希望身旁。"是你，你回来了。"

那人没有回答。他的五官如月光下的雕塑，身形如河川缓流，只是缥缈如云，悬浮在空中。希望仔细看他，似乎是男友年轻时的样子，又似乎不像。

"你都来了，意味着我要死了吗？我也不知道怎么敢一个人进入这里，穿梭在千万年前的遗迹里，或许是留下来想抵抗灾难的人们的残骸，或许是被抛弃的残垣断横，走向或许是作为古老墓地的尽头。"她试图和他聊天，明明知道不会有回音。

周围的世界依旧黑暗，只是暴露的土层在暗中也有些差别，曾经的遗迹在地底形成一幅幅浮雕般的壁画；甚至她脚下的台阶都可能是庞大古建的，幽暗里的宏大和难以捉摸正透过她的脚步声回响于整个地下世界。

"光。"她喊了出来，得救了。

她兴奋地用最后一点力气，跑向光亮处，那里是地面，面前还有一条平静的河流，风和日丽。

"你看——"她回过头，底下入口不见了，那魅影也不见了。

是你吗？她疑惑了，或许是地下世界的某个魂灵也不一定。她的手心只剩下钥匙了，一把锁着另一个世界的钥匙。

她看到河滩那边出现了彩虹，彩虹之上是矮坡上的博物馆的屋顶。

原来那个地下世界，如此庞大。

老馆长对早期鹿鸣文化的贪念，无论是哪种意义上的妄图占有，让他犯下了不可饶恕的错误。他的情报其实很准，那把重要钥匙确实一直挂在那人的钥匙圈上，和常用钥匙放在一起，所谓最危险的地方就是最安全的地方，但是他没有计算过，那人那天会把最珍贵的东西送给打算共度一生的人。老馆长没能达成目的，但他已经知道问题的关键在那里，那天他出现在老宅的三楼，就是个暗示。

转天，警方在老馆长的办公室带走了他，希望在场。

那时，希望的口袋里放着那把钥匙。她明白了，那把钥匙上的纹饰，也是早期鹿鸣时代的标志，其实是地下世界的路线图，或许那里就是鹿鸣在千万年前全部的样子，原来早期鹿鸣的荡然无存中，其实还有瓦砾可以证明曾经的辉煌。她也明白了，男友的魂魄寄托在亲手种植的玫瑰上，屡次三番提醒她，要她寻找的真相，其实并不是自己的死，而是早期鹿鸣文化这个消失在那块陆地历史中的时间段。发现那段消失的时间，其实也是希望奉为毕生事业的事，用这样的方式得到，让她措手不及。

"它足够让你拥有整个博物馆。"这话没有错，但是希望不想要这些。

找出凶手的那天傍晚，她来到出事的河滩，不知道以后的路该怎么走。

她再次看到了彩虹，还听到了那熟悉的曲调。她看着眼前缓缓流水，清风吹拂，粼粼水面如远去的记忆。希望想起那晚月下和鬼魂的舞，她给这首曲填了一首词，名称《彩虹之上》。

我坐在河畔
看到上方天空的彩虹
彩虹之上是天堂吗？
你在的地方

你给我的玫瑰已经枯萎
我把它做成标本
诸多藏品中唯一的残败
我没能留住它的鲜活
一如留住你的存在
但愿它的标本能留住你的气息
那残败中藏着的我的鲜活的爱

你给我的好意
我不知该如何处理
一如你的离去
让我措手不及
匆匆流水带走你的存在
仓皇奔波中留下我的魂

你给我的财富
我该存放在那里
就彩虹之上吧
那里大概开满了玫瑰
花香遣走了你的挂念
清风带走了你的记忆

那里是个纯粹的地方

不要再想我了

我们会在彩虹之上相遇

就让花香遣走你的挂念

就让清风带走你的记忆

彩虹之上

我们会在彩虹之上相遇

夕阳西下，她哼着歌，歌声飘到了彩虹之上。

这是《彩虹之上》的最后一场。

其实，凶杀案、鬼怪之类的也只存在于作品中，在那块陆地的真实世界中几乎绝迹；当然，除了不幸的成笙。鹿鸣街会有这样的剧，除了满足人们对鬼怪的猎奇，还有些现实意味上的启示，包括揭示那块陆地上的人从未接触过却不一定不存在的人性。然而，这样的人性究其根源，是如何产生，为何那块陆地上不曾拥有，人们很快就会明白，随着一个可怕现实的浮出水面而彻底明白。

而关于《彩虹之上》，安如还是给出了自己的想法，她要求把所有的男友的旁白交给陈绀，还给出了很多理由。大家还以为安如有了制作人的样子，但其实，她也有自己的私心，陈绀在她存在的剧里怎么只能出现几分钟，哪怕只有声音也好。这样在这部剧里，陈绀实际存在的时间大大加长了，不再是只有个开头和一段鬼魂之舞的那个灵魂的男主角。

男主角的少年期由元昉饰演，这个安排被鹿鸣街的人当做一个谈资。

"我有这么老吗？"他不经这么问。陈绀问出这句，全剧已经开始排练了。

"安如又不在，问这句有什么用？"陈绀以为这句话是成笙说的。陈绀回她："也就你会这么和我说话。"

"安如在录歌，你去看看她吧。"嘉平提醒他。嘉平在长期充当背景板的实践中习得熟练运用眼神的本事，那穿透人墙、堪比灯光的强劲眼神，摄人心魄，不仅帮助她在台上不露痕迹地观察观众，帮助她看透主演隐匿在一场场演技和歌声的波动中的真实情绪，还帮助她捕捉人眼眸里藏着的灵魂。

陈绀来到鹿鸣街六号的顶层。夕阳余晖掩映里的鹿鸣街散去了春的气息，开始成熟和老练起来。顶层已没了人，悄默声，只剩余晖戏谑安宁里的淡淡忧伤。为何而伤？那块陆地可是从来不悲伤的。这些许的异样，鲜有人察觉。

那块陆地上的人按部就班，继续自己的道路。

譬如陈绀。他看到安如盘坐在椅子上，孤独而失落。

"不顺利？"他直接地问。他拉来把椅子，坐在安如旁。

安如知道是陈绀，还没进门就知道了。不需要看，甚至不需要听，安如有这样的本事，只针对陈绀的本事；或许是太过关注了，她也不知道自己何时有这样的技能。

安如没有回答陈绀，只是突然掉了眼泪。

她也不知道为什么要哭，就是哭了。

陈绀看着她哭，露出了一些舍不得。这是他第一次对安如流露特别的感情，可惜安如的视线被泪水迷糊，没瞧见陈绀眼神里和以往的细腻差别。

陈绀也没说话，牵着安如的手。

"去哪儿？"安如问道，带着哭腔。

陈绀没说，不过安如很熟悉那个地方。陈绀开车，往后山山路绕了绕，进入古老湖区已是夜晚。

那晚月色澄明，月华流照间，古老的潟湖有了波澜壮阔的气势。该有多少星辰落入它的皓明，又有多少人的心事落入它的广阔。

陈绀自己开船，到了湖心的玉阶。

"哭吧。"陈绀说话了。

"我不想哭了。"安如这话说得竟有些委屈。

"你们不是都喜欢来这里，跟古老湖吐露心声吗？"

"只有我的心声，是想跟你吐露。"安如也是想想，她可说不出这样的话，有朝一日，她能大方地对陈绀说此类话，那就是出息了：要么是台词背太熟，以至于习惯了如此这般的遣词造句；要么是敢于冲破瘗花的束缚，不再对命运畏首畏尾……无论如何，都是出息了。

安如说出口的只是："我只是……"

她抹了抹脸上残留的泪，还有被风吹乱的前额碎发，说："下午录《彩虹之上》，一句都唱不出来。"

陈绀之前听她唱过《彩虹之上》里所有她的歌，还经过老师指点，没有任何问题。"压力太大了吧，第一次当制作人。"

"'联合'——"安如强调了联合制作人的"联合"二字。

"这我知道，另一个是周行。"这是个让鹿鸣街人倍感压力的名字，还是个直接的压力源。

"以前那些剧适合我，傻乎乎的角色，没什么存在感的角色，台词少的角色，只唱歌的角色……"安如知道自己几斤几两。

"这部剧也会适合你。"

"这部剧就我一个人。"确实，《彩虹之上》的希望很出彩，出彩之处是戏份堆积的，这是安如最头痛的地方，连带歌也唱不好。焦虑之下，之前的准备灰飞烟灭，她不知道该投入怎样的情绪。以前，她都会代入自己对陈绀的感情，用得恰到好处，但是这次——她不敢设想陈绀永远离她而去，不敢设想看不到陈绀的日子。

"我也在，尤其我的声音。"陈绀很自信，还好他的所有行为在安如眼里都是好的。

安如笑了笑。她发现陈绀的眼神很真挚，不过转而一想，陈绀看人的眼神一贯真挚，是她胡思乱想了。

陈绀见她看着湖水，静默不言，便陪着她不说话。

"月华流照，玉阶冰凉。"

陈绀听她这么说，便问她："你冷吗？"

"我是在想，你不是怕冷吗？"安如问他。

"本来是有些冷，不过想着古老湖底该有火热的东西，就不冷了。"

"火热的东西？"安如首先想到的是"瘗花"和传说中的大火，不由得感到周围萧瑟。

"是另一种意义上的太阳。"

"太阳？"

"别想了，我胡言乱语罢了。"陈绀掩饰过去了。

安如对陈绀的话从来深信不疑，正是如此，她错失了一个深入了解她喜爱之人内心的机会。

无所谓，安如只要能和陈绀在同一个舞台上，其他的一切，有如海对于其中的潮流暗涌，坦荡而无所畏惧。

第十章　花蜜

夜深人静的鹿鸣街，刚从古老湖吹完风回来的安如还有人等着她。

"去了古老湖散心？"嘉平正襟危坐，看来又有一篇小论文写出来了。

"他跟你讲了什么？有没有什么特别奇怪的内容？"嘉平迫不及待。

"没有。就是压力大，他带我去散心。去了古老湖，又吃了顿饭，就回来了，中间没说什么。"从古老湖回来，安如甚至记不得自己当时的压力来源于哪里。

"真的没有？"嘉平开始了自己的推理，"我觉得陈绀很奇怪。"

嘉平这副样子，让安如想起她调查成笙的时候，不由得想避开嘉平的眼神。她起身，煮起了茶水。

那个时候玲珑还在，她是个话说不停的人，如今这个技能被嘉平学来了。

"我很好奇，你觉得谁不奇怪，我吗？"

"你刚刚那一瞬间是想起了玲珑？"

还是鹿鸣街锻炼人，嘉平在揣摩演技的过程中逐渐掌握了洞察人心的能力。

"我知道花茶入不了你的眼，不过……"

"不过，是你泡的，那就喝吧。"嘉平接过茶杯，又拿出一本剧本，"陈绀急着找你，落下的。明天，你拿给他吧。"

安如知道嘉平给她看，不只是还给陈绀这么简单。看封面就知道，这本剧本是安如这版《彩虹之上》的台本初稿，在安如接手制作的两个月内都在使用，不过近期开始排练，舞台准备也有了进展，她们用的是改后的剧本。

"它的来源是《彩虹之上》第一次演出的台本，加上燕效的少量更改建议。两个月前，鹿鸣街将这本剧本和一个成熟的制作团队交给你，让你熟悉一个音乐剧制作人的工作；现在都要到夏天了，剧也要上演了，这版剧本有改动，早就不用了，你觉得他怎么还带着？"

安如翻着剧本："这一版，好像还不是我最早拿到的……"

"他平时都在用这本吗？你们怎么准备的，作为背景板的我不清楚……"

"你不是背景板，你是希望找出真相的重要线索人物。"安如抓错重点。

"我倒宁愿是背景板，尤其是《彩虹之上》这种阴暗诡异气氛的剧，舞台灯光打得少，方便我观察观众……"嘉平看安如脸色变得不太好，"我还是谢谢你的好意。"

"不是我，是陈绀。"

"这我知道，成笙死后，鹿鸣街六号管理层和旗下音乐剧部门之间的管理关系，很多是靠陈绀完成的。工作量是大了些，但也有很多好处。据我所知，《彩虹之上》的女主角定为你，是原作者燕效的意思，剧制作人的安排是周行的意思，而在这两者之间，是陈绀和燕效先挑好了制作团队，还定好了大致剧本，也就是你们主创用的初稿。但是这本，从内容上明显要早于你们拿到的初稿。"嘉平举起陈绀的剧本。

"所以说？"

"你看这里。"嘉平翻开封面，第一页同封面内容，就是一个大标题，"陈绀的字很好看，在空白处写着……"

玉阶生白露，夜久侵罗袜。却下水晶帘，玲珑望秋月。

"奇怪吗？"

安如点点头："这首古诗写在这里什么意思呢？"

"现在，是不是觉得我说陈绀有些古怪，很合理？"

"陈绀就是喜欢古诗，这又如何？去年的秋游，也是在古老湖，他脱口而出一句诗'一片冰心在玉壶'，那时就觉得他很喜欢古诗词。"

"我也只是怀疑。我翻了千年前的古籍，找遍原诗作者的所有诗作，都没找到这首诗——当然也可能是我不够仔细，错失了。"嘉平猛喝一口茶，似乎知道自己说服不了安如接受陈绀奇怪的事实，于是开始了调查报告式的独白，"《彩虹之上》的燕效是鹿鸣街的专属剧作家，已经退休很多年了，你在筹备的时候应该对他有所了解，我不用多说。他的人生轨迹很清晰，作为鹿鸣街的专职剧作家，他的人生就在他的剧里，而他的剧融入了鹿鸣街的辉煌中，毋庸置疑。但是，我在今年年初《祈祷》巡演结束后的鹿鸣街蒿野度假名单中，发现了他的名字。考虑到鹿鸣街准备剧目的习惯，我们可以合理猜测，那个时候，陈绀就已经和燕效接触，打算制作——应该说让你制作《彩虹之上》，而周行当时知情，甚至就是他的安排。而那时，他不知出于什么原因，在稿子上写了这两句诗。所以，他平时用的是这本剧本吗？"

"我……没仔细看。"这次轮到安如看到对方不是很好的脸色，"你不能怪我，封面都长一样。"

"你也很奇怪，明明工作时，没人能比你还靠近他，你却对他一无所知。所有的心神都拿去迷恋去了？"

安如很想点头，不过她不想听嘉平为此唠叨。

"还要再问问别人。"嘉平只能假设，"假设他用的是刚定下的新剧本——即使他这次拿到的是在故事一开始就死了的角色，但是以他对舞台的负责态度，不可能只看自己的部分，何况他还陪你走了整个制作流程，极大可能用了新剧本。这样的话，他今天出于什么目的翻出旧剧本带来？"

"今天，没他的内容，早上见他来了剧团，但是不在排练室。他要把剧本给人看？"

"谁？"

安如一脸"我怎么知道"的表情。确实不关她的事。

"那人很重要，而且给那人看旧剧本的什么也很重要。"

"但是，如果是这两句诗，没必要吧，他怎么可能背不下来。"

"我……"嘉平转念一想，觉得安如就生活在自己单纯的脑回路里，一辈子不走出来，其实还不错，"你不觉得《彩虹之上》这部剧，在暗示现实生活中的什么吗？"

"你能不能把你脑子里的那些贴着'阴谋论''牛角尖'标签的垃圾扔掉。"安如服了她，每次可以把事情想得这么复杂。

这俩住在一起，也算互补，或许某天能修炼到相得益彰的境界。

"你顺着我的思路想。"嘉平解释，"如果剧中的早期鹿鸣文化指的是历史之初的古老湖平原文化，因为我们的认知里，没有'早期鹿鸣文化'这个阶段，鹿鸣从未断绝过，它不需要历史分期，但是鹿鸣这个城市是由古老湖人搬迁而来，将早期鹿鸣文化认作发生在古老湖平原上，似乎合理。如果这个'如果'成立，我们来倒推其中的细节。包括，剧中的博物馆和河流就是鹿鸣街和小川。包括，剧中地下遗迹的面积，有学者计算出的玉阶能够立于古老湖的实际占地面积，他们在推测湖底地质数据的基础上测算，这个数据和剧中覆盖从小川到老宅的面积相近。所以，将这剧中大量的回忆男女主角爱情的部分删去，将男主角死后灵魂帮助女主角独立而了解人生意义的层面撕下，剩下的背景框架，很可能是燕效或者他灵感的来源者想利用鹿鸣街这个平台暗示人们什么？"

"什么？"安如没怎么听明白，就算剧中"早期鹿鸣文化"指的是传说中古老湖平原的古遗迹，又如何呢？

嘉平回头看了看远处的窗户，关得很严实。"古老湖一直有个传说，你也听说过的。我拿到剧本的时候也很好奇，找来第一版《彩虹之上》，核对后发现这个'早期鹿鸣文化'的故事背景被没有改动。这一背景定下来后，我仿照剧情，找来一些古地图，还去问了地质学者。据研究，虽然古老湖的成因众说纷纭，但是按照现在普遍接受的'潟湖'一说，古老湖地区之所以会形成潟湖，和一次突发的地质异动有关，这和剧中遭受灾难、突然坍塌、长眠地底的古文化一致，而剧中通向河畔的地道就是古老湖一直存在的与外部海洋的通道，那还是一条破损、不算通畅的通道。所以，说不定原作者知道一些关于古老湖的事情，那可是那块陆地最神秘的地方……而陈绀，似乎和这一切都有关联，每每有神秘事件出现，往周围看一看，都会发现他的身影。"

"巧合吧。古老文明被突然掩埋不罕见，潟湖那通往海洋的通道更是标配，何必硬将两件很正常的事情放进一个叫'阴谋'的阴谋里呢？"

"或许玉阶底下真有一个宝藏。"嘉平的眼里放出了炽热的光。

"你不是个爱财的人，何况——"

"但是我爱真相，尤其是那块陆地最神秘之地的真相。"嘉平很兴奋，"或许古老湖平原传说有可信之处，那里真的存在一个古老文明，且发生了可怕的变迁，而不是一个普通的潟湖；它的底部也不单纯是混着水生生物遗骸的沉积层，而还藏着可能是我们祖先的尸骸和文明之初的遗迹。看似平静的潟湖底下暗流涌动，搅动着一个已然长眠的文明不死的魂魄。"

嘉平的话让安如心里一惊，真的有可信之处吗？那瘿花……她为了掩饰自己的慌张，张口就说，"我们的文明起源于哪里，鹿鸣、后山山脉亦抑或古老湖，其实没什么关系吧？"

有关系，当然有关系。"怎么会没关系？你啊，活得太单纯。"嘉平转了话题，她的《古老湖真相探究报告之摘要》已经完成，可以聊一些轻松的了，"你和陈绀发展得怎么样？"

"你肉眼可见的那样。"

"傻乎乎地，只要站在他旁边就开心，舞台上眼里只有他，而舞台下你都未必能和他长时间相处。这样也好，单纯些会更开心吧。"嘉平转而说起了陈绀，"但是你有没有想过，这段感情可以更进一步？你想，鹿鸣街音乐剧还活跃的演员中的大佬，处在鹿鸣街的管理层，还和芒的酒厂、鹿鸣的酒吧一圈人有密切往来，这么忙的一个人怎么这么空，陪一个小丫头改剧、安排演出，还当她的助理，处理一个制作人助理的所有杂事，还当她的老师，指导她该怎么做一个制作人。"

"他……"安如心想，他当初把一个演出经验可忽略不计的新人匆忙推到主演的位置上，那新人承受了多少压力，又没问过本人的意见，如今又要想让她拥有顶梁柱的能力，带一个新人，可不是要负责到底吗？

不过她话还没说出口，就被嘉平抢了去："我说，这段感情目前的形势大好，无论陈绀有没有更进一步的想法，你却可以这么做。他还有部新剧在制作，独立创作的剧本，这段时间应该很忙，还能这么帮你……"

安如的重点从来和别人不一样："新剧？"

"叫什么还不知道，但是确实在筹备了。"嘉平又一次好奇，"剧团里所有人都没有你这么接近陈绀，把外面的人算上，这种亲密程度和相处时间长度，王大生都未必能跟你抗衡，你居然什么都不知道？"对这一点，嘉平感叹了可不止一次。

"我不在意这些。何况，我和陈绀相处的时间都是工作，眼前的工作繁重，我怎么会有时间问他未来怎么安排。"

嘉平看着眼前的姑娘，"单纯至傻"还不足以形容她，但是她却意外地很喜欢安如的性格，就好像鹿鸣街的很多人都喜欢安如的性格，或许这样的纯粹，如将开未开的花蕾，外物影响不了她。她觉得陈绀奇怪，也只是奇怪而已。在她复杂的思维里，已经将陈绀设定成一位掌握诸多秘密的秘密之人，他不知从哪里得到了奇怪的古诗，将它写在与之有关的剧本上，拿去和燕效探讨古老湖的秘密，而那个秘密关乎古老湖的传说，涉及那块陆地曾经和未来的命运：古老湖平原遗迹和迁徙是那块陆地模糊的曾经，妖孽的瘥花是影响那块陆地未来的诅咒。

嘉平那晚的话，安如没去细想，权当嘉平闲来无事。

安如忙着准备《彩虹之上》，直到演出时间将近，她收到了家里的来的消息。她需要赶过去。

自从《阳光下的芒》时期遇到过疑似瘥花之症的发作，她很久都没再遇上，就好像那只是一次意外，如今境遇转好。鹿鸣的工作虽忙，但可算春风得意，又有陈绀在身边，还没有瘥花的阴影遮蔽的愉悦的心，她在最好的年华侥幸得来一段幸福的时光。这次家里让她赶快回去，让她生平第一次感受到光风雾月，从此，她开始大胆设想自己的人生。

家里人说，乐湛研制出了能有效治疗瘥花的新药，虽不能彻底治愈，但能减轻痛苦，减少它对人的影响。一切都还在试验，可这已经超出了安如的预期。

回蒿野花田的路，她走得特别的快。

没有带行李，她把自己带上就回来了。"乐心？"她看到乐心一个人来车站接她。

安如拉起乐心的手，两个人开车往乐湛花田的方向，途中没有说一句话。这是两颗跳跃的心，在阳光下翻跹，从记事之初便遭受苦难，彼此依偎，如今竟也有放飞的时候。

初夏的蒿野，盛阳中一片灿烂，比冬日来时，多了浓艳和鲜明，扑面而来的风带着一些花香，安如喜欢这样的蒿野。

"安如。"到了花田，乐心说话了，"你要知道，这药虽然是希望，却仍旧无法根治。"

乐心还以为安如不知道，安如温柔地说："我知道，这是我们的宿命，无法更改又必须面对的残酷。不记事的时候，被带着瘿花花粉的风吹拂，从那以后，我们来人世的这一遭，就意味着苦行。但是，现在有办法让我们能轻松一些，多些心情和时间欣赏这个美丽的世界，是件幸运的事。"她抬头看阳光下满山的花，上次来还没开的都开了，让人迷醉。

"我想一直生活在这里，让人着迷的花的故乡。"安如感叹着，回到温柔乡，她只想沉醉于连绵的花里，心安宁而不被打扰。

"但是在鹿鸣街，还有美好的事情等着你回去，是吧？"乐心自然指的是陈绀，她很了解安如。受瘿花折磨的人都很执着，因为不得不执着；安如将执着放在了有陈绀的鹿鸣街舞台上。

安如没有回答，只是帮乐心理了理吹乱的短发。驰荡之风从山坡直下，引来花香袭人，一派生气。年轻的心需要去赴时间的邀约，不要贻误了美丽的景色。

"玲珑呢？"进屋，安如发现没人。

"你忘了，她不知道瘿花的存在。"

乐心让安如拿出柜子里的一个小玻璃罐子。"这么好看的罐子，外是琉璃？"安如拿出来的就是新研制的药。

"爷爷在另一个花田，那里有几株很宝贵的瘢花，不过我们不能接近，这你也知道。所以就在这里，把东西先交给你。"乐心解释，"它的发明，还要感谢陈绀，他带来的花蜜——应该说是蜂蜜，给爷爷启发。他们十几个人按照芒的花蜜的制作思路，研制了这种新药，据说是以毒攻毒，用过的人都很有效，但是瘢花之症本就因人而异，你会怎么样还不一定。"

"所以，我也需要先做一个测试才能用它，是吗？"安如问道，"跟以前所有用过的药一样？"

"它可以救急，你先带回去。至于它对于你的安全性，爷爷说等你忙完了，来鹿鸣帮你做测试。但是你需要一段安静修养的时间，现在的你拿得出吗？"瘢花只有蒿野有，瘢花之症只有蒿野能医治，所有病人都心照不宣，不把这个病和它带来的恐慌散播到蒿野以外的地方。

"四五个月后……"安如很认真地计算自己的时间，《彩虹之上》和还在陆续上演的《阳光下的芒》被排在一起，之后还有一个和陈绀一起的剧，那之后总该没有事情了。

"那个时候啊——那就干脆放在冬天，休养生息的时节。"

"我们的每一个季节都是在休养生息，这就是那块陆地的个性。"不是自嘲，安如很喜欢那块陆地的个性，那块陆地上的人不知道"休养生息"或"安逸"之外的存在。

安如和故乡的简短会面，几乎都和乐心在一起。拿了药，她们又去了蒿野渡。过了一春天，安如发现蒿野渡愈发荒芜，就好像进入了老年，不可抑制又无法挽回地老去。

"安如，你还记得我们小时候常唱的一首歌谣吗？"

乐心挽着安如的手，走在蒿野渡的堤坝上，海风很大，让她裹紧了原本敞开的衣裳，也让她想起了小时候的歌谣。

"你教我唱的那首？"

她们俩对着夕阳，唱起了曾经的歌谣：

曾经大海茫茫，

恋恋悠悠故乡。

我与千阳共赴……

她们停了下来。安如说："我记得没有后面了？"

"确实失传了。不过，最近我找到了最后一句。"乐心望向远方，好似这歌谣和词是从远方传来的。

曾经大海茫茫，

恋恋悠悠故乡。

我与千阳共赴，

将来到旧时荒。

"最后一句很奇怪。"安如念到，和前几句不一样，像是后来拼上去的，真是失踪的原歌词吗？

"断句在'到'后，"乐心唱道，"将来到，旧时荒。"

安如跟着她，唱了一遍又一遍，直到她觉得最后一句勉强合适，才作罢。

"好了，天都黑了吧，我们快回去。"乐心想拉安如回去。

乐心能够感知天黑天亮，不是用眼睛，而是用心。她已然习惯从黑暗中感受那块陆地的一举一动，关切命运的那些一举一动。

她们正要往回走，安如却看到了远处的一个人，她打了招呼，没想到对方真能瞧见。

"《彩虹之上》快开始了，你怎么在这里？"这人问得真是煞风景，要不是有个剧团主的身份，周行这样的问法，怕没有朋友。

"演出开始前的短假。"

"就两天还回来？"

"看朋友。"安如自然不会提瘗花的事情，解释起来太麻烦，那块陆地上的大部分人都不知道瘗花病。

周行听她这么说，便往她身旁看了看。"《彩虹之上》是第一次当制作人的作品，你要加油。以后，说不定整个鹿鸣街都要靠你。"

对安如来说，周行的话很可怕。她可不想再经历一次过去近一年的那种压力，撑起鹿鸣街的人怎么样也轮不到一个被瘗花之症困扰、折磨的弱者。

然而，周行似乎是认真的。

眼见天黑而风高，周行说："我约了朋友，去离岛，先走一步。"

匆匆的寒暄，安如也没想到能在这种荒凉的废渡口遇到只身一人的周行。

"你们剧团主很亲切。"

"你怎么知道他是剧团主？"

"听声音。"乐心说，"你忘了，我看了《祈祷》的最后一场，他说过话。"

这样的细节，乐心一直很敏锐；孤独寂寞的黑暗，她只能自己想办法找点乐趣，譬如琢磨人声。

"我们也回去了。"安如这么说，抓紧了乐心的手，快步迎风离开。

短暂的蒿野之行的夜晚，安如见到了乐心以外的熟人，包括玲珑。

玲珑还是老样子，不过更活泼了。大概是蒿野的花和安逸气氛养人。

"安如，你和陈绀怎么样？"

"怎么样你还不清楚？"

"不会一点进展都没有吧，你这么没用？"玲珑一副恨铁不成钢的表情，"看《彩虹之上》的宣传，虽然只是几个镜头，但你们俩不是很和谐吗？"

"他和谁都很和谐，不是吗？"

"那你看他时妈妈一般的眼神呢？还有，据说他只有几场的戏份，却一直在排练，他陪的是谁？"玲珑坏笑。她身在蒿野，该听到看到的八卦却一个不落，她的资料收集能力和嘉平的思维确实绝配。

安如不说话了，她说不过，只是往嘴里塞东西。

"百合根？"安如好像吃到了百合根。蒿野人擅长用花的各个部分制作食物，藏有很多方法。

"已经很碎了，你还吃得出来？"

"这怎么做？"看样子，安如很想知道。

"你要做给谁吃？"玲珑捕捉到了特别的信息。

"还人情，谢谢他的花蜜。"

玲珑很得意，自己猜对了："果然是陈绀。"

"这次还真要好好谢谢他，救人于水火，我来帮你做。"乐心搭话，解救了陷入尴尬的安如。

玲珑没听懂这俩在说什么，她知道瘗花的存在要在很久之后了。

蒿野的夜，暖而安逸。安如的心，沐浴在蒿野的温柔里。那风从海那边吹来，经过一波波花海，变得温柔而耐人寻味，它带来了柔和的旋律。

未来大陆

曾经大海茫茫，
恋恋悠悠故乡。
我与千阳共赴，
将来到旧时荒。

第十一章　异次元

　　后山的一条古道，未染一丝烟尘，只是偶尔会有人声，偶尔会有人窃窃私语。

　　安如和嘉平就走在这条小路上，享受从鹿鸣街偷出来的半个下午的悠闲时光。

　　嘉平不自觉地放低了声音，怕打扰这里的安宁："听说陈绀的《未来之岛》，你帮他填了首词。"

　　　　曾经大海茫茫，
　　　　恋恋悠悠故乡。
　　　　我与千阳共赴，
　　　　将来到旧时荒。

　　安如唱了出来。在安静的山林里，她的声音好似山中精灵，穿透树荫和涧流，引来轻灵的鸟鸣。唱功又精进不少。

　　"这首歌谣其实是全剧的主线，出现次数不多，确是暗示结局的关键。而且，剧由这首歌谣开始，它定下了全剧的基调。陈绀本只有一段曲调，迟迟没写歌词，直到昨天这个不得不完成的日子。昨天是我第一次听到这个曲子，他正在弹奏，可这旋律对于我来说是很熟悉。"

"熟悉？"

"我问他，是不是以前听到过这首曲子，他说没有，这是他和王大生根据古籍复原的曲子，融入了他来到鹿鸣街十多年间的思考。虽然曲调复原了，但歌词部分，古籍不曾提及一丝一毫，只能根据这段曲子产生和流传的年代、地区判断发生了什么事情再填写，因而他迟迟定不下歌词。但是，我听过这首歌。小时候，乐心教我唱过，她说是很早以前的歌谣。"

"所以说，陈绀复原的曲子是蒿野古时候的歌谣。他的《未来之岛》不是讲未来的时候吗？"

"是未来的人听到一首歌谣，要去寻找过去时光。"

"听说，你听到那首曲子的时候，哭了。"

"啊，就掉了几滴眼泪——"安如反应过来，"你怎么知道？"

"当时，在场的除了你和陈绀，还有于彻。那位和我们出演过《阳光下的芒》的于彻，饰演食人部落的占卜师那位，今年成为编曲，参与《未来之岛》。"

"调查得真清楚。他今后就编曲了吗？"安如还以为于彻只是在《未来之岛》尝试编曲，她对外界变化的感知能力向来十分弱。

"别离题，那歌有什么故事？"

"流传于今的它的魅力，或许不在于它诞生之初的含义。你现在还不明白那首曲子的魅力，而我的感受也跟我孩提时的记忆有关。"安如指的是瘗花。那首歌是乐心失明后教会她唱的第一首歌，也是她第一次尝试在蒿野渡的波涛声中感受声音的魅力，加之这歌谣质朴悠扬，却意外有些厚重，不得不让她想起藏在蒿野里的瘗花。

"所以，陈绀不知道他们复原的古代歌谣其实并没有失轶，它还流传于民间，只是传唱的人们也不知道它的来源和含义了。"嘉平眯起了眼睛，好似被夕阳的灼热刺去，"这首古代歌谣不简单。"

"唱法确实很特别，但是陈绀版本的和乐心教我的还是有差别。"安如知道嘉平说的一定不是唱法，她还没听过那首歌的陈绀版本，只是她不想去想那些牵扯复杂的"内情"了。"我问乐心，可不可以在剧中用她的歌词——"

"她的歌词？"

"那首歌本来只有前三句，是她补全的。但是很少人会唱，除了乐心，我不曾听其他人唱起过。"安如继续说，"乐心同意了，她说本就是广为流传的歌谣，只是现在还记得的人很少很少。不过她不让我说明她和这首歌的关系。随后，我把这首歌的存在告诉了陈绀，但没有提起乐心，就说这是蒿野的传统歌谣。商量之后，他决定用原词。但是两个版本之间曲调上的些许差别，他没改动。"

"看来是很早以前的歌了，难为有人还记得，难为有人用心去找。原来王平还在时，她是鹿鸣街里对这种歌谣懂得最多的人，还唱得很好听，即使不常唱起。"

"不提她。"安如打断了嘉平对王平的追忆。

"或许将来的某一天，我们不得不提起这个名字……"嘉平说得很小声。

安如转头看她，她却谎称自己在想剧目的事："《未来之岛》是不是和《彩虹之上》有点像？它们都是在暗示现实的什么。"

"能暗示什么？"

嘉平躲过安如的眼神，看向路的前方："鹿鸣街的女主角，好好演吧。"

嘉平的最后一句话是喊出来的，惊醒了傍晚的后山古道。下山的路永远这么轻快。

其实，《未来之岛》不只是未来的人寻找过去时光这么简单。故事发生在一个叫"未来之岛"的岛屿上，上面住着未来人；他们处于时间的未来，掌握时间的秘密。那天，未来之岛上，有一位籍籍无名的侦探在一次追踪失踪的宠物的过程中，无意间发现了有人想利用时间的秘密，破坏时间的规则，窃取其中的利益。于是，双方展开了一场暗中角力，千回百转到了最后，侦探和正义获胜。但是，这并不是结局，因为侦探和他的朋友们在了解事实真相后发现，手握时间的秘密是他们骄傲的资本，恰好也是他们最可怕的软肋。他们消灭了邪恶，却发现这股邪恶势力在时间的问题前面不值一提，还有更严峻的考验。他们不得不拿起邪恶势力为了利用时间不择手段的方式推演，试图从这些古怪又可怕的方法中找到突破未来之岛濒于崩溃的困境。这之中，很多人走向崩溃，真的一定要用那些残酷的方法吗？他们这样问自己，又这样折磨自己。进退维谷间，侦探的女友"芒"，曾经游走于正义和邪恶之间的女主出现，帮他们找到挽回未来之岛命运的方法。

她从故事的一开始，就出现在侦探的身边，在侦探发现有人盗窃时间的秘密时，也发现那股邪恶势力外围，出现了女友的身影。侦探想拉她回来，回到光明照耀的地方，但是女友说："这只是一次简单至无关紧要的合作，不涉及正义与邪恶。"女友的决绝让他们的关系遭遇前所未有的危机，双方互有牵挂，又互不理睬，却也没说出明确的断绝。这样的僵持没持续多久，侦探就知道了未来之岛日薄西山的事情。那群人忙于拯救家园，而芒外出不知此事，归来之后，帮助他们挽回了危机。

最后，男女主角出现在傍晚的海边。海浪逐蚀天际，残阳即将沉于海洋。他们站在落幕的位置，在这一日将要落幕的背景下，互诉心肠。

侦探开口说："我……"

"不用谢。应该的。还有，"芒抬头，"我要离开这个岛，去远方了。"她知道对方要说些什么，于是她先说完它。

侦探错愕，直愣愣地说："未来的远方在哪里？过去？"

"不是未来的远方，是我的远方。"

侦探笑着问："有我吗？"

芒也只是笑了笑，转而望向一半入了水的夕阳，让侦探疑惑又不舍的眼神扑了个空。

侦探知道眼前之人的脾气。

"我一定要走。你已经得到未来之岛的未来，而我要去它的未知的远方。已经了然的未来之岛的未来，于我而言，从我挽回它的那一刻起，对它已然没了兴趣。"她是一个大胆而不安分的人，当初敢和邪恶势力谈合作，现在也能拒绝在一个熟透而毫无新鲜感的地方生活。

侦探看着她，两个人牵着双手，彼此的眼神深情交融，却没有更多的交流。

侦探唱起了一首歌，芒轻轻跟着和。

（侦探）秋天到了

你我要分离

你要去远方的过去

寻找未来的远方

还会再见吗

花落尽

叶子也孤单了

孤单地守着，风吹过的温柔

（芒：曾经的山岳有花开，有花落）

175

我一回头，你不在我身后了

一个惊心，天涯何处

我以为能看着你，直到白发

我以为能听你轻轻唱，直到风静水止

（芒：曾经的故事有歌颂，有荣光）

星辰垂落

大荒之流蔓延

从天堑到心间

你带我领略的光芒

正在黯淡

星辉阑珊，湮没寂寞之谷

（芒：曾经的世界有时间，有惦念）

（侦探）不会再见了吧　　　　（芒）不会再见了

（侦探）因为我们都还有使命要赴（芒）因为我们都还有使命要赴

（侦探）你去找你的广阔未来　（芒）我回过去找未来

（侦探）我在守想记住的过去　（芒）你在未来守过去

（侦探／芒）秋天到了

（侦探／芒）你我要分离

　　芒决然的意愿很明显，但是她的歌里仍透露出了和之前说出口的很不一样的内容。先录好的芒的旁白这样阐述她的心声：我们刚刚挽回的未来之岛，我要再去找它的未来，我不知道未来之岛的远方在哪里，但我心中有一个怀疑，只能自己去证实它。不会再见了，我的爱人，我的未来。

最后的最后，两人相拥在一起，而歌声已飘向雄浑的大海之上、那血红的天空。这是剧中唯一的拥抱，陈绀和安如聊起，他说这暗示未来之岛最后的命运，却没有明说命运如何。

安如不会错过陈绀的任何一个神情，但是他在这里的意味深长，安如理解为他对作品的得意，这让安如又一次错失了了解陈绀心理的机会，推迟了她对现实彻悟的到来。

这里的"未来"是未来之岛的缩略，却好像也在说她自己的未来。女主角芒的形象塑造在《未来之岛》故意处理得模糊，她的戏份不多，但是她作为陈绀埋在剧里的一个隐喻，暗示着未来之岛的命运。

鹿鸣街的《未来之岛》演出计划正式公开，放在岁末，赶在年到来之前结束，安如忙得晕头转向。鹿鸣街给了安如很多机会，是其他演员很难得到的机会，这是陈绀和孔昭剧带给她的红利，入团以来一直是主角，又过了制作人的瘾，但就《未来之岛》让她真正体会到制作剧目的乐趣。起因还是陈绀，陈绀邀请她当女主角，还愿意让她改剧本，包容她所有的创意，让她尝试，这和安如面对《彩虹之上》的胆怯和小心翼翼不一样。又一次无心插柳，又一次陈绀的包容，让安如的心和鹿鸣街越来越近。

发布后的第一次排练，当她忙完，已经是深夜了。她回到鹿鸣街的住处，发现家里烟雾缭绕。

"熏香？"安如看到嘉平淡定自若，松了口气，"我还以为是火灾。"

嘉平的花样很多，焚香只是其中之一，不过她见安如被呛得咳嗽，就开了窗。"这不是刚拿到《未来之岛》的剧本嘛，我正在拜读陈绀的大作。"

"这次你拿到了好剧本，和童遥共饰一个角色。"

"我分了她一半的演出时间，她是有什么急事吗？"嘉平没有意识到，自己打听不到的事情，那一定不存在。

"没有，这是陈绀的决定，他觉得你很有潜力。"安如说话的语气，明显自己也如此想。

"这是陈绀的决定，还是陈绀考虑到你的决定。"

这么多次了，安如了解嘉平的套路，这是她又在调侃了："你觉得呢？"

"以陈绀的作风，他一定看上了我的才华，不过他也一定是通过你看到了我的才华。"嘉平别有用意地看着安如，她要开始她的调查报告了。

"陈绀的想法很大胆，如我所料，甚至还有些超出常理。"嘉平一副老人家了然世事的模样，"他是个很有想法的人，而且相信他会自始至终保护你。这部剧你的压力不大，却是《未来之岛》潜在的灵魂人物，他把你放在一个好位置上，可不就是一个体现？"

"道理放一边，那句'自始至终'是什么意思？现在到了'自始至终'的时候了？"总归用心念了一本又一本的台词，安如愈发擅长揣摩措辞。

"大半年前，他送你的这块琥珀，就是为了《未来之岛》。"嘉平指着安如戴着的项链，"具体时间是今年新年的蒿野花田，所以他那个时候就有制作《未来之岛》的成熟计划了。"

"你又来了。"安如虽然这么抱怨，还是跟嘉平讨论，"从写作开始，到最后呈现舞台，他从头到尾包办，早做准备不是很正常？"

即使不喜欢嘉平住在牛角尖里，那天安如却仍饶有兴致，看来是她静如止水的心对外界有了兴趣；除了对陈绀的爱，这又是一次波澜，看来乐湛新药的发明给了她对未来的期望，从未有过的热烈期望。这个期望，还驱使她做了更重要的决定。

"但是，又是《祈祷》的那个新年假期，你不觉得这个时间点可能隐藏着巨大的秘密吗？很多重点人物都出现了。"嘉平回忆起那次和鹿鸣街成员在乐湛花田的假期，从剧团主到演职人员，有任务的、纯来玩的都来了，到底是新年的蒿野和公费旅游吸引人，还是有别的什么秘密？

"《彩虹之上》和《未来之岛》未必有隐喻，鹿鸣街也不是养一堆阴谋家的地方，'重点人物'的假设不存在。"安如试图推翻嘉平的设想。陈绀写在旧剧本上的诗未必有神秘用途，他和老剧作家的见面也未必有密谋，嘉平的脑海里存在一个巨大的阴谋，她把遇到的所有的剧作家都放置于这个阴谋里，触发她如此想的是孔昭，但她的一切猜测都建立在她对孔昭和《阳光下的芒》的猜测。建立在猜测上的猜测，太脆弱了。

嘉平点了点头，她也意识到自己推理的薄弱之处——事实，或许她的推理只是为了满足自己寻找真相的欲望。"所以，你好好享受剧中陈绀为你戴上琥珀信物的时刻。"

那串项链是在两位主角矛盾最大的时候出现的，侦探此刻正在矛盾，对芒的爱和对未来之岛的爱被他自己立在对立面上。他不愿意却无法阻止芒，于是在他的意识里，形成了这样的对立面。这一点，剧里刻画深刻。但是芒此刻的情感，当琥珀石触到她的肌肤，石块的冷意传达到她的内心，让她眉头一动——剧里就这样带过她此刻的情感。而安如的理解，芒一直没有变过对侦探的心意，只是她也有自己的坚持，她有"一切无关于我"的冰冷，因而也不会被琥珀的冷惊吓。只是，当夜深人静，她一人和这块琥珀相处时，她看着其中被囚禁于石块中的不知名生物的骨骸，冰冷之心有了触动，荒芜之心有了生气；她萌生了一个念头，未来之岛就是这琥珀里的遗骸。纵然其上的人满足于生活，但是和邪恶势力的接触让她明白，未来之岛的最后期限很明显存在，未来之岛早已被它那能够控制时间的力量禁锢，她需要去寻找解救它的方法。这一点，促成她最后的离开；但是，她没料到的是，她最后离开时，那块戴在胸前的琥珀石在海风的撩动中，将冷意灌入她的心。离别时的冷，是因她发觉自己爱着侦探，此刻却听着爱着的人送别自己的歌声。孤悬于天宇的心，在夕阳西下的傍晚，感受到失去的孤寂，但是她坚强的心明白，她有使命要赴。

安如蜷缩在沙发上，手握琥珀石，想到此，不禁感到害怕。自从鹿鸣街的女主角日子过得平顺之后，她就没再想过见不到陈绀的事情。还好，她没有《未来之岛》女主角芒那坚强又冰冷的性格。

她大吸一口气，她想闻残留的香气，那香气虽然袭人，却似乎有凝神静气之效。"这是蒿野的香？"

"你终于闻出来了，我还好奇，蒿野人怎么闻不出地方特产的气味。"

"能给我一点吗？好久没闻到小时候的味道了。"安如自己也没有。这香产量低，蒿野以外很难买到，是蒿野系的调制香中最稀少的一种，因为它能散发那块陆地上的人最喜欢的安逸滋味，被奉为名品。它被冠以原材料生长之地的名字："蔷薇之道"。导致它产量低的那种成分的原料，是生长于蔷薇之道上的一种特殊的蔷薇，只开在盛夏的夜里，盛夏时节都能看到它；它的花期只有一晚，野生的尤为珍贵。蔷薇之道只取用在夜半盛放时的它，因而稀少。现在的"蔷薇之道"都采用人工培育的特殊蔷薇，但也未能提高产量。

安如小时候，家里人喜欢用这种香配合药物治疗她的瘲花之症，不过随着年纪的增长，这香已经无法抵抗瘲花，她也就很少用了。现在的蔷薇之道，对她来说只剩下小时候的回忆，无论是小时候常走的路，还是小时候的夜晚常伴的恬淡气味。

到《未来之岛》的演出，已是冬日。

安如熟络地穿梭于后台，又天天沉浸在听到最后一首歌的欣喜里。《未来之岛》的最后一首歌，没有名字，是剧中陈绀送安如远走时，他唱的歌。本是一首独唱曲，不过安如将其改了。她正是欣喜于此。

当时和陈绀、于彻商量着更改时，心里还有些忐忑，没有正式演出时的愉悦心情。等第一场结束，安如背着陈绀，走在舞台边缘，那时她已泪眼蒙眬，幸好面朝舞台内侧，没有人发现。当致辞、谢幕流程走过，听完陈绀的发言，她忍不住落了泪，这回台下的人还以为是汗——灯光下的汗水比什么都要闪耀。幕布落下的舞台有些喧闹，身边的人注意到安如哭了，包括陈绀。熙熙攘攘间，陈绀轻推了下她的腰，安如回过神来，要下台了。

"我……我只是……"安如一时间不知道说什么，行色匆忙。

倒是陈绀不慌不忙："《未来之岛》给了你这么大的压力吗？"

"因为是你制作的《未来之岛》，顺利演出了，看着幕布落下，突然很想哭。"安如把心里话说出来了，还说得很干脆。不过她是闭着眼睛说的，不知是不想看陈绀的反应，还是不想让眼泪再留下来。

陈绀一本正经："这里面还有你的贡献，开头的歌谣和离别的歌。"

"那首古代歌谣有名字吗？"既然提起来了，安如顺势问道。乐心的说法，这首歌没有名字，只知道是很早很早以前的歌。陈绀也没跟她提过这首歌的名字，它在《未来之岛》中只有一个编号而已，备注是首老歌。

"没有，古籍中只说这是很老很老的歌。"

"你怎么挑中了这一首。"

"合适。"陈绀解释，"巧合，让我和这首歌相遇；写作《未来之岛》时，想起这首歌，觉得很合适。"

聊着聊着，两人似乎把眼泪的事忘了。

其实，安如的眼泪很珍贵。陈绀常看到她哭，那是因为她只为他哭。其实她很少哭。

安如不喜欢看自己演出的录像，不然还真能发现，早在离别歌曲结束、男女主角转身前陈绀就注意到她眼里的泪珠了。

怎么会看不到？那时，陈绀的表情还很值得回味，有一丝惊讶，还有一丝不知所措——只有一丝，掠过一般。

《未来之岛》演出期间，也有些模糊的流言散播。起因是王大生，他场场都在，更怪的是，嘉平只要没有演出，就和王大生一起看剧。这件奇事被广为流传，鹿鸣街的新星和酒吧老板的秘闻，何况两位还分别是人们喜闻乐见的安如、陈绀的密友，这就更喜闻乐见了。

"你不会和……"有一晚，安如神秘兮兮地伏在嘉平肩上，追问嘉平，就好像嘉平经常问她和陈绀的样子。不过，安如打听事情的方法还不够老练。

"王大生？"嘉平一脸得意，"连你都知道了，一定是传遍了那块陆地。"

"真的？"

"我们真的在看剧，但是其他的都不是真的。"嘉平很着急，安如这样打听事情，是永远问不出来的。也难怪，安如平时对信息迟钝，此刻如此表现，已经算进步了。

"那为什么会场场坐在一起？只要是童遥演出的场次，你没事都会坐在下面……和王大生一起。摆明了票一起买的。"

"陈绀给王大生留的票是单独的，以王大生对于陈绀的重要性，都是王大生事先挑好位置，因而这票要早于开放预约前。于是我找到取票记录，把陈绀经手或授意的记录挑出来，又从中辨别出王大生选的位置，然后我买在他旁边。当然，我也会猜错，所以不确定的我会多买，但是基本上准确。"嘉平眉飞色舞，说着说着，愈发满意自己的推理能力，"不过，因为我是在公开售票时去买的，有些位置没了，就打听到买家，从他们手里买来的；实在找不到，就挂出'寻票启事'——就是用这么不靠谱的办法，我也收到过两张票。这个王大生也是，喜欢挑奇怪的位置看剧，那种角落能看些什么？现场乐队指挥的头发？"

"你等等。"安如很是佩服，"你是怎么打听到买家的？"

"窗口的话，查一下那天的记录，再问问当时的售票员有没有印象；购买记录中也有付款方式，可以追踪到买方；还有，鹿鸣街六号对面的那些店铺，尤其是 176 号到 186 号的商家，我都很熟，他们中的有些记性很好，有些和常来的观众关系很好，有些甚至自己代售票……总之，正当途径很多。"

"所以，为什么大费周章和王大生一起看剧？"

"他是个关键人物，我要调查他。除去陈绀，他的悠悠酒吧还有很多重要的常客，譬如周行，譬如芒的来客，还有晏子，还有……"嘉平居然停下来了，平时这种牵扯许多人的话语都会是她的调查最精彩的部分，"还不明朗，等我研究出来再告诉你。总之，他是个对事事都热忱的人，情感外露；要调查这样的人，必须在离他很近的地方观察。"

安如不忍打击她，她的每一次调查都建立在猜测的基础上，极不可靠。于是，安如问道："和陈绀有关？"

"王大生的一切一定和陈绀有关。这两位关系匪浅，所做的事情，十之八九都有牵扯。不过这次，我坐在他的旁边，接近他，出发点不是为了调查陈绀。但是，我不能下结论，最后是否和陈绀有瓜葛。"嘉平认真地说，"退一万步，就算陈绀本人有什么问题，你在他身边该是安全的。这和成笙对玲珑的情况不一样，当时他们周身最不确定的因素是他们自己，因而很危险；陈绀不一样，很明确，他喜欢你。"

霎时，安如脸红了。她愣了一会儿，缓过神来，眨了眨眼："刚演出回来，太累了，明天还有呢。"

她转过身，要往回走，被嘉平拉住了："又逃。"

在嘉平的这句话之前，安如从未想过陈绀会喜欢她。因为瘰花，她不敢设想未来；因而也没有和陈绀的未来，能和他站在同一个舞台接受掌声，已是她最大的奢望。这个"奢望"的实现已经一年多，然而她还是不敢设想下一步，因为她的未来容不得设想；纵然乐湛的新药给了她明朗的希冀，但那也只是对未来偏安一隅的假想，不敢再有奢求。

"我不是逃，是清醒。"话落，泪也落下来了。嘉平的直白让安如动了心思，然而心思和现实的违背让她痛苦，让嘉平的好意变成了一把刀，又像是突如其来的闪电割裂柔和的云霓，她突然哭了。

安如其实不怎么哭。瘰花给她生命的脆弱，也带来心的坚韧。她从小习惯了被威胁和主动妥协，自己都未必注意到，从这之中能生长出不可小觑的坚韧；这份坚韧日后主导着她的生命，就在她醒悟、知道有这一份坚韧存在后。因而，她演员身份之外的哭很珍贵，每一次都会被记录。

显然，嘉平被她的眼泪吓住，连忙抱住她，轻拍她的背，在她耳边低语："你的眼泪藏着你的秘密，而你的秘密藏在你卧室的那个保险柜里。是吗？"

安如挺直了背，看着她。红着的眼，红着的脸，以及极力抑制哭泣下的抽泣，朦朦胧胧。

"我不知道那里面是什么，但是一定是个秘密，而不是钱之类的普通东西。"

"玲珑看到过里面的东西。"

"你知道我说的不是里面的东西，她就算看到过，也不知道锁着的那些东西其实正在替你保守秘密，不知那秘密究竟是什么。"嘉平再次抱住她，希望能鼓励她，"我从未想过探知你的秘密。我有兴致调查世上所有的真相，但就两种不会去尝试，一种是子虚乌有的，一种是重要的人的心；前者不屑，后者不愿。这后者，你是一个，玲珑是一个；当然你喜欢陈绀不算秘密，明摆着的事。

"但是，不管牵制你的心的是什么，你总要承认自己的心；不是让你不顾一切，而是让你坦然面对自己。我从大约六年前认识你，一路旁观到现在，陈绀是你肯承认的留在鹿鸣的唯一正式理由，已是昭然的心思，说不说其实也差不多，何不表达一番？"

那一刻，安如心想，自己的心愿在过去的一年多里不断重复，若说承认自己的心，那么她一直这么在这么做。不过，这话安如没说出来，她明白嘉平的意思，嘉平以为两个人喜欢就要在一起，于是劝说她去这么做。嘉平如果知道瘿花的事，还不一定这么想，安如心想，嘉平也有算错的时候，因为瘿花实在太不可思议了，正常人没有会料想它真实存在。

但是，安如最终选择按嘉平说的做，因为她也想拥有正常人对未来的态度。

如果说乐湛的新药是安如之未来之后盾，那么嘉平那晚的话便是安如之未来转向之钥匙，让她本已苏醒的心醒悟该怎么做。

安如选择了一种看似隐晦、实则冒险的机会。那晚劝她的嘉平也没想到，安如会用如此大胆的方式，正视自己的心。

在不久后的《未来之岛》最后一场演出中，安如改了台词。

在那之前，她做了充分的心理建设，以至于那一场她发挥得不怎么好。

先是在一个黉夜，芒对着琥珀思考未来之岛时，剧场陷入无垠的沉寂，只剩下她的肢体、言语和歌声，还有照亮这些的两盏灯。那时，安如随着剧情，心里想了很多；那一句句烂熟的台词，在那一段无不敲打着她的心。转天，芒遇到侦探，对侦探说："昨天忘了跟你说，谢谢你的琥珀。”

“很早就想送给你了，不过……”侦探避开那些不愉快的事情，“昨天终于找到机会。”

“总有一天，我要走远，那时琥珀中被禁锢的遗骸，便是我对你的爱。总有一天，我要走远，那时送别我的轻风，也会吹走我对过去的留恋。总有一天，我要走远，只有同一个太阳照耀下，我们的命运还有一丝牵连。到那时，请你忘记我。”

侦探觉得她说的话很奇怪，决然而毫无征兆。“如果你想要旅行，如果你想要闯一闯外面的世界，千万不要对我有所挂念。但是，无论到了哪一天，都不要说让我忘记你，都不要说你想忘记我们的爱。”侦探的态度也很明了，不过他低估了芒说这话时的决心，也没猜到芒说这话的原因。

芒意识到自己在胡言乱语：“我突然想起一段歌词而已。”芒慌忙用另一端胡言乱语掩盖她的内心。

那番话只是前一晚她的胡思乱想，不该对侦探说。

然而，侦探忙于挽救未来之岛，没能注意芒的内心微妙的变化。

安如对这一段深有感触，并且将这份感触藏到了最后。

最后一场，芒和侦探在夕阳下告别。在这之前，芒已经和侦探坦言自己的打算，但是离别之际，她还是有很多话想说。

“我不敢计算未来，因为无从算计，我不知道……”安如说着台词，突然卡住了，呆在那里。

陈绀的眼神飘过一丝担忧。从他的角度看得很清楚，眼泪正在安如的眼眶里打转，灯光下如珠玉闪烁，眼泪预示着什么，而眼前此人那一瞬的沉默又在遮掩什么？

陈绀没有办法，一把抱住了她。

安如回过神来，她说：“我不知道还有多少时间可以沉溺，在你的

186

拥抱。我用我过去所有的时间念你，却不曾说过一句'我爱你'。此后，这份爱就如琥珀里的尸骸，也请你忘了我。"

这三句里，只有最后一句是原话。原本这个告别词是为了呼应信物琥珀对芒的影响，印证前面的伏笔，现在却被安如改成了告白词。《未来之岛》的主旨并不是为歌颂男女主角的爱情，他们的关系从一开始就是男女朋友，不需要说些固定句式和辞令来表达两者的关系。作为原作者，陈绀明白安如在这里的处理是什么意思，他听到那两句话后，展现出了老戏骨的功底。

很简单，他依然紧抱着安如，将那首没有歌名的送别曲中的前几句说了一遍，后面接上了曲子。先是一段歌词的独白，再是清唱，再是乐曲伴奏的跟进，这些没出问题，不止靠陈绀，还有对他熟知的工作人员。

那首歌还是经安如之手改的。这是侦探唱给芒的送别曲，芒有两句单独的歌词，算作回应，加上最后两句的合唱，总共四句，就是最后四句。安如在这之上又加了几句，那几句话是她在设想自己未来时，最想对陈绀说的话；剧中"终要分离"的情节设定和芒的决绝，刚好符合她的未来对瘗花拥有的摧毁之力的不容置疑。

不会再见了

因为我们都还有使命要赴

我回过去找未来

你在未来守过去

秋天到了

你我要分离

直至唱完，安如才意识到自己刚刚制造了一个多大的危机。她的额

187

头开始冒冷汗，心陷入不安和惶恐里。

这是最后的场景，人声落而乐音绕梁，侦探转身，而芒面向大海，朝夕阳余晖里走去，那里停泊着一艘载她去远方的船；芒离侦探和未来之岛渐远，幕布缓缓落下。然而，这一次，陈绀选择牵起安如的手，陪她走向船舶。

陈绀这种将错就错的处理，让安如疑惑。但是陈绀的手让她安心，至少在台上安心。

"陈绀，我……"幕布落下，安如迫不及待地想说些什么。

陈绀认真地看着她，放低了声音："别担心。"陈绀的声音本就好听，压下去更有一种吸引人的魅力。然而，安如此刻没心思欣赏他的声音。

安如慌张到迷糊了，忘了他们还有致辞。作为《未来之岛》的结束，陈绀本着自己最后一次演出这部亲自制作的剧，讲了一些话。安如以为会是让人动容的话，但其实陈绀拿出了一部分时间替安如的失误解围。陈绀坦然这是即兴，他说："人生如戏，纵然知道不能入戏太深，却也在兴致起时，乐意即兴发挥，出于单纯想知道这部剧会是什么走向的目的。未来无从算计，人生的结局，我们站在此刻难料，因而即兴有了更大的诱惑。我们制作舞台艺术也是如此，《未来之岛》充满了隐喻，有些隐喻在精密的计划里，希望观众能从剧中体会；还有一些，藏在演员对剧的理解里。《未来之岛》自筹备以来，用了很长时间埋下这剧里剧外的伏笔，希望让它成为一部让观众有所回味的作品。"

安如听懂了前半段，是陈绀解释她的即兴出于好奇，而非其他私人感情。安如也确实是出于好奇，好奇表白的滋味。不过，她也确实欠考虑，台上这么做，纵然帮她躲过了她不敢面对的陈绀的回应，却也引来了太多的目光和闲言。陈绀似乎能理解她的心理。但是她没能听懂后半段，所谓"剧里剧外的伏笔""演员对剧的理解"，陈绀在暗示什么？

她不由得想起嘉平，那人最擅长这些了，从蛛丝马迹中揣测、假设、推理，嘉平擅长玩弄这些。

最后一场，嘉平坐在观众席上，王大生的旁边。因为是最后一场，陈绀安排童遥演女二号，而考虑到同样辛苦的嘉平没能出场，就加了一个小角色，近似于能说话的背景板；毕竟是能承担重要任务的演员了，嘉平这次只属于最后一场的背景板角色放在最精彩的场面里。本来嘉平很喜欢这种独特的角色，戏份微乎其微，但可以观察台上台下平时难得看到的景象，不过这次，她拒绝了；最后一场，王大生一定很激动，她怎么能错过观察王大生的好机会。

下了舞台，陈绀约安如吃晚饭。

"我记得以前你常带我来这里。《阳光下的芒》和《祈祷》的时候，我还在适应跟上鹿鸣街的节奏，跟上女主角的节奏，常常忙到忘记时间吃饭，然后你就会带我来吃饭。去过很多家餐厅，常来的是这里。"这些话安如低着头讲完了。因为那个突然的表白，她不敢看陈绀。

"王大生和张敖合开的，所以方便定到位置，也就常来了。之前喜欢带你尝尝不同的店，不过两部剧下来，鹿鸣有名的店逛得差不多了。我能看出来，你偏爱什么口味——这家你还喜欢吧？"陈绀照顾起人来，无微不至。

安如点了点头，依旧不敢看陈绀，低头吃着东西。

"还在想下午的事？"陈绀放慢了语速，"你确实要交代清楚，为什么要这么做。"

"我……"安如闭着眼睛，低着的头更低了，"喜欢你。"声音倒是不轻，至少陈绀听得一清二楚。

"改动的两句台词是心里话？"陈绀似乎早就看出来了，语速平稳，声音温柔又有磁性，但比平时充满活力的声音更柔和，看来是想耐心等安如说出心声。

"我……"安如抬起了头，似乎鼓足了勇气，但触到陈绀眼神的一切，又泄了气，开始吞吞吐吐，"我只是……总之，我设想自己是芒，陷入最后和侦探那般的处境，我会怎么做——我不是入戏太深，而是一种假设。"安如的假设建立在瘿花的威胁中，但是她不能说出"瘿花"，于是又停顿了。陈绀耐心等她，就这样看着她，气氛陷入了沉寂。

"我喜欢你，这是五年半前的秋天、我入学第一天见到你时，就意识到的事实，但是我从未直面过，因为我最美好的设想，就是我和你一起站在舞台上，接受观众对我们演出作品的掌声，几年来一直没变过。从'芒'开始，这个设想就实现了，我很满足，也没打算将喜欢说出口，因为并不期望后续。但是，这次《未来之岛》是你写的，男女主角又是这样一个结局，我难免会想——我知道设想这样一个结局的前提是在一起，而现实中的我还没拥有这样的前提。我突然发现自己，纵然用来到鹿鸣的所有时间来喜欢你，却未曾表达过心意。原本不说，是因拥有现在这样的日子，已然是我最大的愿望，我没有其他奢望。今天舞台上突然说出口，是因为……想说出口。"安如没能把原因讲清楚，瘿花的秘密她不能说，其实是治疗瘿花的新药给了她构想未来的勇气，加之嘉平的话，让她有了跃跃欲试的心。

"比起去年准备'芒'、你在鹿鸣街的最初期的表现，你今天能这样表白，是很大的进步。不过——"陈绀停了下来，他也在想怎么说才合适。

听到转折，安如意外地平静下来："直说吧。"

"有一些原因我不便说，还有一些原因尚不确定，但它们的存在让我只能说——我不能接受你的爱。"陈绀这么说，却没提及自己是否喜欢她。

安如预料到了。还能是什么结果？她这样想着，神情里流露出了一些苦涩。

"不是你的原因，是我不能接受。"陈绀说，"《未来之岛》是我在鹿鸣街十余年的第一个完全自己原创的作品，它传达的思想也是我这十多年来的所思所想，这一点我毫不避讳。这所思所想，也包括我个人对那块陆地和其上之人的感情和态度。"

听到这话，安如盯着陈绀，嘉平的猜想是正确的？

陈绀以为自己说的还不够清楚："总之，为了保护你，为了我自己不受歉意的困扰，我不能接受这份感情。感谢你对我的支持。过去的一年半里，你剧里的男主角一直是我，平时也多和我做同一份工作，你一直以来无处不在地配合帮了我很多。这可能让你产生了依赖，但是我不愿伤害你。"

"我明白了。"安如其实早有准备，"几天前，《阳光下的芒》的最后一场演出结束，一年的羁绊到此为止，让我想了很多。'芒'对我来说很重要，无论是……总之，它的结束好似一场离别，让我担忧和你的分离。我的错误所招致的麻烦，自己解决，但是希望你不要把今天说的放在心上。我……"

陈绀把安如吞吞吐吐还没说出来的话挑明了："我们还是搭档。只要你在鹿鸣街，我的剧的女主角只会是你。"

陈绀给了安如她最期望的承诺，这话让她安心。

安如开心地点了点头。

《未来之岛》的主旨原本体现在开头的那首质朴的歌谣中，就是陈绀和王大生复原的古曲。但这最后一场演出，愣是被安如的错误改成了爱情悬疑剧，主旨放在了送别曲上。陈绀处理得虽好，却也逃不过观众的眼睛，陈绀和安如的故事又增加了一段经典话题。

这次事件表面上并没有改变安如和陈绀的关系，但其实自此之后，两颗心在主动靠近。不过，那时的安如原以为她之未来之路途，依附于陈绀，但没想到竟是鹿鸣街给她的她之事业。其实，早在《彩虹之上》，安如便产生了对鹿鸣街和演员事业的依赖，那时只是个苗头。她以为离不开鹿鸣街是因离不开陈绀，其实是因离不开独立而绽放光芒的自己。她能意识到这一点，还是靠陈绀日后将她朝鹿鸣街六号推了一把。不过，这是许久之后的事了。

至于，那天安如在舞台上那样做带来的小麻烦，一部分陈绀揽了过去，谁让他顺着安如的话改了自己的表演，让最后一场和之前演的完全不一样；还有一部分，安如不管不顾，陈绀那天给的承诺足以给她力量，抵抗所有的压力。

第十二章　等等

《未来之岛》结束后的那晚，安如去了趟悠悠。

不知道为什么，她只想去悠悠。"披星戴月"，她在悠悠看到了童遥。

"陪我喝一杯。"安如在她俩旁边坐下。

"陈绀呢？"

"不提他。"安如一笑，"我想，接下来的……"

"接下来的假期我陪你，你去哪儿我去哪儿。"嘉平主动提出来了，"我推了一个工作，这样假期就和你的一样了。"

安如看着她，感动里又有些疑惑；暗夜深邃，悠悠里的灯光也变得幽幽起来，有些暧昧不清。嘉平在多年的揣摩中，似乎摸到了门道，能够看清夜里事物的模样。

嘉平没等她问，便说出答案："因为我想知道你的秘密。"她说得神神秘秘。

说完，嘉平递了酒杯。安如心领神会。她以为这是暗号，没想到这一次嘉平很认真。

"我和童遥在聊陈绀和王大生。"

"然后，没有结果？"安如了解嘉平，若有结果，她不会这么平静。

"我们俩在聊，陈绀为什么安排我和童遥同演一个角色——确实没有结果。正是《未来之岛》结束，我们在想它会带给我们什么，这之中或许有陈绀的用意。"嘉平坦诚，"你还记得我常年参加的孔昭研究会吗？据调查，陈绀和孔昭交往过密，和晏子也有往来，我总觉得陈绀的行事受孔昭影响，尤其是他的音乐剧作品。而王大生，不用多说，他们俩的关系决定了王大生做的很多事情，可以直接理解为陈绀也会做。童遥告诉我，不只是张牧，张敖也常和王大生联系。"

"所以，平时我们常能见到的来这里和王大生交谈的，不一定是酒厂老板，也可能是兽医？"安如至今没能分清这两位，以前每每遇到，她都没机会去确认身份。

"都多少年了，你还分不出来。"嘉平无奈，"其实张牧多数时间在芒，来悠悠更多的是弟弟张敖。我原以为张敖和王大生只是普通的因悠悠结缘的朋友，现在有迹象表明……张牧、张敖和陈绀、王大生有很深的联系，似乎陈绀的秘密其实是那四个人共同的秘密，还牵涉孔昭，乃至晏芩。"

"陈绀能有什么秘密能牵涉晏子？"不知道是不是酒精的作用，抑或先前陈绀对她说的话，让她头一次想深入了解陈绀，而非单纯地站在他身边、看他的眼眸，安如开始追问。

对那块陆地来说，晏子的科学理论影响着几乎所有人，因而十分受人敬仰。安如也是如此心态。

"不知道，我和童遥正在想这件事情。"

"我总觉得……"童遥开口了，带着犹疑和不确定，"陈绀现在所做的，是在为鹿鸣街的未来铺路。"

"成老师走后，鹿鸣街的音乐剧几乎都经陈绀之手，无论他自己参不参与。这么忙，他肯定想找人帮他；何况他对鹿鸣街没有占有欲，成老师走后，他一直想找人接班。周行和他都没找到人，干脆自己培养，情理之中。"陈绀做的事，安如了然于心，即使她对外界的变化反应迟钝，这些她还能理解，不觉得需要嘉平夸张地将此和孔昭放在一起，更何况搭不上晏岑这等人物。

"孔昭剧从来都被鹿鸣街人托付了开启另一个时代的期待，'芒'中的新演员是鹿鸣街的管理层和孔昭选定的未来人选，找继承人这样的事情从'芒'就开始了；成筌走后，陈绀确实忙了些，但鹿鸣街的人才并没有断层或缺乏，能帮他的人很多。现状而言，陈绀明显没有接受周行的要求，拒绝正式接手鹿鸣街音乐剧的管理，我原以为他是不想接受，而尽快找一个可以代替他和成筌的人，但从最近的事情看来，他不想似乎是因为要退出，而不是单纯向往闲云野鹤、不想当一个管理者。"

"退出？"这才是安如不想听到的话。她想起陈绀亲口对她说的"不能接受"，那个"不便说、不确定"的原因便是要离开？这个原因有什么不能说出口——安如疑惑嘉平的猜测。"你也知道，一直以来，他都不想当管理者，怎么就得出'退出'的结论了……"安如不会认可嘉平的想法，因为不能相信。

"一来，《未来之岛》的暗示很明显，激烈动荡中，主角一方虽然胜利了，但主角仍陷入忧伤中，因为无法挽回的离别正在上演。你跟我说过，陈绀曾对你说，这部剧是他在鹿鸣街十多年的成果，为什么这样的珍贵结晶在此时出现，又带着悲伤的气息？"嘉平问她。

安如想到晚上陈绀对她说的话，便灌了自己一杯酒。在安如知道自己要演出《未来之岛》时，陈绀和她说过这些话，起因是安如好奇他会写剧本；在《未来之岛》结束时，安如又一次听到陈绀这么说，动因是他要拒绝安如。晚上陈绀说的每一句都很真诚，安如能感觉到；正因如此，安如心里一凉，就又吞了一杯酒。

"还好杯子小，你别喝这么猛。"嘉平靠近她，抓着她拿杯子的手，"你是不是也察觉了什么？"

安如没说话，但她第一次如此相信嘉平的推理；她默默发誓，再也不嘲讽嘉平住在牛角尖里了。

嘉平继续说："二来，陈绀今年一年中做的种种，比起以前的他的习惯，有着微妙的变化，指向他要离开。夏天的《彩虹之上》，没有什么上岗培训，你就当了制作人。鹿鸣街给了你全权处理，但是给你的制作团队却是陈绀选的。这个团队帮了你，也在很大程度上决定了作为新人的你在制作音乐剧上的发挥。陈绀自然挑了最优秀的人来帮你，但其中有几位是近期因陈绀而活跃的，包括贺宥、于彻。这之中的逻辑：这些人并不是因为你熟悉而组成团队，而是你能熟悉，因为你一直在陈绀身边，接触他经常接触的人。此外，剧中没名字的灵魂男主角的少年时代的演员，是陈绀选定的吧？鹿鸣街给你剧的任务时，给了你一支专业的团队和几位足以支撑舞台的成熟演员，剩下的都交给你，包括演员人选，其中元昉是他推荐给你的。我没听你提起过元昉到底怎么定下来的，但以你的性格，一定先问过陈绀想让谁演他的年轻时期。之类的细节，陈绀对人才的培养，在《彩虹之上》有很多。若说这些只是暗示，但这些暗示被沿用到《未来之岛》，如此行事风格他用了接近一年，就不得不让人多想。《未来之岛》从剧本和前期准备算起，都是他自己负责。以前陈绀参与音乐剧的制作，一般都只有一个'音乐监督'的身份，他确实只对这个有兴趣；而《未来之岛》，他包揽了全部。他不是一个滥情而博爱的人，对工作也是如此；他只挑有兴趣又在能力之内的事做，说实话，据我观察，他在成笙走后的一年，为鹿鸣街的管理付出这么多，已经是极大的容忍，那块陆地之人的悠闲之心被他发挥得淋漓尽致。不过，我们是好闲逸，而非懒散；陈绀也是如此。若不是鹿鸣街六号于他本身有十几年酿就而融于心、无法舍弃的羁绊，他不会如此付出。《未来之岛》的暗示更强，何况陈绀对于自己放在作品里的心思毫不避讳。"

"但是，这个放在作品里的心思是什么——除了他，没人知道吧？"安如反驳，她觉得人心猜不透。原因很简单，因为当事人自己都未必清楚自己的心。这也是她和嘉平矛盾的地方，嘉平这么多年探求真相的终极目的，也是探究孔昭的内心啊。

"理论上是这样。"嘉平坚持不懈，"我更明白，你的内心在动摇，他今晚跟你说的话，一定让你也萌生了认同我说法的心思。"嘉平看着安如的眼睛，带着股不达目的誓不罢休的灼热。

安如没有逃避："是——但是，我相信他不会离开，他对鹿鸣街有感情。"

"有感情，但因为种种原因不得不离开，这样的无奈遍地都是；划开时间的血脉，里面充斥着叫无奈和不得已的悲伤，司空见惯。"嘉平嫌弃安如的"傻"，但她不知道因为有一个可怕的病的存在，安如从不主动去思考时间，这是她对自己的保护。不是不知道，而是不想去思考；久而久之，她的思维里渐渐消失了这些对她来说无力又无奈的联系。

嘉平继续说："《未来之岛》那首没有正式名字的离别歌，你加了几句，陈绀由此把原版的曲调做了改动。还有，作为关键线索的歌谣，据说是他从古籍中复原的，可词却是你填的，这么重要的作品在最后的制作时间里，由着你更改……我以为这是他对你的容忍，出于喜欢的宠溺。今天，《未来之岛》的最后一场，我发现他对你的宠似乎没有底线；这场的演出事故影响忽略不计，全在于他和熟悉他的工作人员的配合——你也太乱来了。我坐在王大生的身边，他很紧张，却在幕布落下、陈绀牵着你的手走向舞台边缘时露出了意犹未尽的笑容；他很了解陈绀，他的感觉不会错，我也由此确认，你是陈绀对鹿鸣街留恋的一大原因。《未来之岛》是他十几年鹿鸣街生涯的结晶，草图应该很早就存在了，但是你一年前出现在他的舞台上，大概也影响了《未来之岛》的内容。他寄予《未来之岛》舞台的深刻含义，有很多层，但我今天可以肯定，有一层属于你——这就好办了。刚刚你来之前，我就想和童遥一起从这一点逆推，看看能不能探知陈绀的内心。"

"结果是他要离开？"

"还没有结果。"嘉平坦言，"今年他的做法，让我们觉得他可能在安排他离开鹿鸣街之后的事情。因为他对鹿鸣街放心不下，所以做了这么多好似离别前才能做的铺垫。"

"这些事情，不就是在寻找和培养能接替他的人？"

"我知道你的意思，但是明年他没有减少工作量。"嘉平知道安如从不关心这些，她的眼里只有现在，没有未来。

"那不是还没找着人吗？"

"找能接替他的人，用不着把我也划在选择范围内吧？成笙和他在鹿鸣街这么多年，带出过几个主力，鹿鸣街六号的管理层中也有几位以前制作过音乐剧，在这些人中做选择都比我们靠谱吧。习惯于籍籍无名的小角色的我这次分去童遥一半的场次，而他让童遥去其他部门学习——陈绀心可真大。"嘉平自己喝上了，"他明显是在安排整个音乐剧部门未来的发展，一个演员这么操心为的是什么？可不是趁自己还在鹿鸣街，安排好没有他的虚弱的音乐剧舞台；他不想他的离开是鹿鸣街音乐剧走向式微的转折，也不想他的离开会使心爱的人陷入孤立无援的困境。《未来之岛》确实是最能表达陈绀心思的作品，这部剧的从头到尾，他毫不掩饰，流露着对鹿鸣街、对你的爱。你作为演员的声望如日中天，但回望你走来的一步步，太快了，都是陈绀在帮你；从主演到制作人，都是他的一意孤行，将你推到光芒万丈的舞台中央。显然，他希望你走下去，而他自己可能要离开。我不知道他会走向哪里，回芒，还是和王大生乃至孔昭有生意要做？"

　　童遥附和："安如，我都能察觉，成笙走后，陈绀迫不及待培养后继之人。这范围可不止鹿鸣街首肯的'芒'当中的新人，还涉及其他的年轻演员、工作人员，可不是简单的挑选管理者。这次，他安排我去隔壁客串一场舞剧，此举给了我、嘉平、贺宥机会——像这样广撒网的动作，他在每一部自己过问的剧中都安排了，周行也默许。成笙、王平的离开，确实是音乐剧界的损失，但绝没到无法支撑的地步，陈绀加大工作量，又费心安排，可不是简单的'培养新人'。他以前也主动带新人，可不是现在这样的状态；这一次，少了些他以往的耐心和全心全意，透露着一些难免的慌张和不安。我比你们早来鹿鸣街，不需要特别留意，也能察觉今年的他和以前的不一样，充满活力的人变得更有活力了，像是绚烂的烟花，用上了所有的能量储备，绞尽脑汁安排一切，就是为了自己离开后的鹿鸣街能一帆风顺，直到下一个平衡的出现。"

　　安如的酒越喝越清醒。她紧锁眉头，思考着"慌张和不安"。在她眼里，陈绀是完美而可靠的，这两个词从来和他无关，包括下午那么仓皇的局面，他也没有丝毫不安和慌张。或许，嘉平是因为预设了结局，所以看陈绀所作所为所思都是为了离开，将陈绀的一举一动都往离开的结局凑，但其实她只是想多了——安如试图用这种说法说服自己安心，但"离开"对她的未来打击太大，她不得不去思考。这样解不开的头绪融在烈酒里，倒是解开了其中的愁思，安如利用嘉平思维里一贯存在的弱点，直接否定了陈绀"离开"的可能，她很干脆地用逃避瘗花的方式逃避去思考陈绀的心思。此举，倒也不是她敏锐和果决，是她只会这么做，瘗花的可怕让她只学会这一招；这么做，帮她延长了额外的幸福时光，因为借此，她认定陈绀对她不是普通的感情。

　　嘉平一味追求真相，把还在假设阶段的事迫不及待地告诉了安如，同时希望能站在陈绀最近之处的人提供证据论证她的假设，但她可以问得更隐蔽，如此明晃晃，会让安如受伤。还好，安如在认定"离开"是嘉平没事找事的假设后，那天的事情变只记得台上台下陈绀的维护，还有言语中的切实的爱意，这份爱意旁观的嘉平和童遥也认可了，这让她感受到无比的幸福；如此，已经超出了她的预期，就算瘗花之症立刻卷土重来，她也了无遗憾。那一刻，她是这么想的，想得很清楚。"离开"一说仍在她心里占据了一块阴影，犹如另一个瘗花之症的存在，纠缠着她，让她更珍惜和陈绀在鹿鸣街同台的时光。

一杯杯酒下去，她更清醒的是，她早已做好了瘗花之症随时掐灭她生命的准备，那么"陈绀离开"这另一种"瘗花之症"什么时候爆发于她无异。她想通了，无所谓怎样走到宿命的终点，只要能在鹿鸣街陈绀的舞台上直到最后，无论自己的、陈绀的最后。

安如还未察觉的是，《未来之岛》结束后，她对自己的期许，除了一直存在的陈绀，已然多了"舞台"。这是陈绀强加给她的主演的工作量和鹿鸣街处处安排的效果，她对陈绀的无条件追随，无意间让她拥有了可靠的依赖——对舞台的爱。悄无声息中，安如成为出色的舞台人的意志正在萌发，在她自己也没意识到的情况下，她的生命的依赖已经从脆弱的某个特定的人扩展到广阔的舞台。安如自己的意志正在茁壮成长，逐渐脱去了曾经瘗花阴影下的畸形模样，"傻白甜"开始正视自己的人生路途，披荆斩棘。纵然，她那时仍躲在陈绀的保护下，偷懒不谙世事；这样更纯粹地享受舞台的时光，让她日后迷醉于舞台的魅力，无可自拔让她日后面对结局的残酷时多了后盾可以倚靠。

迷醉，或许她真的有点醉了。在一杯杯喝下"悠悠"之后，思绪逐渐悠悠起来，不再计较时间的临界，不再计较在或离开。

不过，嘉平可是个真相狂魔，她可停不下来。安如听到她在说："现在对这个离开仍有疑惑的是，陈绀对此是早有打算，还是受成笙之死影响，还是剧团主周行的意思……这个答案影响了整件事情的性质，它的背后或许就是鹿鸣街的秘密。”

“鹿鸣街有什么秘密？”安如问。

“不知道，直觉告诉我，应该和孔昭有关。孔昭的剧放在鹿鸣街，次次都能引出一段传奇，哪儿有这么巧的事情。”嘉平竟然以直觉为依据，太不正常了。或许是涉及长期研究的孔昭，感到终于迫近久久追寻而不得的真相，她也有些慌乱和焦虑，还没找到线索和证据，就依赖起直觉来。

嘉平的话还没完，童遥拦下了安如：“你喝太多了。”

“我喝不醉。”这倒是实话，安如顺而问道，“王大生不在？”

“《未来之岛》结束后，他要出差，把店交给张敖了。”嘉平很得意，“他亲口说的。”

“坐在他身边这么多场，总算有点效果。”

“也就这么一句。他很能聊，但每一句都避开重点……”嘉平似乎遇到了对手。

安如在一旁安静地听着，“悠悠”没能把她灌醉，但她喝不动了。

夜深，雾起，星月渐疲，轻风撩动，朦胧难散。安如由此开启了一段悠闲的时光，那是她进鹿鸣街来第一个漫长的假期，连续三个月，没有工作，没有任务，只有蒿野的花香和故土的故人。

《未来之岛》结束后，安如便回了蒿野。又一个新年，在那里，她要接受瘿花新药的治疗，作为一种薄弱的预防。

“三个月的假？就算鹿鸣街肯，陈绀怎么肯？”已经成为一位花匠的玲珑依然热衷于远在鹿鸣的八卦，乐此不疲。

安如很认真地思考怎么回复玲珑的玩笑话，但面对“瘿花”，她只能缄默。她勉强一笑：“单纯想休息了。三个月后的春天，鹿鸣有场演唱会，鹿鸣街六号和陈绀也在。那是我新年的第一个工作。”

"确实，唱歌比演戏好。你在《未来之岛》里演得……好在戏份不多。"玲珑表露出一言难尽的遗憾，"我也觉得奇怪，你的演技还分时间、场合、天气吗？之前的剧都不错，即使经验不足，可绝不至于青涩和某些时刻的手足无措。我还听说，《未来之岛》的最后一场很精彩，你在搞什么？"

那是因为前几部剧塑造的女主角和安如人生的某些方面意外契合，安如也不想这样，可演起来就好似经历自己的人生，能不得心应手吗？好在安如靠着前几部剧，已经积累了固定的追随者，加之莫名的观众缘，《未来之岛》中她的表现没收到多少攻击，反而鼓励她挑战新角色。

"安如，写首新歌吧。"还是乐心有追求。

"新歌？"

乐心带安如来到蒿野渡。

"怎么每次来这里，都是黄昏……"安如好久没来蒿野渡了。

她回望身后的陆地，那是连绵的山岳，隐隐约约处是乐湛的花田和她们的家，再远处是盘绕的公路，从那里起开始有了人烟，便是花的故乡里的生活。

"写一首自己的歌，把想说的都说出来。改台词干吗，直接来首歌。"乐心这话可是对着大海说的。

安如牵着她的手走在堤坝上，风从耳边过。乐心习惯了黑暗，倒是可以一个人走；不过她知道安如习惯牵着她，或许这是两位歌者和战友除了歌以外最多的交流。

乐心纤细的手很软很温柔，每每握着她的手，安如总觉得很特别。不明缘由，或许是乐心那份沉到世界之底的宁静传递给了安如，让她深有感触。乐心有如未沾尘埃的花朵，纯美至这个世界无所适从。虽饱受瘈花的折磨，她却比安如还要坚毅。

至少，乐心比安如有想法。

就这样，乐心带着安如，来回于蒿野渡和蒿野城区，制作属于安如自己的歌。

　　风吹过的地方
　　有花开，是你的模样
　　山岳之中，绀碧如海
　　风吹过的地方
　　摇曳，摇曳你的光芒

这是由乐心在蒿野渡的一番话触动后，安如的所思所想。想到"属于自己的歌"，安如脑海里模模糊糊出现陈绀的样子，但最真切的莫过于眼前的蒿野之景；海风拂过千帆过尽后的安宁，连绵的山林里跃动着连绵的娇艳。花的故乡的模样，是她心底的温柔。

　　我舍不得，于是只想看着你的背影
　　苍茫之中的一团明亮
　　自由如王子

安如把"于是只想"四字去了，期待前后句之间含义的不确定能给语言带来美感；舍不得的不是背影，而是看背影的机会。

她喜欢陈绀的自由模样，虽在鹿鸣街，却有着鹿鸣街和鹿鸣的人不同的气质，十多年来都未曾泯灭。他的特质不止于外表和舞台，让人痴迷；有点像"悠悠"的酒香，清爽，有活力，不缠绵却让人留恋。

我舍不得，追随你的步伐
斗转星移里的徘徊
山川形变间一叶轻舟

一次，安如回头看着弹琴的乐心，没有说话。乐心被她的目光打扰，不吐不快，"看我干吗？"

"写词谱曲，这样的日子真美妙。"

"你也不是第一次参与了，陈绀的《未来之岛》不就是？"乐心还记得《未来之岛》和蒿野歌谣的联系。

"那段时间，我和他也像我们俩这样——多了一位编曲老师。"安如不是陷入回忆，只是喜欢那样的气氛，"如果时间留不住，至少能留首歌，留个让人沉溺的旋律。"

她以为自己喜欢的是和陈绀一起写歌的气氛，但其实不尽然。等有朝一日，她发觉这份不尽然，也就成长了。

"悠悠岁月，何以排遣，是风物，还是风物里的存在的旋律？"乐心回答她，似乎也是暗夜里的心声。

我该感谢能有这样的风光
陪在你的身边
我该期许能有这样的荣光
陪在你的身边永远
我不会离开
即使让我远走
你的气息，我的如痴如醉
你的气韵，我的赖以存在

"这样太直白了。"一次，乐心打断了安如的思绪。

"你不是让我直白些吗？'改台词干嘛，直接来首歌'——可是你说的。"

"随你，只要歌好听就可以了。"

你亲手所指的，是我的未来
你红唇吐露的，是我的心……

"红唇？原来讲的不是陈绀。"乐心一直以为那个"你"是陈绀。陈绀带她领略的风光，她追随着的鹿鸣街的陈绀……原来不是他？

安如被问住了，她也不知道思绪怎么就飘远了。似乎她要倾诉的不是陈绀，也不是蒿野，而是——似乎是那块陆地上存在着的所有，她爱这个时空里的一切。她还没意识到，瘗花带给她恐惧和痛苦的同时，也让她和那块陆地的羁绊更深，逃不开，也离不开。

"那就不要了。"安如没怎么想，只是认为乐心觉得奇怪的，那一定不能留。

风吹过我的心房
带着你的曙光

最后换成了这两句。

这首歌用了两个月的时间制作完成，被冠以"赖着不走"的名字。

"这个旋律，心里早就有，把它写出来，却意外经历了一段美妙的时光。就在这个蒿野渡，就在这个迷蒙柔美的蒿野。"安如跟来看她的陈绀聊起《赖着不走》。

歌曲正式发布前，一个雾蒙蒙的春天，陈绀来蒿野看安如。安如不在，陈绀也没有新剧，他在忙一些鹿鸣街的杂事，还有一些别人不知道的事情——那时的安如也不知道。

陈绀风尘仆仆而来，安如并不知道。他准备好了一切，安如也不知道。安如更不知道的是，他来并不只是来看安如。只不过，因为想顺便来看安如，早了几天，给了一个危机以转机。

陈绀下午到的蒿野，约安如到蒿野渡。

"鹿鸣街六号最近在筹备几部音乐剧，在鹿鸣的音乐会之后会陆续上演。你挑挑，我跟你选一样的。"

安如懵了，她第一次有机会选择剧目，原来都是给她什么演什么。

"还是有什么其他想演的？"

陈绀的关切让安如慌乱。"从来没自己选过。"话一出口，有一瞬，安如在想，如若当初可以自己选择，她会接《阳光下的芒》的女主角吗？当初猝不及防和懵懵懂懂中，她走进了鹿鸣街的核心区，站在舞台最中央，"一步到位"让她过得小心翼翼，好在陈绀在身边让她无比安心。她紧紧盯着眼前的人，他正温柔地看着她，和台上的模样差不多。也有一年半了，他们合作过很多剧，然而剧中关系只有一个，好在他们不觉得腻。安如从他温柔的眼神里抽身："有经验的前辈，你定。不过，我有一点要求，结局不能是分离。"

曾经胆怯到排练时都会手发抖的安如，也有这么笃定提要求的时候，确实在历练下成长了。

海风吹拂，船上的灯光随之幽幽，一侧是斑斓的花中故乡，一侧是深邃的无垠苍茫。就在这静谧里，安如那颗终于勇敢面对的心似乎要飞翔，飞到宇宙深处。

"周行那帮人对今年的剧有什么要求吗？"安如休假的几个月，没听到鹿鸣街的消息。本来这是自在的，但是时间一长，安如开始想念过去的忙碌。

"周行最近……"陈绀抬头，"很忙。你提前半年说想要一段安静的假期，推掉了年初剧团给你安排的工作，想来你很想要这安静的三个月，于是我不让鹿鸣街的人打扰你。至于剧团今年的安排，回去你就知道了。你有想演的剧或角色都可以说，鹿鸣街能根据你的要求写，只是需要时间——上半年来不及了。而这半年，你我有大剧的演出任务，你挑一个。知道这么问会有些仓促，因为你马上就要结束休假、回鹿鸣了——"

"没事，假期还剩下半个多月，是该从安静的地方出来了。"安如看向远处岸上的蒿野，"花中蒿野是我的故乡，过去的两个多月是我自去鹿鸣以来最安宁的一段日子，心里如这夜幕下的世界一般安宁，让我完成了我要做的事。"

安如停下来，转着手里的酒杯，酒被轻轻摇晃，摇动着倒映的她的模样。她要做的事，其实是瘗花新药在她身上的测试，乐湛亲自带着两个医生在过去的两个月里监测，配合精密计算，得出新药于安如可用且有效。这让安如松一口气，虽然瘗花之症仍没有出路可以应对，但至少又多了一层缓冲，让病人得以苟延残喘。她想着想着，面露笑意："这还要谢谢你，不只是你让鹿鸣街不来打扰我，让我得以在鹿鸣街繁忙的新春偷闲，还有《未来之岛》那次舞台事故——你的处理帮我解决了我自己带来的麻烦，而且那晚的话让我安心不少。"话还未落，安如忙喝下酒壮胆，《未来之岛》的最后一场是她过不去的坎儿，自己当时太冲动了。

"那天你确实不该那么做，但是我明白你的心意。"陈绀回答得很认真。

安如被他的真切弄得不知所措，又一次。"我没奢求过什么，只是想和你一起演出。戏如人生，而我的人生可能只能在戏中度过。"安如说完才觉失言，她不会和任何不知道瘦花真实存在的人说瘦花之症的事情，旁人也就不知道她的人生将面临怎样的无奈和悲惨，她又何必提起。希望陈绀察觉不出话中诡异，安如默念。

"突然想喝'悠悠'了。"安如把话题转到酒上。

"那么喜欢，下次带你去芒，去'悠悠'的产地。"明明声音很温柔，陈绀的神色却很慌张，他收到了一条消息，"玲珑在哪里？"

"在家，乐心爷爷花田那边，那幢房子成了我们四个的据点。"

陈绀忙看向山的那边，乐湛花田从山脚村庄蔓延到山腰，本是寂静安宁之地，现在却有热烈的光亮。

安如跟过去看，惊呼："着火了？"

火还很大，陈绀发现时已是火光冲天，烧的天际有些模糊。怎么会这么厉害？

事情暂时平息，已是第二天的事情了。火烧空了一栋房子，好在家里的人没什么事，就是乐心本就行动不方便，躲避火灾时摔倒，骨折了。

所有人都在医院，包括乐湛和安如的父母。知道的人知道，乐心的骨折很危险。失明本就意味着瘦花之症在她身上的表现很明显，骨折及针对骨折的治疗和恢复期，乐心的身体内环境将会在药物和手术的作用下暴露于瘦花之症前，她的身体将会如何，新药到底能帮到多少，没人知道。

不过，那时一切尚好，乐心接受了初步治疗，心情也不错。

"玲珑呢？"安如只见到嘉平和乐心。

"我昨天让她去屺岛买茶了，我跟她说是一年前预订的今年新茶，商家要求当面取，但是我没时间去拿。我又让商家留她几天，她大概要三天才能回来。"

"你让？"嘉平的话，安如怎么听怎么奇怪。

"陈绀来蒿野前跟我联系过，问了你的近况。从他的话里听出来，他这次回来，除了我和王大生没有任何人知道，我就察觉出了异样，于是顺便套了他的话。他回来除了恭喜你出歌，还因为……"嘉平一时不知道怎么描述事情的经过，这其实还是她长期调查得来的习惯，经验导致的直觉永远比证据先到，然而没有证据就让她三缄其口，突然问起，就让她难以说出原委和动机。

"安如，这是块琥珀？"乐湛突然说起安如戴着的项链，"还有三颗种子，市面上罕见——谁送你的？"

《未来之岛》结束了，那条项链安如还戴着。只是她从未发现，生物遗骸旁的几个小点可以是植物种子。

安如低下头，研究起石头来："陈绀。其实是剧里的……"

说陈绀，陈绀就到了。他来得很匆忙，开口便是："玲珑不在？"

"知道你昨天要来，我让她去屺岛了。"陈绀的匆忙让嘉平意识到了事情接下去的发展，她虽不清楚其中缘由，却也证明了之前直觉的正确。

"周行放的火，目标是玲珑。"陈绀从警察局出来。

昨晚发现火灾后，陈绀和安如赶到花田，人已经被邻居们救走，而陈绀跟着去了警察局。只有他知道到底发生了什么。他也才在过去的几个月中知道。安如休假的时候，他没接舞台工作，除了他离不开的鹿鸣街的杂事，便是在调查周行。

"你昨天就知道了？"安如问。

"我不知道他会这么做。我查到行程，他后天来蒿野，于是我想早几天、比他先来，我猜测他有不好的动作，但没想到——"陈绀似乎不只是来找玲珑，他的话不只对玲珑一个人说，"他的目标是玲珑，当初指使王平杀成笙的目的就是玲珑。"

安如很激动："成老师的死？"

其实，在场的人都很惊讶，成笙走了一年半了，王平的判决也执行了，居然还有藏得极深的后续。周行为什么这么做？所有人都有这个疑问，陈绀也是。他对嘉平和安如说："我不知道他为什么绞尽脑汁要害玲珑，何况他作为剧团主，有很多更方便的办法伤害乃至杀害她。但是，至少，按目前的情形看，玲珑留在蒿野反而是安全的，不管周行出于什么目的，也不管他有没有同伙，火灾一出，整个蒿野都会保护她。"

"但是事情不能闹大，此时涉及鹿鸣街。"乐湛难得如此坚决。

陈绀显然不这么想："周行是周行，鹿鸣街是鹿鸣街，对周行的……"

"事情没这么简单。最近的那块陆地发生着巨大的变化，包括鹿鸣街，周行也在这个兆头之内。"乐湛对陈绀说的话，安如听不太懂。但她看着陈绀，他似乎明白了什么。

火灾后的第二天，一干事情还在处理中，蒿野显得有些慌乱。鹿鸣街的事情传遍了那块陆地，人们都在错愕，剧团主为了什么铺设了如此阴谋，而鹿鸣街又被卷入什么阴谋里让人生得意的剧团主豁出性命攫取？

绚丽不失温柔的花中故乡，绚烂不失超脱的鹿鸣剧团，那块陆地的从头到尾都讨论起两地的罪案。但他们都不知道，其实玲珑才是一系列事情的目标，而为什么玲珑会是目标？周行缄默，不作回应。

第十三章　阳光下的芒

这次是真的，真的来到了阳光下的芒。

安如也很感慨，这里的情形和她人生中主演的第一部音乐剧中结局的部分很相似。阳光下的芒，散着阳光的颜色，时值盛夏，她想起了孔昭的《阳光下的芒》里最后平淡却充满希望的结局。

阳光下的芒草，我藏在它如阳光般的温暖里；
抛于苍茫的我心之锚，将我留在芒野里。
风吹阳光下的芒草之野，悠悠，带来时间的歌谣。

安如的心里缠绕着《阳光下的芒》的旋律，但其实那首歌的重点在于后面两句，这个她要等到秋天才会意识到。她下一次听这首歌，不只会留意到最后几句词，还有作词作曲者。

没有曾经和未来，都只是现在，手握的分毫。
风吹阳光下的芒草之野，悠悠，带来时间的歌谣。

安如是随着新剧组来的芒。当然是陈绀带大家来的。新剧《天轻月》的演出过半，陈绀挑在这个奇怪的时间带大家出来旅游。

陈绀说，盛夏是芒最美的时候。

陈绀以前还说过，要请安如来芒。

芒是"悠悠"的产地，这次来到的就是张牧的酒厂。久闻大名许久，终于有机会见到，原来和其他地方差不多。

"这里是安如的主场啊。"嘉平搭着安如的肩。

安如知道她指的是自己的酒量："我不是来喝酒的。"

"盛夏难得凉快的夜晚，不来点'悠悠'，为赏月助兴？"嘉平递上酒杯。

张牧提供的酒杯很好看，似乎是琉璃，让酒杯时而漾起的微波，有了梦幻的错觉。安如看着"悠悠"，有些走神了。她不知道自己为什么酒量那么好，或许越容易醉的酒，也就越容易麻醉瘥花。

她容易走神的毛病还没有改，包括在舞台上。不过经验使然，她摸到了一点控制自己神游的门道，仅限于舞台上。

"《天轻月》的戒指？"嘉平发现安如带着剧中的戒指，挂在脖子上。

"这样能让我记得自己要演什么。"安如这话像是迫不得已的敬业，但其实她的心已被舞台俘虏，自从她在空闲时间戴上属于舞台的东西，对舞台有了患得患失的情感，而非仅仅怕跟不上陈绀的节奏。

患得患失虽然不好，但对于安如这类人，有比没有好。

《天轻月》其实是个古代传说，是一个不存在的古代部族的史诗。研究它的人说，那个不存在的部族是古老湖人不明原因迁移之后，流传下来的关于自己的传说。因为他们搬出后，以定居点鹿鸣为生活和历史的源头，本来的聚居处就成了传说，而古老湖人的身份也成为传说。关于《天轻月》身世的这一说法，也成了古老湖平原传说真实存在的一大

支持，尤其是《天轻月》中部族遇到的困难可能暗指瘆花；即使现在，
"古老湖平原是否存在"仍争论不休，但总有不可磨灭迹象让这些争论
得以存续。古老湖传说的可靠性有多少，没人能判断，事实就是，《天
轻月》史诗冲淡了古老湖传说在人们心中的地位，远离那段历史的后世
更乐意接受宏大又热血的史诗，而不是古老湖焚烧惨案。古老湖传说，
由此淡去，那块陆地上现在的人们知道这个传说的不算多，主要集中在
包括鹿鸣在内的后山山脉区域。

那块陆地上的古代传说都默认出自古老湖，没有理由，古老湖就是
这样一份神秘的信仰。据传，这个故事最初只是一首长诗，流传于古老
湖和后山山脉一带，在远古人们口耳相传中形成了长篇史诗，讲述了一
个神秘而传奇的部族在这一带"向死而生"的一段岁月。无论古老湖平
原是否存在，或许"天轻月"单纯是个传说，是那块陆地草创之初人们
走出诸多困境后，回过头来，为自己写的一份传记。多少年了，《天轻
月》以各种形式流传于那块陆地，时不时被人提起，是那块陆地古代传
说中最为人熟知的一个。安如这次参演的《天轻月》，据说是几百年前
的老剧本；周行出事前夕，他带着一批人整理鹿鸣街档案翻出了几部老
剧本，在筛选后，他们挑出了《天轻月》。《天轻月》在鹿鸣街演过多
次，而这次沿用老剧本，特意保留了古时候的特质，引人回到过去。

嘉平也想起了还要继续上演的《天轻月》，说："鹿鸣街近两年喜
欢回忆过去。"

《天轻月》将上演三个月。鹿鸣街对翻出来的古老剧本寄予很大期
望，内容还是那块陆地最广为流传的古老史诗，就好像捧起它便有了传
承，便标识了属于鹿鸣街艺术的血脉。

"和周行有很大关系。"安如提到周行，便不再说下去。鹿鸣街目
前没有剧团主，周行对鹿鸣街多年的影响还在，然而他为什么会放火，
还是百思不得其解。

"周行的判决今天早上刚出来，他交代了他指使王平杀死成笙、他亲自放火的事实，他给的理由是他想杀成笙，但是王平得手后对玲珑的态度以及成笙那段时间和玲珑交往过密让他意识到，玲珑可能知道内情，于是他不放心，要杀玲珑，以绝后患。"嘉平解释道，"要到下午才会公开，这是在场的朋友发给我的消息。"

嘉平看安如一脸漠然的样子，又似乎在认真思考："这鬼话你也信？"

"说得通，不是吗？周行又不知道成笙、玲珑的实情，王平当时有怀疑，示意周行，让他心里有了心结。即使玲珑退出鹿鸣街，他都不能放松警惕，直到做出放火的举动。"

嘉平一时不知该怎么反驳："你去问陈绀，他会跟你坦诚。当初在蒿野那么说，陈绀应该注意周行很久了。光顾着调查孔昭和陈绀，我确实没怀疑过周行，但是事后仍有一些蛛丝马迹，指向这件事情并不简单。比如说，王平凭什么对周行听之任之，周行和成笙有什么非死不可的过节？以及，周行交代的动机里很重要的一环，玲珑和成笙的关系，实际上没外界想得这么密切，这一点我们知道，甚至王平也明白，掌握鹿鸣街人事的剧团主难道不知道吗？而且我查到，玲珑当初离开鹿鸣街是周行的决定，而不是陈绀——周行为什么把玲珑支走？何况支走之后还不放心要赶尽杀绝？——或者，换个角度，他的目的到底是什么，只是杀死成笙吗？玲珑是个意外，还是如陈绀所说，其实是真正的周行不愿透露的目的？这些，我还在调查，但陈绀一定知道很多，他是解开谜团的关键。"

安如被说懵了，她没细想过这些。她也曾追问过陈绀，周行既然要杀玲珑，为什么还要从成笙下手，但是陈绀也没有答案，就不了了之。

这一次，安如又问起陈绀；在明晃晃的大太阳底下，陈绀的答案让安如感到凉意。

陈绀说，周行的目的自始至终是玲珑，他也是年初才意识到。

最初他觉得奇怪，在《祈祷》开始前。玲珑找到他，说要辞职，在《祈祷》结束后离开。跟她聊了聊，陈绀没有直接答应，他发现她的话里对鹿鸣街仍有执念，要走只是因为流言。但是，当天下午，周行对他说："听说你们有演员要走，要走就走吧。成笙、王平离开后，剧团势必要调整一段时间，有人想离开正常。"陈绀好奇，周行竟这么关心一个小演员。

那天他同意了，但是自此开始留意玲珑，更留意周行对玲珑的留意。

玲珑选择留在蒿野，她的故乡，过上安宁甚至于寂静的生活。但周行并不安宁。陈绀调查到，周行曾在他来鹿鸣街的早期，多次支付给王平大额资金。他原以为这是周行聘请王平的额外合约，调查结果符合他的猜测，但是这份附带合约连带牵扯出来的事却很复杂。原来，周行曾救过王平一命，从那时开始，捡了一命的王平开始了游历的生活；名声大噪后，周行找上门来，王平答应报答他的救命之恩。

"救命？"

"王平刚成为歌手的时候，因为纠纷，遭到一群人追杀，险些溺水身亡，被周行救起。周行还帮她摆平了纠纷，这才有后来自由的歌者王平。那个时候的周行大概是赏识王平的才能，又同情她被人连累，才出手帮她。她家乡的人也有说周行和王平父母熟识，但王平父母过世多年，家里的消息很少，无从求证。"

陈绀还说，王平为感情纠纷杀成笙的可能性微乎其微，"要是因为这个，要杀早杀了"——他的原话。王平不是会杀人的人，成笙也不是任人宰割的人。但是，出事的那个舞台，成笙似乎知道王平要杀他。"王平手上的瘗花刃藏得很好——嘉平应该跟你提过瘗花刃，可它被拿出来的一刻，在强光的照射下，它冷冽而特别的样子无法隐藏。我都能看出差别，何况离得那么近的成笙。那天是最后一场，没有公开的现场录像忠实地记录了他人生最后的时刻。当时他的神情是一种释然，我很久才反应过来，他缘何如此。"

陈绀回忆起事发前一天，成笙对他说的话，"我这些天很累"。他们当时在讨论剧情，陈绀就以为这句话只是随便说说。《阳光下的芒》在鹿鸣街六号剧场的演出要结束了，但是它在其他剧场还要上演，他们经常聊起之后的安排和剧本的细节。但没想到，舞台上他真的改了，把"你这些天有些奇怪"改成了"你这些天很累吧"。陈绀注意到了异样，紧盯着王平和成笙，于是发现了王平手中匕首的异常，但为时已晚。一年后，成笙的周年祭，陈绀去墓地看他，他家人交给陈绀一本旧剧本。由此，陈绀知道成笙当时为何不抵抗，他在用最可怕的方式将加密过的真相呈现在大众面前，但是人们能不能理解，还需要注解。陈绀明白了他的用意，于是将他留下的旧剧本搬上了鹿鸣街舞台。

"《彩虹之上》？"安如记得那首诗，"'玉阶生白露'……确实是你的字迹。"

"我和他的字迹很像。"陈绀解释。

"会这么像吗？"安如不是怀疑，只是感叹。她拼命回忆成老师的字迹，印象之中他亲手写字的时候不多。

安如抓不到重点的毛病，有如她在舞台上仍会走神的问题一样，屡教不改。不过，就这一次，她其实找到了重点，遗憾的是她当时没意识到。

所以，《彩虹之上》是陈绀为完成成笙遗愿而做的努力。而按照他的说法，成笙执着于这个剧本，还和周行杀人的动机有关。燕效本不愿《彩虹之上》再上演，因为这出剧他只为一人而写。

种种迹象表明，成笙在事发之前就知道王平要杀他，诡异的是他选择了顺从。

　　他这么做有他的目的，但是陈绀不愿说出到底是什么目的。"事情还不明朗，你给我几个月。时间到了，我自然会说。"

　　总之那次去古老湖畔，陈绀明白了成笙的目的，也就了然事情的走向。王平杀成笙是周行指使的，王平为当年的救命之恩还以性命，但陈绀不知道，王平是否知道周行的最终目的，不知道她心里是否认为这样的报恩实际上毫无意义。

　　"成笙也是没办法，他意识到无力抵抗，所以只能用自己的死标识真相存在的位置。"陈绀的话很可怕，他自己都感到了恐惧。安如看得出来，他的眼神看向远方，阳光充溢的芒草丛，就和《阳光下的芒》的结局一样。唯一和结局不同的是，他的眉头紧锁，锁着可怕的秘密。他自己都怕这个秘密。

　　顺着成笙的思路，也顺着王平和周行过去的联系，陈绀很自然地发现了周行杀成笙的目的——玲珑，但是玲珑并不是周行可怕行为最终的目的。

　　陈绀以为，周行杀成笙是为了逼出玲珑和她背后的势力，但他没想到玲珑方面没有直接反应，而是选择黯然退出。于是，在时机适当时，周行出手烧死玲珑，为的也是逼迫她背后的势力出现。

　　"玲珑背后有什么势力？"安如竟觉得好笑，自己和她多年的朋友，有什么神秘势力，她怎么不知道？玲珑只是一个普通的蒿野人，和安如一样。

　　"不知道。'势力'只是一个代名词，我用来解释周行想从玲珑身上得到的东西；玲珑自己未必知道这种东西的存在。而且我认为，周行也不知道背后究竟是什么势力存在，但是某些证据让他深信不疑，玲珑和牵涉那块陆地秘密的势力有很深的关联。"

　　"这里的秘密？"安如不知道他在说些什么，可怕的是，她觉得陈绀也不知道自己在说什么。

这就是嘉平说的她也说不清楚的事吧。即使调查许久，但仍旧说不清楚。现在看来，知道这个秘密的只有周行。

"人们都以为，玲珑因为嘉平，逃脱厄运。但其实，周行未必是为了烧死她而放的火。关于那场火，警方也有疑问。那场火，火势猛，燃烧面积大，但是周行留了活路——后门，不然，嘉平带着腿受伤的乐心，没那么容易逃出来。这个漏洞，还是警方在他家找到的花田地道图上发现的，他能得到这份设计图纸，想必为整件事情筹备了很久。一个存心放火杀人的人，怎么会留下那么明显的出路？或许，周行是为了逼出玲珑背后的人而放火，就和杀成笙那次一样。表面现象远不是最后的目的。"

安如顺着陈绀的话，回忆起那场火灾，都是乐心事后说给她听的。乐湛建在花田的房子，留着地下密道，听说最早是为了研究瘿花这种植物，因为瘿花神秘而特殊，乐湛也不愿让别人知道它的存在，就建造了地下通道，连接花田深处和家里，方便秘密研究。但是自从乐心得了瘿花之症后，乐湛将他仅有的几株瘿花移栽到另外的花田，而将这里收拾出来，让乐心养病。乐心一直知道地下通道的存在，不过不太熟悉，那天她带着嘉平在一份地图的指引下通过地道，走出火场。那只是条简陋的地道，院子外的部分和居民区的街道重合，直通山脚下的花田。如果当时周行放火烧了后门和后院，那条地道必然损毁。

"那里我去过，很小的时候乐心带我去过，那个时候她还看得见……那里并非简陋，只是年久失修，只剩下一条主通道可以走，而且——我总感觉不安全，这么多年过去了，不知道修没修。地道本来有很多方向，据说是乐湛爷爷年轻时培育植物的通道，后来就锁上了。"安如自然地避开了该避开的词，"应该没修，不然她也不会受伤。"

好在，乐心恢复得很好，不知道是不是新药的作用，瘿花这次没有在她脆弱的时候袭击她。想到新药，安如下意识转头，认真看着陈绀，她不知道要怎么感谢他带来的方法——这件事她无法明说。

"乐湛说当初只是为了培育花的新品种而建造地下实验室，不是什么秘密，有很多人参与了，废弃之后就没人再提了。"

"所以，当初的合作者当中有人把设计图给了周行？"

"乐湛说那些人都死了，就剩他了。没人知道周行怎么弄来的设计图，查不到。总之，周行这次很可能本就不打算杀人，而是——"

"而是逼迫某个秘密现身，某个和玲珑有关的秘密。"安如明白了，"所以玲珑身上有什么秘密？"

"答案应该从周行的经历上找起。玲珑目前为止的人生平凡而简单，毫无线索。"

陈绀叹了口气，"我大概知道是什么事情，但是没有证据。"

炙烤下，盛夏的空气有些浮躁。他们坐在树底下，看着阳光下的芒。

故事听完，安如才察觉自己头上的汗："好热，那块陆地从未这么热过。就好像这个时空在躁动。"

陈绀示意安如，带她去参观酒厂。不只是"悠悠"，芒还藏着很多外面少见的酒。那里的人喜欢酒，就好像蒿野的人喜欢花一样。

陈绀给安如推荐了一种酒。"张牧的宝贝，他人生中第一次卖出去的酒，不过因为需要的物力人力太多，他很早就不再制作这种酒了。"

"和'悠悠'有点像，比'悠悠'更复杂……"安如呛了一声，"有种苦涩，我不太喜欢。"

"复杂的东西，人们都不太愿意接受，包括张牧自己，于是有了'悠悠'。"

"'悠悠'，如同它的名字一样，有酒的灵魂，醇厚沉淀中有'悠悠'之远、悠悠之气。悠悠的口感虽有层次，但纯粹，这杯就不一样——

它有无序的复杂，像是荒草丛，它的口感杂着股很不讨喜的忧伤，像是荒草丛中了无生气的凄凉。"

"这也是张牧放弃这款酒的另一个原因，因为年纪愈长，酒里的这份凄凉就愈难排遣。"说着，陈绀放下了酒杯，他也被这份凄凉袭击，不敢面对。他转而看着安如，听安如对事物的理解，细腻而广泛，她如此用力去感受每一件出现在身边的事物，似乎是因错过了就永远遇不到了，特别珍惜，格外用力。他不知道眼前的这个女子，为什么会有这样的心态。懂得珍惜是好事，但她如此这般，就显得过于紧张急促了。陈绀意识到，她一定有秘密，不过他不打算调查她的秘密，他始料未及的是，安如的秘密至关重要。

"年纪增长，遇到的事变多，看法会变得很快。就像，在我过去二十多年的人生里，一直以为那块陆地是安宁而无争的……"安如没有说下去，她也说不清那块陆地是变得怎样奇怪。

"那块陆地在悄然变化着自己的面目，其上之人同样。"陈绀帮安如说出了她没说出的意味深长。

安如猛喝了一口酒。"还没问，这酒什么名字？"她觉得酒里的哀愁，和她说不出来的意味深长莫名契合。

"原来也叫'悠悠'，后来出了新酒之后，它就没名字了。"

"因为人们不想提起它，它便没有了名字，没有了归属。纵然如此，它还是能抓住人的灵魂，灌入能呕出心肺的悲伤。逃不开。"

"再能喝酒，也不要喝太急。"终于，陈绀看得着急了。

所有人都知道，酒醉不了安如；却没人知道，为何会灌不醉她。听到陈绀温柔的关切，安如很想把瘗花的秘密告诉他，这个秘密她从没想过和旁人说，这是唯一一次。

陈绀看安如静默，便把她手里的杯子拿开。"最近你的声音状态不好，《天轻月》还有很长一段时间，你再没办法调节，嗓子坏了可怎么办。"

安如没回答，光顾着看陈绀，眼神纯粹却又毫无含义。

"休息一段时间？《天轻月》这样的剧，你现在决定的话，替你的演员就位，大概可以替你一个多月。"

安如依然没回答，只是眼神里蕴着冷冽之气，如瘞花匕首般的冷冽之气。她当初决定演完全程，就是因为陈绀要演完全程。

"好吧，好好休息。"陈绀明白她的意思，便没多说。

那次"舞台事故"后，陈绀和安如之间一如既往，只是会多一些"话落气氛就变"的情况。

或许是出于对彼此的爱的缘故，他们都选择不戳破。陈绀在事故之初的态度，让安如释然原本对自己的自责；但是到了过去很久的此刻，那样的态度滋生了些许特别的气氛，让安如不知所措。

不过，这不是重点。那时在芒，她该在意的是自己能不能坚持到《天轻月》结束。于唱歌，安如一直自信，她能驾驭很多歌，也乐于学习，现在也越来越熟练于将歌的诠释和角色融合。然而，可能是前一年年底的新药试验，让她的嗓子受到了影响。歌确实越来越好了，而这次面对长期的演出任务，她的自信让她忽略了保护，让嗓子愈发疲惫，状态不如以前。

"发明这酒，明明也有我的功劳，你一句没提。"王大生走了过来。他的动静一向很大，是个热闹的人，大老远便能知道他的动向。

陈绀回他："这话你和张牧说去。"

安如见这两个人聊起来，便说："我先走了。"她没让陈绀送，反倒走得匆忙。

她见到王大生，心里有些疑惑，想找个人说说。

想找的人自然是嘉平，这位只为寻求真相的"预言家"。

已是夜里，她在山坡的老树下，找到嘉平。就是白天，她听陈绀讲周行的地方。那棵树是小矮坡上唯一的树，曾是芒这块地拓荒者的标识，它的苍劲也是芒的苍茫，它的老而弥坚也是芒的气质。

她开口便是一句"陈绀说……"，她以为嘉平想知道陈绀眼中的真相。

"不要告诉我，我有另外的调查这件事的思路，告诉了就打断了。"

"他和王大生……我觉得这两位有些奇怪。"

"你终于发现了。"

"你知道了什么？"安如突然发现，芒的夜里的嘉平的眼，散着隐约的光芒。

"不确定，再给我几个月。"这话如此熟悉，陈绀刚和安如说过。

"到时候会不会太迟？"

嘉平很好奇，她惊觉安如变了，温如止水的人变着急了。她大概真察觉到了什么，嘉平也希望能帮她。于是她说："其实那次的火灾，我也有疑点想问你。当时，乐心带我走地道前，从一个隐蔽的柜子里取出一个琉璃盒，里面放着地道设计图。她把图给我，自己摸着墙，走进地道。她后来说，那里她小的时候去过，很早以前是个庞大的地下建筑，有很多通路，为了防止迷路，墙上有不一样的记号，摸得出来。但是年久失修，很多地方的路已断，只剩下通向山脚的主路还能走，所以那里已然是个迷宫，她也因此摔倒受伤……"

"听说是你抱她出来的。"想着公主抱的画面，安如不禁笑了。

"所以你房间里的琉璃盒里放了什么？"嘉平来了个突击。嘉平很早就看到过那个盒子，谁让她开保险箱不关门。嘉平本也不在意，谁没个秘密呢？直到那次她发现乐心也有一个一模一样的，而且那个里藏着重要的设计图。

毕竟是鹿鸣街倾力栽培的演员，纵然演技有待提高，应付生活中的场合还绰绰有余。"瓶子是蒿野产，同一批货物，我和乐心都有，家里还有很多。"安如回答了嘉平的疑惑，却也避开了重点。

"我曾说过，我不会去探知你的秘密。但如果那是我不得不去解开的秘密……"

安如听不懂她的话，更搞不懂她夜里突然的咄咄逼人。

"是直觉。我总觉得你和乐心如果守着同一个秘密，那这个秘密说不定很关键。两个人常常在蒿野渡散步，在蔷薇之道聊天，互相扶持着，小心翼翼走在人生的路途——这么亲近的关系，还扯上了玲珑和周行，即使只是间接的联系，我也觉得不会简单。"

安如不得不服，嘉平的直觉很准。无论嘉平是多么曲折地思考一个问题，得出的答案都意外得十分接近真相，从学生时代开始，屡试不爽。

还好是在暗夜，嘉平看不出安如眼神里的慌乱。瘗花可是要死守的秘密。

盛夏夜的浮躁里，灵明月光下，暖风徘徊于芒的平原，灵敏的人都能察觉，这份静谧里另有不安。

盛夏夜的和煦里，安如在芒听到和思考的事情，也是芒乃至那块陆地在思考的事情。土地和其上的人气息相连，彼此牵念、羁绊，由此命运交织着，直到深沉的最后。

"没有曾经和未来
都只是现在，手握的分毫"
风吹阳光下的芒草之野
悠悠，带来时间的歌谣。

重名的巧合，也带来命运的巧合；安如也觉得巧，于是，在盛夏夜，轻唱起了这首《阳光下的芒》。安如没想到，她演过的每一出剧目都和她的命运莫名契合。

第十四章　谢谢你

　　《天轻月》的最后一天，安如有些不安。她主演的剧目，每到最后一天总要出点事；这一次，她从睡梦醒来开始，就隐约觉得有大事发生。

　　这最后一天已入了秋，秋雨萧瑟，带来一些凄楚。穿过街头的人来人往，安如仔细寻找那份不该出现的凄楚，她也想不通，是瘥花将要来袭的预感，还是和陈绀真会分别的预言，可是就算如此，这座城不该也被凄楚笼罩，露式微之色。

　　入秋的鹿鸣，那天有了老照片泛黄的颜色，让安如不安。她早早来到鹿鸣街六号，比以往都早，还扔下了嘉平。说起嘉平，虽然她自己只想借鹿鸣街演员的身份打探秘密，也不愿有大量工作，那会花掉她原本用来研究鹿鸣的时间，但这些年在事业上也算有了长进。这次《天轻月》，她勉为其难接受了一个月的演出量，剩下的时间她混在乐队里。

　　"你又不务正业。"这是安如听到《天轻月》安排的第一个反应。

　　"谢谢鹿鸣街的好意，不过这个位置看得到真相。"嘉平见她不信，"鹿鸣街能在周行不在的小半年不慌不忙、按部就班，你不想知道原因吗？"

"很正常。剧团主确实很重要，可鹿鸣街什么时候依赖过一两个人？"

"你习以为常的事情，都曾是很多人的心血。"嘉平质问她，"想过吗？以陈绀周全的作风，他能预见周行的犯罪，也就能提前安顿好由此带来的影响。知道吗？年初公布的鹿鸣街六号全年计划是陈绀组织安排的，周行只是签了字。我不知道他怎么做到的，事实如此。陈绀真是个神秘的人，原以为他只是你眼中无比完美的那个人，他用这里的人鲜有的作风默默影响着鹿鸣街；他安排的所有事情，都靠谱地进行着，他的每一句话，都靠谱地实现和将要实现——我很久没遇到这样的人了。这样的人很好研究，他的每一个动作都有迹可循……"

听到此，安如面露不安："那是不是意味着……"

"我的傻安如，《未来之岛》的结局这么仓皇，他处理得这么平静，已经很能说明他的心意了。你们俩居然还没有什么进展，你也太没用了。"

"因为……"一遇到感情的事情，安如就变得吞吞吐吐。

"因为你只想当他舞台上的女主角，而他的说辞，似乎是有使命在身，不能和你在一起。"这理由嘉平听了半年，"那你就没想过当他生命里的女主角？"

嘉平又一次"怂恿"安如，因为她意识到，如果安如再不争取，或许就没时间了。安如被瘟花恐吓惯了，不敢设想未来；嘉平则看多了事情的真相，理解没有什么是绝对恒定的，事物总归有变化，因而能维持的时间再短，都要试一试。

"不需要。"安如也不知道自己是带着怎样的情绪说的这句话。当时，就这么没过脑子的脱口而出，说完有些后悔，抿了抿嘴。

"羸弱却莫名倔强的女主角。"嘉平摇了摇头，拿出谱子，她要当两个月的乐手，要十分熟练才行。

"你是怎么说服他们加入乐队的？"

"我这点营生技巧被你知道了，还怎么混。"嘉平拒绝了。其实她只是投了简历，不过这种事情说出来会让她的神秘形象荡然无存。她还在上学的时候确实会很多乐器，当初选择读音乐剧也不是完全靠运气；她想进鹿鸣街，因而在鹿鸣街六号经营范围内挑了自己喜欢的音乐剧。身边挚友的这些心思，安如该留意到；但是她不会去深入思考，她不想，她不愿把那块陆地和其上的人想复杂了。陈绀除外。

在嘉平多次诱导下，在芒看到王大生和陈绀的背影后，安如终于开始思考陈绀。这个思考和漫长的《天轻月》演出一样漫长，从芒回来后开始，持续到《天轻月》的最后一天。

《天轻月》的最后一天，安如让自己尽量不说话，安安静静的，有人搭话，她只是"嗯""嗯"回复着。她嗓子不舒服很久了，《天轻月》拖得时间太长还只是诱因，瘝花之症的存在才是这场危机的根本；她心里明白，却无能为力。《天轻月》带来的心里的疲惫，可以在每天到鹿鸣街梳妆后、见到陈绀时，一散而去；但身体的疲累，却不是那么容易缓解的，在瘝花新药的副作用下，她拖垮了自己。到最后一天，她已经不敢说多余的话，怕在台上唱不出来说不出来。

不过，她还是遇到了必须要说话的时候——是她自己想说。她见到了晏芩，《阳光下的芒》之后，她第二次见到晏芩。晏芩这位传说一般的人物，又低调如传说，能两次来看她的剧，还在开场前来看她，实属莫大的荣幸。

"谢谢。"安如没有多余的话。她很想多说些，然而和晏芩握手，让她忘了自己要说什么，这是安如除陈绀外，遇上的第二个让她激动而无法言语的人。那块陆地上的人对晏芩的感情，大体都是安如所表现的那样，他们一般不称呼为"晏芩"，而是用尊称"晏子"，也就嘉平那个自诩真相的使者坚持称呼原名，所谓"遵循事实"。晏子是那块陆地在世的最伟大的科学家，他的研究预示着那块陆地的发展方向，一个尊称可不够那块陆地上的人对他的感激和敬仰。因为他低调避世，"晏子"这个名字也随之带着隐世的神秘感。

打过招呼后，安如目送晏芩的背影消失于人潮中，还是被陈绀提醒，才回过神来。

"今天下午结束后，我们还有点事情。"

"我们？"安如没问出来，不过在她的记忆中，工作中的对话里，这么亲切的措辞"我们"被用到的情况可不多。

"一个采访。"

安如讨厌听到"采访"两个字，因为她面对采访根本说不来什么。有什么好说的呢？

陈绀知道她这样，也就没说具体安排。其实，那天下午的事情不简单，释放着巨变的信号。

陈绀在后台报幕，安如候场。舞台背后，她看着陈绀的背影，竟出了神。

她来到陈绀身旁："你今天很特别。"

陈绀觉得自己听错了："有话现在说，我怕你又改台词。"

"你今天很……帅。"他今天确实美得很突出，安如当初被陈绀身上的这种光华吸引，那一刻却被他熠熠外表震惊，像是看到流星，除了美的感叹，还有一丝疑虑。

安如在《天轻月》中饰演两个角色，一早就要上场，来不及多说。她演故事中一位和古老部族崇拜的神明相像的人，因而那位神明也是她饰演。神明生前是位带领部族成长的首领，死后灵魂不死，陪伴着她深爱的部族和那片土地，被人奉为神明。数百年后，部族陷入困境，这时诞生了一个和神明长得一模一样的女子。她长大之后，和剧里的男主角产生了一段感情，伴随着部族波澜壮阔的开拓史。他们的感情真挚纯粹，经历却曲折。百转千回中，两颗紧紧靠在一起的心发现了部族的秘密，也是神明的死因。故事的最后，男女主角为挽救古老部族的命运，献上了生命。自此，古老部族走出困境，也走出了原来的土地，向着更广阔的远方前行。前行的队伍中，就有男女主角。他们俩死去的当晚，即将被火舌吞噬前，神明救了他们。此后，神明没有再出现过。据说，神明的魂魄散了，融入了他们两人当中。最后的最后，被神明救起、重获新生的两人，和族人走在去往远方的路上，而神明真的成为他们心中的神明，以传说的形式继续守护着曾经的他们的精神，那份藏在古老历史里的精神。这个传说，就是诗作《天轻月》，陈绀、安如这部剧的原作。

接近尾声的一段，在神明的魂魄进入两人的身躯之时，没有魂灵的两人在神明力量的驱使下苏醒，在一段专属于神明的灵明歌声里，跳了一段舞。先是脚尖，划在玻璃质感的地面上，再是双手和身躯，再是头颅，最后睁开眼睛，他们发现自己回来了。双目凝视，瞳孔里有彼此的倒影，他们活回来了。眼神似乎有光，他们下意识握着对方的手，就这样看着，看着。

为了营造神秘感，这一段他们还化了诡异的妆。整个场景没有台词，这样最容易让安如遐想。最后，握着陈绀的手，她心里只感觉如履薄冰。纵然画着如古老壁画上古怪人物一般的妆，她眼里的陈绀的光芒无从掩盖，还有他的眼，明眸如古老湖明珠，仿佛看着眼睛就能瞧见他的灵魂，清澈、明亮、温柔。只是，沉溺在如此明眸里的幸福，让她心生胆怯，胆怯于她的未来，于他和她的未来，随之漫上不安之感。或许幸福就是如履薄冰的，就如被瘗花掌控的她的命运，让她只能把片刻当做为永恒，因为她的未来可能连片刻都没有；台上共舞、牵手对视的那一小段，她也将此强行算作永恒，她习惯了，因为难有下一刻。

《天轻月》每到这一场，安如都很珍惜，漫长的拖垮她嗓子的三个月的时间，终于还是到了终点。她很珍惜，再珍惜都还是会过去。她没有什么不满足的，台上随着剧情相遇、相知、相守的彼此的心，在相融的一刻，就好像台下的生活里也能如此一般。就是这天，这一刻，她感到了不安。

她不知道原因，也来不及想，只是突然掉了两滴泪。就两滴，还挂在右脸颊上。她在极力克制真实的情绪，效果很好。可能是嗓子不好，让她没法尽兴唱，让她没有心力发挥自己的演技。

陈绀感受到了她的异样。她的手在颤抖，他没有别的办法，只能握紧她的手。

最后一场，族人告别神明，开始新生活。伴着歌声，他们向着朝阳前行。那一刻，陈绀牵着安如的手。本没有这个牵手，三个月来也就这一场；他牵起她的手，坚持到幕布落下。

这一牵手，让安如从剧中主角的情绪里惊醒。是啊，何必担忧未来的未来，她的心从来只顾得上现在。

直到下台，安如还心有余悸。这是她主演过的剧目中，唯一结局她发挥尚好的剧。中间经历了自己的力不从心、身不由己，还有对陈绀的、对自己未来的疑虑，终于坚持到了最后。还好，结局尚好。

安如才想起陈绀说的采访，其实那是一个新闻发布会。鹿鸣街六号公布了新任剧团主，是晏苓。

安如站在陈绀和晏苓身旁，很紧张。她好久没这么紧张了，自《阳光下的芒》顺利演出、她习惯起鹿鸣街主演的身份后，她就再也没这么紧张过；连乱改台词，跟陈绀表白，她都没这么紧张。她就傻站着，脑子里一片空白，反正也没人问她问题，焦点都在晏苓身上，这一场她做好花瓶的本职就可以了。

她甚至没思考过，晏苓为什么会接下这个职务。晏苓低调，鹿鸣街六号可做不到。伟大科学家和一家老字号艺术集团，他们的命运竟然有机会紧紧相扣。

与其说命运奇妙，不如说人事复杂。那块陆地上有很多安如原以为可以不用理解的复杂，事情的发展正在逼迫安如接受这些复杂。

不过，安如是不会改变的。她有她简单而怡然自得的活法。

不过，这一切让安如见识了孔昭剧的威力。传说中的孔昭剧上演后这被诅咒的两年，波澜叠起，晏芩的加入会是尘埃落定的时刻吗？

雨落了一天，终于停了一会儿，有了夕照。小川上有烟波，鹿鸣街有轻风。

终于，工作都结束了。和晏芩打过招呼，安如、陈绀离开了剧团。

"我们走走吧。"陈绀说。

安如点头，走在他的身边。

雨后轻风格外怡人，秋的爽朗让人的步履轻快。路边有积水，树叶有水珠，砖墙有余晖，街头有人声。

他们走过了小川上的桥，桥下有流水，散乱山岳的倒影，带走夕阳余晖。他们演过的剧里，也有一条小川，那是秘密的出入口，沉睡着古老地下世界。

他们走过了安如曾读书的学校，校门口打闹的、聊天的、停留的，最是热闹。他们演过的剧里，也有一个学校，那是最美好的时光，极力挽留着最后还是一去不回的幸福。

他们走过了一片草地，它朝着后山山脉的方向连绵不绝，是鹿鸣最大的空地。

他们演过的剧里，也有一片荒原，那是现在和未来重叠的空间，有人所向往的安稳，也有人所向往的用来翱翔的天空。

他们走过了一个渡口，其上有游人等客船，去往湖那头的湿地。他们演过的剧里，也有一个渡口，渡着部族的命运，那有天旷月轻的倒影，还倒映着未来的模样。

他们走过了一家博物馆，已经闭馆了，锁上了历史中的诸多宝贝。他们演过的剧里，也有一个博物馆，那有不为人知的秘密，关乎人的过去，关乎人的心。

他们走过了鹿鸣的几个区，终于肯回头望，却瞧见了彩虹，在后山的方向。他们演过的剧里，也有彩虹，彩虹之上是灵魂驻留的地方，藏着最美好的梦。

他们走出了鹿鸣街，却仍旧走在人生的舞台上。他们心里都想着，彼此就该是自己生命里不可缺少的主角。他们演了无数场彼此的命运，却无法将自己的命运拥入怀中。彼此克制，因为各有使命。因而没有挑明，就这样默默走在路上，能走一段是一段。

不会再见了吧（不会再见了），
因为我们都还有使命要赴。

曾经唱过的歌，刻着本人真实的道路。安如终于发现了这个巧合，惊慌不已。

她终于忍不住问了："你要离开了吗？"她的心容不下这个事实，于她而言太可怕。

安如没给陈绀说话的机会，自己解释着："刚刚走过的风景，就好像我在舞台上遇到的那些。人生能和剧目多相像，我不知道；但是，刚刚走过的路确实让我想起我在鹿鸣街的这几年。我很感谢你，带我领略美妙的风景，无论是生活中，还是舞台上。我很感谢你，从'芒'开始的工作都是你给的机遇，没有你，也就没有现在的我。但是，我有奇怪的预感，感觉现在的自己已走入日暮夕照，感觉我的太阳、光芒正离我远去——你要离开了吗？"

背向夕阳的他们，真似走入日暮黄昏里。

安如停了下来，她低头，鼓足勇气，踮起脚圈住了他的脖子，头埋在他的肩上。"可我还是喜欢你。"

安如说出来了，在秋天傍晚的鹿鸣的某个街头。

是的，嘉平不止一次地提醒过她，陈绀很特别。但是她从芒回来后，挣扎了许久，决心简单些，想得简单些；人生的路途布满荆棘，何必再自找麻烦。

陈绀抱住了她。

两个人在街头相拥。本来也是幅美好的画面，何况夕阳灿烂，背后建筑美妙绝伦，如油画的布局。然而，这是在现实的街头，不是鹿鸣街的舞台。要不是这地儿车很少，他们还会上新闻。

陈绀意识到这一点，拿下她的手，放在自己的手里。"其一，我也很感谢你，'没有你，也就没有现在的我'这话该我说。你在身边，我觉得安心。最近这几部剧，因为有你的帮忙，才能成就现在的'舞台人陈绀'。"

"其二……"陈绀看着安如的眼睛，似乎在感叹她瞳孔中的自己的模样，"我也想带你去外面，走走看看，然而……"

"然而什么？"安如反问他。

"今天，想带你喝屺岛茶。演《祈祷》的时候和你喝过，好久没喝了吧。总觉得喝茶的时间会过得慢些——真希望时间慢些。"

陈绀转移的话题，本该让安如心生疑窦，不过她已然无所谓了。舞台上她就想好了，能和他在同一个舞台上，没有什么好不满足的。

喝着屺岛茶，他们聊了许多，和以往一样。其实他们很有的聊。

本就投缘。

陈绀问她，何苦呢，跟下《天轻月》全程。他自己特殊，需要抓紧时间，但是安如完全没有必要。和其他演员一样，做些别的工作，接触新鲜的事，看看世界不一样的面目。

安如只说，只想看在他身边能看到的风景。她不知道这样的时光终点在哪里，她坦诚最近越来越不安于察觉终点的迫近，不明缘由。不过，她已经不想探知原因，也不想确认时间线，只想珍惜鹿鸣街和他一起的舞台。

陈绀听到这话，有过思忖，不过他不惊讶，他心中的安如就是这个样子，有让人惊讶的无比安稳的灵魂，或许是"以不变应万变"。他回道，自己也很珍惜和她一起的时光，无论是舞台上，还是这样喝茶的时间。

陈绀还是没有明说"喜欢"一类的词，不过安如能感受到，他温柔中的爱意。从《未来之岛》最后一天感受到的情愫，在《天轻月》最后一天又加深了一层，安如无比开心。那颗曾被瘗花冻结的心，肆无忌惮起来。

她将对幸福的如履薄冰之感抛之于脑后，享受这片刻的也是最后的安宁。

第十五章　雾会散去

年末新剧的安排出来了，是鹿鸣街几个剧作家的集体作品，名字就叫《悠悠》。《悠悠》描述了百年前鹿鸣的市井生活，还找来了王大生投资、冠名。这是一群小人物的历史，后山脚下的鹿鸣，喧闹穿过街头巷尾、商铺酒吧，络绎不绝的不只是人，还有人制造的故事。那块陆地上的时间很慢，百年前和现在没什么差别，只是多了层陈旧的滤镜，让人怀念。

《悠悠》发生的地点，就类似于酒吧悠悠和它所在的街区，是最热闹的地方。因为王大生的投资，主人翁叫大生，工作的地方就叫悠悠。

"你怎么会同意主人公叫'大生'？"安如刚拿到剧本也很好奇。

"是我要求的。"王大生还很得意鹿鸣街满足了他的要求，这也算以某种形式成为鹿鸣街的主角吧。

"这个主人公身体不好，你怎么想不开咒自己。"

"所以他姓'贾'。"

借"更好地演绎《悠悠》"之名，安如和嘉平下了班便泡在悠悠里，就这样和王大生讨论剧情。

贾大生是个游子，那块陆地就没有困得住他的地方，直到身体不好，他重回鹿鸣，决心定居。他找了在酒吧的工作，负责"悠悠"的保存。在他落脚地个把月里，悠悠所在的那条街区过着属于它的日子，喧嚣却也是热闹，纷扰却也是人情，世故却也是人的秩序。就在这样的热闹里，贾大生发现了这块地方的秘密，涉及鹿鸣的秘密。

"这又是一个打怪兽的故事？"嘉平似乎厌了这戏码。

"鹿鸣街什么时候打过怪兽？"王大生好奇的声音被安如压了下来，她说："那是心魔。"

是心魔，《悠悠》中设定的百年前鹿鸣的心魔，就藏在那个街区的地下。传说，很早以前的鹿鸣出过一位复仇者，他坐拥财富却爱幻想，他想改造鹿鸣却屡受挫折，诸如背叛和失败之类，终于被现实折磨的他走向了性格的阴暗面。他决心当一个复仇者，用全部的财富设计了埋藏于地底的机关，一旦机关启动便可以冰封整个鹿鸣。这个传说的后半部分，那人没有等到机关完成的那天，但是跟最信任的人说："务必帮我完成它，你休想动手脚。它无法被毁灭，无论你在不在，它都有办法运作，只是耗费的时间长短而已。"那人活着的时候饱受背叛，死后照样如此。他最信任的人停止了工程，并找人摧毁它；不幸，此人在计划开始前就死于非命，从此世上再也没有了解那个工程的人。由此，鹿鸣开始忌惮这个工程，并给了"复仇者"的称号，原名是什么已没有人知道。据传，复仇者的幽灵徘徊于鹿鸣，就等着这个工事的运转，藏于鹿鸣地下的冰之恶魔终有一日苏醒。《悠悠》的故事背景就是如此。

贾大生是个见过世面的人，即使一把年纪还籍籍无名，却在多年的经历中学会了很多本事。他无意间从一群年轻人那里听到这个传说，又看着对传说深信不疑的那群人研究找出冰之恶魔的方法，竟想加入他们。很快，贾大生在隔壁书店老板的帮助下，找到了地下工事。他计算出这个"冰之恶魔"因为当年的未完工，其爆发时间不能确定，但它的影响也将巨大到无法测算。贾大生和众人商议，最终决定炸毁它。复仇者失败的一生唯一的成功作品就是它，纵然当年没有完工，它依然有可怕的威力。损毁它的代价，书店仓库通向它的秘密通道暴露，并形成河流，和流经鹿鸣的主河道回合后，给鹿鸣带来一个几十年的"冰河期"，鹿鸣的人就算过冬了。

这样，用很轻的代价制止了冰之恶魔潜在的巨大破坏力。

《悠悠》的最后，因为那个街区已然不在，而常年低温的鹿鸣不适合带病的贾大生定居修养，他离开了鹿鸣，寻找下一个能养病的地方。

"我带你去看看外面的世界。"贾大生这样对书店老板说，对方答应了。

"自己的戏份就一句带过？这个角色明明很重要。那个传说其实是贾大生从别人那里听来一部分，再跟你套的话。也是因为你接纳那群热衷探险的年轻人，接纳贾大生在你店里做听上去十分荒唐的研究，才有他们发现仓库里秘密通道的剧情。也是因为你的极力支持，才促成冰之恶魔的毁灭。最后，还是因为你的应允，故事才落下帷幕。"嘉平甚至觉得就剧情而言，安如饰演的书店老板比贾大生还要重要，"这么好的人物设定——你确定陈绀没改过剧本？"

"你的意思，他特意让给我的？"

"倒也不是，而是这个剧本有很浓的……"嘉平不忍再说下去，她看着安如清澈的眼神，似乎能就此看到她纯粹的灵魂。

安如明白。"是离别的意味。我和陈绀这些年主演的剧目，几乎都在离别，《祈祷》是女主角离世，《彩虹之上》是男主角离世，《未来之岛》是恋人间相忘于江湖的告别，《阳光下的芒》是主人翁和幻想告别，《天轻月》是部族和过去告别。后两部加上这次的《悠悠》，男女主角到结尾都还在一起，但是唯独这次的《悠悠》，让我感觉每一句台词都在告别。"

"那是你的心理压力。《天轻月》结束的那天黄昏，后来闹得沸沸扬扬的拥抱，你对陈绀说无论如何都喜欢他。你曾跟我说，你这么做这么说，是因为已然接受两个人必然且即将分开的命运，你对这段感情的定义是'向死而生'。我不明白，你对这段感情为什么这么小心翼翼而不敢去做；也不明白陈绀为什么也是如此，就算你本就胆小害羞，但他明明不是这种人。或许，你们俩都有秘密。但是，既然你从那天起，就打算勇敢承认和公开自己的爱恋，为何还如此拘束？你已然无所谓结局，无所谓时间长短，更无所谓形式，去尽情享受这段你下定决心争取来的美好时光，不好吗？"

安如没办法回答，她有瘿花的秘密要死守，就因为不愿人们为瘿花的存在而恐惧。而且，她越来越感觉到陈绀有不能说的秘密，无论这个秘密是否是他要离开；不然，没办法解释陈绀为什么对这段感情也不言不语。

陈绀虽然不曾言明安如于他的意义，至多一个"搭档"定性，但为安如做的太多了，为现在耀眼的她铺的路，为未来有坚强而独立意志的她而准备的事业，这些那时的安如未必全能理解，却深有感触。她感受到陈绀特别的爱，逐渐确认这不是她的自作多情，因而不能理解他刻意保持的距离感；她原以为，彼此间的若即若离，是自己刻意保持的克制，但久而久之，她发觉陈绀也是如此。

安如心想，如果可以揣度他人之心，陈绀是否和自己出于一样的理由，而不敢触碰这段感情。和嘉平相处这么多年，安如也学会了嘉平的"假设论证法"：一切以自己的假设为出发点，去寻找证据，以直觉为基础，错了就错了，万一对了呢？

安如总嘲笑嘉平想得太多，可没想到自己也被传染了。她本来用自己劝说嘉平的话来嘲讽自己对陈绀的怀疑，然而她越来越觉得这不是多心。

到头来，安如还需嘉平劝说，是你想太多。

"我是觉得这剧本有很强的暗示。陈绀曾坦言，《未来之岛》是他在鹿鸣这么多年的所思所感；那么，比照而来，这次的《悠悠》则有现实指引……"嘉平瞥了一眼斜对面的王大生，"王大生，你说呢？是陈绀让你投资冠名的吧？或者说，这部剧能叫《悠悠》，能讲悠悠的故事，本就是你们的默契。"

嘉平其实猜得很准，不过王大生那时急着出门："我有事出门，你们慢慢聊。不过，酒醒的时候总会来，不急于一时一刻的清醒。"

王大生留她们一个背影，饮酒过度的张狂的背影。

"指引了什么现实？"安如可不管王大生干什么去。

"在芒的时候，我说给我几个月，我能查清周行犯罪的动机。恶性犯罪事件，在那块陆地罕见，周行手头的这两起足以占据历史的篇幅。他为什么要赌上自己的一切？"

嘉平盯着安如，让安如的后背渗出冷汗。"你干吗，这么神秘。"

嘉平放低了声音，十分慎重。"我接下来说的话确实不可思议，但是你要进入我的思路里听完。你和我说，我开始怀疑陈绀的那个疑点——《彩虹之上》老剧本上的那首诗，其实是成笙写的，他们很早就准备再演《彩虹之上》了。鹿鸣街准备一部剧的时间可长可短，如果只是成笙想演，他在做准备，也很正常。不正常的是，你居然会错认陈绀的笔迹。"

"真的一模一样。"

"我去找人做了笔迹鉴定，陈绀和成笙的笔迹十分接近，可以说是一个人的。"

"你别告诉我成老师和陈绀是一个人。就算两个人的笔迹几乎不可能一模一样，你也不能开死去的人的玩笑。"安如觉得可笑。至今，她一个人走在舞台上的某一特定时刻，脑海里仍能出现成笙死时的场景，那满地的血，以及王平的颤抖。

"如果就是呢？我是说某种意义上。"

"什么意思？他们俩长得不像。"

"不需要长得像。陈绀和王大生是很好的朋友，而陈绀和成笙更像是兄弟。如果这两个人在他们的命运开始前，就有交集呢？"

"笔迹可不是先天就可以决定的。"安如的逻辑难得这么清晰，咬着一个点不放。

"还有那首诗。"嘉平不知道要怎么才能跟她解释清楚，"玉阶生白露，夜久侵罗袜。却下水晶帘，玲珑望秋月。——之中，有一个熟悉的人名。"

"'玲珑'在这里的意思，不是人名，是月光吧？"

"如果指的就是我们的那位玲珑呢？玲珑背后有个她自己都不知道的秘密，可能是她家里人的秘密，周行想借玲珑找到这个秘密，所以才会下毒手——你可还记得，周行杀成笙是为了逼出玲珑，放火烧房子也给玲珑留了一条生路。我想，当初如果玲珑真和我们在房子里，那么那条地道的尽头，等着我们的不是隔壁邻居，而是周行。"

安如的脸上充满了不屑。"照你这么说，玉阶不会说的是古老湖的玉阶吧？"安如脱口而出的话，吓到了自己。

嘉平居然点了点头。"我在想，周行和陈绀是两方人，他们都在追寻古老湖的秘密，玲珑是解开这个秘密的关键。周行用了极端的方式，最后毁灭了自己。而那首诗的出现，意味着成笙和陈绀是一伙儿的，还有谁和他们是一边的？陈绀是自己发现了这个秘密而保护玲珑，因而涉入了这个秘密的中心，还是陈绀一早就出于争夺这个秘密的中心，因而有了后面的所作所为？"

古老湖是那块陆地文明的源头，它的秘密会是什么呢？和瘟花、和那个被烧死的养花人有关？当初，那块陆地最早的居民烧毁一切要离开的地方，藏着怎样连传说都不敢提及的秘密？想到此，安如毛骨悚然。

"我刚刚和你讲的故事，是不是和《未来之岛》很像？陈绀是不是说过《未来之岛》是他十余年思考的结果，而陈绀当初拒绝你的感情、克制你爱上他的原因，是不是说的'有一些原因他不便说'？"

"这不便说的原因和古老湖有关，和周行的疯狂有关……"安如吞下一大口"悠悠"，强忍着泪水，"《未来之岛》的最后，两个人分离，歌词是'我们都还有使命要赴'。他有他的使命，那个牵涉古老湖的使命，而我也有我的使命……"

安如同样吞下了"瘰花"两个字，她的使命不就是在瘰花之症的胁迫下凄惨死去吗？"你的推测合情合理。"安如头一次这么大方地夸嘉平的假说。

嘉平不敢说话了，安如的反应让她始料未及，冷静，冷静至死寂。她还有推论，不过她不敢说下去，只是轻声问："你没事吧？"

"我们回去吧。"

嘉平默默帮她披了外套，依然不知道说什么是好。

在回去的路上，萧瑟的秋风，传出了安如的一些心声。

"我对这样的结局——分离的结局，早有准备。我并不害怕离别，也不伤感于再也见不到。能在舞台上当他的女主角这么两年，已然是我生命里最美的一段时光；能在他身边，领略只有在他的身边看到的风景，我已然心满意足。

"让我措手不及的是，是他先离开我。"

"还不知道陈绀什么时候离开鹿鸣街。一切都只是我们的猜测。"嘉平在一旁安慰。

"很快，不是吗？《未来之岛》的完成，已然是个很消极的信号。周行行动的暴露，说明争夺秘密的两方已有一方出手，最终对决也快到来了吧，结束的时候就是分离吧。《未来之岛》结束的那天，他跟我说，因为一些理由，他不能接受我的爱。这个理由，是他即将要离开吧。所以，他今年才会那么拼命地处理鹿鸣街的事，大大小小，事无巨细，他都要安排好；因为他要走了，但鹿鸣街仍处在动荡当中。鹿鸣街在失去多年的剧团主之后，所表现出的镇定自若背后，是他在拼命维持，忙于研究的晏子又能管理鹿鸣街多少？你之前说陈绀着急培养能接受鹿鸣街的人才——在他今年的安排里，全部印证了。

"他忙碌的身影，源自放不下十余年付诸努力和心血的地方，在他离开之前，他要把能顾到的顾到——一副处理后事的架势。"

一片红叶落在安如发梢，打断了她的惆怅。她取了下来，又到了一年叶子飘零的时候，她更伤感了。

"千千？"安如看到了一只白狗朝她跑来，"你不是在蒿野吗？"

当初玲珑辞职后，和安如一起回过鹿鸣街的家，把东西打包带了一些，还想把千千带走，安如不肯。"你们俩演出忙，遇到外出巡演，千千还不是要给邻居养。""当初，是我们一起决定养它，说好了一起养，凭什么你带回去"……争论中，她们俩就定了口头协议，一人半年，这狗现在应该在蒿野。

那时，一旁的嘉平看在眼里，还嘲笑这俩是离婚分家。转眼间，也过了快两年。"因为我回来了。"玲珑跑来，扑向安如和嘉平，比千千还热情。

"我回鹿鸣街了，和你一样，和原来一样，当一个鹿鸣街的演员。"玲珑的语速和以前一样快，养花的安静日子可没憋坏她。

安如懵了，她没发现旁边的嘉平一脸满意的笑容——这个人早知道玲珑要回来了。

玲珑自己解释："陈绀请我回来，我就回来了，来演《悠悠》。周行的事暴露，我也很惊讶，但确实他的阴谋大白，才让我放下成笙之死的心结；刚好这时有机会，就决定回来了。虽然陈绀没说，但我知道，他是找我来陪你。我知道未来的路未必好走，不过，到时候不想待了，可以再回去养花——我和乐心打过招呼了，半年鹿鸣，半年蒿野。"

"他一定不会是为了找人来陪我，而请你回来——嘉平、童遥都可以陪我。他当初说过，他同意让你走，是预想你会再回来。你本就属于舞台。"安如看着眼前的玲珑，想起那时她落寞离开的样子，她尽力融入乐心生活的样子，一晃快两年了。——乐心，还是学生时代，安如介绍给玲珑认识的朋友。

三个人手牵着手，霸占了步行的小路，后面还跟着一条狗。

她们走在鹿鸣的黄昏里，街的那头蒙着雾。安如皱着眉，眯起眼，想看清远方："那是陈绀？"

"陈绀、王大生、晏子，还有孔昭？"玲珑眺望，"晏子和孔昭怎么会聚到一起……"

那四个人在远处的路口停下，陈绀一个人朝着安如的方向走了过来。

"有空吗？借我一个傍晚。"

安如答应了。他们往鹿鸣街的那头、大雾里走去。

"他们去约会？终于到这一步了，那天夕阳中的拥抱，很成功啊。"玲珑看着那两人走远的背影，开始聊一些鹿鸣街的边角料。

"不会走到这一步的。"嘉平叹了口气。

"约会很难吗？"

"你想的那种很难。舞台之外，牵手的次数都数得出来，还都是不得不牵手的情况。"

"什么情况？明明陈绀……也喜欢她吧？"

"很复杂。他当初从鹿鸣赶来蒿野，是为了救你，你就该明白，这背后很复杂。"

"人祸阻滞了这段爱恋吗？"

"不全是人祸，该说是命运。我心里有答案，但是我总觉得，那不是完整的答案。总之，陈绀不敢接受安如的爱，也不敢爱安如，和安如合作了一段时间后，他无意间发现自己爱上了安如，那是他的感情，猝不及防；但是他会拒绝，他冷静、克制——这些都是王大生和我说的。同样，安如不敢大胆去爱陈绀，不止于她本身的胆怯之心，不止于她感受到陈绀的克制而不知所措，还有她可能存在的秘密；但是她会隐藏自己的心，她也冷静而克制。"

"安如又有什么秘密？"

"你回蒿野的这段时间，一直和乐心在一起，工作、生活在那片花田，就没有察觉什么？"

"乐心是个音乐天才，我和她住一起的这段时间，居然感悟了些许真正的音乐——倒也不只是唱歌，而是对乐音的领悟，一种贯彻于精神、统一于身体的领悟。"玲珑不自觉就夸起乐心来，"我知道你不要听这些，不过我只察觉到这些。"

嘉平不想打扰玲珑纯粹的想法，她心里的猜测只是猜测，她意识到那是她从未涉及的领域。于是她说："我们回家去吧，你行李都整好了？"

嘉平发现决定回归鹿鸣街的玲珑变了，年初的她还不是这样的。似乎是花的故乡洗涤了她的心灵，变得特别纯粹；似乎有一股清风从蒿野吹来，来到鹿鸣。若说那块陆地是干净又安宁的天堂，那么蒿野就是天堂里的一泓碧水，被花装饰，格外特别。

"安如和陈绀的这段爱恋，朦胧而纯粹，干净得像流淌在天空中的河水，比古老湖都要清澈，却也脆弱不堪，让人不忍打扰——这是我的感觉，这俩或许也是如此看待这段感情的吧，所以才小心翼翼，甚至不敢大口呼吸，怕吹散了这段情缘。我没想到的是，原本胆怯的安如竟大胆对陈绀表明了心意，我又以为安如反常的大胆是因为她爱得太深，没想到包容着她、照顾着她、又为她打点的陈绀，其实爱得更深，因而能够冷静，能够克制。这一点，就算我不知道他们各自有什么秘密，也能看出来。"

"我相信你的感觉，你正因为有这样敏锐的感觉，能够捕捉细微的感情差别，才有足够应付舞台的演技。"嘉平感同身受。因为和安如相处的时间太久，嘉平不需要收集线索推理，也能感受到安如这段感情的微妙变化。安如一直呵护着的这段爱恋，维系到如今的静如止水般的美好，还能维系多久……

玲珑感叹着："秋天的雾这么大。"

"雾总会散去。大概就在这个黄昏。"嘉平另有所指。

上一个黄昏里，那个拥抱被拍了下来，传开了，轰动了鹿鸣；陈绀用简单的"鹿鸣街的羁绊"平息了风波，给人们一个正面的却被圈在朦胧里的"心知肚明"。而这次这个黄昏，嘉平觉得陈绀要和安如坦白。陈绀为了以后的鹿鸣街，交代了很多人很多事情，这次要轮到安如了。

一向安宁的鹿鸣的秋，遇到被雾气笼罩的黄昏，开始了不安宁。

第十六章　蔷薇之道

　　鹿鸣的黄昏，他们走向永远走不到头的雾中，最终走到了小川旁。

　　"蔷薇。"安如看到了一路的蔷薇，生长在小川畔，延伸于小川畔通向鹿鸣街六号的那条小路。

　　"生日快乐。"

　　这一句话来得突然，安如不知所措。陈绀的声音被鹿鸣街舞台锻炼得格外好听，它能偷偷进入人的心房，偷走人的魂魄。安如的魂，就跟着走了。

　　安如不过生日，从来不过；因为她不记得自己生日，因为她家人没告诉她。染上瘘花之症，会惨死于突然之日，如琴弦断裂，乐音戛然而止；统计而来的规律，这个截止时间一般在人的盛年，而具体病人又可以根据瘘花之症在基因上的表达测算。所以，家人一直给安如一个概念，何必惦记自己几岁，重要的是尽心尽力过得好。

　　安如当然知道自己几岁，但不知道生日。

　　"给你的生日礼物。"陈绀说，这是他请乐湛帮忙，从蒿野带来的蔷薇。

　　"你怎么知道我的生日？"

"乐湛告诉我的。"乐湛必须知道，他是难得的研究瘿花的人。

安如看着满目的蔷薇，是故乡的颜色，故乡的气息，一直蔓延到鹿鸣街六号。沐着小川上的和煦的风，她的视野有些朦胧。为了掩饰受宠若惊后的慌张，她忙说："雾散了。"

"雾终会散去。"陈绀转头看向夕阳，那里还残留着雾气，朦胧里的夕阳让人倾心，因为能让痴心妄想的人产生可以轻易得到它的错觉。得到它，似乎就可以把时间拥入怀中。

安如也顺着被夕照氤氲出闪耀来的蔷薇，看向夕阳。她莫名感慨："陈绀，我有件事要告诉你。"

"我也有。"陈绀看着安如的眼神，似乎很不忍心。但是他那天没有把不忍心说的事说出来，舍不得伤害。

"你要走了，离开鹿鸣街？"安如问道。对此，她已经不在意了。

"不只是离开鹿鸣街，而是离开那块陆地。"

安如惊愕，不在"那块陆地"，还能去哪里？她呆呆地看着陈绀，这副"不知对方在说些什么"的空白表情，让陈绀迟疑，但是已经到了必须坦白的时候了。

随着小川缓缓而流，安如听到了和古老湖众传说一样有意思的事情。

陈绀说，他来自另一个世界，另一个时空。他和王大生在这里的时间的十余年前，来到这里——那块陆地。

他和王大生是多年的好友，他学天文，而王大生研究基因。事发前，他们才二十出头，他还是个跟着做研究的学生，而同龄的王大生是个科学怪人，少年时就有瞩目的研究成果，此后再也没有突破。那日，他们爬山，走入一个深不可测的山洞，就再也没走出来。

当他们知道发生了什么时，已经过了很多天。他们从那个山洞来到那块陆地的具体地点，就是芒，他们发现芒几乎全是"外来人口"，都是异时空来的人。有些人停下来不走了，就搬到那块陆地其他的城市，过着属于这里的生活，譬如定居鹿鸣。很多很多年前，抱着这样心思的人成了那块陆地最早的祖先，确实就生活在古老湖区域。

他们也选择去鹿鸣，倒不是为适应那块陆地的生活，而是为了回去。芒是外来人口聚居区，因为地理位置在最北边，不会打扰那块陆地的人，想回去，等时间就可以了；和那块陆地的牵绊越少，也就越容易离去。那块陆地所处的时空只有这一块陆地，而这块陆地上只有古老湖湖底有和异时空周期性开放的通道，但通道并不稳定，科学家们可以争取通道开放的时间，送想回去的人回去。而下一个可以回去的时间，就在明年年初。

陈绀在那块陆地上生活了十多年，错过了三次这样通道开放的时间。因为他们要研究一些现象。他们发现那块陆地上的时间过得特别慢，陈绀觉得这值得研究。而王大生则看中了这里的人的奇特。理论上这里所有的人都来自同一个世界，误入异时空罢了，但几千年甚至更长时间以来的发展，已经改变了他们的基因，让这里的人长寿而不衰，这一点吸引王大生留下来研究。因而，他们拖到了现在。

至于为什么前三次选择留下，而这一次要走。只是因为他们想走，本来的世界有他们放不下的事情，诸如父母家人，还有热爱的事；大概是年纪渐长的缘故，他们开始放不下，想回到摸得到曾经的地方，发展属于自己的未来。这个"想走"，从三年前，放弃那次可以回去的机会开始的，没想到这三年里遇到了让他刻骨铭心的……

"我做出离开的决定，还要追溯到三年前，那时因为要彻底离开，就和当时的周行、成笙商量，安排好了最后三年的大致工作。因为要离开，和我交好的一些朋友也给我准备了礼物，晏子时隔几十年对《祈祷》做改编，就是一份礼物。没想到，当时放弃回去多留出来的三年，让我遇到了刻骨铭心的人和事。那块陆地只是我研究的对象。我以鹿鸣街为驻地，研究这个时空，没想到鹿鸣街和那块陆地还给我带来了此生挚爱。"

安如听到这番话，该感动，还是落魄。陈绀第一次坦诚自己的心，让他承认且亲口说出这份爱，多不容易。

安如直直地看着他，刚刚他说的所有，她都不敢相信，但是她没有质疑。她信陈绀说的所有的话，包括听上去像玩笑话一样的"异时空访问"。

就好像她欣赏陈绀的每一个举动，就好像她因喜欢陈绀而喜欢舞台，她萌发的对人生存在的欲望，开始于陈绀的出现，即使现在她的心已然可以独立，但陈绀不走，她就一直依赖他。所以，虽然陈绀要走是他自己的决定，但对安如而言，是"发现她自己"的最后一步。

陈绀的走，对安如人生的发展而言恰到好处。但因为瘈花之症注定了安如的悲剧，陈绀的走又显得残忍；没人知道她什么时候死，但知道瘈花存在的人都心知肚明，她很快会死，包括她自己。死前还要经历一次几近"死别"的"生离"，不禁让人怜悯起这位的命运。目前的陈绀，被她认定为和自己的魂魄并存的存在。

"我不敢说'我爱你'，也不能接受你的爱，因为我怕伤害你。我不是这里的人，终究也要回去，这份爱注定只能留在朦胧里，不然没有结局的它会伤害你。我对你是一见钟情，当时是成笙带着你，我听到你的歌声，回头看你；从此，我在舞台上，都会有类似的小动作。"

回头的小动作，是因为台上灯照不到的地方有了一份额外的放不下的牵挂，所以他索性请她站到舞台中央，能够有自己的光亮。

开在灯光辉煌下的蔷薇花，只会开出辉煌，直到心力枯竭，它守着这条路，这条艰险的路……

安如的歌声顺着小川流向鹿鸣的中心，那远去的人烟。这句词是诸多幽灵提醒主人公的台词之一，是安如在鹿鸣街舞台上的第一句完整的词。

"你还记得这句话。"

"那是我在鹿鸣街舞台上的第一首歌。谢谢你，让我成为女主角。"

"是你自己争气，我只是给了你机会。我也没料到，你会如此适合鹿鸣街的舞台，鹿鸣街的未来就该属于你这样的。"

"不可能，你不在，我也不会留下。我喜欢你也是一见钟情，时间要早很多。刚来鹿鸣的学校，你和王平来上课，是从那个时候开始的。那时只能远远看着，我的愿望便是能和你同台，没想到命运眷顾——应该说是你的眷顾，让我成为你的女主角，成为追光和掌声的焦点。"

"过去的两年多，我带着你了解鹿鸣街六号的台前幕后，是希望你能成为鹿鸣街的中流砥柱。你有这个能力。"

安如决然："然而没有这颗心。我的心，我对舞台的心，是因为你，别无其他。"

安如心想，她或许也没有这个能力。她现在的状态已然进入演艺生涯的巅峰，但是不知道何时会戛然而止的生命，让一切预想变得危如累卵。

"不可能，我看着你一个人站在空旷舞台上的身影，你转头望向观众席眷恋的眼神，就知道你离不开舞台，你的心爱上了舞台。"

安如辩解："那只是因为二楼的灯太亮了，我才眯起了眼睛。"她爱陈绀，不妨碍她爱舞台。不过她不愿意承认自己爱上了舞台，她不敢把心再交出去；陈绀是个意外，她不敢再犯错误。她离瘴花之症死亡高发时间越近，越发胆小；她原以为新药可以缓解，但该来的还是会来。

安如已经比以前的人幸运多了，以前罹患瘴花之症的人很快死去，而她已经活了这么长时间，还在苟活的生命里遇到了美好的一段时日。此刻，她抬头就能看见陈绀清澈的眼睛，觉得知足了。

今天的安如对自己的未来特别悲观，把新药带给她的信心抛掷云外。大概是陈绀告诉她生日是哪天的缘故。

陈绀不知道，他不该说的。他只是按照一般的习惯，给安如过生日。

那时，陈绀想的是，没必要逼安如接受鹿鸣街的所有，随她心意，她若只想当个演员，她若不想有太多的工作压力，她若想离开——她不该因自己的离开而离开。"你就没有什么想问的吗？关于我的那个世界，我来到那块陆地之后的生活——你不觉得我跟你说的事特别荒唐吗？"

"嘉平对我说，她怀疑你和成老师在某种意义上是一个人。"

"某种意义上，确实是。"陈绀承认，"我和他有很多不该相似却依然相似的地方，譬如笔迹。王大生在这里这么多年的研究，也发现了很奇怪的事情。这里的人虽然也都来自我们原本生活着的时空，但是这么多年了，生活在不同的环境里，定居并繁衍后代，这里的人已然和我们有很多不一样。我们本来抱着这样的想法，和那块陆地接触，直到遇到张牧。张牧、张敖对外称孪生兄弟，但其实张牧是外来人口，他也是误入这里的，比我和王大生早几年来。我和成笙的相像之处很隐蔽，我们俩偶然间才发现的；张牧、张敖的相像则像是完全的复制粘贴，只有模糊的'气质'概念上有所不同罢了。王大生对此没能研究出根本来，但他有个假说，那块陆地所处的时空和我们原来生活的地球时空是平行的，因而存在一部分基本上一模一样的人。"

"也就是说这里的时空是你们的世界的复制？那么，你们原来把这里当做什么了，单独的异时空？"

"是未来。是我们遥不可及的天堂一般的存在。谁会想到自己能来到世界之外的世界呢？这里纯粹、安宁、温吞、时间迟滞，没有我们那里的芜杂、散乱，这里就是我们的世界的升华，将所有优点放大，并且还有很多理想环境下才有的特质。最突出的特质——这里的时间很慢，慢到我们这样的身体跟不上，你看，我们比你们老得快很多。时间对我们来说很可怕，它可以摧残美好，摧毁拥有过的一切。但是，这里的时间太慢太悠闲了，让人获得了客观上的长久至遥遥不绝的安宁。何止安宁，安宁之上还生出了活力，而非堕落的死气沉沉。对于我们来说，这里就是想象中彼岸，世外桃源的模样，是向往的未来。"

"那为什么要回去？"

"因为那里有牵挂，有我们想要完成的未来去实现。这份牵挂相信你也有，就是无论何时何地、做任何事情，没有踪迹的，突然冒出一丝想要回头的念想，甩不掉更不想甩掉的牵念。"

安如明白，再不舍得，也能明白。

陈绀见她低头看着花，似乎在想着属于她的那份羁绊，他便说道："但是，究竟为什么会有一模一样的人存在，还有一些是像我和成笙一样有些相似的存在，我们还不清楚，这或许是两个时空之间的秘密。"

"所以这也是'悠悠'为什么有从未有过的独特味道的原因，因为根本就不是那块陆地上的人酿制的，本来就不是那块陆地上的口味。"

其实，之前，安如觉得陈绀总是说一些类似于古文的奇怪的话，那都是那块陆地未必留存的、陈绀的世界很熟悉的古文，包括"玉阶生白露""一片冰心在玉壶"这样其实很普遍的诗句。那块陆地上的人过惯了"未来"的日子，对原来时空的记忆有限，也就带过来的古籍还守着模糊而遥远、可能不再有交集的曾经。

"包括我带来的花蜜，送你的那块琥珀石，也都是我们那边的东西。"

安如明白了，很多出现在陈绀、王大生身边奇怪、特别的事情，都是因为他们根本不是这个时空的人。"为什么我以前都没听说过时空之外时空的事？我身边的人也没有，满世界打听真相的嘉平也不知道。照你的说法，芒那里就有很多人，还有散落在那块陆地上的新定居者，都是几十年内异时空的访问者，那么其实那块陆地上有很多人知道时空之外的事吧？"安如意识到，其实陈绀没有隐瞒自己的身份，他确实来自芒，只是芒之前他在哪里——她没有问，人们也都没有想到这一层。

"时空往来"这个公开的事，居然被这么多人当做秘密。

陈绀解释这个公开的秘密成为秘密的起因。"也就这些人，还有那块陆地的一些老人家、科学家知道。像你这样，土生土长的那块陆地之人，基本上都不知道了。最早的一批人都知道自己来自哪里，可是当他们安定于这片土地，没想回去，久而久之，他们的后代也就忘了过去、出处，新来的毕竟少数，也很少提及来历，久而久之，也就少有人知道这出了。"

"既然如此，你为什么来鹿鸣街？鹿鸣街演员的身份太惹人瞩目，容易暴露自己。"

"我从未隐瞒自己的身份，没有人追问而已。至于为什么是鹿鸣街——"陈绀望向隔着小川的鹿鸣街，他特意将蔷薇之道铺向鹿鸣街六号的后门，此处正好瞧得见依稀，"鹿鸣街六号随鹿鸣诞生而诞生，是那块陆地文明历史开端的一个标志，它于那块陆地上的人们异常重要。它在，鹿鸣在，那块陆地的文明就在。这么重要的鹿鸣街六号，自然聚合了重要的人，它的过去、现在以及未来的走向，对研究那块陆地都是珍贵而可靠的资料。就你到鹿鸣街的这两年多，在它的座席上就多次出现过重要人物，孔昭、晏芩、周行，算上巡演，还有一个乐湛；这些人都给我们的研究提供过帮助，无论是时空的，还是人类基因的研究。在它漫长历史里纠缠的内容，随便研究一两段，说不定就能牵扯出这个时空的秘密。"

"孔昭，乐湛爷爷……"

"孔昭是一位杰出的科学家，剧作只是副业。准确地说，三十年前，因为某些原因，他放弃了剧作家这个职业，转而投入科学研究。他的研究和晏芩的基本在同一领域，与晏芩的中庸温和相比，孔昭的更为激进——你可以理解为怪异，因而和王大生很合得来。而孔昭业已成就的剧本写作就搁置了，只是偶尔写一写，大多数时候都在隐居，和晏芩一样带着团队埋头研究。晏芩这次答应接管鹿鸣街六号，实属难得，也和他们的研究有关。"陈绀没有把具体的研究内容说出来，其实已经有了答案，但他不知该怎么和安如说，便转了话题，"乐湛是著名的植物学家，研究很久了，这里的植物对于我们研究平行时空也有帮助。"

"那个研究的内容大致是什么。"在陈绀的意料之外，安如居然对此有兴趣。

"现在还不是说的时候。"他拗不过安如好奇的眼神，那跳脱于她一贯形象的神情，"总之，周行也是为了这个犯下了罪孽。"

安如越听越糊涂，不过既然说到了周行："成老师也和这个研究有关？"

"他没有参与研究，但是他知道，从我这里、从古老湖畔那里都能知道。因为古老湖畔后人的身份，他一直知道很多事情，比我一个外来人员知道的多得多。"

不管那群人研究出了什么，安如顺着波澜不惊的小川，顺着簇拥着的蔷薇，望向鹿鸣街六号。雾散了，鹿鸣街可以看得很清楚。她想起很多事情。

她问："你把这里变成第二条蔷薇之道……"

"因为《悠悠》，《悠悠》里有类似的场景——当然，加入这个场景有我的私心，因为你。整部《悠悠》是鹿鸣街给我的告别舞台，剧情的重点也是我最喜欢那块陆地的地方，它的温和、安宁。全剧必然有主线，但其实内容不多，邻居、客人碰到的琐碎的小事占了很大篇幅——我执意如此，在这块外人眼中的未来土地上，人们的生活没有任何阻碍，漫长的时间里调适它的，只有人群中的热闹；至此，寡淡的时间才有了温柔和安宁。我想记录这种感受，作为我留给这块土地最后的礼物——外人眼里的鹿鸣和那块陆地。"

安如听得出来，陈绀对那块陆地没有归属感，即使在这里生活了十多年，但是不及他生长的土地给他的羁绊和牵念。这里只是他偶遇的未来，他很用心的观察，而如今要结束这段偶遇，回到"现今"的正轨了。

安如原以为陈绀只是离开鹿鸣街，原来是离开这个时空，是彻底地离开。她不知所措，只能聊工作："所以，《悠悠》里的'冰之恶魔'传说有原型吗？"

"你是指我跟你讲过的古老湖平原传说？"陈绀第一反应如此，"确实很像，一个是冰，一个是火，却都可以吞噬文明。剧本大纲是我和晏子一起写的，写的时候有意加入了我们对鹿鸣起源和它的未来的一些看法——说到起源，当然会涉及古老湖。但你要说，故事脉络很像——巧合，这是诸位剧作者对传说的第一反应，古老湖的故事已然扎根于你们的思维里。虽然不确定鹿鸣乃至整个那块陆地的文明是否真起源于古老湖，但你们确实深受古老湖的影响。"

"或许，我们真的都来自古老湖。古老湖平原传说不只是传说这么简单。"安如承认。因为她知道那块陆地上绝大部分人都不知道的事物的存在——瘘花自始至终是那块陆地的一根刺，扎在古老湖的湖心，也扎在那块陆地的心脏上。

不知道是不是夕阳已沉的缘故，天气转冷，安如有些冷，但是她不肯放弃。"所以，我们演过的那些剧目的剧情，其实都在暗示……"

确实，有意无意地，暗示她如今承受不来的结局。

"你演过的……"陈绀开始回忆，"除了《天轻月》，都是。但《天轻月》这样的史诗，本就有暗示历史命运的意味。"

陈绀对她说，一开始的《阳光下的芒》，是孔昭对那块陆地的理解，一群人在寻找未来的途中误入一个时空，在砥砺中发现，拥有现在的人才能找到未来所在，他们其实已经到了"未来"所在。这也是来到那块陆地的一部分人，选择留下的原因。未来何处，在于自己。绕树三匝，天涯而栖。

后来的《祈祷》，是晏子的亲身经历，据说那个女子的病很复杂，病因牵涉那块陆地的历史。

再后来的《彩虹之上》——那次，你和嘉平还我旧剧本，我就知道你们能注意到就写在封面上的异常——嘉平可以。那是成笙的笔记，也是他决心说服原作者燕效同意再演的原因——原因是什么，我刚接手这剧时，还不明白。后来才知道，是周行指使王平杀了成笙，目的是逼走玲珑，让受尽委屈的玲珑去找背后的家人，从而找到那位神秘的家里人；一年多之后也是他放的火，目的也是引出玲珑家里那位神秘人士，这一切和孔昭、晏子的研究有关。而《彩虹之上》的内容暗示了这一切，老家的宝藏指的就是他们的研究。成笙很早就注意到潜在的危机，但直到最后，他都没能阻止。

《未来之岛》就不用说了，剧名就是我这个误入的人对这里的看法。

还有就是正在筹备的《悠悠》。包括晏子、孔昭在内，鹿鸣街现在接触过音乐剧的、能用上的人，都多少参与了这部剧。不出意外，《悠悠》演出期间，那个神秘的研究将由晏子、孔昭联合发布——这是我们今天商量的结果。

"有了定论，我就来找你了。你总要知道，知道我要离开，知道那块陆地正在发生着什么。"

时空大海里的孤岛未来，会去向哪里……陈绀有答案，但是不知道怎么和安如说。他也是才知道的答案，还需要消化。

安如的魂则沉没在他给《祈祷》的那个注解里，"无法打捞"。

"变冷了，我们回去吧。"陈绀提醒她。

安如装着心事，还不想走。"所以玲珑那个家里人这么重要？周行挖空心思、做出不可饶恕的事情，找出他。"

"乐湛。"

安如听到了不可思议的名字。

陈绀对她说："你不觉得玲珑和乐心很像吗？"

总不会是失散多年的姐妹吧？安如便说："好像你第一次去蒿野，远远看着她们，是这么说过。我不觉得。"

"当时，我只是觉得像的地方该是蒿野人的特质，毕竟那是个相对封闭的地域。但是，我后来调查出，玲珑的父亲是乐湛的长子。"

"所以乐湛其实有二子一女？"

"他一直没提及大儿子吧？"陈绀解释道，"他大儿子当年因为矛盾离家出走，再也没有回来过。后来，乐湛和他大儿子互相了解彼此的事情，但就是不来往。玲珑从鹿鸣街辞职后，是你介绍她去乐湛的花田，也是乐湛乐意得成的事。其实到了这一步，周行的计划已经达到，只是他没意识到植物学家乐湛就是那位神秘人士。"

乐湛太不像神秘人士了。

"那段时间，乐湛努力教导玲珑成为一个花匠，却没有和她相认，没有透露过一点多余的信息。他和我说，当初的事情，他释怀了，他只希望那块陆地的后人们能相安无事，继续他们的安宁和温和。他自己也没想到，周行在找他。但其实，周行不知道他的目标之人就是乐湛，他只知道是玲珑很重要的人，跟着玲珑，把她逼到走投无路，那个人一定能出现。

"周行没想到，乐湛早就出现在玲珑身边了；之前的情报一直给周行以那是个隐居避世之人的印象，但其实乐湛不算特别低调，他还在养花卖花，这让周行错过了机会，直到他放火被捕。"

"所以乐湛知道什么很重大的秘密？"安如似乎能猜到，但是她不愿说出口，转而说，"天冷了，我们回去吧。"

安如差点忘了，陈绀怕冷。陈绀不是这个时空的人，尽管这里和那边一模一样，但是和这里的人相比，陈绀正在迅速衰老，导致同龄人在同样的气温下，感受却很不一样。那批"外来人员"都这样，恐怕要到他们的下一代才能适应这里漫长的时间。

之前，安如和她的朋友们也聊起过，觉得陈绀比同龄的成笙要老一些——其实原来是一样的，只不过陈绀的身体按照原定计划老去，但那块陆地的成笙按照这里的时间慢慢悠悠地过着悠闲的岁月。

安如正要起身，陈绀伸手扶了她，对她说："我在《悠悠》结束后回去，明年年初。晏子说，他和鹿鸣街给我安排了一个演唱会，作为告别演出，就在《悠悠》后一天。那之后，就回去了。"

安如抓着他的温暖且还算柔软的手，惊觉，两年多了，是陈绀一直这样带着她往前走；大梦将醒，以后的路就一个人了。她也感受到了寒意，她想回蒿野。

"别怕。"陈绀似乎能知道她的心思，"你和鹿鸣街，我都放不下。权衡之下，给你们尽可能安排了后面的路，可以保证未来两年内的安宁，希望你们继续绽放你们的光芒。"

"两年……"安如念着，又觉得自己不该这样沮丧，"我当你的女主角也有两年多了。"

"你会是我生命中的女主角，尽管算到明年年初，也只有两年半。"

陈绀的话如和煦的风，算是渐凉的秋意里难得的温和。

安如抓紧了他的手，直到坦白后缓过来，她才发现自己是多么怕失去他，失去他手的支撑，失去他在舞台上的鼓励，失去有他在才能看到的美好风景。

安如越想越害怕，她一手被陈绀牵着，一手抓着陈绀的手臂，像受了惊吓的胆小动物，落半步跟在陈绀身侧。她知道自己这样陈绀会担心，但是她没办法像刚刚坐在河滩边那样强做淡然。陈绀自然留意到她的不一样，但也不敢停下脚步，这样的离别是无法舒缓的忧伤。这俩又回到了原点，不敢走下一步，怕伤害对方。

在清爽的秋日傍晚，落日余晖正灿烂的时候，沿着蔷薇之道，陈绀送安如到了家。一路上，他们没有一句话。

分别时，在家门口，陈绀对安如说："抱歉，本来是要给你好好过生日的。"

安如没有这个心思。她心里想的是，这生日本就不该过。

"我本来也有秘密跟你说的，不过……算了，比起你不是这个时空的人而言，我的秘密不算什么。"

这么一说，陈绀想问也问不了了。

安如赶他离开。她有很多事要想。

她确实接受了陈绀的说辞，却是生吞下的，仅靠对陈绀的感情。尽管荒唐，安如从来都相信陈绀的话，深信不疑。

"安如，你终于回来了。"迎面而来的是玲珑热情的拥抱，还有她洪亮的声音。

安如有些恍惚。

"他说什么了？"嘉平看出了她的失魂落魄。

安如一进门，就卸下了在陈绀面前装出来的淡定和理解。她原来的坚强是被瘥花逼出来的，她强迫自己忘记终将到来的痛苦离别，去面对鲜活的现在；但是，风吹散了傍晚的大雾，带给她一个离别的真相，还是永别。

永别还是来了，来得比她想的要早得多。还是，他先离开。

"他不是这里的人。他来自另外的时空。"

"你在逗我？"玲珑才回来，什么都不清楚，没有嘉平的耳旁风当预防针，她还以为安如拿到了新剧本。

"陈绀是异时空的人，误入这里。他说这里就是他们世界里的未来，他误入未来，却还是要回到现在生活。我理解他。是我，我也要回去。"

"那你……"玲珑没有多余的话，就是又抱住安如。她想安如哭，安如却没能哭出来。

"《悠悠》是他最后的剧。"

"所以，他才叫我回来。"

"鹿鸣街是他所放不下的，这一年来他为他的离开准备了很多'后事'，你也是他期待的精彩的鹿鸣街的一员。"

"都这个时候了，你还帮他说话。"玲珑埋怨安如什么时候都在帮陈绀说话。她此刻不想看到安如这么理性，抱怨几句、说出来，会舒服很多。

"他今天跟我说了很多，很多他的、鹿鸣街的、那块陆地的秘密，还有很多——告别的话。"

安如的头伏在玲珑肩上，欲哭无泪。

玲珑拍着安如的背，就像安慰一个孩子，不过她却听到了安如这样说："他说周行屡次将你置于险境，是为了找出一个人——"

"安如。"

安如的话被一个熟悉的声音打断了，是乐心。乐心的声音怎么会忘，那是如乐音一般的美妙声音。可是，她怎么来了？

"爷爷送我过来的，就今天早上。我知道了陈绀的事情，也是今天早上，他来接我和爷爷的时候。"

"爷爷呢？"

"去了古老湖畔，他说他要处理完那里的事情，再来鹿鸣。"乐心也担心，"看来是很重要的事情。早上来接我和爷爷的，还有晏子。"

"果然是很重要的事情——"安如想起陈绀未能言明的事，"他们的研究？"

乐心没有追问这些事，她不是不感兴趣，只是觉得总会知道。而且，那究竟是什么，其实她心里已有了大概。

乐心让安如带她上天台。夜幕已至，分外萧瑟，不过，还好有人声、街灯和星光陪伴。

"爷爷的事还不能说。"乐心主动提起。

"你早就知道了。"安如早就知道，乐心有非凡的智力，还有可怕的洞察力，以及强大到似乎可以包容一切的心，这样的心让她拥有了全局观，同时还有张力的。

"今天早上，我和爷爷到鹿鸣，来接我们的是晏子和陈绀。晏子一直知道爷爷的事，他做事谨慎，陈绀能跟着他来，就说明陈绀也知道了。"乐心解释，"不过，我确实不知道玲珑和我的关系，原来我们两个的投缘，还有一份血缘在里面。早上，他们来，我才意识到，花田的那场大火意味着什么；其实陈绀在医院说的话，就在暗示。陈绀和爷爷应该在这之前就交谈过，很坦诚地对他们要研究的问题交换意见——这个时间，最可能在我因火灾住院、他们在医院打了照面之后。

"陈绀是个心思细腻而缜密的人，光这一点确实适合当科学工作者，能从细节里找问题。他很出色的，在那块陆地颇有代表性的作品鹿鸣接六号中，找到这个时空的破绽，他所要研究的时空的秘密的破绽。他很幸运，在决心最后留在那块陆地的岁月里，邂逅了他的挚爱。'挚爱'，他原话是这么说的。

"晏子和他邀请我和爷爷来鹿鸣，其中他写给我的信有这样的内容。他说，他邀请我来，还希望我能陪你，说服你留在鹿鸣街，这里有你的舞台，如鱼得水的存在，不该因为一个人的离开而舍弃拥有美好前景的道路；如果有可能，还要带着他的那份心，完成舞台人的成就。他又说，你是他的挚爱，命运在他选择多留的这最后三年，在漂泊无定的异时空，遇到了似乎能让他有归处的挚爱。他说，鹿鸣街六号不只是他做科研的依靠，还是他在那块陆地用心经营的事业，而你的出现，让他在鹿鸣街的岁月格外明朗，让他在这里的最后三年充实而又眷恋。原以为安排好鹿鸣街之后的事，他就可以放心回到自己来时的时空，但没想到，分别将至，他愈发不舍，不舍于你，也只有你。但他明白，终究是不一样的命运，有不一样的使命。这里是他们世界里的毫无瑕疵的未来，而他的命运还留在过去的时空，他一定要回去。他说，那块陆地是这个时空中漂泊着的小岛，岛上的人相依为命并怡然自得，这个岛和岛上高度发达的文明的存在本身就是他们的世界遥不可及的，是永远为之追求的未来，就如他对你的爱。因而，他来找我，希望我能陪你这段……"

乐心本要说"这段最后的日子"，但她说不出口，她迟疑了。因为这不只是安如和陈绀缘分尽头的暗示，还是她们这代瘗花人概率上最后的一段美好日子。

安如也知道她会说"最后的日子"，因而抢在前面打断了："所以，他让你来劝我？"

"安如，你还记得你自己创作的那首《赖着不走》吗？"

"多想他赖着不走，多想时光赖着不走。"

安如忘了，那块陆地的时光已经是赖着不走的。

"那首歌的后半部分，你当时都说，觉得不是写给陈绀的……"

你的气息，我的如痴如醉；

你的气韵，我的赖以存在。

风吹过我的心房，带着你的曙光……

安如唱了出来。

乐心对这首歌、对当时安如的心有这样的注解，"连你自己都迟疑了，其实那后半首是写给鹿鸣街六号和那块陆地的吧。那块陆地的曙光，是你乐以追逐的未来；那块陆地的气息和气韵，是你生命的依赖。你能遇到陈绀，是你的幸运，他带着你成长，不只是让你成为鹿鸣街的主角，享受舞台和观众给的光芒；他还让你走出封闭的自己，让你敢去面对命运，让你意识到脚下的路才是真正的命运，而不是瘥花花蕊里的颤颤巍巍。你的未来要仰仗你坚定的心。那首歌，是你转变的开始，你或许还没意识到，你的心里不只有陈绀，你留在没有陈绀的鹿鸣街另有意义。我知道你能坚持下去，当你给这首歌这样的词的时候。'我不会离开，即使让我远走，风吹过我的心房，带着你的曙光'。"

安如对着天上星，唱起了《赖着不走》。

乐心提醒她，她已经可以往前走了，不需要别人的牵引。

"我了解你，你唱着这首歌的时候，脑海里会出现陈绀，也会出现鹿鸣街，乃至蒿野和那块陆地。"

安如闭起了眼睛。她该感谢的，除了陈绀，还有乐心，还有身边的朋友，这都是财富，让脆弱的她走上了属于自己的路途，看到灿烂之阳下的风光。

风吹过的地方

有花开，是你的模样

山岳之中，绀碧如海

风吹过的地方

摇曳，摇曳你的光芒

我舍不得，看着你的背影

苍茫之中的一团明亮

自由如王子

我舍不得，追随你的步伐

斗转星移里的徜徉

山川形变间一叶轻舟

我该感谢能有这样的风光

陪在你的身边

我该期许能有这样的荣光

陪在你的身边永远

我不会离开

即使让我远走

你的气息，我的如痴如醉

你的气韵，我的赖以存在

风吹过我的心房

带着你的曙光

第十七章　二楼的灯

《悠悠》还是到来了。

最后的剧目，不只是陈绀的，安如也这么打算。陈绀走了，她也没有留下来的心思了。为什么要留下？

留着酝酿悲伤吗？

安如开始珍惜，珍惜所见的风景。她心里和现在所拥有的一切的羁绊快要消失了。陈绀走后，一切都变得索然无味了吧。陈绀劝说，她是爱着鹿鸣街和舞台，而不只是某个人。她听不进去。

她走在上班路上，特意早起，又绕了远路。她想走一走蔷薇之道，从头走到尾。

入冬了，从蒿野带来的蔷薇过着鹿鸣冷漠的冬，和小川缠绵。总的来说，那块陆地所谓"温和"属性，也在于它长久稳定的气候，"春夏秋冬"更像是最初来到这个时空的人对远离的原时空的怀念而保留的概念，久而久之，后代对一年四季有了极为细腻的感受，这是已经遗忘了尘世的那块陆地仍存在着的、为数不多的过去的痕迹。

陈绀说，在乐湛的帮助下，他设计和建造了这条蔷薇之道，穿过悠悠的小川，和之前后山山坡上的蔷薇照应，在自己留在那块陆地最后的生涯里，留给安如和鹿鸣街一个短暂时代的记忆。

其实，玲珑最初受到的打击，嘉平提过的疑点，安如如玻璃一般晶莹的鹿鸣生活中露出的毛边，本可以串成一条线，只是她们缺了对鹿鸣街的了解，明明关键人物都在身边，却仍始料未及。鹿鸣街六号承载了那块陆地的部分历史，它是那块陆地的眼睛，深沉地看着漫长岁月蠕动的痕迹，久而久之，它本身也变得复杂而难以洞悉。孔昭、晏芩、成笙、陈绀、周行，还有乐湛，他们的模样在安如的脑海里反复出现，没想到自己竟接触了可能掌握那块陆地命运的一群人。

鹿鸣街的秘密，那块陆地的秘密……安如远望，眉头一皱，是自己踩到了充盈着河水的河滩吧。太不小心了，因为失魂落魄。她的心里也藏着个那块陆地的秘密，她却从不担心那个危机，因为自出生就决定了的路途，要陪那块陆地走到最后。

我该感谢能有这样的风光，陪在你的身边；
我该期许能有这样的荣光，陪在你的身边永远。

她又想起了那首歌，那首其实是对那块陆地表白的歌，乐心那天在天台对她说
的话，她算是彻底明白了。她对那块陆地的爱那么深沉，以前都没发现。

她返回蔷薇花开的小路，看到了零星几株蓼花。如清风拂过小川，蝴蝶掠过花蕊，她感到自己的人生也回到了缥缈的原处。他走，或自己走，不都一样吗？——她这样劝自己接受，本该早有准备的结果。

只是这风吹着头疼……

"安如，你醒了？醒了就好。"是乐心的声音。乐心看不见，只是

握着安如的手，依靠这些感触感受她的状态。

乐心这么多年练就了"敏锐"，安如一醒，她就意识到了。

安如在河滩被发现。她晕在小川畔，头枕着蔷薇，脚被后来涨起的小川没过。倒不是狼狈，反而像是舞台上的场景，有风物同怜，有时候眷顾，她如意外死去的娇妍的花，倒落在河滩花丛里。

安如抓紧了乐心的手，回应她，没有说话。她不是不知道自己在哪里，只是害怕了，不敢说话。

她知道瘰花之魔靠近她了。

她摇了摇乐心的手："我要回鹿鸣街。"

"医生的报告还没出来。如果不好，你要住院。"乐心不慌不忙。得瘰花之症的人都应习惯，只是安如确实很久没碰到这种情况了。

"我现在什么状况？这里的医生帮不了我，专门研究的医生也只能修饰我爆发的病情，让我现在的状况停留久一点，而后……"她们俩心知肚明的事情，安如一直缄默不言，时间却到了无法逃避的节点。

"所以才更要知道自己身体的状况，知道到了哪一步，才好做准备。"

"于我而言，《悠悠》结束的明年年初，就是一切的结束。"安如的思维决绝到可怕，不过，乐心能理解她。

瘰花之症如悬于心脏之上的瘰花匕首，让人惴惴不安，逼迫至极时又觉得性命缥缈、不如就此不管。存活的本能和末路的心理纠缠，是瘰花之症并发症之一。安如对生活的潇洒，背负了不愿直面的生命的沉重。陈绀那天和她的坦言，让她重回曾经的那个安如，躲在命运的角落里的胆怯的那个安如。

"我明白你的意思，我们去鹿鸣吧。"乐心扶着桌沿起身，安如赶紧去扶她。

就这样，互相搀扶着，异常淡然地，安如回到了命运在遇到鹿鸣和陈绀之前的状况。她坦然接受，但不愿意这段在鹿鸣仅存的时间再被瘿花侵吞。

想到此，安如又紧张起来："乐心，千万不要和别人说我的事，包括陈绀。"

"陈绀可以，但是玲珑和嘉平你要怎么瞒住？"

"拖到《悠悠》结束，那个时候我也离开鹿鸣街了，不希望影响她们。"被瘿花侵蚀之人的命运，会在无奈的医疗监护下痛苦地走到最后。

瘿花到底有多可怕——安如见过因瘿花之症而死去的人，却也无法表达那样的触目惊心；无望的挣扎，挣扎于无望里依然坚强的对存在的意志。

安如想到此，就更想好好完成《悠悠》，至少此刻的挣扎还有用。她此刻的心结，其实不在于瘿花的可怕；纵然自己已经向瘿花的结局迈进了一步，但是这一步是她人生的前二十余年早有准备的。她的心结在于陈绀说的那群顶尖科学家的研究，"乐心，我心里藏着一件无法明说的事，你还记得我们小时候的传说吗？"

"瘿花传说？"乐心当然记得，那是她们从其他病人那里听来的瘿花传说，和古老湖平原的那个瘿花大火无关，不过更可怕。

"我记得，当时说，那个传说其实是真的吧……"

"我爷爷也这么说，那个传说之所以是'传说'，是因为它无法验证，并不意味着它就是假的。"

"所以啊，不用担心我，我连那样的结局都坦然接受，何况自己如草芥般的命运。我现在的所作所为，只是想要珍惜现在。"安如在说服乐心，也是在说服自己，为《悠悠》和鹿鸣街舞台用尽全力。

"所以啊，他要走是件好事。他三年前决定离开，是他自己都始料未及的运气；而在他着手离开的这三年里，遇到你是个偶然，却也是他的运气——最后一句，可是他自己说的。"

安如记得，陈绀的原话是："遇到她是偶然，却也是我的幸运。"当初那张知名照片"夕阳下的拥抱"，陈绀被人追问，回答时也有类似的话。不过，这话最早出现在《阳光下的芒》的宣传中，人们都好奇这么一位舞台经验可以忽略不计的人当了主角，陈绀这么解释她的能力和天赋对剧的感染。

"说到这个，你还记得那张'夕阳下的拥抱'吗？"安如的笑意藏不住了。

"你和陈绀在大街上拥抱被拍卜来的那张？还是后来一个画家用它画的画？"

"它现在已经成名画了，正在画展上，改名为'夕阳下的鹿鸣'，据说很可能获得大奖。"机缘巧合，这个拥抱成了陈绀、安如舞台之外的作品，也是两位极其稀少的舞台外的拥抱。

"听说《悠悠》的最后，大生和三味书屋的老板就在夕阳中拥抱了。"

"破坏冰之恶魔之后，重生的他们从废墟中找到彼此，拥抱在一起，决定离开鹿鸣，去别的地方定居。最后一幕是两位手牵手，走下舞台，就好像我们演员生涯的结束。还有三十二场，三十二个拥抱。"安如舒了口气。

她们出了医院。安如没有接受治疗，也没有详细询问身体状况，她鼓着气，要坚持到最后。

这是比《天轻月》时面临的还要严重的危机，但这次她带着比以往更为强烈的意志，要走到本人即将终结的鹿鸣街生涯的最后。

乐心没有过多劝说，是因为她也明白，瘗花决定了安如的演员生涯不会太久，就算陈绀不走，安如也没办法在鹿鸣街坚持太久。

那天，是陈绀坦白，他要回自己原来的时空；如果没有这一出，那一两年后，同样的场景也会发生，那将是安如对陈绀坦言，她有自己的使命要赴，她要去和医生一起，对一个在基因上摧毁自己的病做最后的抵抗。

《悠悠》的布景中，那个叫"三味书屋"的书店有个二楼。书店的生意不多，大把空闲的时间，老板就喜欢在二楼画鹿鸣的景。她是个有故事的人，每一幅画里都藏着点秘密，关于鹿鸣和那个冰之恶魔的一点小秘密。那段时间，她喜欢在晚上画，因为她发现夜晚的鹿鸣南面天空变得清冷，和以往都不一样。是冰之恶魔来临的征兆吧？她因为联想至此，才主动帮助那群年轻人找到冰之恶魔，她要在灾难发生前做一点事情。

可把安如放在二楼，明摆着让她走神。在两年多的演出里，她本已改了这个毛病，不过，最近身体的不适，让意志也虚弱起来。她还能唱歌，甚至跳舞，只是体力不支，神思也在漂游。

二楼在舞台灯光很少光顾的地方，但它点着灯。立方体的灯罩让灯光变得朦胧，舞台上建筑物的二楼当然不能喧宾夺主，那光只起辅助作用，照亮演员的脸庞。安如就在这样的朦朦胧胧里，想起很多舞台上下的事情。

一次，她假发掉了，正好要走到她前面的陈绀敏捷地帮她捡起，顺手扣在了她原来的发髻后。那本就是为显头发蓬松而加的假发，这样一来更显憨态，倒解了突发事件的尴尬。

她也掉过鞋子，是谁帮她捡起来的——她忘了，是隔壁部门的一位舞者。那位和她擦身而过，动作间隙，站到了那只鞋子的附近，不过也没办法帮她穿上。还好，她很快就下台了，那舞者就在侧幕旁等着她。接过鞋子的她的手，还有些颤抖，不是因为鞋子掉了，而是刚跳完舞，手部肌肉还没放松。安如那时就已经可以自如应对舞台事故，正是如此，才有后来乱改台词的事情吧。

后来改台词的事情，是她对舞台工作的有恃无恐，假借观众的宽容。舞台上的即兴发挥其实不少，拿捏好的人还能炮制亮点，但安如那样改了结局，还是让在场的演职人员心里一惊，这样乱来的人不多见了。他们事后也没想通，自己和陈绀哪儿来的默契，能平安处理那场危机。大概是陈绀在鹿鸣街十多年的经营吧，他对舞台的用心从他教导安如的方式可见一斑；他带着安如熟悉舞台剧的制作，去做小道具，去了解舞美，乃至给她团队去制作完整的剧目。安如想到此，竟露出笑意，不过二楼的灯暗黄，舞台的灯又聚焦在舞台前部的演员，观众们难以发现她的神游。

观众确实宽容。安如心里明白，面对当时自己的草率，要求颇高的鹿鸣街的观众们一反常态，还津津乐道，就因为安如改动后的内容。观众们听得出来，那是安如的一段表白，也看得出来，陈绀几乎没有纰漏的应对有巨大的包容力，而对安如舞台上"无理取闹"的包容，只可能出自爱。他们对此心知肚明，自己也都曾拥有过这样的情愫，抑或憧憬着这样的表白与不言自明；但又因接近不了台上两位主演的真实生活，他们只能萌生猜测，因而关心起整个鹿鸣街来，倒是忽视了危机的制造者安如。

"我不敢计算未来，因为无从算计。我不知道还有多少时间可以沉溺，在你的拥抱。我用我过去所有的时间念你，却不曾说过一句'我爱你'。此后，这份爱就如琥珀里的尸骸，也请你忘了我。"安如还记得当时自己慌乱改的台词，却不敢回忆那场面。她难得的坦白，于陈绀，于自己，如可怜的小火苗，艰难从安如别扭的性格里蹿出，却被瘵花和掐断的未来湮灭，存在的极为短暂。这份直面自己的坦白，在新药的鼓励和朋友们的劝说下，有了涨势，在舞台的灯光中得到张扬，却是昙花一现。半年之后，她终于考虑清楚，无论这段缘分还剩下多少时间，都不能断绝她对陈绀的爱；然而，当她知道陈绀的"决意离开"是怎样的离开，她又开始拒绝现实。她本是这样矛盾的人，瘿花摧残着的她的身体，让她的灵魂变得脆弱；她要活下去的意志，使劲将纠缠于瘿花恶魔枝叶根茎里的灵魂拉出泥淖，由此生长出了只属于她的坚韧，成为她脆弱灵魂的又一部分，由此有了矛盾的她和纠结的心。

近日里，她终于意识到了，她身边的人都把她往舞台上推，尤其是陈绀。陈绀知道自己离开后，再也不会回来，这个时空终究不是他该在的时空。他也很清楚安如对他的爱，因为鹿鸣街而朝夕相处，两年多来又一直演自己的女主角，他怎么会不清楚。因而，他打算引导安如把对他的爱安放在舞台上，成为对舞台的热爱，不老的鹿鸣街将会陪伴她的热爱，不像他那样，马上就要转身离去。这个打算，在他发现眼前的女主角对他有一份特殊的情愫之后，就萌生了——大概是在《阳光下的芒》的某一场，当他发现自己离开安如的视线时她变得紧张而放不开，与和自己对视时的她完全不一样；当菲站在芒草丛中鼓励大海，陈绀看到了似乎是安如呕出心肺在呼唤他，他加深了自己的猜测。然而，他就要回去了，随着时间的推进，能回去的具体时间都被计算出来，他却有了无法回去的理由。《悠悠》的舞台上，陈绀也曾回望二楼，在台灯灰黄之光的映照下，安如的身影在安静中显得伤感，不过素净的侧颜在干净而毫无多余装饰的背景中显得冷艳，她如同花之仙子，不该在人世。

陈绀还不知道，他的直觉有多准。现在的安如，命薄如蝉翼，浮在一朵叫瘿花的妖孽之花上，连影子也日渐缩小，她快离开这里了。面对离别，她没有忧惧，此刻的伤感只因她仍有挂牵，那于心爱的重要的人和让人迷醉的舞台的羁绊。

朦胧清寂的二楼，有个朦胧的美人。美人此刻正沉寂在布景的二楼，恰好以一种"上帝视角"审视眼前的舞台。舞台角色决然和人生不同，但演绎之人的思维、做派却在潜移默化中，有了剧中人的印迹；走出来的也就走出来了，显然安如没那么容易。

她还记得《阳光下的芒》在鹿鸣街公演的后半部分，她已经很熟悉鹿鸣街舞台了，谨小慎微于舞台的她好不容易有了短暂的喘息，可以用来开小差。那时玲珑还在舞台上，她作为可移动背景板，有一场要给安如递帽子，可转换的时间很短，玲珑在她面前一闪而过，安如很自然地忘了接；玲珑只能侧身，靠多年熟识的默契，直接给她戴上了那顶草帽。

安如的走神往往很自然，是上一幕的过于投入，让她"顾影自怜"了，无论这个"怜"具体是"哀"还是"爱"。

她不是有意去想这些，只是二楼从下往，看得到台上的细枝末节，看得到新人演员的局促，看得到有人偷懒的小动作，也看得到有人专注的模样，就好像看着某个时候的自己——这些事情，她都做过。

朦胧清寂的二楼，有个朦胧的美人。她望着舞台上的诸位，如同看着自己的人生。她在二楼，无意地做着自己人生的总结陈词，延续在《悠悠》演出的每一场。

这份陈词，与其说冗长，不如说是"悠悠"的文风；那块陆地之人的人生都是如此，无论是紧迫危及如安如这样的瘗花之人，还是逍遥如云游的歌者，都活在悠然里。

尽管心中生长着的无法抑制的不舍干扰着她的生活，她决定将《悠悠》完成好，她决定这就是她最后的音乐剧。陈绀给她安排了明年的工作，安如都拒绝了；拒绝时，安如看得清陈绀的反应，一清二楚，于是她答应了一场音乐会，就在《悠悠》结束后的第二天晚上。选择这么赶的日程安排，安如有自己的打算。没有陈绀的舞台，她没有心力再站着。陈绀或许看出了她消极的决意，临了，却也手足无措起来；他以为他已经为这一天的到来准备了许久，包括安顿好放心不下的人——他也是没料到，他放心不下的人如此放心不下他。

安如想留他一个潇洒的样子，好让他安心回到自己的时空，去赴自己的使命。

可她才意识到，自己或许很难做到这一点。于是，她在二楼昏黄的光里，不受控制地思索着一些无解的事情。台灯透过灯罩散着的光晕，如同水中涟漪，那是时空的波纹荡漾着。

台上，她的朋友们都在努力着，同事们也在珍惜鹿鸣街舞台的机会。

是不是来得太容易，因而不知珍惜呢？

毕竟，最初，鹿鸣街主演的机会是陈绀硬塞给她的。

安如开始这样的自责。她对鹿鸣街的牵绊，除了陈绀和舞台本身，还多了一份她自己未必察觉的责任感。

安如看到舞台上的玲珑，总觉得有些恍惚。安如还没适应她回来的日子，见到角色里的她，仿佛回到了最初的日子；确实，青涩的《阳光下的芒》是她梦开始的地方，那个时候人都在，那个时候都是对舞台的憧憬。现在，至少玲珑重回鹿鸣街，可以继续她的梦。

安如还瞧见童遥和元昉。他们俩的工作量不大，受当时的王平的影响，平时喜欢钻在热闹的地方，接触不同的人和事；哪里没去过，就去哪里。不过他们的性格不一样，常去的地方不一样。等周行走后，他们在鹿鸣街的任务多了起来，安如便有机会经常看到他们，这时收了心的他们变得很不一样。无论如何，《悠悠》让原本四散的人都回来了，打算安定了，就好像《悠悠》处于热闹中清明悠远的基调，鹿鸣街也进入了这样一段岁月。

旧人走，新人来，眼见着这样的更迭，安如放心了。

她皱起双眉，眯起眼睛，对面二楼的灯晃了她的眼。她想仔细看看观众席，她之前还从未如此认真地观察坐满了的观众席。嘉平总和她讲观众席发生的事，又来了些什么人，哪些是后台的谁邀请来的，哪些是带着故事和花来的。

她想起就在《彩虹之上》，她的表演指导曾中肯地点评过她的演出。他说台上安如时而的游移，是入戏太深，深陷于上一个情景而无可自拔；安如这样的表演习惯近乎无药可救，还好不常发作，这是她表演上需要改正的唯一问题。其他毛病不是没有，但还没到需要改正的地步，保留一些特质，反而才像是个锋芒毕露的年轻演员。不过，那老师也给了安如一个方向——或许陈绀能帮你，每当陈绀在台上，你就算出神，也能很快回来——那老师是这么说的。不知道老师的话是不是起了作用，安如从他的话里听明白了什么，这番交谈后，就极少出现注意力不集中的情况，直到这次的《悠悠》。

她在《悠悠》的舞台极力塑造完美的角色，因而给了自己太多的压力。瘊花的侵犯让她的精神不得不在和压力的对抗中提前退出，此中折磨，终于让她在某一次的演出中倒在了二楼。

"安如怎么了？"工作人员一时惊慌，也不知如何是好。

发现安如异常的是陈绀。他背安如下来，意识到事情不妙。

幸好是幕间，乐心去休息室找安如，便碰上了。她随身带着药，还是那种新药。

幸好，乐心场场都在。她来看安如，不只是明白安如脾气，知道这可能是她最后的舞台的缘故；还有，就是在担心她的身体状况吧。个体差异，瘊花之症于不同的人不同的阶段表达都不一样，像乐心就因此失明；而安如遇到的这一波，则很平静，在普通医院难以察觉的平静中，瘊花一次次消耗她的健康。

"她这段时间可不止一次晕倒了。"陈绀很担心。

直到乐心给安如吃下药，对众人说她需要休息，陈绀和她对视，才发现，生病的安如总有行动并不算方便的乐心陪着。他意识到，安如的秘密不太容易解开。

安如的秘密？陈绀应该还记得，那个傍晚的小川畔，安如曾打算和他坦白一个秘密。

听到乐心赶大家走，陈绀也走到门边，倒是被乐心拦住。

"你留着，她很快就会醒。她一定想演完《悠悠》，你带她上场。"乐心近乎命令的口吻，陈绀没有多问，只是看着安如的眼神还是那样忧郁，并没有被乐心的话宽慰。

"她自己都没意识到，她对舞台付得出挚爱，也担得起责任。阻挠她承认这一点的是什么——必然是她的倔强，但这倔强背后是什么，你该明白。"乐心的语气柔软了下来，"带她完成《悠悠》吧，完成好你们的合作；不用因为她的身体情况而心疼她，她撑得下来，这是她的愿望。这是最后才能说的话。"

陈绀很快就能明白，乐心话里的"最后"到底有什么意味。

乐心是个厉害角色，不过人们很容易忽视她。

月落星繁。躺在病床上的安如正看着窗外的天空，在鹿鸣的夜里，她再次感受到夜的温柔，那来自自然秩序安稳的温柔。

那场《悠悠》她完成了。除了飘乎乎的精神外，她没感受到任何异常，反而觉得握着陈绀的手的自己的手，格外温暖。她愿意沉溺在陈绀的眼神里，作为演员的陈绀的眼神格外有奕奕的神采，如同灿烂的舞台上的他本人。或许是又一次逃过了瘟花劫，安如重回舞台后，看到的人和事，说的、唱的每个字都这么新鲜，好像自己第一次登台一样。包括，最后离开鹿鸣时，揽着她的陈绀的手、她轻轻倚靠着的陈绀的肩膀，以及走向远处新生的轻快的步伐，都如同第一次演绎一样，新鲜而幸福。

乐心安顿好外人后，开始提醒安如："你这样很危险。"这是就她们俩时，乐心才放心说出口的话。

"有你，有药，我怕什么。而且，乐湛爷爷快回鹿鸣了吧。他在，就更安心了。"

"把蒿野的医生请来吧，他们知道情况。"

安如不知哪里来的乐观，大概是向死而生的力量。"没什么事，不是吗？至少新药控制得住。"

峡谷裂缝里的小芽，才乐呵呵地期盼着须臾阳光的降临。没有奢求，只是祈祷能挨过这最后的舞台时光。

"这里连病理检测都没办法做，怎么知道你有没有事？"

"可新药控制得住我的病情，睡一觉就能好得和正常人一样——这和之前的实验结果差不多。"安如那个三个月未满的假期，就是为了测试新药对她的效果。新药确实有效，但当时的预期是这药能在短时间见效，可这次到彻底恢复实际需要一个晚上，她的病显然有了危险的征兆。

"你真这么想的？"

"它帮我完成了今天的《悠悠》。"

"控制瘰花的指标，可没这么简单。"乐心不得不帮她，"我刚问了爷爷和在蒿野的医生，他们都说严格控制新药剂量，可以长期服用，能够帮你缓解现在遇到的症状。至少，《悠悠》期间性命无虞。但是他们不知道你现在的情况到底如何，不做检查，一切难说。"

安如沉默的样子让乐心明白，她不想在这样最后的时刻，被瘰花打扰，无论是身体，还是精神意念，因而排斥一切检查。乐心妥协了："让爷爷回来给你看。"

安如点了点头，斜靠在安如肩上。两颗年轻的心，在渡瘰花的劫，有了年纪之外的沉稳；两只独木舟，在大风大浪里颠簸，只能相互鼓励。没有歇脚之地的茫茫大海，航船也只能走一步算一步，开往倔强里存在的意义。

星星充满了鹿鸣的夜，掩映对命运的唏嘘。

没有办法的事，人生在鹿鸣街的奇遇即将终止了。

将来未来，才让人害怕。

第十八章　时空孤岛

《悠悠》的日程安排上，有许多个休息日。它的日程被很多事情隔开，有鹿鸣自己的事情，也有新年这样推不开的日子，还有就是孔昭和陈绀另有目的的安排。

在某一个两天的休假，陈绀带安如拜访古老湖畔。

那块陆地的人都知道古老湖畔是那个世界最古老的聚落，却很少有人去过、了解过。外来之人不轻易打扰，也是那块陆地的共识。

那里的人不多，都很神秘。就以成笙为例，他在鹿鸣街的日子可不短了，却很少人知道他是古老湖畔的人。

陈绀这次带安如来，是因为那天是成笙两周年的忌日。所以，他们去古老湖畔前，还顺道先去了在山腰的成笙墓。

成笙的墓地，她之前来过两次，一次是他下葬，一次是去年今日。而陈绀来，自然是有话要讲，他要给成笙和安如交代。

陈绀动手清理了坟边的杂草，安如把花种在一旁。

"种花？"陈绀诧异，他们拿来的花已做成花束，怎么还能种？

"相信我，我可是花的故乡出生的人，什么花种不出来？我问了嘉平，她说成老师没有特别喜欢的花，但是王平常年在院子里养红花石蒜，他看久了也习惯那花出现在自己的视线里。据说，后来搬家，他还特意把老住处的红花石蒜移栽过来。"

"红花石蒜？"

"你和他关系这么好，居然不知道这事？"安如有些惊讶，转而又想，"不过，嘉平本来就是个较真的人，无所不知，万一有所不知，也要掘地三尺找个答案出来。

有事，问她就可以了。"

"有她们在，我就放心了。"

安如听到这话，停下了手头的活，看着陈绀。他还在除杂草，安如只见他一个背影。

"我知道他喜欢王平给他种的这花，重点是那时喜欢王平，久而久之，确实也是他习惯了。只是我不懂花，不知道这就是红花石蒜；早上还觉得你会挑，挑了成笙乐意看到的花。"

"这花在你那边很有名吗？"安如指的是陈绀的那个时空。

安如虽然脆弱，伤感于陈绀即将回到再也见不了面的那个世界，但她依然可以自如地提"那边"。安如在知道陈绀身份的一开始，没有索求证据，就坦然地接受这个听似荒诞的说法。

"我们那儿的人对这花久仰大名，即使未必谋面。红花石蒜在我们那里叫彼岸花，因为常开在坟边，它所指的那个'彼岸'是人活着永远到达不了的天堂。"陈绀提到彼岸，难免感慨，"没想到我来到这个似乎永远都到不了的'彼岸'了。那块陆地和它所在的时空，就是我们那时空只存在设定中的'彼岸'，一个时间几近禁止、无忧无虑的彼岸。"

开满彼岸花的彼岸，确实是个宁静优雅的地方，就是最近多了点风波。

无风不起浪。陈绀正要告诉安如此事。

"你也来了，看过了，此生无憾了吧。看到你们想抵达却永远抵达不了的地方，而且生活了这么多年，还经历了这里的事。"

"三年前，决定要走的时候，我原以为我能潇洒离开，去我挂怀的地方。然而，到了临走的节点，这里也有了让我牵挂的事情。"

陈绀过来帮安如种花，安如却说："你种不来。"

蒿野人有自己独特的栽培方式，毕竟是花之故乡出来的人。

终于，扫完墓。陈绀肃立在成笙墓前，他有话对成笙和安如说。

"安如，我有一件事……"他不知道怎么开口合适，就只能直说，"那块陆地有危险，它将在可预测的短时期内毁灭。这个短期时间，不是未来，是将来。"

"这就是你们神神秘秘的研究？"

陈绀看着安如，看着她惊人的冷静，和山一样的冷静气质，此刻变得可怕。

"是。包括周行事件中所牵涉的、那些讲不清的细节，其实都是因为这个研究结果——那块陆地即将消亡。"陈绀如实回答。

在陈绀给安如过生日的当天，这个研究出了一个准确可靠的结论，随后参与研究的所有人商量对策，时至今日，他们才全部承认了这个结论。

关于那块陆地的存亡问题，那块陆地上的人研究了很久很久，几乎和他们生活在这里的时间一样久。迫于生存压力，那块陆地上的科学很发达。毕竟人从一个环境到另一个环境，即使也在宜居的范畴，但生活环境总有变化，包括漫长至几近停滞的时间对人的影响在内，一批又一批的人投入各类研究，企图让人类能在这个异时空天堂多待一会儿。确实，他们当初的目的达到了，这里的人安居乐业，成了真正世外桃源的模样。然而，那块陆地何去何从的问题有了新发现。

问题其实由来已久，但结论出来还是在近三十年。孔昭三十年前加入研究，给这个问题带来了突破。那块陆地的科学体系复杂，初代着手研究是因生存的需求和对陌生环境的戒备，而后人则渐渐对此有了更为广泛的兴趣，当人们在这里生存了足够久的时间，最初的人琢磨的事情也就被这个时空的温存湮没。而孔昭，就是在一次创作剧本的过程中，和《彩虹之上》的燕效熟识，得知了那块陆地的人们始终在思考的那个问题"何去何从"，他起了兴趣，从此扎入研究中。

《彩虹之上》的作者你可能没注意，他年纪很大了，只看过一次你的剧。而他和孔昭的初遇，那是在《彩虹之上》的演出期间，三十多年前的事情了，从此改变了孔昭的一生。作为剧作者的孔昭，那个时候风头正盛，而《彩虹之上》的原作者当时已迈入老年，正准备在《彩虹之上》完成后退休，他是鹿鸣街的功勋者，而鹿鸣街六号的功勋者太多。孔昭很尊敬他，但当他们接触之后，孔昭才发现，他不简单。和我进鹿鸣街的目的一样，燕效也是为了研究那块陆地来的鹿鸣街六号。刚才提到的科学派系，燕效就是崇古的那一派。那块陆地有很多科学家，多到难以想象，而在剩下的人口里也有很大部分是科学爱好者，有很好的科学素养，并且能够研究一些感兴趣的东西——这里就是科学工作者的天堂，燕效就是其中之一，还是颇有研究的一位。可能是快退休的缘故，也是孔昭一直以来的为人，让这位老作者愿意把自己一生的研究在退休前交给他——孔昭就是他寻找的后继者。虽然孔昭在之前没见过他，但他对孔昭了解已久。于是，简单的会面就让老人家交心，而从事后的发展来看，孔昭不辱使命。孔昭自然继承了他的研究，这个研究结果你也知道了。然而燕效还有其他的研究，比如说那首诗。

这就不得不提到乐湛。故事的源头是他。

我说过，和原本我们生存的时空比较，用我们自己的身体衡量，这里的时间特别慢。个体差异，每个人对这里的适应情况不一样，而适应得最好的就是乐湛。乐湛是现今那块陆地最长寿的人，他是第一批来到那块陆地的人，那块陆地上的一切，都和他有关。乃至于传说中的古老湖，乃至于鹿鸣的命名，乃至于鹿鸣街六号的地位，乃至于这里的一切秩序，都有他的参与。不要惊讶，事实如此，已有快万年了吧，换成我们那儿的时间则还要久。

和乐湛同时期来的人都死了，随后他挑了一个最偏远的地方安居，度过没有同行者的余生。他把自己特殊的身份埋了起来，很多人都知道他，也有很多人听说过有这样古老的人存在，但是没有人将两者联系在一起，乐湛也就一直低调地过着他花匠和研究者的日子。古老之人存在的传说和古老湖传说一样，有些人知道，但知道的人里鲜有当真的。而这些极少数当真的人，都想找到他，因为他是这个世界上最古老的人，他知道这个世界上所有的事情，他见过这个文明最初的和最初之前尚未形成文明时的模样。

那块陆地会毁灭的事情，那些研究者都知道，尤其是这一两年，最后的研究结果趋于明朗，研究者的心情也愈发复杂。毕竟是祖祖辈辈生活着的地方，他们不愿舍弃，而且过去之前的过去——也就是我的那个世界，并不容易回去；来这里生存容易，回去则要适应那个时空的时间的统治，他们都很难活下去。

还记得周行家里发现过乐湛花田房屋和地道的结构图吗？那图的落款，是"白路"。这也是我发现成笙留下的"玉阶生白露……玲珑望秋月"的秘密所在，十个字含了三个人名。周行的曾祖父和乐湛同是第一批定居那块陆地的"文明最初的开拓者"，而且他死得很迟，至少周行和他曾祖父最后的合照是在他六岁时——也有百年了。周行完全可能接触过曾祖父保留的关于最初的记忆，以及听说过最长寿的乐湛的存在。最初的那群人彼此关系很好，知根知底，还是某项事业的同事，保留设计图不足为奇。你不是说过，被纵火的房子原是花卉实验室吗？

　　周行继承了家族对这里环境的适应性，也拥有了长寿。但是活太久了，又在鹿鸣街六号所有者的位置上，知道的愈来愈多，直到得知那块陆地会灭亡。他听曾爷爷说过，那个古老之人的传说，那个传说还说古老之人知道那块陆地的所有事情，包括这块陆地的秘密——这些是别人都知道的，而只有周行知道的是，那位古老之人叫"白路"，他曾爷爷说那块陆地如果遇到危机，能救那块陆地的只有古老之人。周行并不知道曾爷爷活了这么久，和他说过的话也封存在孩提的记忆里，直到他知道灭亡的研究，他意识到自己的亲人可能早就知道这件事情，开始翻出曾爷爷留下的所有东西，最终将古老之人和玲珑联系到一起。然而这位初代战友没能为他的曾孙留下更多的线索，比如古老之人和他的大儿子闹掰，正帮助他需要帮助的小孙女，周行也做错了事情。

　　我们调查过，周行曾试图联系那位叫"白路"的古老之人，当然未果。随后，家园即将毁灭的压力迫使他做了不可挽回的错事。而这些罪恶，现在的研究者回过头来看，是那块陆地灭亡前疯狂的开始——他们认为，固然周行的人格被罪恶吞噬，但整个那块陆地都陷入了混乱之中，周行只是一个表象；安宁悠然的那块陆地正在堕入急速毁灭的轨道，这个进程会越来越快，直到它的灭亡。那块陆地所在的时空正在发生微妙变化，这个变化影响了生活在这里的人。不过他们也认为，这种影响不会太大，因为瞬间的毁灭来得更快——也就是说，那块陆地会在未来的某个点，突然灭亡，来不及反应。

　　周行找得的这些线索，也有人找到了。前面提到的燕效，他就是为了研究那块陆地的命运而进鹿鸣街，搭上生命里绝大多数时间，他终于有了结果，就是"玉阶生白露，夜久侵罗袜。却下水晶帘，玲珑望秋月"。后来我和成笙得知那块陆地灭亡的研究，成笙想起了什么事情，去找了燕效。等我拿着成笙留下的剧本找到燕效时，他问我是怎么找上来的，我回他我要完成成笙的心愿。他却说我并不知道成笙的心愿。他告诉我，成笙来找他时，直接说了那首"玉阶生白露"，他就明白了对方的来意。

　　燕效明白，那块陆地的末日将至，而成笙是以古老湖畔人的身份见的他——古老湖畔人低调，很少这么直接表明自己的身份，既然如此，他就把事情都说了，包括到底有多少人研究过"末日命题"。他说成笙一定从古老湖畔那里知道很多事情，所以成笙在之后做出什么事他都不奇怪。成笙也想找到那个古老之人，帮助那块陆地度过"末日"；但是他和其他人一样，找不到古老之人，也没有其他办法可以逃避灾难，于是当他意识到相处多年的王平要杀他，还是周行的意思，便明白周行也在寻找古老之人；虽然残酷，他已然选择在那天死亡。

　　"没有其他办法找到古老之人吗？就这样去死。"

　　"我也觉得诧异，他或许是想顺势帮助周行完成计划——是谁找到的古老之人不重要，重要的是他能站出来帮助那块陆地——这样的想法我能理解，却不能理解他就这么选择去死。"

　　"乐湛爷爷不是这么绝情的人，如果他有避免那块陆地终结的办法，也不会不出来。"

　　"但是别人不知道。燕效和我说的，和成笙也都说过。他说，其实包括古老之人在内的那块陆地最初的定居者都参与过末日问题的研究，他们知道存在末日，也知道会在什么时候来临。现在这批人几百年来的研究，其实走的是那群人的老路。但那群人基本上都走了，留下的遗产都在古老之人那里。这是燕效调查出来的版本。"

　　"然而，最初的人也无能为力，不然不会不站出来。"

　　"我承认，我也觉得成笙死前在台上的表现很消极，却想不通为什么消极……为什么要被一个未来的终结吓死，又为什么选择最为偏激的方式帮助那块陆地……只能说我理解他的无奈。"

　　"末日来临的恐慌确实可以逼死人，成老师自杀式的诀别，或许也有他属于古老湖畔人的原因，他可能知道的远比我们的多得多——现在我们知道周行事件的多条线索，因而觉得极端，但对于当时的他而言，或许只能这样。"安如能理解，她的生命自记事起就在濒死的恐慌中度过。

"不止这些，他当时改了的那句台词——'你这些天很累吧……'"

"他暗示自己知道王平和周行谋划的事情？所以……"

"他和王平之间应该还有事情，让他如此选择。"

"你说会不会——"安如也只是想想，"从一开始，王平接近成老师就是因为周行的指示；成老师发现后，对她若即若离，他们开始了一段迷离而别扭的感情，最终结束于双方的精疲力尽。而涉及玲珑的陷阱，是周行在逐渐接近真相时找到的关键人物，并不在他一开始的目标上。王平为报答周行的帮助，为他做了很多事情，不是吗？"

"成笙确实掌握着很多信息，他是鹿鸣街六号唯一的古老湖畔人，这是很难得的资源，周行一开始没有头绪，要从成笙入手——也说得通。但是，当事人都死了，事情到底是怎么回事，周行是一开始就盯上了成笙，还是为了找出古老之人才计划对成笙下手，不得而知了。"

安如唏嘘这一切，如果是末日导致的恐慌，那远不必如此，"其实……"

安如停了下来，她看着成笙的墓碑，感到诸事压迫下的巨大无奈。

"今天的你，太冷静了。"陈绀坦言，他对这样的冷静感到陌生和害怕，面对末日的安如，不该这样表现。

她回答，"我早就知道那块陆地会灭亡，而且会很快。"

风拂过山腰的青葱，撒下无人问津的苍凉，潇洒赴天际。

她不敢看陈绀的眼睛，好像做错了什么事。其实和她无关，她不知道有这么一群人用一生去研究末日，还因此疯狂；她一直以为这是注定的结局，就好像瘗花人注定悲惨死去一样；她还以为，所有人都知道这个末日的存在，就好像她在孩提时自然而然地知道这个期限。

"我还以为所有人都知道，我还以为这是改不了的结局。"安如颤抖着，"在我很小的时候，乐湛爷爷就说过这件事情。他说两个时空会相撞，而我们的这个会被吞噬——简单而言就是毁灭。他还说，很早以前就有末日结论了，而这个时间点终于快要来临了。"

"果然，最早的那批人早知道这里的命运。"

"他说他们无力改变这个时空的覆灭，作为这个时空唯一漂浮着的陆地——一个无比巨大的石块，那块陆地，它也会灭亡，包括在这上面的我们。而我们将无处可去，随这个时空覆灭。"安如终于要说了，"还记得你帮我过生日那天，我要说却没说出口的那个秘密吗？'芒'演出前，你在古老湖跟我讲过古老湖平原的传说，那个传说我第一次听，但里面的那个妖孽之花却很熟悉。那种叫瘫花的花还存在着，就在蒿野。"

"瘫花？"

"它很稀少。乐湛爷爷一直在研究那种花——所以我认识的他，是个研究瘫花的专家，而不是活得最久、掌握所有秘密的古老之人；他的身份在你们拼命寻找他之前应该就他一个人知道，毕竟当时的同伴都已经死了。还生长在蒿野的瘫花和传说中古老湖的瘫花一样，十分可怕，部分人一旦沾染过它，就会患上瘫花之症。这是种绝症，无药可医，虽不至于传说中那样一碰就死，但是会痛不欲生，直至死亡；现在有药可以控制，但也只是将病程延长，活得稍微久一点罢了。得这个病的人，终究逃不过厄运。"

安如眼里的黯淡，旁边的陈绀看到了。他明白了什么。

"好在这种病不会在人与人之间传染，于是这种病被当作秘密，患者和医生决口不对提及其他人，就怕引起恐慌。那些瘫花人不能受外界刺激，这样死得更快，因而人生从患病时起就过着漫无目的的日子——

'活着'是唯一的目的，多活一天是一天。至于为什么要活着，这是生命的使命啊。"

吹着风，安如的话停了下来。陈绀没有搭话，周遭格外安静，气氛十分奇怪。

这安静的时间，安如用来缓冲，是对自己的鼓励，她第一次和家人、从小照顾的医生以外的人透露过这件事情。

"我就是瘼花之症的患者，从记事时起就是了，乐心也是。乐湛就是为了治疗乐心的病，才放下所有事情，只研究瘼花——这些请你保密。"

陈绀看着安如，明明眼前的她是如此勇敢的样子，却让人心生怜悯。既然是决定一辈子不说的苦痛，这个时候能出来，也是她莫大的勇气。

陈绀想起在鹿鸣街和她经历的种种，看着她的种种，还有最近发生的事情，他才发现自己并不了解她，如花一般娇艳、灵魂格外干净的她，有着那样坚韧的心。

"既然乐湛知道一切，为什么早不毁灭瘼花？那花真的无法毁灭？"

"或许，它是这个完美世界唯一的缺陷，用来平衡过于完美的这里。"

"之前我送过你一块琥珀，后来去你家拜访，我见乐湛对着那块琥珀皱眉，后来我问他原因。他说，那块琥珀里有瘼花的种子。"

安如匆忙翻着衣服口袋："我一直带着的……"

看着安如还带着那块琥珀，陈绀的眼神里多了别的意味；他茶色的眼里渗出的是忧虑吧，这么放不下，见不到的以后可怎么办。

"遗骸旁其实有三个小颗粒，乐湛说那是瘼花的种子。"他见安如翻出来，就提醒她。这块透亮的琥珀，在阳光底下很好看，没想到还锁着一个秘密。

"星形的种子，这就是它最初的样子吗？"安如拿它对着太阳，透着阳光，里面东西的形状略微清晰些。安如有些紧张，她说："从记事时起，我从未见过真正的瘆花，原来它一开始是这样的。"

"可……"安如皱起了眉，可能是瞥到了没被遮挡的阳，有些刺眼，"这是你们那边的东西吧。"

"是我们那里的化石，我也不知道这三个黑点到底是什么，乐湛居然看得出来。如果乐湛说的是真的，那么这个'完美世界唯一的缺陷'是过去带来的。"

"那里会有解药吗？"安如苦笑，"或许这是为了让我们记得过去吧，不该忘了的，在这里之前的岁月。"

为了更好的生存，那块陆地上的人已然是和原本时空中的人不一样了；很像，却也很不一样。同样，瘆花也变了。

"因为生命无望，瘆花人享有一份无可奈何的肆意的自由，包括知道那块陆地的所有事情。很小的时候，乐湛爷爷就跟我们说，那块陆地快要灭亡了，就因为另外时空的撞击。'我们'指的是当时在蒿野医院的几位病人，蒿野医院是那块陆地唯一知道并在尝试治疗瘆花之症的地方——准确地说，是它拥有的一个绝密研究所。"

"这是你之前住院却不愿意留下来详细检查的原因？"

"瘆花治不好，别的地方也无从检测——因为那些机构根本不知道瘆花的存在。"

"怪不得我告诉你数代人的研究结果，你一点也不惊讶。"

"当时，我连时空的概念都没有，就接受了这个时空要灭亡的说法。他并不是有意提起，当时有一位被称为晏子继承人的科学天才——那时才十几岁吧，得了这病，他对那块陆地有很多想法，乐湛爷爷就和他说了他和一些人的研究，我和乐心也在场。我还小，没想过他为什么会这么说，纯粹接受了这个说法，那是我第一次接触'时空的游子'的说法，从此深信不疑；于我而言，我们就是时空的游子，终究要漂泊，这里也只是游鸟偶遇的枝丫。

"于我而言，乐湛爷爷一直是个极为可靠的人，有他在身边就安全了，就算医生说没有办法了，找他就总会有办法——现在想来，之所以有这种感觉，除了他一直研究瘿花之外，还有在这个世上这么多年、知道太多事情的缘由吧。"

"活化石""老古董"，陈绀第一反应出来的词，用在人身上都不是什么好词；毕竟在他的时空，人还活不到这么久。在和乐湛不多的接触中，陈绀觉得他是个寡言的人，与其说低调，不如说他质朴的本性让他很不起眼；倒是言语里自有一份超然，让人觉得他或许不简单。

因此，周行忽略乐湛很正常，他家祖辈留下的地图等线索，其实只是将范围缩小到蒿野的一处花田，那里曾经是那群人共同的产业，现在只剩下乐湛一人守护，周行没有细想这是为什么。其实，他们守护的不是花田，而是神秘的瘿花。

"让乐湛爷爷怜惜的那位天才，其实也只活了十多年；就在那之后不久，他病情加重，离世了。那时，我还很小，他是我记忆里第一个亲见因瘿花离世的人。从此，我活得战战兢兢，家人们也把我藏在温室里，不敢受一点惊吓。"

"那鹿鸣街于你……"陈绀确实没料到自己当初给安如主演的机会，本为发掘一个有潜力的新人，却给了她性命上不可逆的伤害。

"鹿鸣街，还有你，都是我生命中难得的奇遇。所以谢谢你，让我看到这么美的风景，无论台上台下。所以，我虽感怀于你的离开，但也想得通，毕竟我早就做好很快与你诀别的准备，没想到是你先离去罢了。"

同样意思的话，安如对陈绀说过多次，只是陈绀第一次理解其中真正的含义，原来她背负的是这样的必然。他是她绝地逢生的阳光，让绝境处的生命有了转圜的余地，他这才明白，自己的离开对她会有多大的影响。他最近的"不舍离去"之心当中，又生出了"不忍"。

同样意思的话，安如说过多次，只是第一次把原委也说了出来，她倒是舒了一口气。

陈绀不知道能说什么安慰她，下了舞台、离了台词，面对戏剧般的命运，他不知道该说什么。他只能再聊那块陆地的秘密。"那天，乐湛联系我们，说他愿意和我们合作，但是他要先去古老湖畔；他说他要先确认一些事情，就保存在古老湖畔。所以，至今他也没和我们透露什么，只是承认自己的古老身份。古老湖畔存放着所有那块陆地的秘密，甚至是我们那个时空——也就是这里的人几近不存在的过去的东西。"

他们俩和成笙告别，就走下山的路，到了古老湖畔。

安如第一次来。这个村子很大很美很安静，湖面来的风常年滋润，根深叶茂的树林常年陪伴，没什么特别的。乐湛和他们约在湖边，那块湖滩往湖里延伸了一座桥，桥的那端是个不大的岛，融在山水一色里。

"什么时候有的这岛？"为了成笙，陈绀拜访过几次古老湖畔，都没见过这个岛。

"它是我们的飞行器，就叫未来之岛。"乐湛解释道，"现存最古老的飞行器，岁数就比我小个百来年。原来，我们将它设计成围绕那块陆地旋转的悬浮岛，就像一颗小卫星。到了使用期限，它就无限期停泊在后山北麓；直到这次，我发现可以修好它，就把它带到这里，那里面有重要的东西。"

"你来古老湖畔，就是为了它。"

"古老湖畔藏着那块陆地所有的事情，是个巨大的宝库，就是东西太多又杂，不是所有人都能应付巨型数据库的。要读取它，需要一些独特的技巧，这些是初代探险的人和继承他们意志的后辈积累起来的宝物，读取技巧也经历了万年的修改，复杂而鲜有人知道。古老湖畔人多半是那些人的后代，定居在古老湖畔，默默守护着那块陆地的历史。我来古老湖畔，就是找修复'未来之岛'的办法。"

乐湛第一个踏上未来之岛。

众人看着他的背影，看着他走上未来之岛的模样，好像回到了远古，看到历史之初他们创业的样子。这只是他们知道乐湛身份后的感触，并不是因为身处古老湖畔和未来之岛。

而乐湛本人则很沉稳，倒也不是年纪大了而折腾不起，而是他知道过去的一切，也知道未来的可能，本就智慧的他拥有了时间和丰富经历给予的、旁人不可及的睿智。而基于这份睿智的，是他向死而生的决意。

于人生态度，安如也是向死而生的，因为瘭花之症而别无选择。所以她看着的乐湛的背影，没有隔了历史的距离感，反而在坦言瘭花和那块陆地的结局后，有了份释然——终于可以抛下忧心忡忡，直面命运的释然。

未来之岛不大，不过照样有山有水，景观别致，如与周遭一样，并非人为。

未来之岛长满蓬蒿，很像蒿野。它的中心有一泓泉水，清澈如明星。或许，乐湛一手经营的蒿野，就是他那代人看到的那块陆地最初的样子，因而他经手的每一处，都有一个差不多的模样。

一行人来到泉水前，听老人家要讲的故事。来的人里，安如认识的只有一部分：有孔昭，那个伟大的剧作家，激流勇退，让人研究了三十余年；有王大生，那个看起来开朗而毫无心计的酒吧老板，贩卖另一个世界的酒，将另一个世界的躁动气味带到这个宁静的时空孤岛，扰动这里的气息；有晏子，她最为尊敬的人，如这里的几乎所有人一样，他曾经的发现影响着那块陆地的发展，而如今他和同事们的发现要给那块陆地上一个结束的期限；有燕效，他看上去比乐湛还要老许多，坐在轮椅上，老态龙钟，好在眼睛尚且明亮，还能看清他苦心寻找的"古老之人"的真面目；有张牧，常年往返于芒和鹿鸣之间的酒厂老板，同样流连于那块陆地的纯洁。张牧推着燕效。

安如从来分不清张牧和张敖，不过就这一次，她可以确定出现的是哪个。张敖只是普通的鹿鸣人，做着普通的活计，有自己的兴趣，不知为何会遇上几乎一模一样的人，但他仍留着那块陆地之人的气质——闲适中养出的淡然。安如终于区分出了张敖和张牧，也意味着她开始真正了解那块陆地。她因为瘿花，知道那块陆地的很多秘闻，又因为陈绀离去的风波，她知道了另外一部分事情，明白了那块陆地的处境，和背负命运的由衷。

"你怎么带她来？只身面对末日，这太残酷了。"王大生走过来，小声对陈绀说。但还是被站得很近的安如听到了。

"因为我早知道那个十分残酷的研究结果。"安如直白地说了，现在不是保留的时候。

安如说这话的时候，让自己保持了微笑，那时舞台上礼貌的笑，她很擅长；这么擅长的"商业"笑法，她用在这里，只是为了掩饰面对末日的无力，是强撑着的淡然。她自己也没意识到，从小就被告知的末日期限在大白于天下时，她会慌乱；就好像她在朋友的帮助下，对陈绀的离开早有准备，却依然在陈绀和她坦言自己要离开时，失魂落魄。太多的事情，不是有准备就可以处理得好的。

让安如意外的还有乐心。乐心一开始就在岛上，站在一块大岩石旁，面对着沉静的湖水，面目安然。乐心是乐湛宝贝的孙女，也一直帮着乐湛做事，她参与其中其实并不奇怪。可安如依然会担心，即使有辅助的技术帮助乐心排除障碍，她还是会担心；长久以来的相互依存，让她习惯放不下乐心。乐心也是如此。这几年安如在鹿鸣街如鱼得水，背后都有乐心的细心支持，尤其《悠悠》开始后安如身体多次危机，都是乐心一旁陪着。那是瘟花带给命运漂泊的她们珍贵的感情，不幸、支离的道路上依然结着甘甜的果实，这条路上不幸的人小心翼翼地捧着，那是难得的宝贝。

没让大家久等，看众人都聚到湖水旁，乐湛开始讲起历史。

来的人都知道些乐湛和他要说的事，有了心理准备。陈绀事后告诉安如，来的人多数是那块陆地颇有建树的科学工作者，还有张牧之类原来跨时空过来的访客；这些人或许能为那块陆地提供一些生存建议，即使未必有用。

乐湛从未来之岛的来历说起。他说，未来之岛是第一批时空开拓者给那块陆地造的伴星，悬浮于那块陆地之外的空间，守护这块定居点的周围环境。不过，这是第一代系统，不久便损坏了，它留下的宝贵数据被封存在古老湖畔，他就是找出了那些资料，才把未来之岛修好。那块陆地人造出最成功的伴星是离岛，现在正安静地停泊在那块陆地的西北方。他们第一代人之所以热衷于制造伴星，最初是为探索时空环境，直到他们对这个时空有足够的了解，知道这个时空只有那块陆地一个落脚点，剩下的都是构成时空的作为时空本身的物质。这样的环境稳定而变化缓慢，就好像这里的时间异常安宁和漫长一样，所以伴星就以岛屿的形式浮在那块陆地周边，现在还在运行的不多，最大的是离岛。

他说，他们当初那批人人数不多，是决定留在这里的第一批人，自然为这里算计了很多，安身立命之地必须要研究清楚。有些是当时能力有限，有些是必须搭进漫长的时间，但最关键的问题，他们一早就研究清楚了。他们来自陈绀那个时空的任何一个时间节点，能来这里全凭运气，因而各式各样能力背景的人凑在一起，解决问题的速度也快很多。

他们很快发现，这个近乎天堂的世外桃源会灭亡。其次是这个时空会灭亡。他们当初探测到这个稳定安宁的时空远端，陆续出现一段危险信号，他们也不敢相信，然而那个信号暗示着这个时空会和另一个时空碰撞，它会被吞噬；至于结果是被合并，还是强烈撞击下的重组，于那块陆地而言都是没有意义的，因为那上面的人一定会死。他们当时就掌握了这个末日的具体情况，都在商量对策。

"对策是……"乐心打断了爷爷的话。

"没有对策。"

王大生还是这样的直接，甚至于不过脑子："为什么不走，回我们的时空？古老湖就是通道，我们都可以回去。"

"回不去了。我们的身体习惯了这里，回去会死。"

"可当初不是这么适应过来的吗？"王大生追问。或许本就做这类研究，他格外敏感于这样的话题。

"你们过来容易，回去都要适应。以前不是没有去了又回来的，也有回去就没能回来的。那边过来不容易，因为你们没有这样的技术，可我们来去自如，因为我们知道怎么利用条件。我们也曾想为自己留后路，后辈中的一批人回到原来的时空，做完一系列测试后再回来，不过很多没能回来。我们的后辈能在原来的时空长期生存的极少，而第一代的存活概率完全看自身——现在都过去这么久了，要集体回去，几乎等同于自杀。"乐湛的坦言让在场的人发慌，此刻已不是因害怕死亡而恐惧，而是感叹于自己的渺小。面对时空，个体的渺小是谁都知道的事，只是大难临头，还是让人惊恐。

"那没有其他办法吗？譬如，寻找另外的时空。既然可以找到这里，既然你们都怀疑存在一模一样的平行时空，那么为何不去找找？以你们的能力是可以的吧。"王大生接受不了他们的消极，就好像他一直不能理解成笔的死。

　　"我们也曾想过。那块陆地不大，我们曾想办法把它改造成可以被我们操控的移动陆地，就算找不到下一个定居点，将那块陆地驶离这个时空，哪怕一直漂泊，也比等待末日到来、惶惶不可终日的好。周行的曾祖父就主张这么做，他藏着一堆设计图，其实是改造那块陆地的机关，包括我在蒿野花田的房子。在他去世之前，这个机关已经完成，完整的图纸存在古老湖畔，不过他也有遗憾，这个工程历经千年，却难以帮助我们逃离末日。他设计的'移动的那块陆地'只能帮我们去下一个时空，没办法实现长时间飞行，如果要用他的办法，那结果只能凭运气。"

　　"那你们能不能在另外的世界活下来……"

　　"概率极低。"

　　"现在那批人里，只剩下我了，或许让我活到现在，就是为了和你们交代这些历史之初的事情。"乐湛低下头，看着岛上湖水。那清澈的水，让他想起以前的事了。

　　乐湛说："今天，带你们来这里，是为了说明以前的事情。你们之中的有些，是从我们的故乡来的访客，你们明年年初就要走了，现在去看看那个时空通道。"

　　乐湛让乐心按下巨石上的几个小坑，那是小岛的飞行装置。小岛飞到古老湖中央，平静的湖水泛起了涟漪，出现一个楼梯。那楼梯藏在未来之岛和古老湖中心形成的水柱中，大概是那块陆地文明的冰山一角。那块陆地上的文明，不知道可不可以算作人类文明，但它背后的能量是惊人的，远胜于陈绀所处的文明时代，更为可怕的是，那块陆地上的人将他们的文明隐匿于那块陆地的山川中，表面安稳平淡的那块陆地，已然被改造成完完全全的他们的文明，这也是他们不愿意放弃那块陆地的原因。那块陆地和他们的文明相融相守，他们的精神依附于他们的文明，而他们的文明依赖于那块土地。

简而言之，那块陆地的一草一木，都刻上了他们文明的模样，留有他们文明的气质。譬如，晶莹的楼梯结构，存在于意想不到的每一处。

玉阶藏于湖中的部分，也是晶莹的，好像踩在易碎的文明的历史上，让人不得不小心翼翼。

文明在历史之初，被保存得精致，就存在于玉阶通往的底部。

"你们找我，无非是要寻问末日的真相，以及对策。真相，你们都已经了解，你们破解的就是我们当初找到的结论；你们是千辛万苦，证明了末日结论，但我们那时幸好捕捉到偶然现象，有了直面真相的机会。"乐湛站在玉阶的第一阶，正要往下走，却又在平台上看了看湖底世界，"我没有对策，我们那时没能想出靠谱的对策。那时候的人们有不同的主张，我的想法和现在的晏子一样，留守这块承载了我们辉煌文明的陆地，这里是这个时空唯一可以栖居的地方，我们逃离不了；但是，那时的人还有很多想法，之前说过周行的曾祖父一直在试验时空旅行的方法，而有人还有更为古怪的想法。"

他走向远处，在一处乱石滩前站定，回望玉阶。"我心里一直压着一件事情，甚至几千年来的性命为之不懈努力，都是为了那件事情。都听过古老湖平原传说吧，说这里原是平原，后来这里的人用一把火烧了平原，还有顽固不灵的人。随后这里的人离开古老湖，开始了那块陆地的文明历史，而那被烈火烧死的人，就永远长眠于玉阶之下。她为一种叫'瘗花'的花而死，而她死前遗言说，将这妖孽之花消灭，你们就没有退路了。

"她死前，托人带出瘗花的种子，她求她的朋友，一定要留下瘗花，那会是我们最后的机会。"

晏芩打断了乐湛的话："她指的是眼下的末日？"在场所有人当中，包括离瘗花最近的安如和乐心在内，都没有晏芩反应快。看来，他留意瘿花很久了。

　　"她生前知道末日的存在——应该说，我们这群最初来到这里的人都知道末日的存在，每个人都在为生存绞尽脑汁，唯独她悠闲她养花。不过，那时候没人指责她，生活不应该是紧绷的，不应该被还未到来的死亡挟持，人们反而有些羡慕她的心态。那个时候生活在古老湖平原上的我们的聚落正在壮大，陆续有外来的人，也陆续有第二代及后代，面对新生命和新成员，我们不应该将压力留给他们，让他们也惶惶不可终日，这也是末日预言自我们老去后，没有再在那块陆地提起过的原因——因为我们不想提起，尤其是在知道没有出路之后。因而，那时，她养花，我们研究对策，后来者在古老湖腹地悠闲地生存——就在我们现在所在的位置，一切都过得顺理成章，甚至在初入这里的陌生散去后，怡然自得起来。然而，她养起了瘿花，那花本只有一株，不知道怎么被她找到的，但据说找到的地点就是现在玉阶之下的淤泥里。

　　"那是种邪恶的花，碰到的人都会惨死。她找到这种花后，在原址造了一个瘿花培植地，然而邪恶的花逃出了她的控制。她的执意和现实的冲突，有了后面的惨剧。她死后，确实下了大雨，那雨没有浇灭烈火，倒是让平原续了些水，不过没有形成古老湖。古老湖的形成，那是再之后的事情了，和突然的地质变迁有关，其中又夹杂了一点我们的策划。古老湖平原中心是我们和那边时空稳定的通道，我们知道那里的重要，就重回故地，建了玉阶，保护好这个通道。而她的花田刚好被覆盖于玉阶之下，于是，巧合之中，玉阶成了她夯土上的墓碑。"

　　那是墓碑啊，安如抬头，试图看尽玉阶的全貌，却没能成功。她想看一看与那人有关的东西，哪怕只是在那人的墓前看看，她这一生都和素未谋面也绝不可能谋面的那位牵扯。安如其实也不知道为何执着想见那人，就好像她做过的很多事情，她也不知道自己的动机，稀里糊涂的；让她的生命如烈火焚烧的人，她到了她的安息之地，却没有特别的感受。或许是末日将至，她和大家一样，更想知道那位所说的"退路"到底为何。

"爷爷，你是不是就是传说中她的朋友，把瘟花带出去的人？"一旁的乐心很是机敏。大家都把她忘了，其实她一直在乐湛身边，有意无意间知道得最多。

"我是她朋友，那个时候我还叫做'白路'。你们现在听说的古老湖平原传说，是我传出去的；我为了让那个故事流传于世，给故事加了些神秘的色彩，好让人容易记住。但是养花人的遗言，我一字未动，都是实情。

"不是为了那花，而是为了你们。我本想研究它，能给你们留下退路，但是我没有时间了。我自然有罪，当时以为能将花控制在我的花田里，但没想到它繁殖得这么快；但是它只能生长在这里，这我可以肯定。所以，即使我坚信这花对我们的将来至关重要，但是我对当初的预料不及带来的致命伤害愧疚不已；我为这花而死，是应该的。而且，我知道，时间可以带走一切，包括我的故事；一把火烧了这里，多少年后，这个世界上就不会再流传我的故事，人们也会忘记这可怕的花。但是，如若这烧毁一切的火我无法阻止，而瓦解一切的时间我又无力抵抗，那我就只能用我最珍贵的东西来提醒人们，将来走投无路时回头看看，拨冗历史，或许还有一条看上去不算路的路，能救他们于绝望。我最珍贵的，能献给我们这群人之后世文明的，唯有生命了。

"不必为我伤心，总有一死，我的死不是为了给人们自责的刑责用以报复，而是为了他们以后能记住，这个残忍的烈火焚身背后是我的预言，关于那花的预言。说到那花，它还没有名字，我还来不及给它命名，它就被封为死亡之神了……不聊这些了，你一定要记住我今晚说的话。我希望我的死能让那块陆地上的人记住，曾有一人用生命祈祷他们未来顺遂。"

"那天，她托我带出去一车的东西，是各类花的植株，压箱底的是她总结的养它们的方法。单独存放了一小盒的瘆花种子。我当时也很矛盾，然而远远看见她烧死于烈火中时，才下定决心，去研究让她用性命表达的倔强到底为什么那么重要。我知道瘆花的重要，所以当平原上的人都选择在一山之隔的鹿鸣定居时，我选择那块陆地最为偏远的地方，我要躲起来研究瘆花。刚好，那花离开古老湖平原就不能活，是因为那里的土质和外面的都不一样，但是蒿野某个山谷里有相似成分的土壤，就是现在我的花田所在之地。我就在那里落脚了。久而久之，有了后来的蒿野城市。蒿野的人确实多了起来，而我隐姓埋名，变成了花匠。一开始，我往返于鹿鸣和蒿野，因为鹿鸣有着我的朋友们，他们知道瘆花被我带出来了，但他们都在为我保密，这其中就有周行的曾祖父。他们和我一样，觉得瘆花说不定对未来的我们有用，毕竟那是那真诚而有能力的人付出性命的赌注，大家愿意相信她，也愿意相信其实并不存在的命运——哪怕万万分之一，瘆花如她所说成为我们的退路，那也是后世的幸运；当末日厄运无法阻遏，任何可能我们都不能放弃。怀着这样的想法，我留在蒿野，他们帮我组织了团队。第一代开拓者渐渐老去，末日研究转入暗地里，只有少部分人继续研究，晏芩就是其中之一。"

晏芩点了点头："我还是周行家老爷子的学生。"

这位神秘而受所有人尊敬的大科学家，在乐湛面前有了乖学生的样子。安如在这半天，见识了很多事情，在这历史的观众席，她感受到比主演还要大的压力，因为有使命感占据她的灵魂，那神圣的感觉从阳光、从玉阶露出湖面的一角顺着阶梯降至湖底，玉色与湖光相融，沉积物渐有散落，如碎冰从冰山剥落。尘封在历史之初的那块陆地的秘密，要露出它原来的模样了。

"就在这时，瘆花之症重现于世。瘆花的生命力极强，好在花期只有一天，又在偏僻的蒿野，有山川阻隔，瘆花逃出了我的实验室，却没有逃出蒿野。患上瘼花之症的人不多，却和那时一样，逃不了惨死的命运；在我们几千年的努力下，对瘼花之症建立起庞大的数据库，还可以根据病人身体的变化及时应对，但也只是疲惫应对，可以将患者的寿命延长，不至于和当初一样，一两天内发病死亡，却依然……"乐湛也不忍，他见过太多，历史的沧桑全都沉淀在那一份份瘼花人的病历档案里，沉重压在心头，"几千年了，我们尽全力，也只是让那些病人拥有生命里的盛年，享受自己初露锋芒后的喜悦，但就此戛然而止，如花期短暂的瘼花在盛开当日的黄昏凋零一样，突然、决然。"

"所以你从有蒿野的一开始就在研究瘼花，而非因为你的……身边的人得了这病。"乐心保守了每一个瘼花人会保守的秘密。

"或许是在惩罚我，这本该被火烧完的花被我在古老湖平原之外的地方培育，它的妖孽在土壤中得到重生，害死这么多人，终究也害了我重要的人。"乐湛闭上眼，似乎在用心聆听水下遗迹可能留下的穿越千年的声音。他停了一会儿，说，"我不后悔让瘼花继续存在于那块陆地，只是后悔当时为了让它存活，将它放到了野外；我应该把它囚禁在封闭的实验室里，这样不会有后来的事。"

王大生在那块陆地研究了这么多年，临走听到了一个大课题："瘼花之症到底是什么原因？碰到花就会死？"

"瘼花会诱发基因变异，主要是它的花粉，其次是花瓣。主要是在脑部发生病变，也会累及全身，这是基因变异本身带来的影响，之后还会有些并发症。至于瘼花如何诱发的变异，我们还不清楚。"

王大生追问："我们时空的琥珀里有瘼花种子，你可以确定吗？"

乐湛似乎有不成熟的思路："你有什么想法？"

"我研究人类的基因很久了，在这里停留这么久，也是为了研究，我觉得我可能有些发现。不过……"王大生吞吞吐吐地，"那都是我以往经验得来的直觉，毫无依据。"

"你相信她的话？"乐湛眼里看着的是玉阶基座的东北角，大概就是那最初的养花人葬身的地方。

"这里的瘟花也是她从地球带来的吧，另一个时空安然无恙的植物在这里可以招致如此惊悚的事件，这背后或许藏着她所说的最后的退路。我只是这么想。"王大生没有把话说满，毕竟面对着一个文明的生死，他不敢贸然，也没有资格贸然。

乐湛没有表态，甚至连表情都没有。他看上去就是一个普通的老人家，脸上的褶皱延伸至脖颈，将所有的脾气和神情都掩藏起来。

他只是缓慢走到玉阶的东北角。一众人跟着他，默不作声。

"这里是她死的地方。而你们抬头，第六十六级台阶，那里有可移动的巨石块，里面是那块陆地和地球的时空通道。当初，平原大火后不久，脱离了瘟花恐惧的人们开始意识到自己的残忍，回来看死去的她。那些天，雨就没有停过，平原低洼处都积了水，场面惨不忍睹。她的花田在聚落的东北角，我们第一次回去时，没有找到她的尸骸，以为被那久久不熄灭的大火烧成了灰烬，就造了简易的墓；里面只有我们的愧疚，那只是我们埋葬自己心的地方，没有她。后来，又过了数十年，我们预测到这一带将有地质变动。原来，后山东北麓的平原会成为我们第一个定居点，就是因为它哪儿有稳定的时空通道，我们在原来的世界未必能找到入口，但是在那块陆地，存在一个稳定的入口；那个时候，人们在那块陆地的第一个落脚点一定是这块平原，而出入口就在当时的城市中央、现在的玉阶基座掩盖的正中。我们预测的那次地质变动，后来真的发生了；原来，那个时空通道在更长的时间尺度中并不稳定，这个不稳定还和这个时空即将灭亡的命运有关。我们为了保持自己和那个世界的联系，也是作为末日的退路，可以回到地球，趁地质变迁，改造了这个平原，并建了玉阶。

"由此，平原成了湖泊，它本没有名字，后被称为古老湖。而我们内心有愧，所以没有告诉后人平原的历史，只是当他们问起最初的家在哪里，我们会说就在后山山脉的那个湖泊里——那只是一个模糊的概念，但久而久之，让古老湖成了那块陆地所有传说的背景。世上没有不透风的墙，古老湖平原曾经发生的事终究有人说出去，但都被后人当做传说，大概他们也不相信自己的先辈如此残忍。

"由此，玉阶落于古老湖湖心，成了一个景点。又有古老湖各类传说渲染，玉阶顺而成为那块陆地唯一的圣地，可以完全吐露心声的地方。大概，你们——我们的后人，和历史开始的地方依然有某种融于血脉和灵魂的牵连羁绊，这样的羁绊的存在让我们可以安然死去。"乐湛或许感到了年迈孤身一人的寂寞，他是历史之初留下的唯一一人，背负了太多，他们的那个最初所未完成的、所做不到的、所愧疚的都背负在他一人身上，由此，灵魂匍匐了近万年，终于带着后人靠近那段最初的历史。他的左手撑着垒成玉阶的巨石壁，眼中有了泪水的反光。他自己也觉得惊讶吧，自己都不记得自己几岁了，却还会哭。

安如在他的后方，看着他的背影。她的乐湛爷爷还是这样的熟悉，身心却经历了万年之久。或许，这个无忧无虑的梦终要醒，这个潇洒快乐的聚会终要散，而缔造了这一切的他所背负的终可解脱，就在那块陆地和这个时空毁灭之时。如陈绀所说和历史所明，这里的一切是原本时空之人的一个梦，那里的人误入这个时空，发现这个时空时间迟滞的特质，迟滞于几乎禁止，于是他们留在这里建造了自己的黄粱美梦。这个故事的前半部分好像《阳光下的芒》，剧中的"芒草地"和北端的芒重名，或许不是巧合，孔昭精心制作的这部剧本就有他的深刻含义。大剧作家孔昭名不虚传，他的作品依然具有深刻的影响力，只是这一次还涉及那块陆地隐秘的命运。

安如心想，一场空又如何，至少这个文明曾辉煌地存在过。就如被瘗花侵占的自己，注定短暂的生命，注定逃离不了的悲剧，在那到来之前还可以活得很好。

安如愈发坚强了，由内而外的。

乐湛也恢复了精神，他说："现在，我们面对的是一个时空通道，而玉阶是它的保护器和处理装置。"他摸索着，来到一块打磨光滑的玉石旁，手小心探着上面的纹路。不一会儿，玉石的纹路在湖底暗处泛着光亮，吐出一个大盒。他让两人抬盒子，说："这里存着古老湖畔唯一缺少的历史证物——我们研究末日的所有资料，包括我们看到的末日证据，还有逃离末日的尝试。你们带回去。"

"还有这里。"乐湛仰头，视野上方，阶梯上有几块石块露出了刻着的字，那些字闪烁着光芒，于幽幽的古老湖底。

"那些都是贡献于那块陆地上的人和文明存活的人的名字，其中的绝大多数都是为了我们能逃离末日，但他们却没能回来；有些去了已经不能适应的地球，有些去了再也回不来的时空漂流，还有些葬身于实验。"

于那些巨石上的名字而言，乐湛这个角度，刚好是位于湖底的人们瞻仰的角度。然而，安如的心里除了敬仰和感动，除了直面历史的茫然，还有一个声音：似乎真的没有办法逃离末日了。

面对于万年历史的庞然，还有无法摆脱的末日宿命，安如感受到个体的瘿花之症的无关紧要。明明从小就知道那块陆地的命运，却在面对玉阶时，有了复杂而压抑的感受；或许是玉阶和它背后的历史，带给了她洗涤。玉阶是古老湖历史的载体，而鹿鸣街也是一个有资格被称为"历史载体"的地方，多少人去那里想挖出历史的秘密，而她是那里的主角，此刻茫然无措。

安如很想知道自己可以做些什么。她下意识看向陈绀：如果是他，他会怎么做？

就是这个末日，有人为它疯魔，有人为它毁灭，而一早就知道这件事的她，也在湖底暗流中改变着心境。

乐湛还有最后一件事情要做。他说："我带你们来这里，还有最后一件事，就是看看历史最初的模样。"

乐湛指的是当初在古老湖平原的城区，那时来到这里的人最早的聚居点，文明开始之前的地方。这个城市的时间不长，规模不算大，又经过火烧和地质变迁，虽然事后他们做了保护装置，让水下城市免受湖水和生物腐蚀，但能留住的面貌已经是残破，那是距大火之日近百年后的样子。

庞大的玉阶锁着时空通道，也锁着当初的城市中心。发生了太多事，时间荏苒，而那个时空过来的人落脚点不再是古老湖心。为了保护古老湖，人们建造了古老湖和陆地最北端的时空通道，让闯入的人都在芒出现。由此，古老湖腹地的老城，成了永远的墓地，葬着历史之初的模样。那是文明开始前的样子，那是让人好奇、着迷、却又捉摸不透的最初。最幸运的是，亲历最初的人还能在现在的他们面前，亲自一处处描绘那里的样子，仔细小心，解释着一个个谜团。

远去的，已然远去。

安如从过去感受到了自己的存在，她领悟了古老湖对于他们而言的重要。瘗花让她感受到的虚无缥缈，被古老湖底世界的真实占据，她颤颤巍巍的脚步，也有了自身力量带来的稳定之感。

来时，一步步往下，探寻古老的秘密。

回去，他们也一步步地，往上走，循着光亮的方向。

到了玉阶的最上层，乐湛又和人群中的外来人员说："这次能和你们分享我们最初的历史，是机缘巧合，也是因为你们都有意无意帮了研究末日。在即将到来的新年，你们要回去了，到时候会有专门的船舶直接载你们到玉阶的中间层，进入时空的通道。我们会把你们送到各自来时的时间节点，希望你们平安回到那个时空的地球，继续你们的日子。这是我们最后能为你们做的。也希望你们不要把这里的事说出去。没什么好说的，这里还不知道要怎么面对末日。”

乐湛带着礼貌的微笑和礼貌的善意，安如从中感受到他的力量。他依然不只是“乐湛”，是现下人们的精神支柱，不知是时间的淬炼，还是本性如此，他身上的坚毅和沉稳如古老湖背后的山岳，在温和中酝酿着深不可测的力量。

临走前，安如回望熟悉的玉阶台能看到的古老湖景。文明最初的样子，就长眠于万顷碧波之下的幽暗沉寂里，湖底的世界很迷人、很不一样，风吹不醒过去的幻梦，人忘不了过去的背影。过去的已然过去，但安如还是会好奇，故事开始时的过去和将来的结局藏着多少羁绊。

风吹不动的万顷古老湖，守护着不能触碰的秘密。

从湖底上来，未来之岛又把他们送回古老湖畔。陈绀和安如步行回了鹿鸣。

“这条路，当初是我们晨跑的地方。学生时代，还捡到过一只猞猁……它现在长得很漂亮。”走到一半，安如感慨起来。鹿鸣街离后山不算远，那里有一条延伸到后山山腰的步道，近些年流行在那里晨跑，安如她们也会。玲珑走后，那里成为安如散心的地方；这次玲珑回来了，安如却没有心力去跑步了。瘗花之症甚嚣尘上，如此情况下，她必须演好的《悠悠》耗费了她太多的心力精神，她早已精疲力竭，也就陈绀在身边，让她有力量。

那只猞猁，是安如在鹿鸣的故事的开始，也是她和“陈绀的秘密”的邂逅。那只猞猁让她认识了近七年都没分清的双胞胎，没想到可能是平行空间的复制品。

际遇，妙不可言的际遇。有那么一瞬，安如觉得人生路上很好玩。

“然后就遇到了张敖。”

"然后就遇到了命运。没想到，我和你背后的秘密那么早就见过面了。"安如浅笑，笑际遇，也笑自己的傻。

"你们也有秘密。这里的秘密如此沉重。"

"那是时空的秘密。过去的一万年里，因为这里的时间迟滞，人们对时间的感知很少，就这么悠然地过了一万年。"

"关于时间，我第一次和乐湛深聊时，他帮我解答过一个疑惑。"

陈绀谈起那块陆地的执着。在那之前，他一直以为这里的人悠然处事，是因为活在悠闲和安宁里；十多年了，他这才发现这里的人的羁绊之深。

那时我还在调查周行之事，当时只是知道孔昭和晏芩两个性格迥异的人在寻找同一个答案，和那块陆地的命运有关，但还不知道结局。因为心有怀疑，我单独去了趟蒿野，只见了乐湛一个人。

也是在看得到他的花田的蒿野渡，他跟我聊起那块陆地的事情。他站在渡口回望山坡，指着山中某处对我说："那里藏着一种花。"

"瘳花？"我也不知道为什么会脱口而出这个词。可能是因为古老湖平原的传说，故事里一反常态的世界让我印象深刻。

"瘳花真的就存在于那片隐匿的山林里。我只能给你指个方位，这里已经是外面能望见瘳花所在最明显的地方，不过也只有一个大概。这样精心设计的地方，却还是会出事。它太厉害了。"

乐湛说，瘳花传说里的结局，是真的。瘳花不该留存于这个世界，但它对于当初至关重要。在这个时空，那块陆地不只是唯一存在生命的地方，还是这个时空唯一一个可以称之为"地方"的地方。这个时空汪洋如海，只有那块陆地一个漂浮的岛屿，剩余的都是极小的空间物质。这个时空的孤岛原本是没有时间的，它无比稳定地存在于这个稳定如死寂的时空里，让它拥有时间的是其上顽强的生命，以及误入这里的人类。

你也是误入这里的人，你明白其中的道理。虽然还未能彻底解释清楚，但这里确实是你那里的地球生物能够误入时空隧道而抵达的地方；造成这个结果的原因，或许是只有这里和地球有联结的明显通道，又或许这里是那里的平行世界，一个虚幻的世界。

总之，种种巧合下，这里有了生命和时间，有了微妙的变化。最初来到这里的人意识到这个时空的好处：严格来讲，我们意义上的"时间"在这里并不存在，因而在理论上我们可以在这里无忧无虑地活到永远，而且这种理论似乎真的可以实现。所以最早的人克服了一些这里存在的问题，建立起文明形态，一如地球上人类社会的模样。就是后山平原的聚落，也就是现在的古老湖。那个时候的人过得和在地球的时候一样，对地球有和性命一般重要的执念。那时的他们有很多不习惯的地方，不习惯于晚上抬头看不到月光星辰，不习惯于白天起来见不到活泼的太阳，不习惯于不存在白天黑夜，一切都是静止的，他们受不了。

于是，他们频繁往返于地球和这个时空，在长久的摸索中，其中一个人找到了一种一年生的植物，它可以在那块陆地上生长，实际生长周期和地球上观测到的一样。那植物就是瘗花，那人就是那个后来被烧死的养花人。瘗花的花期确实很短，但植株的生命周期刚好一年整。那时的人就用瘗花给这个时空标注上了时间，还是个有地球记忆的时间。

他们很感激养花人帮忙找到了时间刻度，旋即，他们中的人发挥了各自的力量，造了太阳、月亮，还有星辰。

是，你白天夜晚看到的那些，都是人造的；话说回来，你感受到的白天黑夜也是人造的。偶然给了当初的人遇到天堂的机会，当初的人又将天堂改造成真正的天堂。

一开始，势头确实很好。再种上从地球带来的桃树，那块陆地就是世外桃源了。这种状态持续了很长一段时间，一切都在悠然里欣欣向荣，包括比最初的人来的还要早的那些生命，像是后山上的古树，还有河滩里的浮游物，它们原本都活在静止里，有了时间之后，它们显出缓慢的更替来——再缓慢，那也是更替，这让古老湖平原上的人们感到欣喜，因为有了伴儿。

然而，那个养花人不知怎么的，将瘗花放了出来，有了后面的惨剧。瘗花被当做时间尺度时，它们被放在一个个大玻璃罐里；时间必须要精确，因而要将瘗花置于稳定的空间里观察，这是和地球和原来的生活唯一实在的联系，他们很执着。他们留着瘗花，是要将瘗花的生长状况和人造太阳的运行情况进行对比，用来校准时间。那可是养花人从地球的白垩纪中期找到的一种只存在了一百万年的植物，它早就被你所在的地球时代淘汰，却救了这里的人的心——在它从罐子里被放出来之前，人们是这么认为的。

"你们可以随意进行时空旅行？稳定的时空通道不是周期性开放吗？"陈绀听到了一个理解不了的事。

"是飞船。我们有很多用于时空探索的飞船。但是飞船没办法维持太多人长时间的生活，也没办法精确地控制时间，所以现在，送你们回去都用时空隧道。其实，我们飞船的运行也要利用时空隧道，但那和送你们回那个地球的通道是两回事；那个通道被我们长期经营，已经很安全，遗憾的是我们的身体发生了变化，回不去地球了。"

我觉察出他的怅惘，却没想到。我接话说："我们那里经常目击不明飞行物，说不定是你们的。"

原是一句无关紧要的话，他却回我："可能只有些是。"

对我来说，这是很有意思的话。对于宇宙时空，我们知道的太少了；这一点，我很羡慕你们，你们处于一个特殊的地方，还能和不同阶段来的人一起研究，能更好地观察宇宙时空。

乐湛说到那个养花人具体的做法。她先是找了时间刻度的替代品——现在流经古老湖畔村的那条小河，原本从后山山脉直下，延绵至古老湖平原腹地，她带着一群人在那条河流域内建了工程，用水的流动计算一年的时长。那个工事复杂精细，在古老湖形成、小河流域改变后，就废弃了，换成了现在还在用的历法。当时新方法完成后，她就将瘴花种在她的花田，然后就出事了。并不是所有的人都会中招，但中招的人死得很惨。最初那个时候，人很少经历生死，要在那块陆地自然地完成生老病死，那是十分漫长的；人当初不就是因为可以抵达永恒，才赖着那块陆地不走的吗？所以，养花人很快引了众怒，后面的事情和传说几乎一致。

"你是怎么知道这些的？"

"因为古老湖畔。"

我当时便理解了，成笙也是这样的人。我以为他只是和古老湖畔有关，却没想到竟是亲历者。

他绝口不提末日和自己的身份，不到迫不得已，他也希望自己能安然度过自己的命运。

他转向"海"的那边，又说："你知道吗？眼前的海，或许不是海；安稳的这个时空，未必真的安稳。我们一贯以为这个时空其实没有真正意义上的'时间'，算不上'时空'。但其实只是没有我们生活在地球上感受到的那种'时间'罢了，它有另外度量的形式，而且从这个角度看过去，这里另有故事。"

"周行就是为了这个？"

"大概是。"

当时，我不知道他说的是时空的灭亡，只是新奇于他说的"海不是海"，往蒿野渡之外的世界看过去。苍茫于湛蓝之上，或许来往于那块陆地各港口的船舶，其实都是游于茫茫时空中的飞行器。

原来那块陆地是个干净如白纸的天堂，而一代代人将它打造成悠然宜居的世外桃源。其背后，还是他们忘不了的地球，还有放不下的抱负，对建立极为发达的永恒之文明的抱负。

"这就是史诗《天轻月》描绘的事情，对吧？我才意识到，自己在鹿鸣街演过的剧，其实都和这里的命运有关。"安如想起《天轻月》来，那部史诗里的神暗指瘿花，而天轻月部族要寻求的未来出路也和瘿花有关；兜兜转转，天轻月宿命被系在他们最初的神的手上，而现实世界或许也是如此。

"是因为鹿鸣街六号这些年都在思考末日，所以才会有这么多讲述命运的故事。"

"过两天，就新年了。"安如这样念着将要过去的现在，"你也就要走了。"

知道瘿花一事的陈绀，已经不敢再提让她留在鹿鸣街的事；舞台是她的事业，而瘿花是她的命。"我不在身边的路，可要好好走。"

说这话时，他还牵着她的手；可要习惯没有他的日子——想到这个，他又把手松开。

安如握紧了他的手："我留在这片养育我的土地，怎么会孤独？你也要回到自己的那个世界，继续本该继续的生活。"

"所有道理我都明白，所以我会继续在鹿鸣街的舞台上，直到——"安如停了下来，抬头看陈绀，夕阳余晖顺着陈绀的发梢落入她的眼眸，"直到瘿花要带走我的魂魄。"

"我不是为了宽慰你，而是托你的福，这几年让我变得离不开舞台；你要走了，我怎么舍得舞台再离我生命远去。"

陈绀发觉安如的眼神浮现一丝不安定，连忙扶着她的双臂。不知是不是感受到他给的力量，强撑着的安如松了口气，瘫倒在陈绀怀里。

是她的膝盖出了问题。《悠悠》的演出入了佳境，而她不听使唤的身体各个方面都倔强地反抗，这次是膝盖。近两天膝盖就不舒服，安如知道是瘿花作祟，她想忍忍，挨过《悠悠》；没想到走了一天的山路和台阶，会比跳舞伤得还深，更甚的是古老湖底长眠的历史，让她劳神费心。

　　"蒿野的医生说，有很成熟的基因技术可以治好你的膝盖，在鹿鸣就可以医治。但是，这病根源在瘗花，活跃的瘗花基因依然会攻击你的膝盖。你上次晕倒后，乐心把你的检查结果告诉了他们，他们说你现在遇到的瘗花活跃期还在可控的范围内，重点在于你不能再劳神。我知道打扰你心神的是什么事情……"陈绀停住了，他怕再说下去，自己会哽咽。

　　这会儿，他们已经到了医院，做了些基本的检查。

　　他握着安如的手，目不转睛地看着她，瞧出了她的心思："如果不治疗，只是暂时恢复，那你的膝盖只能撑一个月。"

　　"一个月够了，不是吗？"听到这个答案，安如居然很开心。陈绀之前的一段话根本不重要，安如只需要医生跟她说，完成《悠悠》没问题。

　　"安如，你听我说……"陈绀很是紧张，然而想到安如的心思，

　　"随你……"安如打断了他的话："没必要为我担心，我的一生如河滩浅涉流水的青荇，简单到可以一眼看到它的全部，任何事都可以打断它的性命，唯独平静之日能沐浴在阳光下，感受轻风流水的跃动，已然是它最珍惜的幸福。不用悲深秋的黄叶，它本该在那个时候飘落。我有幸能遇到你，遇到鹿鸣街。你走了，我还会在鹿鸣街六号，继续站在舞台上，眷恋我眷恋着你带我看的台上风景，直到我的结局到来。"

　　安如此刻温柔的声音，只出现于《祈祷》舞台的女主角上；陈绀听到这声音，心里一惊，不是滋味的滋味满溢于已经装不下事的心，《祈祷》女主角的命运和她这么相似，唯一不一样的是男主角没办法陪到最后。本是时空的游子，他也有不忍；心该落于何处，他有了让他优柔寡

断的羁绊。

　　陈绀从没见着这么被动的生命，原来连同他在内，都是牵制安如生命的存在。这是在他知道瘿花的存在前从未意识到的，平时她对自己的依赖，居然是深入生命的依附。这样一来，以前和她一起经历的种种，有了合理却无奈的解释。他没有遇过这样的恋情，却遇到了这样的托付，还有眼前的她的坚强。他愈发无措。

　　他只能点头。

　　安如这次只是膝盖出问题，人很清醒。清醒地看着陈绀的慌乱，清醒地看着陈绀背着她下山，清晰地记得伏在他肩头看到的山景，之后就到了医院，看到了赶来的乐湛和乐心。她眼睁睁看着、感受着生命渐消，习以为常中有了不一样的坚强；不可逆的已然中，坚持自己的决然，走出不寻常来。

　　乐湛走了进来，看来是和医生们商量好了。"安如，蒿野那边传过来治疗方案，你只需要吃药，就可以缓解这次危机。他们都会从蒿野过来，陪你，帮你留出一个月的时间。"

　　"谢谢，一个月就够了。"对安如而言，乐湛的话一如既往地让她安心。

　　乐湛又说："近来几次变化，都在可以控制的范围内，没有超乎我们预计的特殊变异，情况不算恶化。但是，你要调节你的心理，不然它会带来大麻烦。"

　　对于瘿花之症来说，进展在医生们还能控制的轨道上，已然是好消息。距近几十年来瘿花之症高发的年纪愈来愈近，安如的状态本很是争气，要不是最近的事情太多……

　　乐湛和陈绀把她们送回鹿鸣街的家。来接安如和乐心的是何汜。

　　安如也没想到何汜会来。这个侄女好久不见了。

她说："大家都来了啊。"她想起自玲珑回归鹿鸣街，《悠悠》聚拢了她生命里重要的人，就好像一场宴席，是冬日里的盛宴。

"家里人说结束工作，新年来看你。我可等不了，就先来了。"

"他们和我说过。"

鹿鸣街的家还是第一次过有这么多人的夜晚。

乐心跟安如解释着刚发生过的事情："你们从未来之岛回来的这段时间，我一直跟着爷爷，他和晏子商量着，要告诉所有人实情。他们明说末日一事，并且请大家做出选择，这个新年过后，就要应着各自的选择准备物资和具体方案。赶在末日前搬家是大事，此去，这个经营了万年的地方再也回不来了。千秋之别，万代不复，我们这些人纵然有千年万年的缘分，也要就此分手了。他们给了几个方案，一是留在这里，这里的时日不多，却也足够完成一代更替；二是去往别的时空，包括地球所在的时空，虽然我们已然不能在地球上存活；而以我们拥有的技能而言，开发一个新的星球当聚居地更简单。从我爷爷的那代开始，万年来科学家们都在寻找这里的替代品，未必能找到这么稳定的时空，但暂居还是可以的，目前相对稳定的时空和可以到那里的安全通道找到了几个，但我们无法保证去了之后的长期生存。爷爷和晏子还说，可以提出新的方案，而他们会留在那块陆地，尝试移动那块陆地的计划，无论最后能否赶在末日前实现，他们都将陪这里到最后。"

"这些，你们都知道了？"安如问在客厅里的各位。她们安静得不像话，自己冷静是因为早就知道这事，她们可不是。

"我们俩一定不走，所以可以考虑帮那块陆地做点事了——总要为逃离末日做些什么，无论是为这里的人们，还是为这里的人们的家。"

"我不走。"何汜抱着她的腰，靠在她肩上，还是这么黏人，"姑妈，我要留在这里。无论我们曾经来自哪里，我们现在只在这里；这么多年了，我不想离开那块陆地。"

"你还年轻……"

玲珑问道："去其他时空，就真的能活下来吗？当初的人们用了多少代，才建成这里；我们还有运气可以找到下一个合适的地方，生活在那里吗？"

"爷爷说，万年来，研究这些的人积累了一份时空图，上面都是去往各个已知相对安全的时空的方法，就存在古老湖畔。"

这种时候，嘉平冷静而悲观："但那也只是怎么去吧。我们可以去往别的时空，还可以挑选那个时空合适的时间地点，但是这里带去的技术可能水土不服，这里带去的能源总会耗竭，没办法保证在可以预料的条件下找到我们的下一个家。要是这么简单，不会一万年也挑不到一个合适的地方。"

何氾插话："就是这样，才让人担心。不出去，一定会死；出去了，大概率会死。"

安如说："总要试试，安居之处哪儿那么好找，才一万年罢了。地球上的物种存在了千百万年的多了去了，我们才多少年？"

"我们和地球上的生命不一样，我们比他们厉害。我们可以轻松地去往别的时空，迅速地去往特定的时间点，还可以在这之前就掌握目的地的情况；尽管如此，万年没有停下寻找落脚点的这里的人，也没能找到合适的家园。他们不是没试过，但凡能回来，哪怕传个信息——这些都没有。"

被嘉平这么一说，安如有一种无力感泛了上来；那是她当初很想跟陈绀表白，却无奈受制于瘗花时，对瘗花之症的感受。

"那块陆地是孤岛，漂泊在以时空为名的大海上。或许我们可以驾驶着它，驰往未来。"这里最乐观的，倒是安如和乐心这样注定先于那块陆地与时空告别的人。

"我也不想走。未来何处，我们都要一起走下去。"玲珑搭着何氾的手，好像已经下定主意。

"或许，散出去才有出路。不过，我也不想走。无论那块陆地最后能不能改造成移动的岛屿离开这个时空，我都舍不得这里。万分之一和万万分之一，我选择痛快地随自己的心。"安如看着嘉平，平时这里的人里，这人最有主意，也最独立，要紧关头居然也选择留下。

"爷爷说，寻找新住处的尝试从来就没断过，就算是他们刚落脚时的那个初始年代，也有人迫不及待要出去。上下求索更广阔的天地，是人的心性；这里，虽然对原本的世界来说是无忧无虑的未来，但终究拦不住人心。那些去往别的时空的人，未必是因为知道这里存在'最后期限'，更多是想去看看，其中有人回来，有人杳无音讯。现状确实是，出去凶险，留着也没什么未来可言。那块陆地本就是时空孤岛，到时候若真能去往别的时空，那就漂流到哪儿算到哪儿，有多少能源支持着我们远走，有多少力量支撑着我们的心和命——这些，走一步算一步；毕竟，这个地方也是我们的先辈偶然所得，没有计划。这世上，哪儿有那么多事是计较得清的。"

"乐湛爷爷开始准备这些了？"

"他把他们那个时候做过的工程计划整理了，和晏子那边能用得上的资源整合。还有孔昭这样的，也大有人在——虽不是传统科学家，但是多年来也有成果，帮得上忙。"

"赶在末日前出结果的可能性有多大？"

"你还记得我们小时候遇到的那个小哥哥吗？他是个天才，他那时的结论和近二十年后的现在晏子的说法差不多……"

"我记得他说，不抱期待。"安如回忆起模糊的孩提时代，是逐渐看清瘿花之症可怕面目的那段日子，"他说，他更希望我们把精力投入回到地球的尝试上。"

嘉平说出了自己的思考："确实，我们目前纠结的两种方法，无论是选择将人散出去，或抱团一起走，本质都是寻找另一个不知道存不存在的落脚点。回去，或许是个好办法。然而，我们回不去了。"

"先不论是不是能在地球生存，我倒想回去看看。看看那个我们发源的地方。"所有人对"渊源"都有个说不清的羁绊，远离地球的他们也有。

"是啊，多想看看。"她们几个依偎着，想着或许永远实现不了的梦。

前路似乎堵死了。

安如来到乐心身边，小声说："我们去天台。"

安如扶着乐心，来到天台。

新年将至，冬日的夜被人间的热情烘暖，变得温柔了。

"鹿鸣的冬一向不长也不冷，今次有些反常，不过到今日，总算转圜了。"

"鹿鸣还是这么热闹，那块陆地还是这么热闹。"

"把我叫到这儿，是为了瘢花？"

"我猜，你后来一直跟着乐湛，是为了瘢花吧？"

"也只能是瘢花了。"乐心为自己和安如的缘分感到无奈，这知己知彼的缘分，还不是因为可怕的瘢花，"我对爷爷说，我想看看瘢花。他同意了。"

"我也要去。"安如喊了出来。折磨她的瘢花，她还从来没见过。

"你那块琥珀，下午给爷爷了？"

"我想着，万一能帮着找出瘢花的秘密呢？"

"你对那个养花人的话寄予期望吗？"

"无所期待中的必须期待。我们现在能想到的逃离末日的办法，不都是无可奈何中的'必须有所为'吗？"

"王大生把自己和陈绀这十几年在这里的研究成果都给了爷爷，他希望有所帮助。算是他走之前的一点心意吧。我们这儿的文明确实比他们所处的发达太多，但他们给的也有用处。尤其是王大生提出的张牧、张敖的存在是不是一个突破口……"

"什么意思？"

"我听到他们在讨论，说张氏兄弟其实是一模一样的人，只不过出生成长于不同时空。如果这样的平行时空真实存在，那么……"

"那么那块陆地是不是也有一个在安全环境里的'兄弟'存在？"安如兴奋起来，自己都惊讶自己能说出这话。

"理论上是这样。而且爷爷说，他随着那个死去的天才科学家的研究而研究，发现我们对'平行时空'的一般定义误导了我们，它可能很好找。就好像我们很容易去往别的时空，只要找到通道就可以；平行时空也一样，既然张氏兄弟可以相遇且平安相处，那么这会是个突破口。"

"我们能在末日来临之前找到吗？"

"不好说。爷爷说，他这些天都在整理资料，除了要告诉现在的人，他们那个时候都为未来做了些什么；还要给陈绀他们准备一份可以带回去的研究，如若那块陆地随这个时空覆灭，至少这个'人世之彼岸'能为地球上的人世间留下他们的成果，让辉煌的文明延续下去。本就一脉相承，这样也算支系汇流了。"

"是不乐观吧？不然爷爷也不会这么做。他们接受吗？"

"陈绀在犹豫，毕竟两地差太多了……爷爷劝他说，怎么也要带回去，若是觉得不合时宜，可以当做宝藏封存起来，适时再取它出来。"

安如明白陈绀的意思，这人"顺其自然"的观念很重，文明发展到什么程度，靠的是此时之前的人，彼岸的辉煌，此地未必接受得了、吃得下。"爷爷这么做，是出于他对地球的思念。我们所感受的轻风凉意，抬头的星辰胧月，还有惬意的阳光照拂，都是他们造的，只因对那个世界的羁绊。"

安如看着布满了星星的天，从未想过，天也是海，都是时空布景；那块陆地和其上的文明，当然切实存在，却更像梦幻，里面充满了理想化的事物，可惜的是，末日将至，美梦将醒。

"乐心，你告诉我实话，你什么时候知道时空的秘密的？"看着清冷的天，安如也冷静起来。

"这不是小时候的那个天才哥哥……"

安如转身凭栏，对着扶着栏杆的乐心，唱着："曾经大海茫茫，恋恋悠悠故乡。我与千阳共赴，将来到旧时荒。"

"这首歌最初我教给你的，只有前三句。我找到最后六个字时，也是我找到那块陆地秘密的时候。"

"果然。"安如也是今天，在湖底看到最初的城市时，才反应过来。

"所以，你后来告诉我陈绀在《未来之岛》谱曲中的巧合时，我反应过来，他知道了一些事，但是知道得不够清楚。于是，我答应让这部剧用这四句词——这词也不是我的，是蒿野歌谣。从事情发展来看，陈绀从我留给他的线索里找到了端倪，他用上了这条线索。这首曾在蒿野广泛传唱的歌谣，是爷爷来到还是荒地的蒿野时带来的。据说是那个养花人的作品，古老湖的住处被大火焚烧、被大雨淹没，但那首歌被带了出来，连同那些花苗一起；先是在鹿鸣，然后是那块陆地的各处。旋律羁绊的是和故乡的感情，歌词倾诉的是远走高飞时的心魂，说到底，都是因思念那个时空的故土、地球，那用生命结成的羁绊。爷爷告诉我，那首歌谣是养花人根据她故乡的歌谣改编的，这对陈绀来说是突破口吧——再怎么说，他是那个时空的人，而我们于那里，已是陌生人。"

"我能想到这一点，还是在今天的古老湖底。死寂的湖底，安卧着我们的文明开始前的城市，已然是断壁残垣，远望过去，很多地方都已模糊。就是这样的碎片，在我心里泛起涟漪，我的第一反应，是在蒿野渡，你教我这首歌。我还记得，一开始你只带着我哼这首的旋律，告诉我，这首歌太老了，没有谱子，没有完整的歌词……"

安如恍然大悟，"原来，我身处古老湖平原，想起这些顺理成章。"

"我们这些后人，习惯了这里的一切，对那个时候的地球更多的只是好奇。说到底，那份羁绊未必能理解，只有这古老的歌谣，还在帮我们记住，那份该记得的渊源。"

"曾经……"乐心起了个头。

　　曾经大海茫茫，
　　恋恋悠悠故乡。
　　我与千阳共赴，
　　将来到旧时荒。

乐心唱着，安如跟着和。

这一遍，安如才想明白，唱了十多年的歌，藏着作者多深的心思。养花人的"将来到旧时荒"，暗示的是那块陆地的命运；末日终将来临，一切辉煌都是荒芜。

或许，那人还在提醒后人，千万不要忘了过去；将来来到时，可不要忘了旧时，那里藏着将来的秘密，是解锁未来的密钥。

譬如，那人留在历史之初、文明未然的秘密，那句"这妖孽之花，将它消灭，你们就没有退路了"，还没有答案呢。

安如听到脚步声，只可能是楼下那几位的。

"下雪了，我们来看雪。"嘉平第一个上来。

"雪？那不是只有山里和芒这样的北方才会下的雪吗？"紧跟着的何汜显然没见过雪。

说着，安如又想起乐湛对这里存在太阳的解释，当初的人呕心沥血将荒野改造成故土的模样，怕是这冰冷的雪也是仿的，也是人造的天气系统里的一环。她多想去看看，看看那个地球，那个并不存在于她的记忆里的故土，是祖先眷恋而不得的地方。

"鹿鸣从不下雪。那块陆地的隆冬要开始了，从秩序一点点出现纰漏开始；不知道哪一天，我们会控制不住我们现在所能控制的一切，那时则是真正的末日倒计时。"嘉平并不悲伤，她只是在感怀一个事实，"我研究孔昭和他的作品这么久，没想到三十余年前的谜团的真相，是这么可怕的事情。"

得知真相的雪夜，那块陆地的灯火通明里，多少人都在思索时空的未来。

"或许，真的要散了。"安如想起之前因为知道陈绁的身世，对地球格外有兴趣，找了很多资料，其中看到过这样一首诗：

呦呦鹿鸣，食野之苹。我有嘉宾，鼓瑟吹笙。吹笙鼓簧，承筐是将。人之好我，示我周行。

呦呦鹿鸣，食野之蒿。我有嘉宾，德音孔昭。视民不恌，君子是则是效。我有旨酒，嘉宾式燕以敖。

呦呦鹿鸣，食野之芩。我有嘉宾，鼓瑟鼓琴。鼓瑟鼓琴，和乐且湛。我有旨酒，以燕乐嘉宾之心。

她不知道，鹿鸣街的"鹿鸣"，是否来自这首诗。

她知道的是，她感受到，现在的鹿鸣，还有那块陆地，当初能聚起来，就如宴席，如今或许都要散了。

本就是一场梦，梦在时间迟滞的彼岸，有一场盛大的宴会，其中的人悠然自在。

只是，梦终究要醒。

第十九章　新年

新年第一天，鹿鸣很热闹。

人们的心情丝毫不受末日的影响，日子依然过得热闹又从容不迫。

悠然，是那块陆地之人的能力，是那个宛如彼岸桃源的时空给的特权。

纵然面对迫近的末日，也是如此。

"姑妈，你参加晚上的那个音乐会，是临时加的吗？"

"昨天休息，我去看排练，正好他们那边缺人，就把我带上了。"

"看排练……不就是去看陈绀吗？"

"还有乐心，你忘了？歌神今晚就要出现于江湖了。"

在鹿鸣街后台的休息室，安如还拿着谱子，要唱的是《阳光下的芒》，但被乐心和陈绀改过，据说是用了陈绀那个时候的某种唱法。对安如来说这闻所未闻，歌唱出来确实古朴，但有曾经王平的味道，又让人觉得熟悉。乐心说，那是《未来之岛》后，陈绀因为那首歌谣找到她，他们慢慢有了交集，正好那时乐心在研究古代乐谱，就和陈绀改了这首曲子。

"曲子录好之后，陈绀问我，悠悠的时间的歌谣里有多少你们的秘密。

"我一开始以为那个'你们'是指那块陆地的文明，毕竟孔昭写作的是他想象中的文明开始前的样子。我就和他解释，这首歌所描述的发生地点'芒'，其实是一个特别的意向。'芒'所代表的荒野是那块陆地文明早期一个特定意向，就代表此处、人世间的彼岸，因为最初的人看到的那块陆地还是一个未开发的荒地，它充满了人所向往的美好特质，就是缺少了人气。所以，你们来到这里的第一站，那个被我们从古老湖通道转接的最北端的地方，也被称作'芒'。这个含义很久不用了，难为孔昭能找出来。

"但是，他却说，我问的是你和安如的秘密。

"当时我很诧异，你来鹿鸣的几年，瘿花没有影响你多少，你也不会主动说出瘿花的事，那他是怎么察觉的？可他似乎也没期待我能老实回答他，说本来也只是我们的私事，但随着周行背后的事情显露端倪，他觉得我们的秘密和那块陆地的秘密有关。"

"他那个时候还不知道那块陆地会灭亡吧？他那隐隐约约的直觉，可真准。"

"你有没有想过，这件事情的暗示很明显。"乐心想了很多，"我是说，当年那个养花人对瘿花的预言，或许提醒得很明显。"

"你有什么想法？"

……

安如想起昨天乐心说的话，想着，纠缠了那块陆地之人生生世世的瘿花，能有怎样的线索，埋在命运的前路里。

她想得出了神，竟也忘了梳妆打扮。《悠悠》剩下的演出场次不多了，她不得不珍惜的，就要珍惜不了了。

自古老湖底回来，又走出这两天的沉闷，新年第一天，安如的心境变得更为宽阔而悠然。

奇怪的是，安如走过的鹿鸣的街上，看到才得知末日的人们竟也不苦闷。这让才从剧场出来的安如感觉到，外面的世界和舞台上的一样热闹。末日结局公开后的第一个新年，在连着两个深夜下了雪之后，鹿鸣乃至那块陆地都恢复了原有的秩序，悠然却不失活力。

"我们去蔷薇之道走走？"玲珑突然提议。

"玲珑，你不悲伤吗？"安如疑惑。自己是悲伤惯了的，瘿花也好，早就知道的末日之论也好，她在懂事之前就接受了悲伤；当一个人的心成长于悲伤里，也就无所谓悲伤了。但是其他人不一样。

"哀伤末日吗？"玲珑想了想，说，"过去的两天会，今天不会了。一开始，忧愁于自己何去何从，忧愁于家园于何处安顿。但是，现在不会了。其实这儿的人都明白，人生也好，我们建造的文明它的命运也好，都注定成长于乘风破浪。我们的祖先为世外桃源的延绵不绝，离开原有的时空，留在这里；这里是彼岸，却不是重点，我们的梦要继续下去。这一点，不会因末日的存在而消亡，那么我们的倔强也不会因受末日的胁迫而断绝。出去了，我们会有怎样的下场那都是我们的选择。"

"那你们当时为什么选择留在那块陆地，不出去闯闯？"

"因为我们之间也有舍不得断绝、更无法断绝的羁绊。出去了，大家就都散了；和那块陆地一起出去，至少我们还在一起。前路如何，还不是在我们的眼前、脚下吗？"

安如明白了些。这就好像陈绀要回原本他在的那个时空，这样的根植于生命的羁绊，其实她自己也有。瘿花让她无处可去、无路可走，但其实就算没有瘿花之症，她想她也会和朋友们一样选择，留在这里。

"'没有曾经和未来，都只是现在，手握的分毫'，《阳光下的芒》的歌词，用在此刻真合适。嘉平心心念念的孔昭离开三十年的真相，果然就藏在他自己的作品里。"

安如以前总对嘉平的"捕风捉影"不以为意，其实她的周围有太多伏笔，自己没有注意；嘉平只是找寻线索，研究她想知道的真相。

"孔昭的'芒'，那也是他研究结果出来后，这么大的秘密藏在心里无处排解，写了一部剧来感怀这个地方的身世。"

"说起来，嘉平去找孔昭了吧。下午《悠悠》的观众席上，孔昭和晏子都在。嘉平又不是第一次见孔昭，却还是很珍惜见面的机会，就像——她本来就是孔昭的小粉丝。"所以，此刻就只有安如和玲珑一起走在街上。

"你爸妈带乐心走了，说是去找乐湛。"

"他们来后台找过我，打了招呼走的。我也才知道，父母在做一些和那块陆地的迁移有关的研究。原以为他们只是普通的医生，因为一些事情和乐湛爷爷来往。"安如父母的工作和王大生的一样。虽然王大生是在古老湖底得知瘗花，但在那之前的一年多里，他和安如父母已经因为某种特定的"影响人类生存的因素"有了往来，那也是陈绀对周行背后之事有所突破的事情。

而乐湛，作为文明开始之前的那批人中最后的存活者，他也一直坚持着当年一起开拓的事业、无法如约的约定。自第一代大部分离世后，那块陆地之人有那么一部分，默默为末日做着准备，安如父母就是其中之一。乐湛知道所有这些情况，却也没料到随着末日迫近，有人提前发现了这个秘密，还引起了无端杀戮。

很多疑难，只要一环解开了，其他的也就迎刃而解了。

安如又想起一些在鹿鸣街经历过的事了，身边的玲珑就受了无端的连累。

"在想什么？"玲珑见她默然不说话。

"很奇怪的感觉。那块陆地近些年有诸多纷扰，都是以前历史所罕见的，我甚至感受到那是末日来临前的躁动；因为时空环境的变化，人类这群体的心性变得分裂而不寻常。但是，就之前，乐湛爷爷和晏子把末日公开了，在两天的沉寂后，那块陆地居然恢复了以往的悠然从容。"

"想通了，我们终究是时空的游子。我们无法选择的从前是如此，我们能把握的前路也是如此。想想我们是怎么定居于此的，就明白了。"玲珑倒是好奇安如，"倒是你，都今天了，还跟陈绀生气，你那属于那块陆地之人特质的悠然从容呢？"

"习惯和他生闷气了，如今就要走了，也改不掉这毛病——明明是他的问题。以前，关于剧本的、舞台的，乃至于工作安排和私底下的活动，想找他商量，他总是说'不行'，我能怎么办呢？"说着说着，安如想起了很多细节，"就好像《彩虹之上》全剧那种工作量，他和周行要了一组人，连人带剧扔给我处理，美其名曰培养台柱，哪儿有台柱跟着师傅打磨道具的？都不听我的意见。"

"可你后来爱上了制作仿古娃娃，还花大价钱买了很多古董娃娃。"玲珑看安如愤愤然的样子，马上改口，"知道你那段时间辛苦、压力大，可现在熬过来了，倒是成长不少，也有鹿鸣街接班人的范儿了。"

"接他的班吗？实话实说，我做不到，没有他的能力。"安如的语气缓了下来，"最近，他意识到留在这里的时间不多了，也意识到这里的我们的时间不多了，好久没说'不行'了，约他去看剧喝茶这类私事，他都会应允。但就是这样的转变，提醒着我离别将近，反而伤感。今天，《悠悠》第十六场里的联欢活动，我和他的部分出了点问题——因为我的膝盖承受不住其中一段的舞蹈动作，他让改，我没听。然后就有了争执，就你看到的生闷气了。他早两天就想改，但那样的舞，我现在的身体状况完全可以完成，就一直没答应。"

"从今天的表现看，确实勉强，开头没有到位。"玲珑实话实说。

"那是因为之前我有在二楼的场景，上下楼多了，那楼梯又高，膝盖突然不在状态。"安如很坚持，"《悠悠》全剧就这一小段舞，它也不是舞剧，重点不在于一小段舞。其实，是我想把《悠悠》充分完成，撑到我无法撑下去的时候为止。《悠悠》是各种意义上都很完整的剧目，不需要我乱改；我又不是没试过临时修改既定内容，尝试过才知道，让所有工作人员帮我承担风险，那毫无道理。现在，我只想在我能完成的范围内，做到最好。"

"果然，越来越像个成熟出色的舞台人了。"

"我明白，这要归因于鹿鸣街、你们、同事们、际遇，还有他。"

"你也任性。和陈绀多些工作上的争执，有争执不为过，却有很多是出于你的臭脾气——就我看到的部分，是这样。"玲珑在鹿鸣街的时间前后加起来不长，却爱听些台上台下的边角料，"不过，你也好哄，尤其是饭点的时候，他一问你吃不吃饭，你气就消了。"

"除了工作，我和他私底下也没太多的交集。就这样，好不容易彼此承认了心意，却要分开了。"说到这里，安如却不觉得遗憾，"不过，我已经有那么多作为他的女主角的作品，也一样。"

"工作之外，只有一个夕阳下的拥抱。不过，至少那幅名画，会把你们的故事流传下去。我是说如果，那块陆地和我们的文明能侥幸逃脱灭亡的命运。"玲珑本想缓解离别的伤感，却越说越是伤感。

"还有这里，蔷薇之道……"不知不觉，她们已经从鹿鸣街走到了蔷薇之道，安如才反应过来。

"虽说是《悠悠》场景的再现，但这蔷薇之道是蒿野的名景——我还听说，这是他自己花钱出力，为你庆生用的……"玲珑又在打听边角料了。

"我从不过生日，那是第一个。"

"和你认识这么久，你确实从没提过自己的生日——为什么？"

安如笑了笑，扯开话题："就要到了。"

新年音乐会的地点，在鹿鸣市中心的广场上。和《悠悠》第十六场的场景一样，是露天的广场。

"真热闹。"

"参加新年音乐会的演出不是第一次，不过这次最特别。这一次，所有人都决定了自己未来的去向，包括我，我也决定了自己以后的人生。"安如深吸一口气。

"《悠悠》里的聚会也是个新年狂欢。"刚下了《悠悠》的舞台，玲珑自然联想到这剧。

"《悠悠》是鹿鸣街六号给陈绀的送别剧目，又让他的好友王大生参与制作，所以其中用来'以示纪念'的标识很多，这个新年聚会就是。"

"所以，陈绀会邀请我回来。"

"周行那时开始，为鹿鸣街更新换代而培养的几个主力演员都已经养成，童遥、元昉……也包括你。"安如现在提起鹿鸣街的话，越来越正式了。

"但我觉得《悠悠》整部剧更像一场盛宴，气氛热闹又不失本质悠然，很适合鹿鸣的剧。"

"我也觉得，像是盛宴。"安如别有深意。她觉得，鹿鸣乃至整个那块陆地上的文明，其实就是场盛大的宴会。

她要唱的，是《阳光下的芒》。作为当红演员，她被排在压轴的次序，紧挨着陈绀和乐心的节目。

听陈绀和乐心唱歌是种享受，陈绀活力的音色和特别的唱法，加上乐心在唱歌上的"神力"，妙不可言。

按惯例，鹿鸣的新年音乐会没有搭设舞台，有兴趣的都可以和演员们聚在一起，轻松随性。

鹿鸣中心的广场，其实是小川支系汇流之处冲刷留下的一块平地，只在夏天积些水，四季矮草匍匐，在鹿鸣的广厦存在得恰到好处，称人心意。它的底下被鹿鸣人放置了机关，可以让它呈现出各种状态。这次就是一块冰面。

这块青青草地上因为有很多活动，变换过多种面目，包括为了新年。安如在鹿鸣过的第一个年，整个鹿鸣都在热闹中闪耀着欢乐，这热闹的中心是一个火炉，放在草地的中央；一团团火焰散于草地，又顺着小川、街边灌木丛绵延至鹿鸣的每一个角落。这火经过处理，可以采集，安如那时就在街边取了一团火苗。小火焰活泼，她一直放在家里，后来成了千千的玩具。

而她在鹿鸣街六号的第一个新年，因为鹿鸣街，第一次参加了新年音乐会的演出。那次，她和陈绀唱了歌，又演奏了那块陆地的山区特有的一种弦乐。那次，那块草地撤去了伪装，露出那块陆地的地核，这样的暴露经过专门的处理，几千米之下的地核的一部分安静而神秘。安如虽不恐高，但双脚踩空，仅由技术支持，悬空飘在地平面上，还是惶恐。倒是因为这样别致的设计，让安如得知陈绀恐高。

"你恐高啊？"安如没问出来，只是见他僵硬地抬头，绝不敢看地下。

结束后，陈绀快速走到边缘地带，感慨道："被鹿鸣人改造的地方真多。"

安如一边陪着，怕陈绀尴尬，装出害怕的样子，却还说："虽然可怕，却很美。"

当初，还有这样一段故事。

而这次情况特殊，所有人都要决定为末日作何准备，这应该是鹿鸣人在一起的最后一个新年。

冰上的鹿鸣晶莹闪烁，燃烧起热情来，好看极了。

　　偶尔也会撞到人，其中一个认出安如来，还问道："这次没有和陈绀一起的演出吗？"

　　"我们都在一起，今晚是鹿鸣人的宴会。"安如认真回复。

　　是最后的晚宴，在温柔的夜色下，雀跃着，是一颗彼岸文明的心。

　　"安如，你看我带什么来了？"是嘉平在喊她。

　　安如转过身，看到了千千，还有——

　　"好漂亮的猞猁。"

　　"就我们以前捡来的那只。"

　　"为什么可以带出来？"

　　"因为这是鹿鸣最后的狂欢啊。以后他们都选择流浪，就不会有这么多人了。"

　　散了，都要散了吗？安如茫然听着，想伸手去摸那只猞猁。

　　她突然缩了手："它们怎么办？"

　　"有条件的回地球，没办法生活在旧居的就带走，总不能和我们一起等死。"嘉平说话直。

　　"它真漂亮。它当时还很小很小，像猫一样。"安如念叨着，看着它的眼睛。安如在它小的时候，多次去看它，后来这只猞猁放回山林了。安如再见到时，它受了伤，据说是自己来到有人的地方，又被路人发现捡了回来，养在动物园。最近才好些。

　　据说，它第二次躺着的路边还是安如她们当年发现它的地方，而接手它的兽医还是张敖。

　　大家都来了。

　　还有安如的爸妈和蒿野的几位医生，身边跟着王大生。这让她又想起瘿花，不过她已经不会为瘿花皱眉了。她想明白了。其实她早就明白了，只是陈绀的离开和末日的公布，迫使她仔细理解自己的心，还有那个十分顽强的灵魂。

所有人都沉浸在新年庆典的热闹里，安如也该如此。她回过头，前往那块草地的中央。

忙碌的夜晚，又有人和安如搭讪。"你打算留在这里吗？"是童遥的询问。

"当然留在这里，我无处可走。"

"太好了，我也留下。"童遥很开心，提高了语调，"大家都在，那块陆地就不会散。都走了，就算侥幸在哪个时空活了下来，那也不会是这里的模样了。"

"我知道大家都很珍惜彼此，但是宴席总有要散的时候；真有那么一天，我们要不后悔今的决定。"安如将童遥拥入怀里，似乎是惜别。她自己是无望了，但她希望这里的人能想清楚。

"我清楚自己是谁，在做些什么；我是那块陆地上的人，多多少少背负着人类文明在这里的命运，正因为如此，我不会放下它。我舍不得它不存在，而我一个人又带不走它——如若要走，只能几个几个走，不是吗？"

"我们要一起走。"

安如过虑了，这里的人想得很清楚。

"安如，《悠悠》之后，紧接着有个剧，只安排了几天时间。晏子是导演，我和元昉也参与了前期制作，现在想邀请你加入。"

"我大胆猜一下——"安如盯着童遥的眼睛，"陈绀也参与了制作？"

"他是这部剧唯一的编剧。确实是他给你在这部剧里留了个重要的位置，但工作量不大，他在今年盛夏准备的作品，就准备在他离开之后能……"童遥不知道该如何照顾安如的情绪，"总之，他想你留下，因为鹿鸣的舞台适合你，它也需要你。我们也想你留在鹿鸣，即使准备《悠悠》以来，一直有你要离开的流言……"

"我明白。我会来。"安如现在担心的，不是没有陈绀的世界她要何去何从，而是她能在舞台上坚持多久。末日将至，她猜想是自己的末日先来。

这位鹿鸣街几千年历史中的一颗明珠，留下了一段传奇。她自踏上舞台的一开始，便带着耀眼光华。她天生适合舞台中央，剧场的灯光和观众的目光聚焦的地方，是她如花的生命悠然自得的沃野。

在人们能到齐的最后一个新年，她站在舞台中央，试图唱出这个热闹的夜里依偎着的心的歌：

阳光下的芒草，我藏在它如阳光般的温暖里；抛于苍茫的我心之锚，将我留在芒野里。

风吹阳光下的芒草之野，悠悠，带来时间的歌谣。

"没有曾经和未来，都只是现在，手握的分毫。"

风吹阳光下的芒草之野，悠悠，带来时间的歌谣。

都是时空的游子，他们栖居于何处，可都要带着自己的模样。

时空如荒野，长着比人还高的芒草，风一过，摇曳着时空的魅力。

曾经幸运，人将心的锚抛在时空的孤岛旁，登陆，锻造了属于自己的太阳，和如阳光一般耀眼的辉煌。

突然狂风刮过，锚链断了，人散了。

时空的游子漂泊着，寻找着未必能找到的下一个避风港。

他们不会放弃，他们要活下去，他们还有梦。

但是，离开前，他们想留下首歌，让风带走，带给能听懂的后来者。

时空如荒野，长着比人还高的芒草，风一过，摇曳着时空的魅力。

都是未来的梦里人，他们栖居于何处，可都要带着自己的模样。

安如这样想着，唱完了这首歌。当初，这首歌和以它的同名剧目让安如名声大噪，从此成为一个无比耀眼的舞台人。新年的夜晚，她唱着这首歌，唱给已对未来做出打算的这里的人，末日是新征程的预告书，他们能握在手里的只有现在的分毫。

她走向侧面的舞台口，又回到人群。

灯光从她的身上移开。她刚下了台，又听到这首歌：

呦呦鹿鸣，食野之芩。我有嘉宾，鼓瑟鼓琴。鼓瑟鼓琴，和乐且湛。我有旨酒，以燕乐嘉宾之心。

这是陈绀和乐心在唱的歌。正是她这几日的感受。

她从未对外人详细说过这份感受，却被那两人唱出来了。

那两位都是和安如的心挨得最近的，都是生死之交，一位教她唱歌，拉着她的手直面可怕的命运；一位推她到舞台中央，教她学会热爱生活。

在安如不幸被恶魔之花纠缠的命运里，幸运地总有人等在她命运交错的地方，带她理解生命的含义。这次是她的朋友们，等她加入热闹的新年聚会。

安如抬头，对朋友们说："月明星稀，你们说，我们在那个时空的祖先抬头看到的星空，和我们看到的一模一样吗？"

"真想去看看，让我们的祖先如此魂牵梦萦的、最初的地方。据说天空上的东西，都是我们的祖先一一复制的。"玲珑也在看美丽的夜空。

"就好像我们对古老湖有着莫名的挂念，愿意把所有的心事扔向它的万顷碧波；那个时空叫'地球'的地方，给了最初的人以'天地''时空'概念的地方，一定也让它的后人挂念不已。"嘉平也跟着看神秘的夜空。

安静下来的时候，天籁就特别突出，玲珑感叹道："乐心的歌真好听。这歌的旋律很熟悉……似乎是小时候听过的歌谣，会是蒿野的歌谣吗？"

"这歌词很像我们的境遇。"嘉平和安如的想法一样。

玲珑还不知道乐心和自己的关系，而嘉平也还留着研究孔昭时的习惯。

"你们说，有可能吗？建造这座城市的人给它'鹿鸣'这个名字，就是因为这首诗。"安如说，"最初的人废弃了古老湖，在与古老湖一山之隔的平原建立了城市，我们的文明由此开始。早在古老湖，他们心里就清楚为何留在那块陆地，清楚那块陆地会有怎样可怕而清晰的结局。在文明开始的时候，最初的人就给文明的中心以'鹿鸣'的名字，因为知道'彼岸天堂'是个梦，因为知道这是一个迟早要散的盛大宴会。"

"世外桃源的人不肯忘情，不肯忘却有时间刻度的地球人世，也就葬送了桃源。"

嘉平突然收到消息。"是朋友的消息，他说乐湛那里收到了那块陆地所有人的决定——基本上都选择留下来。"

"大家想的都一样——试着把那块陆地带走，一起去往别的时空。"

"这是我们对这里之上我们的文明断不了的羁绊。"

"人这一生，不止活到死；我们的态度，即是那块陆地上文明的态度。"

安如听朋友们的决心，又抬头看深邃的夜空。

风吹散了梦。

梦终究要醒，梦里人何如？

第二十章　我的太阳

"我来接你上班。"

"今天最后一场《悠悠》。"

"明天还有一场音乐会。"

"明天傍晚，让我送你，好吗？"

他们的对话很简单。

安如不敢多说，怕说多了，眼泪就随着话语落下来。永别的事，心里准备再久，都无法排遣思念和随之而来的伤感。

陈绀不敢多说，怕说多了，就不想走了。当初突然一别，他的命运进入一条蹊径。走在小路上，鸟雀轻灵，花开飘扬，悠然无虞，然而那里再美好，都还是要回到自己的道路上。尤其，他扶起路边一个受伤的姑娘，如鲜妍的花伤了根须，他悉心呵护，却没想到这姑娘跌到的地方，是这条路的终点。

那块陆地的光阴再美，都是虚掷。

路就要走到头了。

他们走进鹿鸣街六号。

剧里的书店老板放下手中的画笔，从二楼快步下来，拦住要走的贾大生说："你听我讲个故事吧。"

印象里，我第一次看着你，是在舞台上，听到：开在灯光辉煌下的蔷薇花，只会开出辉煌，直到心力枯竭，它守在这条路，这条艰险的路……

《蔷薇渡》不是你的独唱，你的声音在众人之中也不突出，只是静下来听，能听出这声音的出挑和优秀。它是最合情绪的，最能契合曲子的，所以我顺着回头在舞台上找着声音，于是看到了你。

那一眼，便到了现在。

你的歌太好了，好到可以忽略其他人、其他事。所以孔昭把《阳光下的芒》的选角交给我时，我对菲的想法就一个，是你。菲性格纯粹、目的纯粹的特质，如同你本人。同时作为剧中人物，菲的角色只需要很好的歌声，不多的戏份和不存在的技巧——这些都适合璞玉般的新人来担当，选你再合适不过。

可在《阳光下的芒》准备中，我发现你的不一样。活泼中有一份隐约的悲伤，让活泼有了沉淀；可爱和乖巧中有一份特殊的倔强，让灵魂有了韧性；多年后的如今，我才知道那和你的秘密有关。但那时，你吸引着我，让我觉得你不只能成为鹿鸣街的新星，还会有更大的作为。

我带着你做过很多事情。《悠悠》以来的这些天，我经过学校、工厂乃至晏芩的办公室，都会想起以前带你来时的场景，从紧张而小心翼翼，到现在的游刃有余，当初我强加给你的角色，你现在都经营得出色。

不过，我要跟你道歉，结局虽好，我不该如此贸然。

你比我小很多，我时刻感受着你在舞台上的活力、巨大的潜质，以及本人与生俱来的魅力，所以觉得你和鹿鸣街会相辅相成。唯独忘了，你自己的意愿。

你也知道，我其实容易含羞，不善言辞，台词说得多了，生活中常不愿意多说话。现在也这样，突然不知道要说些什么——我知道此刻需要说些什么。

卷着清凉的山风从后山而来，穿梭在那晚热闹的鹿鸣城。舞台上，安如见陈绀皱眉看着自己的样子，想起了昨天的新年聚会，陈绀和她说的话。

他不知道说些什么，是因为即将离去而百感交集。昨夜的风太温和，吹不走笼罩游子之心魂的忧愁。他担心他之所爱，他之牵挂。果然，没有感情寄于其中是最好的，无论是安如，还是那块陆地。

他变得被动。

无奈之无奈，他吐露了对安如的心声。

接下来，在鹿鸣街，我要和这个孩子一起走下去。当时为了替你解围，我说了这话。却是真心话。我自己都没意识到，是从《祈祷》开始的吗？现在想来，可能是一开始的《蔷薇渡》。

后来的我的心事，都和你说过了。我说我没办法接受你的爱的事情，我说我们保持距离才好的事情，我说我不忍伤你的事情……

我回去后，会一直记着你的模样。你在台上的翻跃，你看着天空哼着的歌，你在古老湖底见到最初的城市的深情，你倚着窗台看剧本的专注，你在谢幕时的泪花……

我是时空的路人，是鹿鸣街的客人——你记得这些就好。

记得太多伤神。

自从安如遇到他，他便是主见。《悠悠》里的书店老板可完全不一样，她是个有坚持有眼光有魄力的人，她有自己的想法，在众人发现冰之恶魔后商量对策时，她主动提出炸毁。

"磨蹭什么？拖下去就不是你们在这儿计算，而是统计伤亡了。"书店老板在给他们施加压力。

贾大生他们瞻前顾后，终于同意了她的提议。

　　我希望你之后的路能好好走，不要妄自菲薄，不要伤害自己。你总说，自己演过这么多的角色，一个个似乎都在暗示自己命运里的某些特质；但其实，你只是你，你和剧里的她们都不一样，不要被那些角色拘束了现实的自己。同样，也不要因为鹿鸣街的我，拘束了实际生活中活泼的你。

　　每次拉着你的手，都能感到你的热，这样的感觉希望你能传递给舞台上的其他人——我不在的舞台上。

　　在你面前，我曾喜欢小小地撒谎，因为喜欢看你勉强相信的样子。之后，再有人逗你，你可不要生气。

　　我就害怕你生气，却也不知道要怎么安抚生气的你，好在你不是任性的人，才让在鹿鸣街的这一路，过得平顺。之后，你该率性随性，但不希望你生气，这里太美好了，用来置气就可惜了。

　　最后的一段曲子响起，贾大生拉着书店老板的手，要离开寒冷的鹿鸣。

　　面对你，我曾下定决心，对将要到来的必然结局不管不顾，只听从自己的心。

　　然而我比你年长，多活十年，不得不考虑得多，为了你的周全。

　　我在鹿鸣街的时光，过得很开心，不亚于在芒或是那边我的故乡。在你来之前，我就这样想；反而你来了之后，多了份情不自禁的不得不牵挂。不管《悠悠》之后，你如何走接下来的路，那块陆地又会发生什么，你都要过得好。

　　他们牵着手，紧紧挨着，走下舞台。

　　《悠悠》的终曲还在耳边，久久不散——

　　幕布落下。安如缓过神来，却舍不得松开陈绀的手。

　　再舍不得，也要分开了。

　　新年夜，在陈绀吐露心扉后，安如只对他说了这样的话：

你是我的太阳。如果可能，我愿一直追随你。然而，"一直"太难，我们就要分别。

我那被瘿花囚禁的心魂，被你带向未来的光明；我那苦涩的生命，因你有了些甜味；我那胆小懦弱的魂，从你那儿学会了独立处世；我那孤苦无依的心，因你的目光而学会了爱。如今，我已然学会了面对，学会了深爱那块陆地；纯粹的心有了坚强的意志守护，却没有了你凝视着我的背影的目光。

你是我的太阳，一直都是。

《悠悠》的最后一次演出，安如时而在状态内，看着贾大生的举手投足，无论灯光在不在，她的眼神都在；时而又想起陈绀在新年夜说的话，泛着悲伤的滋味。就在昨天的耳畔，怎么忘得了，那份包容着的深情和必须放手的爱。

再次回到舞台，是结束后惯有的致辞。演员们陆续回到舞台上，安如也站到了应该站的位置上。

她看着脚下的标记。都多少次了，鹿鸣街舞台的这个位置，她随意走走就会走到这里。

她又看着陈绀，这一次，目不转睛地，和以前一样。不一样的是，这次她只要看着陈绀，便能流出泪来。

这泪在剧中就想落下的，可她记得自己还是个演员，既然是最后一次一起演一出剧，就该好好享受台上、剧里的气氛；于是，她又把眼泪压在心里。说到底，她舍不得这最后的剧，被眼泪充斥；舍不得现在进行的美好，被提前来到的思念充溢；舍不得该在瞳孔里印着的他的样子，被泪水模糊。

她听到陈绀说：

我在鹿鸣街六号，已有十五年了。这些个日子，幸福，充实，珍贵。

一路上，我有幸遇到了你们，是你们陪我走来：我的好友、同事、观众，整个鹿鸣街以及于我重要的人。

一路上，我有幸拥有了一些宝贝，都是你们给我的；你们的掌声和注目，你们的关怀和教导，你们的信赖和理解，你们的支持和陪伴。

一路上，我有幸参与了鹿鸣街的生活，站在鹿鸣街的舞台上，参与创作鹿鸣街的剧目，有了宝贵的经历，还能在你们的生命里留下些印象。

一路上，我有幸看到绝美的风景，是只属于有你们在的鹿鸣街，只属于有辉煌文明的那块陆地。

今天早上，我走过蔷薇之道、小川之桥，还有鹿鸣街，一路上，云卷轻风，柏枝生辉，阳光照临在远处一片荒原之上，白雾散去，芒草映照阳光的灿烂，延伸到后山一处隐秘。这样的景，是我初来那块陆地时见到的，是我对那块陆地的第一印象；临走，又看到了。

从前，我和友人爬山，偶遇一个山洞，从此成为时空的游子。万幸，我遇到了这里。十多年了，游子终于要回去了，有太多的不舍和眷恋，但我还有自己的使命要赴。

三年前的新年，也是一剧目的结束，我曾提及我要离开的事；那时做的决定，终于到来。

一路走到现在，偃卧于这里的时间，终于苏醒了。我也到了要回去的节点。

临走前，我得知我们都有使命要赴。今天，在台上，触及观众席上的你们的眼神，入情、动情、深情，想到就此告别，我只希望，我们能完成自己的使命。

我和这里的羁绊，会酿成我弥足珍贵的追忆，随着我的一生。它是我的宝贝，我的一生所爱。

　　我要最后再看看，只有这里看得到的风景。真好。

　　就此别过。

　　陈绀鞠躬谢幕，他的鹿鸣街生涯就此结束。

　　安如发觉陈绀的哽咽，就在他讲到"就此别过"几字。安如不知道他那时在想什么，不过她也有说到某个词就会哭的时候。

　　安如的泪，现在可以流下了。正好挡了刺眼的灯光，分散了离别之曲的影响。

第二十一章　海边过来的风

我看见你在后台

紧张中有些欢欣

服服帖帖的头发

被舞台余光染上热络

小川畔的孤影倔强

鹿鸣街的欢歌咏叹

古老湖的一片冰心

缠绵蔷薇之道的芬芳

阳光中的芒，我牵手带你走过

朦胧的彩虹之上

蒿野渡口，你眺望的目光

陆地浮沉，未来何处

天旷月轻，我心何渡

我看见你在舞台

熙攘里的光芒

你回望时的笑颜，如花似蜜

服服帖帖的头发

边角被汗水浸湿

鹿鸣的清晨藏着温柔

花的故乡吐露花蜜

我舍不得的那块陆地

有你的陪伴，它的命途

我舍不得的你的背影

有鹿鸣街的舞台，光芒万丈

花心里的花蜜，缱绻我的心

舞台上的回眸，迷醉我的魂

松开你的手，留你在鹿鸣

鹿鸣的天色早早有了春意

花开不败的这里，有你的笑颜

如花似蜜

松开你的手，留你在舞台

舞台的光华久久不会落下

幻境如梦的这里，有你的笑颜

如花似蜜

松开你的手，留你在风景

那么，我的离开也有了意义

　　这首叫《花蜜》的歌，第一次露面，就在陈绀的告别演出上。《悠悠》结束后的第二天，在古老湖围海一侧的渡口旁，鹿鸣街六号为陈绀准备了一个简单的告别演出。夕阳艳游，海波如云霓，他以此告别，带着要一起走的同伴们，和前来的人告别，那都是一直支持着的他的观众们、一直以来的朋友们。乐湛、晏芩、孔昭，还有鹿鸣街的人，都来了。

鹿鸣街的很多人台前台后都参与了这次演出，而安如是唯一的嘉宾。

《花蜜》是陈绀送给安如的离别礼物。

上午，刚来这渡口时，陈绀说："要走了，却没什么好送你的。我本想送你地球的东西，作为我独一无二的代表。但我来到这里实属突然，带来的就一个登山包，那琥珀是包里唯一可以当做纪念的长久保存的东西，是我妈一定要放我包里的平安符，不过现在拿去被研究了。

"所以，我只能送你一首歌，混着这海波的声音，希望你以后听时，能让你记起像今日一般的、那些个天朗气清时你我在一起的日子。"

"在鹿鸣的这几年，我只有甜蜜的回忆，用来遮掩我前路的苦涩。"安如回道，"我也有东西送你，是这里的一种常见技术，鹿鸣街用得很娴熟了，当初还是你教我怎么用的。"

安如拿出一块蓝色晶石。"里面是我想对你说的话，希望你回地球时，偶尔能拿出来看看，再听听我说的话，就像回忆再现一般。我选蓝色，是因为在那块陆地上看到它之外的世界，都是蓝色的，由浅到深，无论天地；还因为你说，那块陆地是你们那儿的人心中的天堂，我想天堂那一定是在彩虹之上的无限湛蓝里，就好像这块天然的蓝色晶石；还因为你我都是时空的游子，无论日后你我往何处，都在时空的某处——我的世界里，时空就是海的颜色。"

陈绀接下蓝色晶石，看了很久，直到眼泪模糊了焦点，晶石的闪烁也失了魂。

安如慌了，陈绀第一次为她落的泪让她心慌。"在你送别的舞台上，我能给你唱首歌吗？我知道很突然，鹿鸣街给你准备这场告别时没有加入我的部分——"

"你唱什么？"陈绀温柔地问。

安如意味深长地看着陈绀的眼。她在陈绀的眼里，找自己的轮廓，这样的场景很快不会再有了。

安如给陈绀准备的蓝色晶石，鹿鸣录了她要说给陈绀听的话。

这是我想跟你说的话，让你带回你那个地球还能听到的话，是我的心，是我小心翼翼的感情。

我还记得和你的第一次见面。那是我第一天来鹿鸣的学校上学，你作为在音乐剧上颇有作为的演员和王平一起跟我们聊音乐剧。那时的你和现在一样——其实，现在的你更成熟，不过对于我来说，你一直没变，一直是这么闪耀、卓越且气质非凡。一见钟情吧，我坠入了爱河——一个人的爱河，所谓的单恋？所谓的初恋？——反正，这是我的初恋，喜爱的心从那时起就有了。那个时候想着，一定要进鹿鸣街六号，能和你做同事，演同一出剧，在同一个舞台上，接受同一份掌声。其余的，没想过，不敢想，就因为你的光芒，就因为你的出色，我从未想过能站在你身侧，甚至于现在听到你说你也喜欢我。

后来，还是在学校，有去鹿鸣街实习的机会。在那里的时间，直到毕业，实习期的漫长让我惊喜，因为能偶尔遇到，打个招呼；因为能站在你后面的后面唱同一首曲子、表达同一种情绪；还能和同学坐在观众席上，打着研究鹿鸣街演员表演的幌子，欣赏你的举手投足。这样的日子对我来说就够了，我刚来鹿鸣读书时的心愿其实都已经达成了。我没什么多余的愿望。从小生活在一个平静的小地方，又有绝症缠身，虽然到目前为止它还未影响我的正常生活，但是因为这个病，之后的路注定坎坷，所以父母家人特别呵护，没让我接触竞争或繁忙的生活，自然也不知道"规划未来"是什么。

应该是命运吧，是上天垂怜，让日后注定坎坷的我遇到了应该是我人生里最美妙的一段日子。我有幸，能在两年半的时间里，成为你的舞台上的女主角，站在你的身侧，接受共同的鼓励、光芒，看同样的风景、时光。

这段日子，我很纯粹地、心无旁骛地站在你的身侧，和你一起努力，努力塑造剧中的人物，努力做出一部好剧，努力打造一个舞台，努力给鹿鸣街和那块陆地上的人们留下美好的印象……有共同的努力，为共同的目标，这样的日子纯粹而幸福。若问我对这份对你的爱有什么愿望或诉求，其实迄今，在鹿鸣街努力成为你合格的搭档的每一天，我的愿望已然达成，不需要其他的什么，乃至于不需要你直接的回应。因为我知道无论如何，让我安心的你都在身边：每一次在我在舞台上走神或是恍惚或是出错时，你给的帮助；每一次进行不下去时，你给的教导……只要你和我同在舞台上，我便安心。

或许作为鹿鸣街的演员，这样的想法，这样过度依赖你的想法，是不合格的。你也曾委婉地劝过我，不要太依赖彼此，我明白自己在此中的软弱和过度依赖、没有主意。但是我知道，在最开始时，紧张得手发抖的我，没有自信的我，是在你的鼓励下站在舞台上的；我知道，当初是你的提携，我能够这么快成为主演，又是你教会了我如何当一个演员、如何当一个舞台人。

其实，当初是因为你，我才决定加入鹿鸣街六号。于舞台，于音乐剧，于我最好的年华，我的动机、我的能力、我的机遇，都是你给的，都是我对你的心——那份初恋给的。所以，到了现在，成为你的主演两年半的现在，我再回想自己在鹿鸣街的一路走来，那份一直支撑着我的"对你的过度依赖"并非真的过度依赖，它有存在的正当理由。这正当理由便是喜欢你，如同很多优秀的前辈对舞台的爱一样，我对你的爱支撑了我迄今为止所有的演出。

因为瘗花，我的命途必然多舛，唯独在鹿鸣街与你同台的几年，过得平顺安稳。

"你在身边，我觉得安心。"这话，你对我说过。

是《天轻月》落幕后，你第一次对我吐露心扉。那是我最幸福的一个黄昏吧，爱意在朦朦胧胧中满溢，如夕照之辉，温和而温柔。那样的温暖，让我不用想孤苦的命运，不用想现实的困顿，你便是光明而温暖的太阳，驱散我周身的阴霾，让我有力量去飞，往我曾颤颤巍巍、不敢远望的未来。

遗憾的是，那天之后的情况急转直下，先是知道你我将要永别，后来是瘥花之症来势汹汹，倒是那块陆地和这个时空的将亡让我从个人处境的凄凄自哀中醒悟，理解了很多你之前的用心良苦，还理解了我周围的人自我小时就开始的一些辛苦的保护。

很小的时候，我就知道这个时空存在着末日，还是个很确切的时间。托那位早逝的天才科学家的福，我对这些无所畏惧，但你确实是我知道的第一个"别的时空来的游客"……《悠悠》的那段时间，我极力将自己的精力放在舞台上，而种种变故接踵而至，反而让我混沌的心思豁然开朗：

呦呦鹿鸣，食野之苹。我有嘉宾，鼓瑟吹笙……

这首远古的歌谣，来自你在的那个时空，描述了主人宴请客人的盛大场面。我们最早的祖先、包括乐湛在内的那代人，是故意的吧。他们把最早的文明城市叫做"鹿鸣"，就是因为这首诗吧。还有几乎和鹿鸣城市一起诞生的鹿鸣街六号，用来调剂漫长岁月的剧团，就好像诗里奏乐助兴的宾客。

那块陆地是人们的偶遇，是你那里的彼岸。一群人偶然走入世外之桃源，开始一场如梦一般盛大的宴会。如今，宴会要散，宴会地将不复存在，客人们也该走了。以后，你我要在各自的时空好好生活，"相忘于江湖——"

我说错了，我不想你忘记我，我希望我是你对这里的记忆里，美妙而独特的一小部分。

所以才有这段影像。

旅居于此的你该回去了。我只是不知道要如何送别你，所以在今天，新年这天，挑了一个安静的时刻，从鹿鸣街边走到空旷的剧场里，跟你说说我的心。

现在的剧场空无一人，只回荡着我的心声和脚步声。

舞台上有好些标记，我站在正中央，是你常站着的地方，也是你常拉我过来的位置。

这里的视野真好，却只剩我一人了。

我会留在鹿鸣街，留在没有你的鹿鸣。这是你无法求证的却十分想听到的我给的承诺，可我这么做也不只是为你的心愿。

是你，让我学会了面对自己的心，学会了设想和规划未来，学会了塑造舞台，更重要的学会了爱，爱生活和生活中的我，爱那块陆地和那块陆地上的我，爱我之所爱。我会独立，独立于瘗花，独立于那块陆地。

游鸟绕树，何枝可依？那块陆地需要我，我的义无反顾，哪怕微薄。"一片冰心在玉壶"，你当时在古老湖和我说的话，确实不止流于表面。这里藏着历史之初的冰心，是文明开始之前就存在的初心。我会真心以待。

舞台，也是我之所爱。当初来这舞台，是因为你；现在，我是为我的爱、我的心。

这个舞台上，你曾帮我解围，你曾在背后吓我，你曾伸出手挽着差点摔倒的我。

你让一个紧张到轻声言语的人敢大方地表达心绪，你让一个如履薄冰的魂魄在舞台中央绽放她的光芒，你让一个卑微脆弱的生命有了坚持下去的羁绊，你让一颗沉睡于迷雾之中的心明白了意义……

你推她走向生命的舞台中心，理解生命的意义，她却只能说句"谢谢"。

你要回去了，回到你生命的正轨，你倾力倾心帮助的人，她只能说一句"愿你平安顺遂"。

如果有可能，她想一直追随着你。

如果有可能，她不愿意一念你的名字，便会落泪。

如果有可能，她想用看星星一般的眼神，一直看着耀眼的你。

……

她不知道如何面对永别的局面，不知道如何去送别，但是她会在这个时空珍惜自己，来回报与你两年多的羁绊。

她多想说，请你一直照顾我吧；对着你，却只能说出，借你吉言。

她能想到两天后的离别，一定很是客气，彼此表现得心里安然而有礼有节，是永别前最好的安慰。

而她现在在这里，在你的回忆里，她想说：

可要记得我。

可要记得在呦呦鹿鸣的那个彼岸，有场盛宴，其中有位歌者，因能成为你舞台上的女主角，而无比幸福。

那是她回忆她和陈绀之间的点滴，还录入了很多场景。那块晶石可以让陈绀身临其境，就好像牵着安如的手，重走曾经到访过的风景。

"可要记得我。"

这两人就是这样，能天天见面时，彼此对心事不言不语，到永别了，反倒绝不放过。

安如要唱给陈绀的歌，是《未来之岛》中那首没有正式名称的离别曲。在陈绀唱完送给安如的《花蜜》之后，作为回赠，也作为最后的告别。

这首歌，安如和陈绀合唱。

新年到访，你我要分离。你要去远方的过去，寻找未来的远方，还会再见吗？

两位牵着手，一起上的舞台。

安如看着陈绀，平视的视线刚好到他的眼尾；她一如既往地感到安心，和刚登台时的心态一样。

安如想起早上，刚到这个渡口的时候。

在堤岸上，她和陈绀走着，踏着阳光的暖意。

陈绀见她不说话："怎么今天这么安静？"

"平时说得太多了，很多人都说只要我们俩聊起来，旁人都插不了话——那些个主持人都这么说的吧？"安如在自己的回忆里，笑了。

"我不想我们的缘分就此尽了。"陈绀说着，望向堤岸古老湖一侧，那里也是碧波万顷，露出水面的玉阶洁白凄清。

安如愣住了，她深切地察觉到，比以往都要强烈地察觉，陈绀也是那么放不下。她想了再想，终于说："缘分当然不会尽，你我的回忆里都有个彼此，怎么算尽了呢？"

"这两年半与你的回忆，是我幸运得到的宝贝。"

"也是我的宝贝。我没有遗憾，我演过你用一生挂念的恋人，你用性命托付的友人，你用魂魄护卫的爱人，你用未来承诺的同僚，你用族群信仰的神明……几乎饰演了所有你生命里的所有角色，还不够吗？"

"昨天，与鹿鸣街告别，说了很多话。我确实舍不得，经营了十几年的舞台，流连了一整个青春的陆地，就此永别了。到了今天，面对你，同样是告别，我却不知道能说些什么。"放在以前，陈绀能对安如唠叨很多，然而现在，他知道了安如和那块陆地的秘密，却不知道应该说些什么了。

安如也想起了昨天，"昨天，你说'真好'的时候，环视剧场，看到了什么？

"昨天落幕后，走下台的那几步，你在想些什么？看你紧紧抓着我的手，却一言不发。

"昨天，你说就此告别的时候，差点哭了。我也有一个词，一说到就会落泪。'陈绀'二字啊……"

听到这里，陈绀忍不住打断了："我发现了，你在接受关于《悠悠》主创的采访时，一提到我便落泪了。以后不要轻易地哭，舍不得看你红着眼的凄楚样子。"他不想听下去，他怕再多听一句，他就不去地球了。

"好，我尽量。"安如也看向了古老湖的玉阶，"平时在鹿鸣街，我们俩说了很多话，可我还有很多话没跟你说。离别在即，我能说的只是：我会留在鹿鸣街——我没有哄你，就算所有人都以为我这么说是为哄你，你也不能这么以为。我很认真。"

我一回头，你不在我身后了。一个惊心，天涯何处。

我以为能看着你，直到白头；我以为能听你轻轻唱，直到风静水止……

唱到这里，安如想起《未来之岛》的种种；陈绀在写《未来之岛》的时候，也无数次设想过今天的场景吧。

不会再见了，因为我们都还有使命要赴。

你去找你的广阔未来，我在留守记住的过去。

新的一年到了，你我要分离。

这离别之曲，他们改了一些。肯定句换了安如来唱，曲调也变得轻松明快。

海滨的天气，也是轻松明快，让美丽的那块陆地，尤为优雅。

陈绀又仔细看了看那块陆地，山峦起伏，到田畴平野，轻风排遣孤寂，夕烟缠绵城市，偶有雾霭，缥缈月白色的天上人间……再见了，彼岸未来。

乐湛带着这次要回去的人，走到渡口，启程去玉阶。

"谢谢你从未松开我的手。"

"也谢谢你一直跟着我。"

"我是一路小跑，追的你，才看得到你身边才能看到的美妙风景。我……曾经的男主角。"安如纠结着，还是说出了"曾经"二字。

"我要走了，我会珍惜重回故土的日子，你可也要保重。我的女主角。"陈绀倒没什么负担。

自始至终，这人都和安如最初认识的那个他一样，希望回到地球，他也能带着初心，葆有他所有的积极——回到地球，就是回到初心吧——安如觉得自己多心了，陈绀一直在做自己，她无须担心。

"借你吉言，我安心多了。"

他们相拥，安如在陈绀肩头，又咬了三个字："永别了。"

海边风大，风起云涌，千年万岁，就此别过。

海边过来的风

轻柔地，轻柔地拂过

我还是会落泪

不知道在哭什么

可能是渐行渐远的

渐行渐远的我的太阳

看着远去的船帆，安如脑海里出现了一段旋律。她也想写首歌，给陈绀——可惜她的这首歌，再也没办法传递给她的太阳了。

安如的右眼淌了泪，左眼还在挣扎着——答应过的，不掉眼泪。

她转身问童遥："新剧叫什么来着？"

"《海边过来的风》，是孔昭珍藏了三十余年的剧本，又由晏子当导演。据说这次孔昭舍得拿出来，是因为陈绀帮他修改过，特意写给你的。"

这么巧，她现在特别想唱给陈绀的歌，蹦出来的第一句，也是"海边过来的风"。

童遥还说："二十天之后就要演出，你可以吗？"

"奉陪到底。"安如点头，却看到了乐心接近玲珑，还听到她说，"玲珑，我有点事情找你。"

乐心要说出秘密了吗？

安如看着明快的天地景色，一切都豁然开朗。要走的，走了，要明白的，也都明白了。

她看了一圈，找到这里最有空的人说："嘉平，我们回去吧。"

第二十二章　花的故乡

海边过来的风

轻柔地，轻柔地拂过

我还是会落泪

不知道在哭什么

可能是渐行渐远的

渐行渐远的我的太阳

曾经与现在的我的时间

将来与未来的我的虚无

我在哪里

我在码头送你，我的太阳

傍晚已至，心醉心迷

我的泪，无声无力

灯塔仍有闪烁

港口仍有船鸣

船坞仍有灯火

人家仍有人声

只是，只是

海边过来的风吹着

有艘船渐远

无声无息中，光华远影

我的太阳去往远方波澜

那个充满希望、温暖和安稳的地方

安如在《海边过来的风》的舞台，唱着《海边过来的风》。

她的思绪随歌词，飘到了那天的海边。那边的海，就是无垠静寂的时空，她在时空堤岸送别该回去的人。

当时，陈绀转身走了，她才望着背影，无所适从；她才四下找人，陪她走出这长长的堤岸。

这歌是她从海边回来后写的，晏子把它作为这部剧的主题曲。这剧今天是最后一场，想来，陈绀也走了快一个月。

这歌的最后一段重复，安如却没唱下去。她皱着眉头，紧紧盯着观众席，失了神，还是一旁的玲珑帮她补了这个失误。

下了台，安如不管不顾地，奔向鹿鸣街六号的门口。

"安如，你怎么了？"台下，玲珑想拦着安如，安如却夺门而出。

"我看到陈绀了。"安如的声音小到只能自己听见，似乎不是在回答玲珑，而是在说服自己。

"你疯了。"玲珑不想明说"永别"的含义，安如再清楚不过了。

安如出了休息室，撞到了一个人，被他的声音弄懵了："安如，我回来了。"

是陈绀的声音。

安如抬头，面对活生生的陈绀，懵了。

陈绀带着微笑，耐心等着安如的回应，等来的确实安如对陪着她的何汜说："帮我推掉今晚团里安排的活动，我回去休息了。"

安如迷迷糊糊地，被朋友们带回了家。

倒是这么一弄，陈绀回来的消息大家就都知道了。不只是陈绀，王大生、张牧也从地球回来了。

安如百感交集，不知道自己该有怎样的反应。她躲在房间里，朋友们也不敢打扰她。

她看着窗外的鹿鸣夜景发呆，品味自己的一路走来，品味自己的百感交集。

想着自己是怎样的惦念于那个时空的陈绀，是怎样的愁苦于那块陆地的命运，还想着陈绀和身边的朋友曾经对她的种种温暖，想着在鹿鸣街得到的倾慕和遭遇的变故，这些混着瘆花之症带来的隐隐头痛，让她特别想念安静的蒿野。

"姑妈，你叫我？"恰好，她的侄女急匆匆推门进来。何汜从鹿鸣街六号赶回来，就被嘉平神神秘秘的告知，她姑妈找她，但是不要和她姑妈多聊，说完就出来。

嘉平了解安如的脾气。典型的蒿野人都喜欢安静，尤其是心烦意乱的时候。

她被这突如其来打扰，有些慌乱："啊，只是想问你，明天早上九点空吗？"

"空，一天都空。"

"你陪我去个地方。"尚未平静的她，脸上还带着泪痕。

"你哭了吗？"侄女不该这么问的，"因为今天晚上出现的那个人？"

她无暇顾及侄女的好奇心，敷衍着："很多事情。"

"何汜，又见面了。"门口又来了人，是个年长的男子。

"陈绀？"何汜和他接触很少，庆幸自己还记得这个人的名字，"你们要聊是吗？那我先出去了。"

何汜转身，她却不动；此刻的她不知道该怎么做，只是这样僵着。她知道他要来说服她，然而她这一次不打算听他的。

"听我说，安如，我此来……"陈绀的开门见山让她突兀，不过彼此都知道彼此在想什么，这样的对话倒是节省时间。

"好玩吗？我之前所有的殚精竭虑，原来都是在陪你玩游戏。"安如忍着，压着自己的声音。

"因为我放心不下你。"陈绀靠近安如，和她一起看着这个城市的夜景，好不真实的美妙夜景。

霎时，安如哭了出来："你何必……这里就要毁灭了。"

陈绀看着她大哭，慌了，就说："或许那块陆地和鹿鸣街——事情还有转圜的余地……"

安如把自己藏进暗夜里，让泪水流入温柔的夜。

陈绀安慰她："我很开心，你还做着你喜欢的事……"

"我答应过你……也答应过我自己……"

安如的话被自己的哭泣声打断，一旁的陈绀不知怎么去劝，只好陪着。

"我不知道该怎么把事情讲清楚。"

"你走吧。"安如赶他走。

他们本想好好聊聊，然而不知道要说些什么，就弄成了这个局面。

陈绀先走了，留安如一个人；她看着夜景，想起了很多事。

陈绀，她那走在薄冰上的一生，因为这个人有了通向光明的路途，也因为这个人有了更多的困顿和矛盾。

温柔的夜，百感交集，因为太明了的未来和太明了的抉择。

转天清早，阳光尚好，安如的状态也好了些。

她在院子里浇花。

"姑妈，你要带我去哪里？"何汜一大早就来找她，"昨晚陈绀临走前要我传达，说，明天想约你去古老湖畔。"

"我也想带你去那里。"安如是想找乐湛。

这段时间，为了末日，乐湛安顿在古老湖畔，和一大群人钻研改造那块陆地的办法。新年第一天，那块陆地所有人都决定留在那块陆地，要走也带着自己的文明走。于是，一大群研究者忙得焦头烂额，他们要解决那块陆地长期旅行的诸多问题，他们可以随意穿梭时空，但是在另外的时空环境长期生活，却不是易事。

"安如，爷爷要带我们看瘿花。"刚到古老湖畔，还没有和其他人说上话，乐心迫不及待拉着安如的手，往湖畔走。

乐心看不见，不过那块陆地有干预大脑的技术，用乐心大脑存储图像的功能，人为传达给乐心眼前的事物的样子，相当于跳过了眼球的步骤，直接"成像"。这技术很成熟，简单戴顶特制帽子就可以了，不过对乐心来说，用久了容易疲劳，自己也能接受黑暗环境，所以她不常用，只在特别想看时"看"一下。

"乐心，你慢点。"乐湛喊她。

他们要去玉阶，那里不只有那块陆地和地球的时空通道，还藏着一株瘿花。那是最早的养花人亲手种的瘿花中唯一还活着的一株，一年生植物被乐湛和他的朋友们保存了下来；他们为瘿花单独造了一个小时空，将瘿花放置其中，那个时空的时间几近停止，瘿花也得以近乎永久保存。而最安全地放置那个小时空的地方，就是稳定的玉阶内部。

"这就是瘿花？"安如很惊讶。

它确实很美。一个白天便会凋谢的瘗花，在短暂的时间里极尽魅力，美到妖艳。

它有着鲜血般的红色，独独花蕊的两点黄色，如敏锐的眼睛，捕捉着世上的灵魂。

用特别的角度看它，还能发现多重花瓣的弧度和褶皱，让它的颜色有所渐变，呈现出人头骨形状。

"花瓣上有骷髅头——人的骷髅头，换个角度就没有了。"乐心也看到了那个若隐若现的骷髅头。

仔仔细细端详完，安如才想起来："给何氾看这个，没问题吗？"

"这个看不见的装置很安全，而且大家迟早要知道瘗花的存在。是吧，大生？"乐湛看向王大生。

"我们三个人从地球回来，就是为了瘗花——大部分是为了瘗花，还有其他原因。"王大生说着自己的想法，"地球和这里的时间体系不一样，我们其实在地球待了有三年，不过借用乐湛给我们的时空器，我们来到那块陆地是时隔一个月。我们在地球的这三年，除了处理自己必须处理的事情之外，还做了一些研究。我们得出的——当然，也只能是猜测，我们猜测瘗花是那块陆地上的你们最后的退路，是当你们找不到可以安居的新的时空之时，尚可一用的退路。

"最初的养花人在被烧死之前说："这妖孽之花，将它消灭，你们就没有退路了"，就是一句预言。她的一生都在养花，而瘗花又是她穿梭地球亿万年历史精心挑选所得，最了解瘗花的只能是她。玉阶那次坦言之后，我向乐湛要了那块陆地所有瘗花人的病例档案，和地球上的资料一起研究，发现，只开一日的瘗花之花是可以让你们适应地球的良药。

"你们现在的问题是，如果回地球，你们受生命支持系统的禁锢，没办法长期生存。因为长久在那块陆地，你们的身体已然不能在地球生活，但瘿花可以改变你们的基因，适应地球的生活。简而言之，瘿花是天然的基因药物，让你们变回地球人类。"

乐湛反应道："所以，瘿花人饱受瘿花之症的折磨，其实是他们的身体正在改变。"

"这是某种意义上的'返祖'，更高级形态回到过去的一种适应。最初的养花人在为那块陆地寻找时间标尺的时候，无意间发现瘿花除了时间刻度，还有改变人基因的作用。她看着你们都为末日奔波，她也投入了末日的研究；第一代人都想着怎么寻找宜居的新时空，而她则把方向放在了让人变回原来的人，能够回到地球生活。这也是她所说的'退路'，但瘿花对人的影响超出她的预计，最终事态的发展中断了她的研究。不幸中的万幸，你们长期以来对瘿花之症的研究十分完备，其实已经把能研究的研究完了，甚至是瘿花在地球的亲缘谱系都一清二楚。当然，这对你们来说轻而易举。做到这个地步，却没能解决瘿花之症，原因或许在于它是人类基因系统性的问题，就好像一个系统补丁，与它只能共存，打败它也是攻击了自己。"王大生说出自己的设想，"你之前提到，最初人们接触瘿花，很快就会死，近万年后的现在，瘿花人已经可以存活很长一段时间，当他们可以和正常人一样时，也是瘿花之症被人所用之标志，所以你们现在的研究已然颇有成果。我想我们可以尝试着以瘿花为主材料，制成药品，让现在的你们适应地球环境，这样就可以回去了。用你们对瘿花之症的研究、养花人最初的培养瘿花的资料，加上我们从地球带来的对人类的研究，相信可以努力一把。"

"还有我。"张牧有力的声音，让人倍感安全，"我和张敫身上的秘密虽然还不能解开，是否有一模一样的时空，而他是我在另一个时空的生命存在；但是至少证明了不同阶段的人类可以是双胞胎一般几近一模一样的存在，因而我们俩作为'瘿花回归地球'研究的实验对象，很合适。"

"太冒险了。"晏子舍不得他们豁出命来，毕竟不是那块陆地的人，没必要为与自己不相干的事情拼上性命。

张牧不以为然。"你们之中还有为了寻找新时空一去不回的人，我们也可以。我们终于有机会，站在时空之巅，在末日之下，大声喊：为了人类。"

"这儿不是鹿鸣街。"王大生扯了他，"我们还带了同时代地球上的生物，为了确保那块陆地的安全，乐湛事先帮它们做了同这株瘿花一样的处理。这些生物，可以帮我们完成实验。"

没想到，关键时刻最疯的不是王大生，而是张牧。

"我们原本设想，最坏的情况，将那块陆地驶入地球，沉入大洋的洋盆，在那里避世安居。但是地球上我们能用的提供足够能量的资源极为贫乏，恐撑不了多久……"

"如果瘿花可以帮你们，事情就完全不一样了。"

"我们也可以加入，反正已经这样了。"安如说，他们也要加入瘿花研究。

死寂的玉阶空洞内，传出了人们的雀跃，热烈的心似乎要把洁白冰晶的玉阶融化了。

那块陆地的阴霾没有散去，末日如何也没有答案，但是几个地球人从他们的命途里折回，给了彼岸之地一个或许存在的未来。

安如还有一事不明。"你们怎么回来的？"她听说陈绀那时的人类还做不到时空旅行，何况穿梭于时空之际。

"乐湛给了我们一块石头，叫'时空器'，和你给的蓝色晶石差不多。有它就可以找到时空的连接处，还可以把我们送回来。还有瘿花匕首，这种世上最厉害的匕首我以前就觉得可以有更大的用途，乐湛在送别那天把它交到我手上，我明白了它真正的用途。瘿花匕首是用来割开时空的，当时空器对目的地的时间有偏差时，可以用瘿花匕首配合，改变最后的目的地，以精确降落；它配合时空器产生的巨大冲击波，可以改变轨道。时空和时空可以有很多方式联结，也可以有很多方式实现穿梭，瘿花匕首是极为巧妙的存在。"

"乐湛早有准备？"

"回来的方法是我们临行前跟他要的，我不是说过'我放心不下你'吗？"

安如鼻子一酸，说："这个理由无法成立——这里危险，你们不是那块陆地的人，不用冒这个险。你知道留下来意味着什么吗？"

"怕什么，不是谁都是乐湛，很多地球人在这里衰老得快，我未必活得过末日。"

"不要开玩笑。"安如严肃地说，"趁能回去快回去，不然就回不去了。"

"为了人类。"陈绀也严肃起来，"这天下世界，人对很多事物都不甚了解，包括人自己。人从未停止过对自己的探索，这种探索还被标榜为智慧生命才会的能力，然而我们对自己知之甚少，现在有这样的机会了解人类、了解时空，我不会不参与。"

"那地球上放不下的事情呢？"

"都安顿好了，这才敢来。不然，我也放不下，就贸然去远游。"陈绀叹了口气，"地球，我自然是思念，然而这儿也有我的羁绊。我能理解乐湛那代人对地球的执念，将这里改造成地球第二的用心良苦，久而久之，我也很珍惜这里。"

安如有些安心了，他明白自己要做什么；只要理由不是'安如'，她便可以放心。"你坦白自己的来历后，教过我许多你那里的文化，包括那篇《桃花源记》；我想，祖先们当初乐意留下来，也是因为觉得自己发现了桃花源吧。现在桃花源面临危机，我们怎样都要全力以赴。"

361

她的语气软了下来，"不过，你要把蓝色晶石还我。"

"送出去哪儿有要回来的道理。"

"给我。"安如吼了陈绀，"里面的话太丢脸了。"

陈绀看安如红着脸的样子，感觉回到了初见时。"我在地球上过了三年，天天都听。"

"给我。"

"我这次从地球上带了好些东西送你，都是独一无二的。"

安如真生气了。她很容易生气，莫名其妙的。

"那首《海边过来的风》，我帮你改改？"陈绀这话才让安如转了心意。

他们在回程的船上，商量起了歌。

海边过来的风

轻柔地、轻柔地拂过

我还是会落泪

不知道在哭什么

可能是渐行渐远的

渐行渐远的我的太阳

（安）曾经与现在的我的时间	（陈）为了遇见你
（安）将来与未来的我的虚无	（陈）怎么思念你
（安）我在哪里	（陈）千万别让我醒来
（安）我在码头送你，我的太阳	（陈）让我留在梦里
（安）傍晚已至，心醉心迷	（陈）如果美梦终要醒
（安）我的泪，无声无力	（陈）让我留在梦里

（安／陈）灯塔仍有闪烁

（安／陈）港口仍有船鸣

（安／陈）船坞仍有灯火

（安／陈）人家仍有人声

（安／陈）只是，只是

（安／陈）海边过来的风吹着

（安／陈）有艘船渐远

（安／陈）无声无息中，光华远影

（安／陈）我的太阳去往远方波澜

（安／陈）那个充满希望、温暖和安稳的地方

　　歌的尾声，安如从歌给她的世界里苏醒，现实的她的眼前，是鲜活的陈绀，就在古老湖上，就在当初自己远望的那艘远去的船上。自己是那样的送别他，千年万代，他回来了。

　　安如紧紧抱住陈绀，目不转睛看着他，他在。

　　陈绀在她耳边轻声说："这歌我们不唱了。"是安如在陈绀离开那天写的缘故，太悲伤了，以希望为结局的歌能被安如唱出无法排遣的哀伤，那是她那时悲伤的心境所酝酿的。陈绀不想安如再唱这么哀伤的歌，每一个音都在提醒他们之间注定的分离。

　　"我不怕。"安如坦然，"经这一次，我不怕永别。'人生天地间，忽如远行客'，我只剩归途，然而我这归途是和那块陆地一起的，一起在回去地球的道路上。"

　　"过去酝酿着未来，过去里埋着未来的机要。这是瘥花和那位养花人告诉我们的。"

　　安如成长了，在极为困难的环境里。她感谢所有陪她成长的人和事。

　　陈绀是回来了，但分离的危险还是明晃晃地存在。瘵花和末日给的期限，是千年万代的沉默，像悬在头上的利刃，给了他们的爱、他们对土地和文明的爱一个悲戚的警醒。

　　不过他们不怕，他们正紧紧抱在一起，朝着一个坚定而光明的方向；他们明白，自己始终是时空的游子，始终漂泊在时空中，去了解包括自己在内的一切存在；他们明白，那块陆地过去的一万年，只是一场盛宴，宴会接近尾声，他们要寻找下一个可以绽放辉煌文明的地方。

　　时空的游子们，被时空的秘密吸引，要穷尽所有真相。

　　安如回头，在往海堤渡口的古老湖船上，湖光山色向无垠天际退后是激滟美妙的过去。她在想，那块陆地的过去，自己的过去。远去的玉阶之下，是真正的花之家乡所在，最初的养花人用性命保护的花，成了万年后古老湖平原所有人最后的护身符。在远去的后山某处山腰，葬着成笙，那是安如的一位老师，也是为末日出路而死的其中一人。再远去，就是见不到全貌的那块陆地之景：那里有蒿野，她的故乡；那里有鹿鸣街，她开始寻找自己的地方；那里藏着瘵花，那个让自己辛苦悲哀的妖孽之花，开出了希望的模样。

　　安如倚着陈绀的肩，想着那块陆地。

　　那块陆地，是特殊的人世，是人世的彼岸桃源。

　　它藏在花里，命运也神奇地被花影响。

　　安如这首歌，也是唱给那块陆地的：

　　海边过来的风吹着

　　有艘船渐远

　　无声无息中，光华远影

　　我的太阳去往远方波澜

　　那个充满希望、温暖和安稳的地方

写在文末的话，历史未来

历史，历之以史；未来，索未来之。历史，以过去为全部形态；未来，以未来之为所有可能；然，历史有未来之想，未来有历史之飨。历史和未来的耦合，是人想得到的，历史和未来的纠缠，也是人所分不开的。历史影响着未来，未来终成历史，历史未来的若即若离里，藏着我们的秘密，那些我们未必能及时又明确意识到的、涉及我们处世立场态度思维行为方式的秘密。

一言以蔽之，未来在历史上开启，未来是历史的未来态。

既然难以及时又明确地捕捉到瞬息万变间这稳如磐石般的构成、推动我们的机要，这衔接于历史未来间如车钩的机要，笔者以下之言就如一时一刻过眼的云烟，不过不值得记的虚言罢了。

人总憧憬少年，憧憬少年时期。因为少年美，美在不知道未来的模样，这没有定数便是定下了最广泛的可能；还美在面对未来时的懵懵懂懂，这对期待的谨慎与对现状的畅意间的稚嫩平衡，往往会迸发出欣欣向荣来。可未来确实是有模样的，它会首先出现在将来未来时、现在的人的脑子里，所谓构想，所谓蓝图；它未必全然能被具化、实现，未必覆盖得了未来一段时间的完整形态，但它总归是作为未来之雏形，在未来到来前，由现在之人设想而存在的。

　　然，为什么现在的人会对未来做出如此描述、有那样的设想，那就是历史对未来的明示和暗示了。显然而言，那是现在的我们在面对困难时对跨过困难后的展望，赖以坚持；也是现在的我们在曾经之上的涂鸦，度以度日。而必然的，我们因见不到未来之走向，只能倚靠过去，摸索所谓的规律，给未来找了一面存在无限可能的镜子，从中得到对未来的大致方向和模样。过去给的是明示、暗示，取决于人对此的认可，它本身无意"招惹"人；无论人思忖或忽视它，它都在已然的状态里，只是人的自作多情给了它别的意义，一份影响未来的意义。可惜，人停不下思考。

　　会去设想未来，这是最自然而然的，和追忆过去一样自然；我们统共就拥有这两样事物，经过的和想要经过的。

　　所以，在某种程度上，未来是我们的过去所提示的；未来它没办法凭空，即便看着、听着就是悬于空中的。

　　过去的表达有我们最质朴的心声，用最质朴的表达方式。时间的累叠，丰富了我们的灵魂，也难免疲累了我们的步伐；文明的长途跋涉，是通向辉煌的必由，也是个中同行者的修为。蓬头垢面的，还可以掸去尘土，整饬头绪，等待有朝一日，站在未来，顾盼过去，还能寻回埋在故土里的曾经的心。

　　文中，未来大陆的人大致就处于这样的一个位置上，一个现在的我们到不了的，却无尽畅想的高度发达而无忧无虑的世界。其实，未来大陆的人也有困惑。笔者所述的故事开始时，他们中的大多数人还不知何为困惑，但"困"是显然存在的。文中的主角，便在这样的困惑里；这困惑是过去给非分的未来的，未来与过去渐行渐远，却断不了和过去的联系。族人离开地球，也曾试图留下在地球的记忆，到头来还是丢失了过去，随时间流逝，与地球分道扬镳的族人，在命运的残酷中醒悟，过去里才有自己要找的出路，属于未来的出路。

"我回过去找未来，你在未来守过去，"文中有这样一句，大体诠释了笔者所认为的"历史未来"，这一历史与未来的混沌状态。历史与未来之所以能达到不分畛域，它的条件在于人；那不是简单的前因后果，那是无法牵制的人为求未来而不屈服的力量。且不去寻这股力量形成的内外因，正是这股力量，将人推出历史与未来纠缠的混沌，走向向往之未来。而人要求得的未来，虽于现在暂且无形，但与过去可有影踪去追，谓为得历史之飨。换句话说，我们拥有的，也只有是我们所经历的；我们能为建造未来而找寻到的资源，也是我们全部所有的，无非就是我们所拥有的全部——经历的全部。

当然，我们所期盼的未来，与过去断然不能一样；这表象的绝不一样，不能欺瞒我们对历史与未来之间关系的认知。

未来是对历史的叛逆，也是对历史的发挥，当未来也成历史，时间的尘埃将未来累叠入地层，或许才能直观地看到两个阶段的不尽相似又各遣其意的美妙。《未来大陆》就基于此畅想，文中的地球在时间的过去，是人类的耕耘，以之为史；文中的"那块陆地"在时间的未来，是人类的冀望，于自身、于现状索求未来将来之。

另外，"那块陆地"本身又处于特殊的状态中，文中一句"没有曾经和未来，都只是现在，手握的分毫"，恰是这种处境的说明。那块陆地处在未来，却是处在未来的节点上，族人来历的特殊和这个时空本身存在的特殊，让族人实际处在历史与未来的交汇点上，他们所推开的让自己和亲手建立的文明能存活下来的未来之门，即是回到"地球"这个过去。所以，从一开始，那块陆地就是笔者以地球在未来的形态为目标而作的象征，只是为了解释它的处境，在文中并不等同于地球之未来，仅做类比性的象征。即便这是对文章寓意上的处理，即便不存在文中"那块大陆"那样的时空，笔者以为，于我们而言，那即是经过的和想要经过的交汇处。那是混沌无序的窅冥，却也是将来未来之新气象的鸿蒙，两者在一点上，在我们的眼下手中。

未来舍不下过去，赖以存在；未来，某种意义上，是历史的未来态。

"呦呦鹿鸣，食野之苹。"这场盛宴，终有散时。高兴赴宴的人，成群而来，又茕茕然离开，他们的未来何处，需要等自己拂去尘土、找到历史的提示才能知晓。

未来何处，我心何渡？风生，尘扬，吾辈心向历史袒露真面目，冲向未来的鸣鸢尚载。

总而言之，未来大陆是笔者的一个假设。倘若历史和未来确切实在地汇合了，没有"现在"作为过渡，事情将会如何；再假设，未来里的人费尽心力，找到时间之门，要走到门那头、他们的未来——即历史里，似乎时间的顺序被颠倒了，事情又会如何？回到摸得到过去的地方，发展属于自己的未来，时空的游子们就经历了这样的一段经历——历史的未来里发生的可能。在笔者于此文的假设里，地球的势力，是过去；那块大陆的生命，是未来；过去造访未来，那是历史有未来之想，未来寻回过去，恍然发现自己得历史之馈。哪里逃得开呢，历史未来，灵魂重叠之处，有现下的我们百思不得其解之解；将来到，旧时荒，历史的未来态，说的可是我们那似乎容易忘记、其实早揣在怀里的"未来在望"的企图心的起源。

我们的历史，尚需要追溯到我们都不存在的那时；我们的未来，也需要我们从深刻的过去找起。未来，或许是历史的未来态。

绕树三匝，天涯而栖

河山大好，我们还要陪它到时间尽头、洪荒之流

呦呦鹿鸣，食野之苹。我有嘉宾，鼓瑟吹笙……
一场盛宴，时空的游子发现了时空的秘密